Zu diesem Buch

In diesen Geschichten geht es vor allem um Ehen, Scheidungen und
neue Ehen, um Männer, Frauen und Freundinnen, um Eltern und
Kinder. Die fortschreitende Verwahrlosung des Swimmingpools
spiegelt den Zerfall einer Beziehung. Die Abschiedsparty vor dem
Umzug in eine andere Stadt wird zum passenden Anlaß für die Ab-
rechnung zwischen einem Liebespaar. Im Mikrokosmos Motel ist
das Universum USA enthalten. Töchter führen den Krieg der Mutter gegen den Vater fort, nachdem die Feindseligkeiten zwischen den
Eltern durch Abnutzungsstrategie längst zu Ende sind. Ein Mann
verfängt sich im Gestrüpp alter und neuer Loyalitäten.

«Updike lesen heißt: durch fremde Schlüssellöcher starren und
dabei sich selber beobachten. Und dabei sich auch neu entdecken.
Denn hier ist ein Zauberlehrling unserer Physiologie und Psycholo-
gie am Werk.» («Frankfurter Neue Presse»)

John Updike, geboren am 18. März 1932 in Shillington / Pennsylvania, trat nach einem Studium in Harvard und an der Ruskin School
of Drawing and Fine Arts in Oxford 1955 für zwei Jahre in den Re-
daktionsstab des «New Yorker» ein. Die Erzählungen und Essays,
die er dort veröffentlichte, begründeten seinen literarischen Ruhm.
Er lebt in Beverly Farms bei Boston. – Von John Updike erschienen
außerdem in der Reihe der rororo-Taschenbücher bzw. im Rowohlt
Verlag: «Das Fest am Abend» (Nr. 1625), «Hasenherz» (Nr. 5398),
«Der Zentaur» (dt. 1966), «Auf der Farm» (Nr. 12570), «Ehepaare»
(Nr. 1488), «Unter dem Astronautenmond» (Nr. 4151), «Der Sonn-
tagsmonat» (Nr. 4676), «Der Coup» (Nr. 5667), «Heirate mich!»
(Nr. 4982), «Bessere Verhältnisse» (Nr. 12391; u. a. mit dem Pulit-
zerpreis ausgezeichnet), «Die Hexen von Eastwick» (Nr. 12366; ver-
filmt mit Jack Nicholson und Cher), «Das Gottesprogramm» (dt.
1988) und «S» (dt. 1989); die Bände mit Erzählungen «Werben um
die eigene Frau. Gesammelte Erzählungen» (dt. 1983), «Der weite
Weg zu zweit» (Nr. 5777) und «Henry Bech» (Nr. 5448); der Essay-
band «Amerikaner und andere Menschen» (Nr. 5820) sowie «Gedichte» (dt. 1986). – Die Titelerzählung «Der verwaiste Swimmingpool» erschien zusammen mit der Erzählung «Wie man Amerika
gleichzeitig liebt und haßt» auch in der Reihe «Literatur für Kopf
Hörer», gelesen von Christian Brückner.

John Updike

Der verwaiste Swimmingpool

Erzählungen

Aus dem Amerikanischen
von Uwe Friesel, Monica Michieli,
Hans Wollschläger
und Dieter E. Zimmer

Rowohlt

Die Originalausgaben, aus denen der Autor diese Auswahl
zusammenstellte, erschienen unter den Titeln *Museums and Women* (1972)
und *Problems* (1979) im Verlag Alfred A. Knopf, New York.
«Die Ohnmacht» übersetzte Hans Wollschläger,
«Werbespot» Dieter E. Zimmer.
Alle anderen Geschichten haben Uwe Friesel und
Monica Michieli ins Deutsche übertragen.
Umschlaggestaltung Hans Hillmann

Veröffentlicht im Rowohlt Taschenbuch Verlag GmbH,
Reinbek bei Hamburg, Dezember 1989
Copyright © 1987 by Rowohlt Verlag GmbH, Reinbek bei Hamburg
Copyright © 1960, 1965, 1966, 1967, 1968, 1969, 1970,
1971, 1972, 1973, 1974, 1975, 1976, 1977, 1978, 1979
by John Updike
Alle deutschen Rechte vorbehalten
Gesamtherstellung Clausen & Bosse, Leck
Printed in Germany
980-ISBN 3 499 12680 x

Der verwaiste Swimmingpool

Inhalt

Vorbemerkung des Autors

Diese fünfundzwanzig Kurzgeschichten wurden aus meinen letzten beiden englischsprachigen Sammelbänden *Museums and Women* (1972) und *Problems* (1979) ausgewählt. Sie sind in der Reihenfolge des Entstehens angeordnet; die zwei ersten gehen auf das Jahr 1962 zurück. «Äthiopien» stammt aus dem Jahr 1973, als Haile Selassie noch an der Macht war, und «Transaktion» aus dem gleichen Jahr, als vorübergehend eine amerikanische Mode unter dem Namen «Transaktionsanalyse» in der Luft lag. Im allgemeinen handeln die Geschichten vom häuslichen Leben und seinen Störungen: häuslich, weil das die Lebensform ist, von der ich am meisten verstehe, und gestört, weil ungestörtes Glück kein Thema fürs Erzählen, sondern für wortlose Meditation ist. Ich hoffe, daß einige deutsche Leser in diesen nordamerikanischen Haushalten und Ehen, Landschaften, Wetterlagen und Automobilen Stimmungen und Gefühle wiederfinden werden, die ihnen nicht allzu fremd sind.

J. U.

Patience

Die Kinder schliefen, und seine Frau war zu einer Versammlung gegangen; wenn es um Gemeindeangelegenheiten ging, war sie wie sein Vater. Er fand das Kartenspiel hinten in einer Schreibtischschublade und setzte sich an den niedrigen runden Tisch. Er hatte in seinem Leben einen kritischen Punkt erreicht, an dem es außer Patiencenlegen nichts mehr zu tun gab. Es war der vollkommene, endgültige Rückzug – nach dem Patiencenlegen, stellte er sich vor, kam nur noch der Irrsinn. Nur Patiencen beruhigten den Geist total, nur Patiencen brachten jene Leere hervor, in der Platz war für eine rettende Entscheidung. Geselligkeit verlangte Dritte, andere Menschen also mit ärgerlichen Absonderungen eigenen Begehrens; Lesen schloß die Gesellschaft des Autors ein; und aus der Betäubung der Trunkenheit tauchte man wieder auf, um festzustellen, daß die Operation nicht stattgefunden hatte. Aber im Anwachsen und Abbrechen der abwechselnd roten und schwarzen Kartenreihen, in den wohltuenden Umschichtungen und methodischen Enthüllungen, in den unerwarteten Auflösungen fanden die Stromkreise des Gehirns eine Beschäftigung, die genau im Einklang war mit ihrer eigenen geheimen Struktur. Der Verstand war ausgefüllt, ohne überlastet zu sein. In der Woche nach seinen Collegeexamen – damals war er schon verheiratet, und sein Verstand war derart ausgelaugt, daß eine schlichte Zeitungsseite ihm wie ein grausam verästeltes Kreuzworträtsel vorkam – legte er auf dem alten Küchentisch in Vermont Abend für Abend beim Schein einer Petroleumlampe die Patience; und am Ende der Woche hatte er den Weg gefunden, den sein Leben in der abstoßend großen Welt zurücklegen mußte, die sich vor ihm geöffnet hatte. Er hatte eine gerade Linie von dieser Nacht zur Nacht seines Todes gezogen und begonnen, darauf entlangzugehen.

In jener Woche hatte er immer wieder daran denken müssen, wie seine Mutter in seiner Kindheit beim Licht des bunten gläsernen Leuchters im Eßzimmer Karten gelegt hatte. Sein Vater war irgendwo draußen, tat Gutes für die Gemeinde, und er und seine Mutter waren allein. Er war das einzige Kind und spürte dunkel, daß er der Mittelpunkt der Traurigkeit war, die sie alle bedrückte. Erschreckt über ihr Schweigen und das Gleiten der glatten Karten, bat er sie aufzuhören. Erzähl mir eine Geschichte, komm in die Küche und mach einen Toast, geh ins Bett, irgendwas, aber hör auf.

«Nur noch ein Spiel», sagte seine Mutter, und ihr Gesicht war von den Schatten der Lampe über ihrem Kopf wie zernarbt und müde. Und dann schlüpfte sie in eine jener Rollen, mit denen sie das leere Haus wie mit Phantomen bevölkerte, so, als wollte sie die Brüder und Schwestern wettmachen, die sie ihm aus irgendeinem Grund nicht hatte schenken können. «Der müde Spieler setzt alles aufs Spiel», sagte sie monoton, mit weicher und dennoch schwerer Stimme. «Es ist spät in der Nacht. Die Spieltische stehen verlassen. Nur ein Einsamer ist geblieben, und sein Haus, sein Auto, seine Yacht, sein Schmuck, ja sogar sein eigenes Leben hängen am letzten Stich.»

«Nein, Mutter, tu's nicht!» Er brach in Tränen aus, und sie sah hoch und lächelte, als biete sich ihr nach der Rückkehr von einer langen Reise ein vergessener erfreulicher Anblick.

Er spürte, daß sie sich fragte: *Wer ist dieses Kind?* Es war, als würde das Dach des Hauses fortgerissen und die Tiefe des Nachthimmels freigelegt.

Heute wußte er, daß ihr in jener Zeit eine Last auf der Seele gelegen hatte. Alles mußte damals erwogen werden. Er erinnerte sich sehr schwach – weil er sofort versucht hatte, es auszulöschen –, wie sie ihn fragte, ob er nicht gern weit weg von hier gehen würde, mit ihr allein, um ein neues Leben zu leben. *Nein*, mußte seine Antwort gelautet haben, *Mutter, tu's nicht*; denn er hatte seinen Vater geliebt, geliebt aus dem Schweigen und der Blindheit heraus, die auf dem Grund unseres Verstandes als letzte Möglichkeit warten, die zweite Taufe. Die Entfernung seines Vaters stieß ihn vorzeitig auf jenes schwarze Becken zu. Und auch sie mußte den Mangel an Reife gespürt haben, denn am Ende bewirkte sie nur, daß sie alle gemeinsam ein bißchen weiter wegzogen, auf eine Farm, wo er einsam aufwuchs und die er bei der ersten Gelegenheit verließ, wo aber heute noch sein Vater und seine Mutter lebten, mit einer erfahrenen Vertrautheit, die sie fast schon wieder rechtfertigte, samt der halbkomischen Routine ihrer Unvereinbarkeit. Mit der gellenden Kraft seiner kindlichen Angst hatte er ihnen das aufgezwungen; in diesem Sinn war er ihr Schöpfer, ihr Vater.

Und jetzt auch Vater von anderen. Merkwürdig, dachte er, indem er eine schwarze Neun unter eine rote Zehn legte, wie gründlich wir uns bemühen, in unserem Leben das Gegenteil von dem zu tun, was unsere Eltern taten. Er hatte früh geheiratet, um der Farm zu entkommen, und seiner Frau schnell Kinder gemacht, um den Ausbruch unwiderruflich zu machen. Auch wollte er seinen Kindern die Verantwortung und den Schrecken der Einsamkeit ersparen. Er fragte sich, ob sie ihn so liebten, wie er seinen Vater geliebt hatte, fragte sich, welche Tiefe des Nachthimmels sich ihnen auftäte, würde er von ihnen entfernt. In gewisser Hinsicht war er das schon. Sie bildeten einen Club, aus dem er ausgeschlossen war. Ihre gemeinsame Geschäftigkeit verweigerte ihm die Teilnahme. Die Spuren seines Gesichtes in ihren Gesichtern weckten in ihm den Verdacht, daß er vielleicht seine Identität vergeudet hatte. Langsam war er zu der Einsicht gekommen, daß Kinder nicht unsere Geschöpfe, sondern unsere Gäste sind, Menschen, die zwar die Welt auf Grund unserer Einladung betreten, aber ihr Lächeln schon in einem anderen geheimnisvollen Raum aufgesetzt, ihre Veranlagungen schon bereit haben. Ihr vorhersagbares Leid und die Furcht und die Krüppelgestalt, die sie womöglich annehmen konnten, waren unmerklich in die Finanzen und die Rechtsgeschäfte eingeflossen, als Überlegungen, die eingrenzbar und machbar waren. Probleme, die, wie schwierig und komplex sie auch sein mögen, sich am Ende doch irgendwie lösen lassen, sind keine wirklichen Probleme. *(Rote Vier auf schwarze Fünf.)* Nacht für Nacht, während er wach lag, hatte er die Verwirrungen, Verdrängungen, Enttäuschungen, die Rügen, die Vorhaltungen und die Beschwörungen erwogen, die mit Sicherheit kämen; Stück für Stück hatte er Unmögliches möglich gemacht. Schließlich hatte er das Problem auf seine zwei weißen Pole reduziert, die beiden Frauen.

Seine Ehefrau war blond, mit blassen Wimpern und Haaren, die frisch gewaschen einen rötlichen Schimmer aufwiesen. Seine Geliebte war so schwarz-weiß wie eine Tuschzeichnung: Ihre Brüste bestürzten ihn stets aufs neue in ihrer blauweißen seidenen Blässe und dem Kontrast zu den dunklen Warzen und Aureolen. Im Sommer wurde sie braun, seine Frau sommersprossig. Seine Frau hatte die empfindsamere Seele, seine Geliebte jedoch wußte mehr von dem, was er nicht wußte, weil sie mehr erlitten hatte. Ihre Gegensätzlichkeit war nicht einfach. Die Handschrift seiner Frau, entstanden aus den Druckbuchstaben, die man ihr auf einer fortschrittlichen Schule beigebracht hatte, sah gleichmäßig aus, war aber oft unlesbar; die der anderen mit ihren raschen Stenoschwüngen war immer klar, sogar wenn sie Panik ausdrückte. Seine Frau, wenn er fleischlich in sie eindrang, öffnete sich unter ihm als erschreckende feuchte Leere; seine Geliebte dagegen fühlte sich trocken und eng an, so eng, daß die ersten Stöße geradezu schmerzten. Jetzt, da seine Frau sich am Rande des Abgrunds sah, hing sie an ihm mit einer Leidenschaft, die seine Geliebte als zudringlich empfunden hätte. Schließlich verspürte er eine heimliche Erleichterung, wenn ein Tag verging, ohne daß er zur Liebe gedrängt wurde; festgenagelt zwischen zwei Whirlpools, war er übersättigt vom Anblick und dem Geräusch weinender Frauen. Seine Geliebte weinte groß: Mit erregender Geschwindigkeit löste sich ihr Gesicht auf, verlor ihr Mund jede Form. Mit unbeholfenem Anprall taumelte sie gegen ihn und näßte in maßlosen Schluchzern seine Kehle. Dagegen weinte seine Frau wie eine wundersame Ikone, das Gesicht unbewegt, während die Tränen rannen, und so still, daß er sie, wenn sie nachts im Bett beisammenlagen, fragen mußte: «Weinst du?» Vor und zurück, vor und zurück wie eine wunde Faust oszillierte sein Herz zwischen ihnen, und die Oszillationen nahmen an Stärke noch zu, seit die beiden Pole immer näher aneinandergerückt waren und gefordert hatten, er müsse nun wählen. Er hatte ihnen gestattet, sich einander zu nähern, hatte seiner Frau erlaubt zu wissen und seiner Geliebten erlaubt zu wissen, daß sie wußte, in der Hoffnung, daß sie miteinander verschmölzen – daß sie wirklich als *eine* Frau daraus hervorgingen, daß keine Wahl mehr nötig sei, oder daß sie die Entscheidung untereinander träfen. Er hatte sich verrechnet. Obwohl er sie so nah zueinander gelassen hatte, daß die eine das Parfüm der anderen riechen konnte, wenn sie sich seiner Umarmung hingab, wurde eine jede immer wütender.

(Ein freier König, aber kein Platz zum Ablegen.) Wie konnte er ihre Ansprüche und Rechte in der Balance halten? Die Liste

war ganz und gar einseitig. Klugheit, Anständigkeit, Mitleid – keine Kleinigkeiten – standen allesamt in der Spalte der Hüterin der Kinder und des Heimes, und sie alle würde er verlieren. Er würde die halb verwahrloste Nachbarschaft einbüßen, die er liebte, die Sommerabende, die er damit verbracht hatte, in seinem kleinen Garten den Salat zu jäten, die sandige Hand seiner älteren Tochter in der seinen, wenn sie zum Eisladen gingen, das Jahrzehnt an Büchern und Drucken und Schallplatten und Möbeln, das sich angesammelt hatte, den Keller voller Tischlerwerkzeug, den Boden voller alter Zeitschriften. Und genauso würde er seine Selbsteinschätzung einbüßen, denn die eigenen Kinder zu verlassen, dazu eine Frau, die ihm fast ohne jede Klage, ohne jeden Streit ihre Jugend geschenkt hatte, war einfach nicht das, was er tun würde. Er war der Sohn von Eltern, die seinetwegen zusammengeblieben waren. Die gerade Linie würde, einmal unterbrochen, nie wieder zu richten sein.

Während auf der anderen Seite nichts war oder so gut wie nichts – nur ein Schrei, ein Schrei nach ihm, wie er ihn nie zuvor vernommen hatte. Kein Zweifel, es war nur der Augenblick; aber auch das Leben war nur Augenblick. Sie konnte ihm nur das Gefühl der Verlassenheit bieten und das gewiß vergängliche Bewußtsein, daß er ausschließlich als Mann existierte. Ihre Gegenwart machte ihn glücklich, und ihre nahe Gegenwart machte ihn sehr glücklich. Doch sogar wenn sie sich so nah waren, daß ihre Haut wie durch Zauber aufgelöst schien, traten merkwürdige gläserne Hindernisse zwischen sie, durchsichtige Ellbogen und eisharte Oberflächen, die, wie er vermutete, die Struktur der sogenannten Moral ausmachten.

Der müde Spieler setzt alles aufs Spiel. Dieses Spiel führte eindeutig zu nichts. Eine unheilvolle Einmütigkeit der Roten hatte seine sieben Reihen fast blockiert. Die Könige waren aus Platzmangel irgendwo begraben, eins der Asse lag noch nicht aus, und die Karten, die er in der Hand hielt, waren wenige: Er fächerte sie auf und sah, daß es nur noch drei waren. Er drehte die oberste um. Pik-Acht. Er tat sie unter eine rote Neun, aber das öffnete nichts. Zwei Karten noch. Er entschloß sich, es zu wagen: Eine Karte für seine Frau, eine Karte für *sie*. Sein Herz fing an zu zittern angesichts dieser Kühnheit. In den zurückliegenden Monaten hatte er gelernt, auf sein Herz zu hören; es war ihm vorher nie aufgefallen, was für einen aktiven Willen dieses angeblich vergeßliche Organ besaß. Auf dem Weg zu einem Stelldichein preßte es in seiner Kehle wie ein großer Vogel, der aus einer Falle heraus will, und nachts, wenn er sich in der Hoffnung auf Schlaf niederlegte, wühlte und ratterte es unter seinen Rippen wie die Schneide einer Küchenmaschine, die Eis zerkleinert.

Er drehte die erste Karte um und sah aus großer Höhe, wie er meinte, auf sie herunter. Die Karo-Zehn, für seine Frau. Es war eine starke Karte. Er fühlte Angst in sich aufsteigen. Er blickte auf das Spinnenwebmuster auf dem Rücken der letzten Karte hinab mit dem Gefühl, daß seine Sehschärfe durch das Röhren im Brustkorb beeinträchtigt würde.

Statt die letzte Karte umzudrehen, riß er sie quer durch. Sie war mit Plastik überzogen und sehr fest. Sie knickte, ehe sie riß. Ein Teilstück verriet ihm, daß sie das fehlende As gewesen war. Macht nichts. Er war ein moderner Mann, nicht abergläubisch, auch nicht, wenn er allein war; sein Leben mußte von innen kommen. Er hatte seine Entscheidung getroffen. Nun saß er reglos da und wartete, daß Trauer sich auf ihn legte.

Museen und Musen

Nebeneinander sehen die beiden Wörter fast gleich aus, durchsichtig scheinbar. Die M und die n, die ihre Struktur rahmen und richten, können zwar nicht verhindern, daß die identischen s in der Mitte die Akzente anders tragen, das eine Mal vor sich her, das andere Mal auf dem Rücken. Dennoch, von ihrem dunklen vokalischen Kern aus *klingen* beide Wörter. Beide suggerieren sie Aura und Antike, Geheimnis und Pflicht.

Mein erstes Museum habe ich mit meiner Mutter besucht. Es war ein Provinzmuseum, stattlicher Stolz einer drittklassigen Stadt im Landesinnern, die es zierte. Man näherte sich ihm durch ein paradiesisches Grundstück mit geharkten Kieswegen, in humusreichen Boden gepflanzter exotischer Flora und Bäumen, die Etiketten trugen, als wären sie eben erst von Adam getauft. Der Inhalt des Museums war irritierend vielfältig, seine Vitrinen waren bestückt mit allen möglichen Scherben fremder Zivilisation, je nachdem, was ihm von den anmaßenden Vermögen der Stahl- und Textilbarone der Provinz zugefallen war. Ein zerfetztes Kajak teilte sich einen Raum mit einem Gestell voll polynesischer Paddel. Eine Mumie, deren Schädel als Halbmaske vergoldet war, lag in einem Vorzimmer, als handle es sich um nichts anderes als eine jener Trauerfeiern am offenen Sarg, wie sie in meiner Kindheit üblich waren. Mexikanische Miniaturdörfer leuchteten auf, wenn man einen Schalter drehte, und eine Pyramide wurde von verdrießlich aussehenden braunen Puppen erbaut, die ihren Pappmaché-Stein niemals auch nur den Bruchteil eines Zentimeters fortbewegten. Ein unendlich geduldiger Chinese, der mir so fern stand wie der Bewohner eines fremden Sterns, hatte aus einem gelben Rhinozeros-Horn eine mondförmig emporragende Stadt geschnitzt, mit einer Pagode auf der Spitze und Balkonen, Weinreben und fingerhutgroßen Menschen, deren Gesichter mikroskopisch kleine Ausdrücke des Schmerzes trugen.

Das war unten. Oben, oberhalb einer doppelten Treppenflucht aus Marmor, die sich bis zu einem grünen Brunnen steigerte, der grün plätscherte, waren die Kunstwerke ausgestellt. Oben stellten in jedem Herbst die Amateurmaler aus der Gegend vierhundert Aquarelle mit Pfingstrosen und Steinscheunen aus. Das restliche Jahr über hatten düster-professionelle Ölgemälde von verrottenden, wildwuchernden Waldungen die Wände für sich, doch teilten sie die großen kühlen Räume mit Kästen voller Tafelsilber aus Philadelphia, Truhen, die von mennonitischen Volkskünstlern mit Herzen, Tulpen und blutenden Pelikanen dekoriert waren, mit dicken grünblauen Glasgefäßen, in denen man noch die Luftbläschen vom Glasblasen sah, sowie seltsamen Flickendecken und merkwürdigen kleinen Statuen. Merkwürdig vielleicht nur durch den Eindruck, den sie auf mich machten. Es waren Bronzestatuetten, hier und da wie von einer liebkosenden Hand zufällig poliert, Nackte oder Gruppen von Nackten. Die Legitimation für die Nacktheit variierte; manche der Figuren waren amerikanische Indianer, manche mythische Griechen. Einer Dame mit einem vornehmen, reservierten Gesichtsausdruck wurden von einem kauernden Mann mit Hörnern und behaarten und behuften Beinen, die falsch herum angebracht waren, die

Kleider weggezogen. Eine andere Statue verkörperte zwei nackte, miteinander ringende Jungen. Eine weitere stellte einen Indianer dar, der, nur mit einem Messergürtel bekleidet, rittlings auf einem ungesattelten Pferd saß, das Kinn in Trauer auf die Brust gesenkt, während seine hervorragend bezehten Füße zugleich hart und schlaff herabhingen und darum baten, berührt zu werden. Ich glaube, es war das Kleinformatige dieser Figuren, das sich mir so eindringlich ins Gedächtnis geprägt hat. Jede von ihnen wäre, ins wirkliche Leben entlassen, ungefähr fünfzig Zentimeter groß gewesen und hätte auf meinen Armen vielleicht soviel gewogen wie eine Katze. Ich brannte darauf, sie zu berühren, mitzumachen, mich in die mysteriöse Stille ihres angestrengten Streits einzumischen, in diese unterdrückte Gewalttätigkeit, die ihre polierten Zehen hervortreten ließ und ihre Fingernägel bis ins Detail ausformte. In ihrer Kleinheit waren sie wie geheime Gedanken von mir, die sich zu Plastizität und Dauer projiziert hatten, und sie kamen wie eine Erwiderung zu mir zurück, die befremdlich bis in Teile meines Körpers vordrang. Im Schatten meiner Mutter fühlte ich mich wie ein furchtsames Tier.

Meine Mutter: wie das Museum, entsprach auch sie ihrer Kategorie. Ich kannte keine andere und akzeptierte sie als vollständigen und endgültigen Maßstab für Frauen. Jetzt sehe ich, daß auch sie provinziell war, daß auch sie viel Schönes enthielt, aber eben durcheinandergeraten und durch große Lücken verzerrt. Sie war eine unergründliche Mischung aus Wissen und Unwissen, Offenheit und Zurückhaltung. Obwohl sie mich viele Sonntage ins Museum mitnahm, erinnere ich mich nicht, daß sie je mit mir über irgend etwas dort Ausgestelltes gesprochen hat; nur einmal, als sie bemerkte, wie sehr die kleinen Figuren mich faszinierten, sagte sie: «Billy, sie kommen mir so klein und unglücklich vor.» In ihrer flüchtigen Art hatte sie etwas Wahres getroffen. Der besiegte Indianer war nicht allein in seiner Melancholie. All die

Statuetten in ihren Kämpfen oder Späßen, die jeder Gruppe die metallene Einheit einer einzigen Gußform gaben, schienen in einem trüben Schicksal gefangen, aus dem ich sie allzugern befreit hätte. Ich wollte sie berühren, sie trösten, dennoch hielt ich meine Hand zurück, aus Angst, das Siegel ihrer finsteren, wilden Unterwelt zu brechen.

Das Grauen, das ich in jenen hohen kühlen Galerien empfand, schlug sich an jenen kleinen Statuen nieder, es ging nicht von ihnen aus; es schien von über und hinter mir zu kommen, wie von einer anderen lebendigen Person in dem Raum. Oft war meine Mutter, wortlos die Wand mit Waldlandschaften und struppigen Wiesen abgrasend, die einzige andere Person in dem Raum. Wer sie war, war ein so tiefes Geheimnis, daß es sich nie zu einer Frage verdichtete. Sie war zu mir aus den dünnen Wolken früherer Vorhandenheit herabgestiegen, hatte mich umhüllt und zu einem unsichtbaren Ziel losgeschickt in einer vagen Erwartung, die am Anfang mehr ihr eigen war als mir. Sie war nicht zufrieden. Ich spürte, daß der Antrieb, der uns immer wieder ins Museum brachte, eine bestimmte Erregung war, daß diese Korridore für sie auf einen strahlend hellen Ort zuliefen, der für sie verzweifelt unerreichbar geblieben war. Der Brunnen am oberen Treppenabsatz plätscherte unbeachtet; die Schritte meiner Mutter tappten geschäftig, und sie zog mich fort in einen anderen Saal, wo ein Kasten mit reflektierendem Tafelsilber flammend offenstand wie das Maul eines schönen Drachens. Sie ließ mich vorangehen, damit ich ihm allein gegenübertrat. Ich war ihr Sohn, das Zentrum ihrer Erwartungen. Gehorsam nahm ich den lichtbeschienenen Schrecken der gedämpften hohen Räume in mich auf und ging mit einer Art ängstlicher Habgier durch jeden Durchgang.

Dieses Museum, mein erstes, assoziiere ich mit etwas anderem, weniger Unheimlichem; denn es gehörte zu jenen Orten – wie das Telegrafenamt, die Brezelfabrik und die Landwirtschaftsmesse –, wohin Schulkinder pädagogisch wertvolle Ausflüge machten. Gewöhnlich befand ich mich am Ende der Reihe, zwischen den einzelnen Nachzüglern, und vorne, am Anfang, im lauten Kern der Anführer, war das sommersprossige Mädchen, das ich meiner Meinung nach liebte. Vielleicht war es ebensosehr die Meinung meiner Mutter wie die meine. Das Mädchen wohnte in unserer Nachbarschaft, eins aus einem ganzen Rudel Schwestern, und von der Zeit an, da sie an unserer Vorderhecke vorbeigehen konnte, hatte meine Mutter einen Narren an ihr gefressen. Bewundernd sprach sie von ihrer Lebhaftigkeit. Diese Begeisterung überraschte mich, denn das Mädchen war in der Gegend als vorlaut bekannt, und als sie älter wurde, tat sie sich mit einer Gang von Kindern zusammen, deren Taten meine Mutter sicherlich als «unsäglich» empfunden hätte. Stets lud meine Mutter sie zu meinem Geburtstag ein; dort glänzte sie – fehl am Platz, aber schnell die Situation verzeihend – für ein paar Stunden im Kreis meiner schattengesichtigen behüteten Freunde.

Wenn ich versuche, mich an meine Schulzeit zu erinnern, kommt es mir vor, als versuchte ich, eingehüllt in heiße Dampfwolken, angestrengt einen Blick auf sie zu erhaschen, oder ich bin im Kino hinter einer Reihe riesiger Köpfe gefangen, während Ausschnitte der Leinwand verwirrend flakkern. Das Alphabet trennte uns; sie saß im Klassenzimmer vorn, und ich, William Young, ziemlich weit hinten. Wo das Alphabet nicht galt, traten andere Unterscheidungssysteme dazwischen. Im Museum trieb ein unbarmherziges Gesetz sie vorwärts, hin zu den anderen Lebhaften, die kichernd um die wehrlosen kleinen Statuen herumstanden, während ich am Brunnenrand zurückblieb, neidisch, wütend und bis zum Rand voll mit Dingen, die ich sagen wollte. Ich habe sie nie gesagt. Es schien immer nur daran zu liegen, wer sich wo aufhielt; nie stand ich oder stand es mit mir so, daß ich meine

Liebe erklären, geschweige denn danach handeln konnte. Keine Unterscheidung schneidet so tief wie die zwischen der Angebeteten und dem Anbeter. Ich bin von Natur aus dazu verdammt, pflichteifrig und ergeben zu sein.

Das Mädchen, das meine Frau werden sollte, stand vor einem Museum oben auf den steinernen Stufen, die ich hinaufstieg. Obwohl es bitterkalt war – an den Steinen hatten sich Schneekrusten gebildet –, trug sie fadenscheinige Turnschuhe, aus denen ihre kleinen Zehen herausschauten, und sie rauchte. Furchterregende Wolken von Rauch und gefrorener Atemluft kamen aus ihrem Mund, und sie vermittelte, an eine kannelierte Säule gelehnt, das Bild einer weißgesichtigen Priesterin, die sich in Anbetung des Tabaks selbst zum Opfer darbrachte. «Haben Sie keine kalten Füße?» fragte ich sie.

«Ein bißchen. Es macht mir nichts.»

«Stoisch.»

«Vielleicht bin ich Masochistin.»

«Wer ist das nicht?»

Sie sagte nichts. Hatte ich etwas Komisches gesagt?

Ich steckte mir eine Zigarette an, obwohl das Inhalieren der kalten Luft mir in der Kehle kratzte, und fragte: «Haben Sie nicht Mittelalter belegt? Sie sitzen vorn.»

«Ja. Sie sitzen hinten?»

«Ich halte das für richtiger. Mein Hauptfach ist Geschichte.»

«Ist es Ihr erstes Seminar in Kunstgeschichte?»

«Hmhm. Sie liegt günstig – spät genug für ein spätes Frühstück und früh genug für ein frühes Mittagessen. Ich versuche, ein Jahr zu überspringen.»

«Mit Erfolg?»

«Nicht eigentlich. Nur wenn ich zu schlecht stehe, fange ich an zu pauken.»

«Wie gefällt Ihnen Mittelalter?»

«Sehr. Es ist, als ginge man am Vormittag ins Kino. Das ist meine Vorstellung von Sünde.»

«Sie haben witzige Einfälle.»

«Nein. Sie sind sehr konventionell. Es würde mir zum Beispiel nie einfallen, barfuß im Schnee zu stehen.»

«Ich bin ja nicht barfuß.»

Trotzdem verlangte mich danach, die Füße anzufassen, sie zu trösten. In diesem Mädchen, diesem blassen Geschöpf des Universitätsmuseums, lag etwas sich Entziehendes, das mich vorwärts zog. Ich spürte in ihr eine unschuldige, traurige Leere, auf die ich meinen Namen drücken mußte. Ich verfolgte sie durch das Museum. Für ein Museum war es ziemlich intim. Von der Architektur her war es von lichter Hohlheit, herumgebaut um den glasüberdachten Nachbau eines italienischen Innenhofs aus dem sechzehnten Jahrhundert. An den vier Ecken seines aus Steinfliesen bestehenden Fußbodens standen vier große graue Terrakotta-Statuen der Jahreszeiten. Sie waren aus Frankreich, überlebensgroß, und reduzierten die vier epischen Durchgänge des Jahres auf vier nette Aristokraten, zwei männliche und zwei weibliche, die beschlossen hatten, pikant von Weinreben und Bändern umhüllt einen Kostümball zu besuchen. Ich erinnere mich, daß der Frühling einen Schlapphut trug und einen Korb voller starrer Blumen. Die Treppen und Galerien, durch die das Museum um den Innenhof herum mit sich selbst kommunizierte, wirkten deutlich mittelalterlich, und die Launen der Spender hatten die mittelalterliche und die orientalistische Sammlung unverhältnismäßig stark anschwellen lassen – wenn auch ein beachtlicher Versuch unternommen worden war, die Epochen der Kunstgeschichte seit der Renaissance mit je einem Gemälde oder wenigstens einer Zeichnung von jedem Meister zusammenzustückeln. Doch die Räume, die diese späten Arbeiten enthielten – einschließlich einiger Cézannes und Renoirs, die, da sie selten in Kunstbüchern reproduziert waren, die geheime Süße von Waldblumen hatten –, lagen außerhalb der Route jenes Seminars, das wir beide besuchten. So führte meine Werbung vor allem steinerne Korridore entlang, an romanischen Kapitellen vorbei und durch niedrige graue Bogengänge, die sich auf vergoldete Altarwände öffneten.

Ich erinnere mich, ihr um ein Kapitell aus Avignon herum nachgestelzt zu sein; darauf waren Samson und seine Taten dargestellt. Auf der einen Seite trug er die Tore von Gaza fort, während um die Ecke herum sein massiver Kopf ohnmächtig auf Delilahs Schoß lag und sie unbeholfen an seinem Haar herumsäbelte. Wir mußten über dieses Kapitell eine Arbeit schreiben, und als ich meine Interpretation noch einmal probte, wohldurchdacht und durch ausgiebiges Zeigen mit beiden Händen unterstrichen, sagte das Mädchen nachdenklich: «Sie sehen da schrecklich viel hinein, nicht wahr?»

Meine Hände erstarrten und zogen sich verwirrt zurück; die Terminologie der Kunstgeschichte war mir neu, und ich zweifelte tatsächlich daran, daß ein ungebildeter Steinmetz des halbbarbarischen Europas ästhetisch so scharfsinnig gewesen sein konnte, wie ich es war. «Was sehen *Sie* darin?» fragte ich, mich verteidigend.

«Nicht sehr viel», sagte sie. «Ich frage mich, warum man uns dies hier aufgegeben hat. So schön ist es nun auch wieder nicht. Die aus Cluny sind viel schöner, finde ich.»

Es erregte mich, sie mit derart sorgloser Autorität sprechen zu hören. Sie hatte Kunstgeschichte als Hauptfach. Und in gewisser Weise, so, wie sie das Museum in Besitz genommen hatte, würde ich all die von ihr beherrschten zeitlosen Kostbarkeiten, indem ich sie besaß, ebenfalls besitzen. Zuerst war sie mir wie jemand erschienen, der die Tore bewachte.

Einmal begleitete ich sie nach Boston, in das Museum dort, um in Verbindung mit einem anderen Kursus, an dem sie teilnahm, eine antike attische Sphinx zu studieren. Die gefiel ihr, obwohl es nur ein geflügelter Körper ohne Kopf aus weißem Marmor war, sehr schlicht, steif auf seinen Keulen hockend, während die breite Brust unter den Kerben stilisierter Federn hervorleuchtete. Sie zeigte mir die S-Kurve des Körpers, die sich im Schwanz und vermutlich auch in dem verschwundenen Kopf wiederholte.

«Es ist eine sehr stolze kleine Statue, nicht wahr?» wagte ich zu behaupten, ein Versuch, sie in den kleinen sorglosen Himmel ihrer Wertschätzung zu begleiten. Wieder schien es, als hätte ich etwas Komisches gesagt.

«Ich liebe sie», war alles, was sie antwortete, mit einer bestimmten Widerspenstigkeit um den Mund und einer einladenden Leere in den Augen.

Draußen war Winter. Die Bäume, mittelalterliche Wesen, neigten sich grau in grau. Wir gingen und gingen, und eine Zeitlang war das Museum das einzige Dach, das wir miteinander teilten. Meine Werbung machte Fortschritte; wir sprachen ernst; die Kindheit, die ich in so wütendem Schweigen und furchtsamen Ahnungen verbracht hatte, hatte mir viel zu erzählen gelassen. Sie konnte zuhören. Sie war wie ein Raum mit Vasen: Du trittst ein und findest dein Bewußtsein von dir selbst durch eine vage, stille Erwartung in der Luft mit einemmal geschärft. Ich sehe sie auf der breiten kalten Balustrade sitzen, die in der Höhe des zweiten Stockwerks um den Binnenhof herumlief. Jenseits ihres Kopfes schimmerten die Fliesen, als ob sie naß wären, und Le Printemps mit dem weiten Hut schien auf barocke Weise verkürzt. Angst vor der Höhe erfaßte mich; dieses Mädchen schwebte am Rand eines Sturzes. Ich hörte das Volumen der Leere nach ihr rufen, sie von mir fortrufen, der ich so voller Gespräche war. Etwas Stummes und Fernes war in ihr, das nur einmal sprach, einmal, nachdem wir einen ganzen Abend lang nebeneinander gelegen hatten. «Weißt du, noch liebe ich dich nicht», sagte sie ruhig zu mir.

Thalia

cher in Hamburg

Erich Könnecke GmbH & Co. Hamburg

	DM	Pf
1 Fachbuch	9	80

Verk.-Nr.

Zeichen

000225·17

Bei Irrtum oder Umtausch
bitte diesen Beleg vorlegen

Im Rechnungsbetrag sind _____ % Mehrwertsteuer = _____ DM enthalten

Ich betrachtete das als Herausforderung, obwohl es auch als Freigabe gemeint sein mochte. Ich setzte meine Jagd durch die Examina (wir erhielten beide Eins-minus) und in ein anderes Seminar hinein fort, ein Frühjahrsseminar, das schlicht «Drucke» hieß. Überraschenderweise schrieb mir meine Mutter, daß ich mich nicht verzetteln sollte – sie glaube jetzt, daß sie auf der Universität diesen Fehler gemacht habe. Ich war beleidigt, denn ich glaubte, sie müßte ohne ein Wort von mir verstehen, daß ich dabei war, mir die Wächterin des Tempels der Gelehrsamkeit persönlich zu erobern, jenen strahlend hellen Ort, den sie mir vor so langer Zeit gewiesen hatte. Das Fehlen ihres Segens schien mir wie ein stillschweigender Fluch.

Hier muß ich schnell, wie einen dünnen Schlußstein, eine imaginäre Frau einfügen, der ich in einem abgelegenen Museum begegnete. Es war wiederum ein Universitätsmuseum, altehrwürdig, ausgedehnt und entschieden männlich, voll von zerbeulten Waffen und ausgegrabenem Ackergerät und langweiligen Grabungskarten. Sein gesamter Inhalt schien ein Staubwischen nötig zu haben und dann ein geschmackvolles Neuarrangieren von weiblicher Hand. Aber oben, in einem Nebenraum, entdeckte ich eines Tages unter einem glanzpolierten Glassturz die glatte kleine Statue einer nackten Schlafenden auf einer Matratze. Sie war ein delikater weißer Traum, eine Phantasie des achtzehnten Jahrhunderts; nur jenes Jahrhundert konnte auf die Idee kommen, eine Matratze in Marmor wiederzugeben. Zwar war nicht jedem Stich und jeder Naht die Würde des Steins zuteil geworden; doch die Ecken waren abgerundet, die Felder zwischen den Knöpfen zeigten sich in ihrer Plumpheit, und die Dellen des «Nachgebens» waren liebevoll geformt. Kurz, es war klar, die Frau lag behaglich, nicht auf irgendeiner Steinplatte oder hingeschlachtet auf einem Altar. Sie schlief, war nicht tot; der zarte

Duft ihres Schlummers schien durch das Glas hindurchzudringen. Sie hatte die Größe der kleinen, verkrampften Figuren, die mich in meiner Kindheit fasziniert hatten, und wie schon bei ihnen verstärkte auch hier das Kleinsein die Sinnlichkeit. Während ich sie in der ewigen Zurückgezogenheit ihres Schlafs betrachtete – die eine Hand geöffnet neben dem abgewandten Kopf, das eine Knie in einer leichten Ahnung von Unruhe angewinkelt –, befiel mich plötzlich eine vage Angst, das Gefühl eines bevorstehenden Verlusts. Warum? War nicht auch meine Frau schön, fein geformt und stumm? Vielleicht war es die Matratze, die mir diese ideale Frau so nahe brachte, ein Floß, auf dem sie aus der unzugänglichen Vergangenheit herausgetrieben war und das sie, klein und unberührbar wie ein Gedanke, an die Küste der Insel meiner begrenzten Gegenwart brachte. Wie aus einer Zwillingsverzauberung schienen wir einander zu entlassen. War nicht mein riesiges Gesicht der bedrückende Traum, der sie sich rühren ließ? Und war nicht ich, trotz der Tausende, die dies Museum besucht hatten, der erste, der sie hier schlafend fand? In Museen suchen wir das Gegenteil von dem, was wir in der Kirche finden wollen – das tröstliche Gefühl früherer Besuche. Vielmehr suchen wir in Museen das Unberührte, das Nie-zuvor-Entdeckte; und es ist gerade diese Unauffindbarkeit, die uns hoffen und zurückkehren läßt.

Noch zwei, zwei von jedem, und alle namenlos. Sie haben keine Namen. Museen sind am Ende namenlos und setzen sich fort; wir biegen im Louvre um eine Ecke und treffen auf den Kopf einer Sphinx, deren Körper in Boston ausgestellt ist. Ebenso sind Frauen herausgebrochene Segmente aus einem einzigen Bogen.

Sie war die Freundin eines Freundes, und sie und ich hatten mit dem gemeinsamen Freund zu Mittag gegessen, ihn verabschiedet und gingen nun, da wir beide den Nachmittag in New

York zur freien Verfügung hatten, miteinander in ein Museum. Es war neu, erst kürzlich nach den Plänen eines gerade verstorbenen amerikanischen Hexenmeisters vollendet. Es hatte die Form eines gestutzten Kreisels, und sein Fußboden war eine Spirale um einen hochmütigen Kern aus senkrechtem leerem Raum. Von den geneigten glänzenden Wänden sprangen ungeheure Rechtecke aus zerrissener, mit Farbe bespritzter Leinwand an dünnen Armen aus gebogenem Rohr in den Raum. Als bedrohliche Vergrößerungen von Unfällen der Textur mußten sie eigentlich aus größerer Entfernung betrachtet werden, als die Architektur zuließ. Die Breite der Galerie war durch ein ziemlich schmales und niedriges Betonmäuerchen begrenzt, das einen Sturz in die Kathedraltiefe darunter eher herausforderte als entmutigte. Zu ehrfürchtig, um zu spotten, und zu schwindelig, um zu urteilen, folgten meine Begleiterin und ich gehorsam dem Weg abwärts, über die spiralige Rampe ohne Ausgang, im Bann des Hexenmeisters. Als sie benommen von einem besonders explosiven Gemälde zurücktrat, fielen ihre hohen Absätze auf die Neigung des Bodens herein, und sie stolperte gegen mich und griff nach meinem Arm. Farbsuppen spritzten auf einer Seite; die Sirenenkluft rief auf der anderen. Die Frau fand sicheren Stand, ließ meinen Arm jedoch nicht los. Ich blickte geradeaus, inhalierte den Duft von Parfum und fühlte mich wie ein Bergsteiger, dessen Begleiterin am steilsten Abschnitt in Panik geraten ist. Ich überließ meinen Arm ihrem Griff, und so gesichert stiegen wir behutsam das restliche Stück Museum hinab. Erst als unsere Füße die Sicherheit des Straßenniveaus erreicht hatten, waren wir wieder frei. Unsere Körper trennten sich und berührten sich nicht wieder. Doch der Bann war nur unzulänglich gebrochen, wie die Tür zu einer Grabkammer, die, einmal entsiegelt, nie wieder richtig geschlossen werden kann.

Auf der gleichen Avenue, nicht viel weiter unten, gibt es ein Museum, das einst eine Stadtvilla war und immer noch bewohnbar wirkt, sofern man sich Leute vorstellen kann, die genug Selbstbewußtsein besitzen, um zwischen Wänden übervoll von Meisterwerken zu wohnen, aus Suppenschüsseln von Cellini zu essen und anschließend selbstzufrieden ihre Körper auf Möbeln auszuruhen, die mit dem Blut von Weltreichen erkauft wurden. Früher gab es Menschen mit diesem Selbstvertrauen, und am Tage meines Besuchs war ich einer von ihnen, denn die Frau, mit der ich dort war, und ich waren gründlich ineinander verliebt. Wir kamen vom Liebesspiel und wollten auch wieder dorthin zurück, und das Museum, das wir besuchten zwischen Verflüchtigen und Neuentstehen der Begierde, war wie eine Brücke, deren Enden sich in Nebel aufgelöst hatten – ihre Spannweite ein Wunder, ihr Zweck nur erinnerbar am Gemurmel des Stroms, der in der Tiefe der unsichtbaren Schlucht dahinfließt. Unbehaust hatten wir ein Haus gefunden, das unser würdig war. Wir schienen die Gastgeber zu sein; sicher waren wir vorher schon einmal über diese persischen Teppiche gegangen, hatten diese Amphore mit einem prüfenden Blick taxiert, über die Aufstellung jenes Marmortischs debattiert, dessen Adern wie sanft anrollendes Aquamarin schäumten. Die Sensibilität dieser Frau paßte mehr zu einer Innenarchitektin als zu einer Kunststudentin. Durch sie erfuhr ich, wie Möbel sich zu einer Welt vergoldeter Schnörkel, gebürsteter Stoffe, polierter Oberflächen, sorgfältiger Einlegearbeiten entfalteten und zu gleißenden Kadenzen aus Linien und Kurven, liebevoll geformt von Männerhänden, die von der Erinnerung an Frauenkörper heimgesucht waren. Ihr Körper neben mir, den ich auf einer Matratze hatte schlafen sehen, schien Kleidung wie einen unnötigen Luxus zu tragen, wie eine Extravaganz, denn er war, wie auch das Museum, unbezahlbar und kostenlos. Wir betraten einen Saal nach dem andern und nahmen ihn in Besitz. Ein umherstreifender Blick, ein gemeinsames Lächeln reichten aus, um unseren Anspruch zu sichern. Einmal sagte sie, vor einer Truhe, deren Felder mit

mit kindlichen Cherubim nach Boucher bemalt waren, daß sie sie nicht besonders «attraktiv» fände, dabei zog sie besorgt die Brauen zusammen. Dieses eine Wort erfreute mich wie das erste mehrsilbige Wort aus dem Munde einer Tochter. In diesem Museum war ich sozusagen der Führer; ich war es, der die Stimmungen benennen und sagen konnte, was sie wert waren. Ihr Stummsein war nicht Zurückhaltung, sondern Erwartung; sie und das Museum waren völlig offen und füreinander durchsichtig. Als wir an einem dunkelroten Gobelin vorbeigingen, verschmolz darin das ähnliche Rot ihres schulterfreien Sommerkleids, so daß ihr Kopf und die Schultern wie eine Büste hervortraten. Die Stoffe eines jeden überbordenden Saales verschworen sich, um ihr zu schmeicheln, um mit farbig reflektierten Schatten die scheue Modellierung ihres Gesichts hervorzulocken, um mit kostbaren Texturen ihre keusche Haut zu akzentuieren. Daß ich wußte, wie sie im Schlaf aussah, verlieh ihrem aufmerksamen Wachsein eine zärtliche Schläfrigkeit. Meine Frau, die ich ganz durchforscht, und mein Museum, das ich ganz besessen hatte: wegen dieses durchsichtigen Augenblicks – gleich jenem Augenblick der Transparenz einer Woge zwischen ihrer höchsten Höhe und ihrem Umkippen in die Tiefe – war ich bis an die Grenzen des Unerforschlichen vorgedrungen. Von dieser grandiosen Grenze war kein Rückzug vorstellbar.

Zum letztenmal sah ich diese Frau in einem anderen Museum, wo sie eine Stelle angenommen hatte. Ich fand sie in einem kleinen Büro mit verblichenen Büchern und Zeitschriften, und ihr Gesicht, als sie überrascht aufsah, war ebenfalls bleich. Sie nahm mich mit in die Korridore und zeigte mir die Möbel, die sie zu katalogisieren hatte. Als wir den letzten Raum ihres Spezialgebiets erreicht hatten und ihr munterer Tatsachen-Vortrag zu Ende war, fragte sie mich: «Warum bist du gekommen? Um mich aus der Fassung zu bringen?»

«Ich will dich nicht aus der Fassung bringen. Ich wollte nur sehen, ob es dir gut geht.»

«Es geht mir gut. Bitte, William. Falls noch irgend etwas da ist von dem, was du für mich gefühlt hast, dann laß mich in Ruhe. Komm nicht, um mich zu verspotten.»

«Tut mir leid. Für mich ist es kein Spott.»

Ihr Kinn rötete sich, und ihre Augenränder färbten sich rosa, als Tränen in ihr hochstiegen. Unsere Körper drängten nach Tröstung, aber jeden Augenblick konnte wer weiß wer – ein Professor, eine Nonne – den Raum betreten. «Weißt du», sagte sie, «mit uns ist es wirklich aus.» Ein Schluchzer ließ ihren Kopf sinken und echote von den polierten Furnieren ringsum zurück.

«Ich weiß. Ich weiß, es ist aus.»

Sie sah zu mir hoch, der Ärger in ihren Augen verschwamm. «Warum dann –?»

Ich zuckte die Schultern. «Feigheit. Ich war immer schon feige. Vielleicht auch Pflichtbewußtsein. Ich weiß es nicht. Ich kann es ihr nicht antun. Noch nicht.»

«Noch nicht», sagte sie. «Das ist dein kleiner Spruch, nicht wahr? Das ist der kleine nette Spruch, den du mir immer aufgesagt hast.»

«Wär dir denn der Spruch, ‹überhaupt nicht, nie› lieber gewesen? Das wäre gar kein Spruch gewesen.»

Mit zwei behutsamen Bewegungen ihrer Finger wischte sie, als würde sie ihr eigenes Gesicht modellieren, die Tränen unter den Augen fort. «Es ist mein Fehler. Es ist mein Fehler, weil ich mich in dich verliebt habe. So merkwürdig es klingt, aber das war unfair dir gegenüber.»

«Laß uns weitergehen», sagte ich.

Blind für all die Schönheit ringsum, gingen wir durch die Hallen voller Gemälde und Statuen und Urnen. Unsichtbar plätscherte ein Brunnen irgendwo zu unserer Linken. Durch eine Tür warf ich einen flüchtigen Blick auf die kopflose, immer noch stolze Sphinx, deren breite Brust immer noch leuchtete.

«Nein, es ist mein Fehler», sagte ich. «Ich war nicht imstande, dich zu lieben. Ich vermute, ich bin es nie gewesen.» Ihre Augen wurden vorlaut, und ihre Sommersprossen traten kindlich hervor, als sie, wie um mich zu trösten, lächelte.

Doch was sie sagte, war nicht tröstlich. «Nun, tu es einfach keiner anderen mehr an.»

«Mädchen, es gibt keine andere. Du bist alles. Du hast keine Vorstellung, wie schön du bist.»

«Du hast es mich damals glauben lassen. Dafür bin ich dir dankbar.»

«Und für nichts anderes?»

«O doch, für eine Menge. Du hast mich ins Museum gebracht. Das macht Spaß.»

«Du hast bloß deshalb hier angefangen, um mir zu gefallen?»

«Ja.»

«Mein Gott, es ist schrecklich, etwas zu lieben, das man nicht haben kann. Aber vielleicht liebt man es gerade deshalb.»

«Nein, das glaube ich nicht. Ich glaube eher, das ist nur bei dir so. Aber so ist es nicht bei allen.»

«Nun, vielleicht wird einer von den anderen dich jetzt finden.»

«Nein. Du warst es. Du hast etwas in mir gesehen, das niemand anders je in mir sah. Nicht einmal ich selbst. Jetzt geh, wenn du mich nicht noch einmal weinen sehen willst.»

Wir gingen auseinander, und ich stieg Marmorstufen hinab. Ehe ich durch die Drehtür ging, blickte ich zurück, und mir fiel auf, daß in einem Museum nichts so prächtig ist wie der Eingang – das unerwartete Gewölbe, die wohlgestalten Gesimse, der reglose Wächter in Uniform, ein schlau verkleideter Erzengel, die breiten Treppen, die in weiß der Himmel welche Behausungen erwartungsvoll schweigender Schätze führen. Und da war mir, als wäre ich jetzt dazu verdammt, auf der Suche nach dem Glanz, der eben hinter mir erloschen war, immer neue Museen zu besuchen und bei jedem neuen Eintreten ein bißchen weniger begeistert zu sein, und jedesmal ein bißchen schneller entzaubert von den vertrauten Inhalten hinter der Schwelle.

Ich lasse dich nicht,
du segnest mich denn

Bei der Abschiedsparty für die Bridesons waren die Bridesons selber sehr müde. Lou (für Louise) hatte seit Tagen sortiert und gepackt und ausrangiert, und ihr Schlaf war zermartert von Alpträumen über Schrankkoffer, die nicht schlossen, über Türen, die aufsprangen und vergessene geheime Zimmer freigaben, die mit noch mehr Müll vollgestopft waren nach zehn Jahren im selben Haus – mit kaputten Möbeln und Spielzeug, für das die Kinder zu groß geworden waren, und Stapeln von *Life* und *National Geographic* und Hunderten, Tausenden Kinderzeichnungen, jede einzelne ein Augenblick, eine Erinnerung, die man unmöglich behalten und unmöglich wegwerfen konnte. In einem anderen immer wiederkehrenden Traum kam sie mit den Kindern in Texas an. Brauner Horizont umschloß von allen Seiten eine häuserlose Ebene. Sie rollten die Flugzeugtreppe zur Seite, und Tom war nicht da, er war nicht bei ihnen. Natürlich: er hatte sie verlassen. Er war im grünen Connecticut geblieben. «Also, Kinder» – sie schien in einen Sandsturm zu rufen –, «jetzt müssen wir zusammenhalten, zus...» Da erwachte Lou gewöhnlich, und der dunkle Körper neben ihr im Bett war etwas Fremdes, ein Besucher aus einer anderen Welt.

Und auch Tom, der in letzter Minute noch vieles zu erledigen hatte und der an einem Tag mit seinen alten Arbeitgebern aß und am nächsten mit den Vertretern des neuen und jeden Abend in ein leereres Haus und zu zunehmend besorgteren Kindern zurückkehrte, auch Tom schlief schlecht. Die vertrauten Einschlafgeräusche – Autohupe und Hundebellen, das Echo des rangierenden Frachtzugs und das Quietschen des Hemmzeugs – waren zu Irritationen geworden; die Stadt hatte sich in einzelne Liebesfäden aufgelöst, die an einem zogen. Abreisen ist eine Generalprobe für den Tod. Er lag da, starrte aus offenen Augenhöhlen zur Decke, eine Leere, voll wirbelnder Gedanken, bis der Bann durch das Klappern des Milchmanns, der, wie es schien, ihn ebenfalls geliebt hatte, gebrochen wurde. Müdigkeit verlieh allem und jedem die fiebrige Bedeutsamkeit einer Erscheinung. Bei der Abschiedsparty kamen ihm seine Freunde, die er seit fast zehn Jahren kannte, zugleich fern und grell vor. Linda Cotteral, diese graue Maus, trug grüne Lidschatten. Bugs Leonhard war absolut «in» erschienen – türkisfarbenes Hemd, breiter rosa Schlips –, schon angetrunken von Cocktails, die er anderswo zu sich genommen hatte. Als Tom die beiden Mäntel ins Schlafzimmer trug, rauschte Maggie Aldridge durch den Flur, in einem weißen Kleid mit erstaunlich weiten Ärmeln. Tom, den der Anblick unvorbereitet traf, stammelte «Zauberhaft!», um sein lautes Herzklopfen zu verbergen. Sie grinste und schniefte dann, als wollte sie das Grinsen damit wegradieren. Ihr Grinsen, weiß über weiß, war ein momentanes Aufblitzen der alten Wärme gewesen, doch schon im nächsten Augenblick, als sie an ihm vorbeistrich, waren ihre Augen wie versteinert nach vorn gerichtet, als wäre sie nichts als eine ganze normale Frau aus seiner Bekanntschaft. Er erklärte sich den Impuls, sie anzufassen, ihr Handgelenk zu ergreifen, als Reaktion eines Irren, der aus Mangel an Schlaf total durcheinander war.

Auf die Drinks folgte das Abendessen, aufs Abendessen die

Tanzerei. Lahm versuchten sie sich im *Frug* (oder war es *Monkey*?), zu den lautstarken Hymnen einer jüngeren Generation. Dann, je tiefer ihr Gastgeber in die geologischen Schichten seiner angesammelten Schallplatten vordrang, wich die Rockmusik den Holzbläsern und dem gedämpften Blech und nebligem Seufzen, die den verstohlenen Loyalitäten ihrer eigenen, merkwürdigen Zwischengeneration Ausdruck verliehen hatten – zu jung zum Soldatsein, zu alt zur Rebellion. Tom war zu müde zum Reden und tanzte. Die Männer, mit denen er Hunderte von sportlichen Sonntagnachmittagen verbracht hatte, waren zu Geistern mit hohlen Stimmen geworden, die eine unendliche Folge von Wochenenden bevölkern würden, wenn er nicht mehr da wäre. Sein Gebiet war Computer-Software (tatsächlich *war* er die Software), ihre Gebiete waren Werbung oder Versicherungen oder Juristerei, und obwohl sie alle mithalfen, in Manhattan den Zeltmast des nationalen Schutzdachs aus Raketen und Versprechungen aufrecht zu halten, sprachen sie verschiedene Sprachen, sofern sie sich nicht gerade den Spielstand zuriefen. «Wenn ich John Lindsay wäre», begann ein Mann, und statt zuzuhören, packte Tom eine Frau, die ihn herumwirbelte. Diese Frauen: er hatte ihre Schönheit schwinden sehen von der glatten, körperlichen Selbstzufriedenheit junger Mütterlichkeit zu der eckigen Selbstbeherrschung, leicht grau und schief, von altgedienten Ehefrauen. Dies als Zeuge miterlebt zu haben, aus den Augenwinkeln so viele Schwangerschaften und Geburten und Streitigkeiten und Beinahe-Scheidungen und Scheidungen und Affären und Fast-Affären und Ankünfte in Möbelwagen und Abreisen in Möbelwagen mit angesehen zu haben, war im Rückblick das einzige wirklich positive Ergebnis der Zeit, die er hier gewohnt hatte – ein Haufen organischer Vorfälle, die in einem Ort alter Prägung zu Weisheit zerfallen wären. Aber er war nicht weise, nur älter. Der Gedanke an Texas flößte ihm Furcht ein: eine Wüste von Fremden, Grillparties auf ausgedörrten Rasen, im kargen Schatten von Öltürmen und Radarantennen.

«Wir werden dich vermissen», sagte Linda Cotteral pflichtschuldig. Mausmäßig schmiegte sie sich beim Tanzen an; alle Männer mußten für sie gleich aussehen – eine Wand aus feuchtem Hemd.

«Ich bezweifle es», antwortete er stolpernd. Es überraschte ihn, daß er nicht allzu gut tanzte. Er hatte in Connecticut viel getanzt, mehr als er sich unterhalten hatte, doch seine Fertigkeit hatte sich abgeflacht wie eine jener Hyperbeln, die Computer so gern projizieren. Die Menschen waren im Irrtum, wenn sie sich das Universum je als einen Satz von Kreisen vorgestellt hatten; in Wirklichkeit schließt sich nichts, alles nähert sich nur asymptotisch, aber berührt nie.

«Hast du mit Maggie getanzt?»

«Seit Jahren nicht mehr, wie du weißt.»

«Glaubst du nicht, du solltest es tun?»

«Sie würde sich weigern.»

«Frag sie», sagte Linda und verließ ihn; sie suchte die Arme eines Mannes, der auch nächstes Wochenende dasein würde, der real war.

Maggie mochte Wohnzimmer, sie schmeichelten ihrem Gefühl für Höflichkeit und Zurschaustellung. Sie hatte sich mit ihren Ärmeln auf dem großen kurvigen weißen Sofa ausgebreitet, weiß auf weiß. Lous helle Stimme tönte aus der Küche. Lou zog es auf Parties immer in die Küchen, so wie andere an persönlichen Magnetlinien entlang nach draußen in den Schutz der Veranda trieben oder Sicherheit im Badezimmer suchten. Tom stellte sich vor, wie seine Frau auf einem Küchenhocker thronte, bequem die Schenkel zeigend und die Asche ins Spülbecken streifend, ging auf Maggie zu und bat sie, steif wie ein Nachtfalter bei Tage, zum Tanz.

Sie sah hoch. Ihre Augen waren so geschminkt, daß sie erschrocken wirkten. «Wirklich?» fragte sie und fügte hinzu: «Ich bin schrecklich müde.»

«Ich auch.»

Sie sah an sich hinunter, dorthin, wo in ihrem weißen Schoß die Hände gefaltet lagen. Ihre betrachtende Haltung schien die Hoffnung auszudrücken, daß er, wie ein dissonanter Gedanke, sich in nichts auflöste.

Tom sagte zu ihr: «Ich werde dich nie wieder darum bitten.»

Mit einem Seufzer, dann schniefend, als wollte sie den Seufzer auslöschen, erhob sich Maggie und ging mit ihm in das verdunkelte Spielzimmer, wo schon andere Erwachsene tanzten, sich in die alte Erinnerungsmusik einschmiegten. Sie hob die Arme, um ihn zu empfangen; ihre weiten Ärmel machten es schwierig, sie zu fassen. Unerwarteterweise fühlte sich ihr Körper in seinen Armen falsch an: Etwas hatte sie aus dem Gleichgewicht gebracht – ihr dritter Drink oder die Zeit. Ihre Hand in der seinen war zu warm.

«Du bist größer geworden», sagte sie.

«Wirklich?»

«Ich glaube, du bist gewachsen, Tom.»

«Nein, nur deine Erinnerung an mich ist geschrumpft.»

«Bitte, laß uns nicht über Erinnerungen reden. Du wolltest mit mir tanzen.»

«Ich habe entdeckt, daß ich nicht sehr gut tanze.»

«Tu dein Bestes.»

«Habe ich immer.»

«Nein.»

«Glaubst du nicht, es war immer mein Bestes?»

«Natürlich glaube ich das nicht.»

Ihre heiße Hand war schlaff, aber ihr Körper schien, als er versuchte, ihn zu umfassen und zu lenken, leisen Widerstand zu bieten, wie vielleicht jede Idee, wenn sie verkörpert wird. Er empfand nicht, daß sie mit Absicht so starr war, als wollte sie ihn rügen, sondern daß sie beide, wieder einmal, auf gewisse grundsätzliche Faktoren von Schwerkraft und Trägheit stießen. Sie widersetzte sich nicht, als er, um die schlechte Stimmung zu heben, versuchte, gewissermaßen ein *Interface* dazwischenzuschalten, indem er sie fester an seine Brust drückte. Jedoch spürte er nicht, daß sie diese Unterwerfung mit bewußtem Nachgeben erfüllte, wie Liebende es tun, wenn sie ihre Körper in pures Gefühl und Willfährigkeit verwandeln. Sie blieb stumm. Während er nach Worten suchte, um das anhaltende Schweigen zu füllen, schniefte sie.

Er sagte: «Du bist erkältet.»

Sie nickte.

Er fragte: «Fieber?»

Wieder nickte sie, knapper, mit einem Anflug von Automatismus, der, erinnerte er sich, dazugehörte, wenn sie zustimmte. Selbstsicherer führte er sie über die gewachsten Vinylquadrate und hörte seine Stimme, die jetzt einen väterlichen, schützenden Hall hatte. «Du hättest nicht kommen sollen, wenn du krank bist.»

«Ich wollte aber.»

«Warum?» Er wußte die Antwort: seinetwegen. Er fürchtete, er hielt sie so eng, daß sie sein plötzliches Herzklopfen gespürt hatte; womöglich könnte er sie mit seinem Herzen verletzen. Er ließ den rechten Arm lockerer, und sie nahm den Zentimeter Freiheit genauso hin, wie sie ihn vorher preisgegeben hatte, ohne Leben – lediglich eine metrische Adjustierung. Und ihre Stimme, wenn sie sie denn gebrauchte, stieß von oben herab und kratzte wie eine alte Schellackplatte.

«O Tom», sagte Maggie, «du kennst mich doch! Ich kann nicht nein sagen. Wenn ich zu einer Party eingeladen bin, komme ich.» Und sie mußte gleich ihm gefühlt haben, daß ihr Achselzucken die Umklammerung seines anhaltenden Schweigens kaum durchbrochen hatte, denn sie warf den

Kopf zurück und sagte mit bösem Nachdruck: «Jedenfalls, ich *mußte* einfach kommen und den Bridesons auf *Wieder*sehen sagen.»

Sein Schweigen war zu einem hilflosen Weitermachen geworden.

«Die so *nett* gewesen sind», ergänzte Maggie. Die Musik hörte auf. Sie versuchte, sich seinen Armen zu entziehen, aber er hielt sie fest, bis im unermüdlichen Brutkastenlicht der kleinen HiFi-Truhe eine neue Platte vom Stapel herabfiel. Sanft kämpfte Maggie, um freizukommen. Mit ihren großen Ärmeln fühlte sie sich wie ein prächtiger schwerer Vogel an, der sich auf einer Insel bis zum Zustand der Unschuld fortentwikkelt hatte und den jeder zufällig daherkommende Seemann fangen konnte und der binnen kurzem ausgestorben wäre. Hinunterblickend, um ihren schlagenden Flügeln zu entgehen, gewahrte er ihre fetten Schenkel, in Netzstrümpfen, und mußte lachen, nicht so sehr über ihren betrunkenen Kampf wie über die Komödie des weiblichen Körpers, jenes freundlichen weißen Clowns, der ganz aus Bühnenschminke und Übertreibung bestand. Sie noch einmal festzuhalten, zu spüren, wie sie sich wehrte, war Grund genug für gute Laune.

«Tom, laß mich los.»

«Ich kann nicht.»

Die Musik erlöste sie aus dem Clinch. Eine uralte Platte trug sie zurück in die Radiozeit während des Krieges, Musik, der sie als Kinder zugehört hatten, tausend Meilen weit voneinander entfernt. Maggie glättete ihr verrutschtes Kleid und gestattete, daß man mit ihr tanzte. Ihre Stimme mit dem schwachen Bronchialkratzen war zu einer Waffe geworden, die die ungewollte Neigung ihres Körpers, dahinzugleiten, dahinzuschmelzen, bestritt. Sie hielt das Gesicht abgewandt und geneigt, so daß ihre Schultern nicht ganz parallel zu den seinen waren. Wenn es ihm gelänge, diese lästige Fehlstellung zu korrigieren, vielleicht, indem er ihre fiebrige Hand

näher an ihre Schultern brachte, paßten sie wieder perfekt zueinander, nach Jahren, in denen es zwischen ihnen eine Kluft
gegeben hatte. Schüchtern zog er an ihrer Hand, und sie sagte
rauh: «Was soll ich sagen?»

«Nichts. Etwas Harmloses.»

«Es gibt nichts zu sagen, Tommy.»

«Okay.»

«Du hast alles gesagt, vor fünf Jahren.»

«Sind es fünf?»

«Fünf.»

«Es kommt mir nicht so lange vor.»

«Ist es aber, wenn du es Minute für Minute erlebst.»

«Ich habe es auch gelebt.»

«Nein.»

«Okay. Hör zu –»

«Nein. Du hast versprochen, daß wir nur tanzen.»

Aber nur wenige Takte Musik, verwaschene Saxophone
und eine wiederkäuende Klarinette, waren vorüber, da sagte
sie mit einer gefährlich leisen und träumerischen Stimme:
«Ich dachte gerade, wie komisch... Vor fünf Jahren warst du
mein Leben und mein Tod, und jetzt...»

«Ja?»

«Nein, es wäre nicht fair. Du fährst ja weg.»

«Na, sag's schon, süße Maggie.»

«... bist du schlicht nichts.»

Er war gelähmt, aber sein Körper fuhr fort sich zu bewegen,
und die Musik flutete weiter, aus irgendeinem unendlich fernen Kasino herübertönend, wo todgeweihte Seeleute sich mit
ihren angeschmiegten Mädchen wiegten.

Sie schniefte und wiederholte: «Du bist *nichts*, Tommy.»

Er hörte sich lachen. «Danke. Ich hab schon beim erstenmal verstanden.»

Nichts zu sein, vermutete er, enthob ihn des Sprechens:
Sein Schweigen rang ihr ein verlegenes Kichern ab. Sie sagte:

«Nun, das beweist wahrscheinlich, daß ich gewachsen bin.»

«Ja», stimmte er zu und versuchte, harmlos zu klingen, «du bist ein wunderbar gewachsenes Mädchen.»

«Du warst schon immer voller Komplimente, Tommy.»

Türkis und Rosa blitzten am Rande seines Blickfelds auf; jemand rührte an seine Schulter. Bugs Leonhard wollte abklatschen. Tom trat von Maggie zurück, erleichtert, daß er sie loslassen konnte, doch er hoffte als er sie freigab, auf einen sanften Blick. Aber ihr Blick war steinern, wie vorhin im Flur, nur daß er dort an ihm vorbei gerichtet gewesen war, hier jedoch voll auf ihn. Er verbeugte sich.

Jene gewöhnlich gewichtslosen Stunden nach Mitternacht bogen diesmal seine Knochen zu einer angespannten Kurve, die gegen das Innere seiner Stirn drückte. Zu müde, um zu gehen, stand er in dem verdunkelten Raum und sah den anderen beim Tanzen zu. Er beobachtete, daß Bugs und Maggie eng tanzten, in großen selbstsicheren Kreisen, die ihre Ärmel wie wirkliche Flügel sich ausbreiten ließen. Ein Mann trat von der Seite an ihn heran und sagte: «Wenn ich Bürgermeister Lindsay wäre, würde ich quer über die 96. Straße eine drei Meter hohe Mauer bauen, und fertig», und torkelte davon. Tom hatte diesen Mann mal gekannt. Er ging ins Wohnzimmer und versuchte, hier und dort auf Wiedersehen zu sagen, doch schreckte er damit nur Verschwörergruppen von Leuten auf, die in Gespräche vertieft waren. Sie hatten vergessen, daß er wegfuhr. Er ging in die Küche, um Lou aufzusammeln; sie erkannte ihn und tunkte ihre Zigarette ins Abwaschbecken, rutschte vom Hocker und strich den Rock glatt. Auf dem Weg vom Schlafzimmer mit ihren Mänteln schlüpfte er ins Badezimmer, um zu sehen, ob er älter geworden war; er gehörte zu denen, die auf Parties von Badezimmern angezogen werden. Von diesen Connecticut-Häusern würde er am besten die hellen Höhlen des Porzellaninventars im Gedächtnis behalten:

die Duschvorhänge, mit klassischen Automobilen bedruckt, die pastellfarbenen Handtücher, die zottige Toilettensitzgarnitur, die unvermeidliche Witzesammlung auf dem Wasserkasten. Der geile Glanz von Hygiene. Wiedersehn, Wasserkran. Wiedersehn, Kleenex. Bis bald in Houston.

Lou wartete beim Eingang. Als gut eingespieltes Team sagten sie der Gastgeberin im Vorbeigehen Lebewohl, entschuldigten sich unisono, Partymuffel gewesen zu sein, und traten hinaus in die grüne Dunkelheit. Ihre Scheinwerfer durchforschten die Büsche entlang der Einfahrt zum letztenmal.

Nachdem Lou sicher die Straße erreicht hatte, fragte sie: «Hat Maggie dir keinen Abschiedskuß gegeben?»

«Nein. Sie war ziemlich unfreundlich.»

«Warum auch nicht, nicht wahr?»

«Richtig. Sie sollte es sein. Sie sollte schrecklich sein zu mir, und sie war's auch.» Er würde zustimmen, zustimmen den ganzen Weg bis Texas.

«*Mich* hat sie geküßt», sagte Lou.

«Wann?»

«Als du im Bad warst.»

«Wo hat sie dich geküßt?»

«Ich stand am Eingang und wartete, daß du fertig wurdest mit deiner Selbstbespiegelung oder was immer es war, da kam sie aus dem Wohnzimmer herausgeschossen.»

«Ich meine, *wohin* hat sie dich geküßt?»

«Auf den Mund.»

«Warm?»

«Sehr. Ich wußte nicht, wie ich reagieren sollte. Ich bin noch nie auf diese Art von einer Frau geküßt worden.»

«*Hast* du reagiert?»

«Nur ein bißchen. Es ging so schnell.»

Er durfte nicht zu interessiert oder zu hämisch wirken. «Nun», sagte Tom, «sie war vielleicht betrunken.»

«Oder auch sehr müde», sagte Lou, «wie wir alle.»

44

Der verwaiste Swimmingpool

Gleich chemischen Verbindungen geben Ehen bei ihrer Auflösung kleine Mengen Energie frei, die zuvor gebunden war. Da ist das Klavier, das niemand will, der Cockerspaniel, um den sich keiner kümmern kann. Regale voller Bücher entpuppen sich plötzlich als lästig überholt, es scheint unwahrscheinlich, daß sie je wieder gelesen werden, tatsächlich vermag man sich nur schwer zu erinnern, wer sie überhaupt gelesen hat. Und was ist mit den alten Skiern auf dem Boden? Oder der Puppenstube im Keller, die darauf wartet, repariert zu werden? Das Klavier verstimmt sich, der Hund dreht durch. In jenem Sommer, als die Turners sich scheiden ließen, hatte ihr Swimmingpool weder Herrn noch Herrin, obwohl die Sonne Tag für Tag brannte und Connecticut zum Dürregebiet erklärt wurde.

Der Pool war noch jung, erst zwei Jahre alt, von jenem verletzlichen Typ, bei dem Plastikfolien nebeneinander in ein sorgfältig ausgebaggertes Erdloch gelegt werden. Während der Erdarbeiten sah der Garten neben dem Haus der Turners infernalisch aus. Ein Bulldozer versank im Schlamm und mußte von einem anderen freigeschleppt werden. Aber bis zum Hochsommer sproß das neue Gras, die Fliesen ringsherum waren an ihrem Platz, der blaue Kunststoff färbte das

Wasser himmelblau, und man mußte zugeben, daß die Turners wieder vorn lagen. Sie waren ihren Freunden immer ein Stück voraus. Er war ein hochgewachsener Mann mit behaartem Rücken und langen Armen, die Nase vom Footballspielen breitgequetscht, der Gesichtsausdruck mürrisch von zuviel Blut; sie war eine feingliedrige Blondine mit trockenen blauen Augen und einem gewöhnlich leicht offenen Mund, die Lippen gespitzt, als sei sie im Begriff, eine besorgte oder launische Frage zu stellen. Nie schienen sie glücklicher, nie schien ihre Ehe gesünder zu sein als in jenen beiden Sommern. Sie wurden braun, geschmeidig und glatt vom Schwimmen. Ted begann den Tag mit Schwimmen, ehe er sich ankleidete, um den Zug zu erreichen, und Linda hielt den Tag über hof zwischen nassen Matronen und Kindern. Wenn Ted dann von der Arbeit nach Hause kam, fand er am Pool eine Cocktailparty vor, und das Paar pflegte den Tag erst um Mitternacht, wenn die letzten Freunde gegangen waren, zu beenden, indem es vor dem Zubettgehen nackt badete. Welche Ekstasen! Im Dunkeln schien das Wasser mild wie Milch und tragend wie Helium, und die Schwimmenden wurden zu Riesen, die mit einer einzigen trägen Bewegung von einem Beckenrand zum anderen glitten.

Im folgenden Mai wurde das Wasser wie üblich eingelassen, und die üblichen Nach-der-Schule-Grüppchen von Müttern und Kindern versammelten sich, Linda blieb jedoch, was gar nicht zu ihr paßte, im Haus. Dort konnte man sie von Zimmer zu Zimmer gehen hören, aber sie kam nicht mehr wie in den vergangenen Sommern mit einem fröhlichen Eis-Tablett und einem Armvoll Flaschen, Triskuits und Limonade für die Kinder zum Vorschein. Ihre Freunde fühlten sich weniger wohl, wenn sie, Handtuch in der Hand, am Wochenende bei den Turners erschienen. Obwohl Linda etwas schlanker wirkte und elegant aussah und Ted immer sehr jovial tat, umgab sie andeutungsweise jene Aura von Schlaflosigkeit und Unbeholfenheit eines Paares, das Probleme hat. Dann, einen Tag nach Schulschluß, floh Linda mit den Kindern zu ihren Eltern nach Ohio. Ted blieb abends in der Stadt, und der Pool war verlassen. Obwohl die Pumpe, die das Wasser durch den Filter sog, im Fliedergebüsch weitertukkerte, bekam der himmelblaue Pool Wolken. Die Körper toter Schmeißfliegen und Wespen befleckten die glatte Oberfläche. Ein gepunkteter Plastikball trieb in eine Ecke neben dem Sprungbrett und blieb dort liegen. Zwischen den Fliesen wuchs das Gras. Auf der Glasplatte eines Tisches am Beckenrand hatte eine Dose Insektenspray ihren Druck verloren, und in einem Gin-und-Tonic-Glas lag ein welkes Blatt Minze. Trostlos und gespenstisch wie eine tote Dschungelquelle sah der Pool aus, giftig und geniert. Der Briefträger, der überfällige Rechnungen und Aufforderungen zum Kauf von Pornographie in den Briefkasten stopfte, wandte taktvoll den Blick ab.

An einigen Juni-Wochenenden kam Ted verstohlen aus der Stadt herüber. Familien auf der Fahrt zur Kirche sahen ihn kurz, wie er trübsinnig chemische Substanzen in den Pool sprühte. Er sah bleich und dünn aus. Er zeigte Roscoe Chace, seinem Nachbarn zur Linken, wie man die Pumpe anstellte und den Filter auswechselte, und wieviel Chlor und Algitrol jede Woche hinzugegeben werden mußten. Er erklärte, er würde es nicht schaffen, jedes Wochenende zu kommen – als ob die Entfernung, die er jahrelang zweimal täglich zurückgelegt hatte, rein nach New York und raus aus New York, ein allzu steiler Abstieg in die Vergangenheit geworden wäre. Linda, ließ er sich vage vernehmen, hatte ihre Eltern in Akron verlassen und war nun bei ihrer Schwester in Minneapolis zu Besuch. Allmählich ließ der Schock über das gleichzeitige Verschwinden der Turners nach, und der Pool wirkte weniger gespenstisch und abweisend. Die Kinder der Murtaughs – eine rauflustige, vielköpfige Familie, Nachbarn der Turners zur Rechten – begannen ihn ohne Aufsicht zu benutzen. Nun tauchten auch Lindas alte Freundinnen mit ihren Kindern wieder auf, «um die Murtaughs davon abzuhalten, sich gegenseitig zu ertränken». Denn falls einem der Murtaughs irgend etwas zustieße, würden die armen Turners (das Adjektiv kam schon automatisch) auch noch für alles haftbar gemacht werden, gerade jetzt, wo sie es sich am wenigsten leisten konnten. So wurde es geradezu eine Pflicht, eine Art Loyalitätstest, den Pool zu benutzen.

Der Juli war der heißeste seit siebenundzwanzig Jahren. Die Leute brachten ihre Gartenmöbel in Kombiwagen herüber und stellten sie auf. Der eigene Nachwuchs im Teenager-Alter und Schweizer Au-pair-Mädchen wurden zu Bademeistern bestimmt. In der Garage fand man ein zusammengerolltes Nylonseil mit Schwimmkorken, das den flachen vom tiefen Teil des Beckens abtrennen sollte, und es wurde wieder installiert. Agnes Kleefield steuerte einen alten Kühlschrank bei, der an eine Steckdose über Teds Kellerwerkbank angeschlossen wurde, so daß man Eis, Bitter und Limonade bereithalten konnte. Ein Schuhkarton mit Wechselgeld auf Treu und Glauben stand alsbald daneben, und eine Art Fundbüro – eine stattliche Sammlung vergessener Sonnenbrillen, Schwimmflossen, Handtücher, Sonnenöle, Taschentücher, Hemden, sogar Unterwäsche – entstand auf der Seitentreppe zum Turnerschen Haus. Wenn man in jenem Juli sagte: «Ich seh dich am Pool», meinte man nicht das öffentliche Schwimmbad hinter dem Einkaufszentrum oder den Country Club Pool neben dem ersten Abschlag. Man meinte den der Turners. Eintrittsbeschränkungen waren kaum taktvoll durchzusetzen. Ein Methodistenbischof auf Besuch, zwei Wirtschaftswissenschaftler aus Taiwan, eine ganze Mädchen-Softballmannschaft aus Darien, ein kanadischer Dichter von Rang, der Meister im Bogenschießen aus Hartford, sechs Mitglieder der schwarzen Rockgruppe *The Good Intentions*, eine frühere Geliebte von Ali Khan, die lavendelhaarige Schwiegermutter eines Nixon-Beraters, der beinahe Ministerrang hatte, ein Säugling von sechs Wochen, ein Mann, der am nächsten Tag auf der Merritt Parkway tödlich verunglückte, ein Philipino, der achtzig Sekunden auf dem Grund des Bassins aushalten konnte, zwei Texaner, die die Zigarren im Mund und ihre Hüte auf dem Kopf behielten, drei Telegraphenarbeiter, vier expatriierte Tschechen, ein maoistischer Student von einem Methodistencollege und der Briefträger – alle schwammen sie als Gäste im Pool der Turners, wenn auch nicht gleichzeitig. Abends, wenn der Tagesandrang verebbt und der Schuhkarton in den Kühlschrank zurückgestellt war und das letzte Au-pair-Mädchen das letzte Kind mit Gänsehaut zum Abendessen nach Hause gebracht hatte, gab es eine neue Flut nächtlicher Aktivitäten, Rendezvous (am berüchtigtsten die der Mrs. Kleefield mit dem Nicholson-Jungen) und, wie es einige übertrieben theatralisch nannten, Orgien. Wahr ist, daß spätes Geplansche und erregtes Gelächter Mrs. Chace öfter am Einschlafen hinderten, und daß die Murtaugh-Kinder viele Stunden mit Ferngläsern an den Bodenfenstern zubrachten. Und es gab den Beweis der liegengebliebenen Unterwäsche.

An einem Samstag Anfang August fanden die morgendlichen Besucher ein unbekanntes Auto mit New Yorker Nummer in der Garage geparkt. Aber Autos jeder Art waren so vertraut – das Durcheinander der geparkten Wagen reichte oft bis auf die Straße –, daß sie nicht weiter darüber nachdachten, auch dann nicht, als jemand bemerkte, daß im oberen Stockwerk die Schlafzimmerfenster offenstanden. Und nichts geschah, außer daß zur Abendbrotzeit, in der Flaute, ehe die abendliche Meute mit Macht hereinbrach, Ted und eine unbekannte Frau vom gleichen Typ wie Linda, nur brünett, von der Küchentür zum Wagen eilten, einstiegen und zurück nach New York fuhren. Die wenigen noch herumlungernden Babysitter und Playboys bekamen so unwissentlich die Ursache der Scheidung zu Gesicht. Die beiden Liebenden waren den ganzen Tag im Haus gefangen gewesen; Ted fürchtete juristische Konsequenzen, falls irgend jemand sie sah und Linda davon berichtete. Die Unterhaltsverhandlungen waren gerade an einem kritischen Punkt, nur panische Angst vor Lindas Rechtsanwalt hatte Ted dazu gebracht, seine Entrüstung zu unterdrücken, als er hinter der Fensterscheibe mit ansehen mußte, wie aus seinem Privatpool ein öffentliches Volksfest wurde. Noch lange Zeit danach erinnerte er sich, obwohl er schließlich die Frau nicht heiratete, an jenen Tag, als sie wie Flüchtlinge in einer Höhle saßen, von Liebe und Eiswasser lebten, barfuß auf Zehenspitzen zu den leeren Vorratsschränken schlichen, die sie, weil sie abends spät angekommen waren, am nächsten Morgen aufzufüllen hofften. Doch sie hatten nicht mit dem Überfall der Eindringlinge gerechnet, der sie ans Haus fesseln würde. Ihr Haar, erinnerte er sich, hatte seine Schulter gekitzelt, als sie hinter ihm ans Fenster getreten war. Durch den wütenden Pulsschlag seines eigenen Blutes hatte er ihren schlanken Körper gespürt und wie sie den Atem anhielt, um nicht loszukichern.

Der August hielt mit wolkigen Tagen Einzug. Die Kinder waren des Schwimmens überdrüssig. Roscoe Chace machte Urlaub in Italien, die Pumpe ging kaputt, und niemand reparierte sie. Tote Libellen sammelten sich auf der Wasseroberfläche. Kröten, die sich täuschen ließen, hüpften hinein und schwammen hoffnungslos im Kreis. Schließlich kam Linda zurück. Von Minneapolis war sie wegen der Scheidung für sechs Wochen nach Idaho gefahren. Sie und die Kinder hatten verbrannte Gesichter vom Reiten und Wandern, ihre Lippen wirkten noch trockener und noch spöttischer als sonst, immer noch schienen sie im Begriff, jene quälende Frage zu stellen. Sie stand am Fenster, in ihrem Haus, dem schon die Möbel zu fehlen schienen, am selben Fenster, wo die Liebenden sich geduckt hatten, und betrachtete den verlassenen

Pool. Das Gras ringsum war grün vom Planschen, ausgenommen die Stelle, wo lange ein Handtuch gelegen und ein Rechteck niedergedrückt und braun gelassen hatte. Alumöbel, die sie nicht kannte, lagen zerbrochen herum. Unter dem Glastisch zählte sie ein Dutzend Flaschen. Das Nylonseil hatte sich geteilt, und seine Hälften trieben mal hierhin, mal dorthin. Der blaue Kunststoff unter dem farblosen Wasser versuchte. eine fröhliche Botschaft aus einer anderen Welt zu vermitteln, aber Linda sah, daß der Pool in Wirklichkeit keinen Boden hatte, er enthielt nur bodenlosen Verlust, eine riesige blaue Träne. Gott sei Dank war niemand darin ertrunken. Außer ihr. Sie sah, daß sie nie wieder hier leben könnte. Im September wurde das Haus verkauft, an eine Familie mit tapsigen Kleinkindern. Aus Sicherheitsgründen legten sie nicht nur den Pool trocken, sondern deckten ihn auch mit Eisenröhren und schwerem Maschendraht ab, und ringsum stellten sie Warnschilder auf wie vor einem angeketteten Hund.

Der Diakon

Er gibt den Teller weiter und zählt hinterher das Geld – ein großer, verbissen aussehender Mann, der eine Brille mit Metallfassung trägt, die offenbar fest auf seinem Gesicht aufliegt und sich um die Augen herum in die Haut einschneidet. Für den Sonntagmorgen trägt er ein sauberes weißes Hemd, aber ein Blick nach unten, wenn du deinen dünnen Umschlag hinlegst und ihm den goldenen Teller zurückreichst, enthüllt heruntergerutschte Socken und ausgetretene Schuhe. Und wenn er mit seinen Mit-Diakonen nach vorn zum Altar schreitet, stellt sich sein Anzug als die Hose eines Anzugs (grau) und die Jacke von einem anderen (braun) heraus. Er ist hier zu sehr zu Hause. Während der Predigt blickt er zu einer Ecke an der Decke des Kirchenschiffs empor, die renoviert werden muß, und kaut langsam, ehrfürchtig, jedoch unübersehbar Kaugummi. Er verweilt mit seinem bellenden, besitzergreifenden Lachen im Vorraum, während der Rest der Gemeinde an ihm vorbei in den Sonnenschein tritt und der Geistliche mit trockenem Mund nur noch daran denkt, endlich die Soutane auszuziehen und zum Essen nach Hause zu kommen. Das Auto des Diakons, ein staubiger Dodge, parkt fast jeden Abend vor dem Gemeindesaal. Er selber fragt sich, warum er so oft dort ist, wie er in diese un-

unterbrochene Folge von Männer-Essen, Christlichen-Erzie-
hungskomitee-Treffen, Chorproben und Notsitzungen der
Finanzkommission hineingeschlittert ist, bei denen Stunden
voller unwichtiger Debatten und andächtigem Schweigen
verstreichen, ohne daß etwas dabei herauskommt. «Nichts»,
erzählt er seiner Frau, die er beim Heimkehren aufgeweckt
hat. «Der alte Narr weigert sich, die Schulden zu tilgen.» Er
meint den Schatzmeister. «Seine Eminenz teilt uns mit, daß
man den Missionsgroschen nicht für die Ölrechnung ver-
wenden darf, selbst wenn wir ihn im Sommer mit fünf Prozent verzinsen.» Er meint den Geistlichen. «Es lag mir auf
der Zunge zu fragen, woher er seine Geschäftskenntnisse
hat.»

«Warum trittst du nicht zurück?» fragt sie. «Laß die jungen
Leute sich damit herumschlagen, bevor sie keine Lust mehr
haben und sich absetzen.»

«Noch eine Frieden-in-Vietnam-Predigt, und sie setzen
sich sowieso ab.» Schwer fällt er, nach Kaugummi riechend,
ins Bett. Wie Männer, die die Abende außer Haus in Bars
verbringen, fühlt er sich schuldig, aber die Bewegung, die
Helligkeit und Aufgeregtheit des Ortes, wo er gewesen ist, gehen in ihm weiter: die gefirnißten alten Tische, die vergilben-
den Schautafeln für die Sonntagsschule, die Klappstühle und
das blättrige Linoleum, das Schwarze Brett aus Kork, das Kichern des hinauseilenden Kinderchors, das sonderbare Gefühl, daß eine dunkle, heilige Sphäre ihren hell erleuchteten
Versammlungssaal umfängt wie das Nichts einen strahlenden
Planeten. «Noch ein einziges Gebet für den verdammten Viet-
cong», murmelt er, und das Gesicht des jungen Geistlichen,
weiß und besorgt an einer Pfeife saugend, fährt wie eine Vision des Teufels durch seinen gequälten Kopf. Er hat Kopfschmerzen. Die Nasenflügel, die Wangen, die Stellen über den
Ohren und wo sonst das Brillengestell gedrückt hat, schmerzen dumpf. Seine Frau schnarcht vernachlässigt. In kaum sie-

ben Stunden wird der Wecker klingeln. Das muß aufhören. Er muß ein neues Leben anfangen.

Er heißt Miles. Er ist über fünfzig und Elektroingenieur. Alle sieben Jahre oder so wechselt er Arbeitsstelle und Wohnort. Er war Mitglied der Diakonskommission einer wohlhabenden Methodistenkirche in Iowa, eines schicken Gebäudekomplexes aus Klinker und Glas auf einem hektargroßen Parkplatz neben einem Maisfeld, dann bei einer Presbyterianer-Kirche in San Francisco, Gotik aus der Goldrausch-Ära im Rücken des Nob Hill, deren sonntägliche Besucher aus einer Handvoll chinesischer Geschäftsleute, ein paar Prostituierten mit Sonnenbrillen und einigen bärtigen, benommenen jugendlichen Drop-outs bestanden, die ein warmes Plätzchen suchten, an dem sie ihre samstäglichen Abendausflüge in Ruhe ausklingen lassen konnten; dann bei einer anderen Presbyterianer-Kirche im Staat New York, einer strengen Granitkapelle in einem Vorort von Schenectady; und zuletzt bei einer gruftähnlichen Reformierten Kirche im Südosten von Pennsylvania, die zwischen so dichtem Blattwerk versunken ist, daß man sogar mittags das Licht brennen lassen muß, und deren Balkons voller Spinnweb den ganzen Sommer über von Wespen wimmeln. Obwohl Miles weit gereist ist, ist er doch niemals aus dem losen Netz calvinistischer Sekten ausgebrochen, dem es fast jeder Amerikaner verdankt, daß er in Sichtweite eines Kirchturms wohnt. Er fragt sich, warum. Er ist in Ohio aufgewachsen, in einem Städtchen, das den Beigeschmack des Vorpostens verloren, aber dessen freudlose Enge beibehalten hatte, und war mit dem gleichen farblosen, langweiligen Glaubensbekenntnis konfirmiert worden, das Millionen Amerikaner seiner Generation für immer abgetan haben. Er war nicht in dem Sinne, wie er den Begriff verstand, religiös. Der Gottesdienst langweilte ihn. Die Augen beim Gebet zu schließen machte ihn schwindelig. Deutlich hörte er bei jeder Andacht den übertriebenen Tonfall heraus, der in geschäftlichen Dingen entweder Unwissen oder Unehrlichkeit signalisierte. Sein Beruf hatte ihn zu der Meinung gebracht, daß unser Verstand, mit seinem Knistern eigener Wichtigkeit, nichts als die Summe elektrischer Schaltkreise war. Nichts an seinem Körper hielt er für wert, wiederaufzuerstehen. Genaugenommen verschmolz Gott in gewisser Weise mit dem Winkel der Kirchendecke, wo sich Anzeichen von Leckagen zeigten. Daran, daß der Mensch gut sein sollte, zweifelte er nicht, auch nicht daran, daß die soziale Ordnung persönliche Opfer erforderte; indes die Himmlische Hypothese, wie sie ihm diese vierzig Jahre lang sonntags in die Ohren gedrungen ist, drückt uns alle auf das gleiche Niveau der Unwürdigkeit herab und erlöst dann alle ohne Unterschied, wobei in diesen Tagen besonders der Verantwortungslose erhöht wird – der Arbeitsscheue, der Gewalttätige, der Frevler, das eine verirrte Schaf unter hundert. Doch weder Gott noch seine Priester legten Liebe für Diakone an den Tag – tatsächlich waren Pharisäer die ersten Objekte ihres Zorns. Warum dann auf einer Arbeit bestehen, die völlig ohne Dank ist, warum um Bürgschaften betteln, knausern und Geld zusammenkratzen, um verkommene alte Gebäude zu retten, warum im Kreis von Sonntagsschülern sitzen, deren Gesichter von stundenlangem Fernsehen zu steinhartem Zynismus erstarrt sind, wozu fruchtlose Sitzungen besuchen, in denen die Senilen und die Frustrierten den Ton angeben, wozu argumentieren, gähnen, Schlaf versäumen und die Gesellschaft seiner Frau missen, die kleinen, sicheren Freuden des Heims? Warum? Nur weil er es seinen Kindern hatte freistellen wollen, ob sie als Christen ins Leben treten wollten, als Bürger, wie er einer gewesen war; aber jetzt haben alle das Haus verlassen, sind im College oder verheiratet, und – soweit er es taktvoll erkunden kann – konfessionslos. So sei es. Er hat seinen Teil getan.

Ein Angebot für einen neuen Job trifft ein, es ist unwiderstehlich, und lockt ihn nach Neuengland. In Pennsylvania veranstaltet der Gemeindeverein für ihn ein Abschiedsessen; seine Sonntagsschullehrer beschenken ihn mit einem Schreibset; er übergibt seinen gründlichen Finanzbericht, seine ordentlichen Protokolle unklarer Sitzungen. Zum letztenmal beugt er das Haupt in dem dunklen Sanktuarium, das nach vermoderndem Stuck riecht und in dem gefangene Wespen summen. Er ist frei. Ihr neues Haus ist kleiner, ihre neue Stadt ist weiß. Er tritt keiner Kirche bei; er bleibt zu Haus und liest die Sonntagszeitung. Zusammenzuckend überspringt er die religiösen Nachrichten. Er chauffiert seine Frau gen Norden, damit sie das sich färbende Laub bewundern kann. Seine Abende sind unermeßlich. Er liest sich durch Winston Churchills *Geschichte des Zweiten Weltkriegs* hindurch; er installiert überall im Haus komplizierte elektrische Vorrichtungen, an denen seine Frau ab und zu einen Schlag bekommt. Sie fahren in Auto-Kinos und finden sich wie auf einer Insel in einem Meer von Unzucht wieder. Sie gehen kegeln und zum Volkstanz und kommen sich lächerlich vor, zu schwer und zu langsam. Seine Frau hat in den Jahren einsamer Abende ein System des Zeitvertreibs entwickelt – Fernsehshows, dazwischen immer mal wieder ein Weilchen nähen und dösen –, in das er nur schlecht hineinpaßt. Sie hört ihn grunzen und seufzen, nach Wörtern tasten. Aber am schlimmsten sind die Sonntagmorgen, schlimme Stunden, vergiftet vom schwindelerregenden Sausen und Brausen des Verkehrs Richtung Kirche auf der Straße draußen. Er steht am Fenster; der Anblick von drei kleinen Mädchen mit weiß bebänderten Hüten, dunkelblauen Mänteln und Kleidern aus gestärktem Organdy, die von der Sonntagsschule nach Hause tollen, verursacht einen plötzlichen Schmerz, unheilig in seiner Heftigkeit.

Hinter ihm sagt seine Frau: «Warum gehst du nicht zur Kirche?»

«Nein, ich glaube, ich wasche den Dodge.»

«Du hast ihn letzten Sonntag gewaschen.»

«Vielleicht sollte ich mit Golf anfangen.»

«Du willst doch zur Kirche gehen. Geh. Es ist keine Sünde.»

«Nicht zu den Methodisten. Bei den Bastarden in Iowa habe ich mich fast zu Tode gearbeitet.»

«Was ist mit der hübschen weißen mitten in der Stadt? Unabhängige Kirche. Wir waren noch nie Unabhängige; sie werden dich in Ruhe lassen.»

«Willst du nicht lieber ein bißchen mit mir im Auto herumfahren?»

«Ich werde durch das dauernde Stoppen und Starten autokrank. Um die Wahrheit zu sagen, es wäre eine Erlösung, dich mal aus dem Haus zu haben.»

Schon zieht er seinen Pullover aus, um Platz für ein sauberes Hemd zu schaffen. Er zieht einen Mantel über, der nicht zu seiner Hose paßt. «Ich gehe», sagt er, «doch ich will verdammt sein, wenn ich beitrete.»

Er kommt zu spät und sitzt, zur Decke blickend. Es ist eine hölzerne Kirche, und zwischen den Balken und Deckenbrettern sind beim Trocknen Spalten und Ritzen entstanden. Über jedem der Fenster aus einfachem Glas sieht er Leckage-Flecken in der Farbe vertrockneter Äpfel. An der Tür ergreift der Geistliche, ein sehr junger bleicher Mensch mit einem runden Mondgesicht und allwissenden Fältchen um den Mund, Miles' Hände, als wolle er sie nie wieder loslassen. «Wir haben auf Sie gewartet, Miles. Wir erhielten einen großartigen Brief über Sie von Ihrem reformierten Pastor in Pennsylvania. Wie Sie wissen, müssen Sie seit der Vereinigung der christlichen Kirche nicht einmal mehr rekonfirmiert werden. Diesen Donnerstag haben wir ein Männer-Essen. Wir sehen Sie doch hoffentlich dort?» Die Hände einiger Priester, hat Miles erkannt, werden fett unter dem Druck des häufigen Händeschüttelns, andere schrumpfen bis auf die Knochen; die von diesem sind, trotz des dicken Gesichts, fast knöchrig.

Die ganze Kirche ist fadenscheinig und dürr; sie wehrt sich nicht gegen seine hilflose Infiltration des Männervereins, der Finanzkommission, der Schuldentilgungs- und Gebäudeunterhaltskommission. Er und ein paar zottige Mitglieder der Pilgerjugend malen die Sonntagsschulstühle zinnoberrot. Er und ein schmutziger Kauz und drei Flaschen Bier befreien den Heizungsraum von moderndem Mobiliar und alten Requisiten für Krippenspiele, von verzogenen Gesangbüchern und unbenutzten Programmen, die immer noch dalagen, wie der Drucker sie gebündelt hatte, von den vergilbten Überbleibseln eines Dutzends aufgegebener Projekte. Einmal geht er zu einem Komiteetreffen, zu dem sonst niemand erscheint. Es ist ein stürmischer Winterabend, ein Abend mit kaltem Regen vom Meer, der auf den Straßen gefriert. Der Geistliche ist die ganze Nacht bei der Familie eines Selbstmörders geblieben und kann selber nicht kommen; er hat den Kirchenschlüssel bei Miles hinterlassen.

Der Schlüssel zur Vordertür, nicht größer als ein Autoschlüssel, scheint wunderbar klein für so ein großes Gebäude. Ist es der einzige? Miles nimmt sich vor: Duplikate machen lassen. Er dreht das Licht an und wartet auf die anderen Komiteemitglieder – ein pensionierter Bankier und zwei unverheiratete Damen. Die Heizung läuft entschlossen, jedoch mit einem hörbaren Humpeln. Ein Kohlebrenner, der vor zwanzig Jahren auf Öl umgerüstet wurde. Die alten gußeisernen Roste liegen noch aufeinandergestapelt in einer Ecke, zu schwer zum Wegwerfen. Sollten als Altmetall verkauft werden. Jeder Pfennig zählt, knausern, zusammenkratzen. Miles denkt, wie über ein Geheimnis, darüber nach, was für eine Verschwendung es bedeutet, wenn man einen riesigen Schuppen wie diesen mit einem derart wirkungslosen Brenner beheizt. Heiße

Luft steigt direkt vom Boden zur Decke hoch, trocknet das Holz und reißt es auseinander. Ölanzeige halb festgeklebt. Verschwendung, nichts als Verschwendung. Bewahrung und Verschwendung und Müdigkeit.

Miles setzt die Brille ab und reibt sich die wunden Stellen auf dem Nasenrücken. Er setzt sie wieder auf, um auf die Uhr zu sehen. Seine Uhr ist stehengeblieben, das kleine Zifferblatt naß vom Regen wie das Gesicht eines aufgeregten Kindes. Der Stecker der elektrischen Uhr im Büro des Geistlichen ist rausgezogen. Täuscht Sparsamkeit vor. Dort stehen Bücher: Konkordanzen, Alltagshilfen, Vers für Vers durchs Jahr, große Predigten, die besten Predigten, Hinweise für Predigten, alles aus zweiter Hand, nein, dritter Hand, schlimmer, hundertster, tausendster Hand, eine blankgenutzte Münze. Die Bücher liegen auf der Seite, und die Hälfte der Regale ist leer. Leer. Nichts auf dem Schreibtisch. Keine laufenden Geschäfte. Er probiert den priesterlichen Füllfederhalter, er ist ausgetrocknet. Trocken wie eine alte Schlangenhaut, trocken wie eine Heuschreckenhülle, die immer noch am Baum haftet.

Auf der Suche nach der Uhrzeit geht Miles in das Sanktuarium. Die Pendeluhr von 1880 auf der Chorbalustrade tickt noch. Er kann sie über dem Kopf im Dunkeln hören. Er schaltet das Licht im Kirchenschiff an. Es vergeht ein Augenblick, ehe es angeht. Irgendein Wackelkontakt im Schalter, die Kabel in den Wänden zweifellos verrottet, ein Wunder, daß nicht schon alles abgebrannt ist. Miles hat vorher noch nie einer Holzkirche angehört. Um ihn und über ihm knistern und ächzen die behauenen Balken im Gespräch mit dem Wind wie ein starrer weißer Wald. Die hohen schwarzen Fenster, wie durch Hände voll Sand gepeitscht, scheinen nach innen auszuweichen, zerbrechen aber nicht, und Miles spürt, wie das Holz dieser Arche samt ihrem Ballast aus zerschlissenem Kirchengestühl in dem wilden Wetter schlingert, doch standhält; und deshalb ist er gekommen: den Stolz dieses alten Dings zu teilen, das nicht so recht sterben will. Es ganz für sich allein zu haben. Aus einer Öffnung mit Eisengitter pustet warme Luft an seine Knöchel. Miles kann oben hinter Uhr und Orgel in den Winkeln der unbenutzten Empore Erinnerungsstücke aus der Vergangenheit der Kirche sehen – puritanische Kirchenstuhltüren, Fußwärmer aus Blech, Kollektebeutel aus Samt, viktorianische Gedenk-Alben, zerborstene Porträts von Pastoren mit Perücke, ovale Fotos verstorbener Diakone und unerklärliche, nicht beschriftete Ferrotypien von pausbäckigen verdrießlichen Kindern und vergangenen Picknicks – friedlich in staubigen Glaskästen ruhend, die selber Antiquitäten sind. Dieser ganze anonyme Schatz gehört Miles, indem er hier sitzt wie ein Pharao, der mit der reichen Möblierung seines Lebens begraben ist, während draußen der Regen wie ein Grabräuber trommelt, um eingelassen zu werden.

Ja, sieht der Diakon, es ist wirklich eine Vorbereitung auf den Tod – eine Leere, wo schon viele andere gewesen sind, und genauso wird der Tod sein. Es ist gut, hier zu Haus zu sein. Nichts existiert jetzt außer ihm, dieser Hülle und dem Sturm. Die Fenster klappern; der Sand ist zu Kieseln geworden, der Regen zu Graupeln. Der Sturm packt die Kirche beim Turm und läßt sie wackeln, aber die Mauern wurden mit Liebe gebaut und widerstehen. Die anderen haben sich sehr verspätet, sie werden nicht mehr kommen; er ist nicht ungehalten, er ist heiter. Er macht das Licht aus. Er verschließt die Tür.

Der Tag, an dem
das Kaninchen starb

Der Verschluß klickt, und was dabei eingefangen wird, ist meist Zufall – jene geglückte Diagonale im Vordergrund, der sprechende Ausdruck, mitten im Flug zwischen zwei Hochebenen der Leere für immer festgehalten. Margaret und ich hatten eigentlich nicht gerade sechs Kinder geplant. Zuerst probierten wir so lange herum, bis wir einen Jungen bekamen. Dann, nach Jimmys Geburt, war es zum einen der Versuch, ihm einen Bruder zu geben, aus Sorge, daß er schwul werden könnte zwischen all den Schwestern, zum andern wollten wir noch einmal erleben, wie neugeborene Babies sind. Sie wissen doch, wie sie sind – delikat wie unbelichteter Film, in Tücher eingepackt anstatt in Metallfolie, aber gewikkelt mit derselben wunderbar übertriebenen, na, sagen wir, *Empfindlichkeit*. Dieser torkelige heiße Kopf. Diese marineblauen Augen mit den auf f/2 eingestellten Pupillen. Die an Seidenfäden aufgehängten Handgelenke, die Fußsohlen zart wie Augenlider: So feinkörniges Material würde das Dach einer Hundehütte aus fünf Kilometern Höhe wiedergeben.

Außerdem bin ich Berufsfotograf, und einer der Tricks dieses Gewerbes heißt; so viele Aufnahmen wie möglich. Tatsächlich sind alle sechs Kinder sehr gut gelungen, jetzt, da wir die Füße des Babies so weit haben, daß sie sich nicht mehr gegenseitig angucken, und Deirdre eine Brille trägt. So viele Kinder zu haben ist in der Stadt kein Problem, wo ich ins Studio und sie in die Schule gehen, ziemlich reibungslos, aber während der Ferien kommen wir leicht ins Gedränge. Wir mieten in jedem August die gleiche Vier-Zimmer-Hütte. Als die Katze aus lauter Liebe dieses übel zugerichtete Kaninchen, das sie gefangen hatte, hereinzerrte, dauerte es Minuten, bis ich nahe genug herankam, um auch nur einen Blick darauf zu erhaschen.

Henrietta – sie ist die Zweitjüngste, das letzte von den Mädchen – schrie. Es gibt Schreie wie Blitzlichter, so kalt. Dieser hier riß Linda aus ihrer Mordgeschichte und Cora von ihrem Beatles-Magazin hoch, und sie drängten in den Korridor, der zu den Schlafzimmern gehört, die der Vermieter an die Hütte angebaut hat, um sie besser vermieten zu können, und der für zwei Paar Schultern nicht breit genug ist. Von diesem Korridor führt eine salzpickelige Aluminium-Schutztür mit einer falsch eingestellten hydraulischen Apparatur nach draußen, die während der ersten zwei Drittel ihres Bogens blitzschnell zuschnappt, sich aber dann im letzten Drittel so langsam schließt wie eine Uhr und dabei auch tickt. So konnte die Katze hereinkommen. Es war eigentlich gar nicht unsere Katze, nur eine räudige Streunerin, der die Kinder draußen auf dem Feld zwischen unserm Vorgarten und dem Süßwasserteich Salamireste zu fressen gegeben hatten. Deirdre hatte Margaret beim Abwaschen geholfen, und beide stürzten genau vor mir in den Korridor, gerade rechtzeitig, um zu hören, wie Linda eine Sammlung dieser Flüche absonderte, die immer häufiger aus ihrem Munde kommen. Je mehr sie davon losläßt, desto engelhafter wird ihr Gesicht. Sie ist dreizehn, und ich vermute, in ein paar Jahren werden es Drogen und Alkohol sein, die den umgekehrten Weg gehen. Ich weiß weder, woher sie diese Wörter nimmt, noch, wie ich sie daran hindern kann, sie auszustoßen. Ihre Wangen werden schmaler, ihre Mundwinkel spöttisch, ihr Nasenrücken wird schärfer, und ihre Augen gewinnen an Tiefe; wie ich *das* aushalten soll, weiß ich auch nicht. Gesichter sind, durch ein Objektiv betrachtet, Durchgänge für Engel, manchmal für ganze Wolken von ihnen. Jimmy erzählte mir neulich – er hat ein paar Bücher über Rekorde gelesen, meist Sportrekorde – von einem Mann, der so fett war, daß er statt in einem Sarg in einer Klavierkiste begraben wurde, und er fragte mich, was ein Sarg ist. Ich erzählte es ihm, und ein Dutzend Engel waren gleichzeitig auf seinem Gesicht, als er im Geiste Sarg, Fettsein, Klavier und Erde zusammenfügte, bis er die Aufnahme im Kasten hatte. Klick.

Auf Lindas Flüche folgte das Geräusch einer Ohrfeige und dann eine Sekunde lang Stille, bis sich herausstellte, wer geschlagen worden war: Henrietta. Ihr Geschrei zerriß die Korridorwände, und unten zwischen unseren Beinen revidierte die Katze ihr Verhandlungsangebot. Während der letzten tikkenden Zentimeter raste sie durch die Schutztür wieder hinaus und ließ das Kaninchen zurück. Jetzt konnte ich es sehen: ein beinahe ausgewachsenes Kaninchen, das wie ein Türstopper aus Fell zusammengekauert auf der Schwelle zum Zimmer der älteren Mädchen lag. Keiner wagte, es zu berühren. Wir erstarrten um es herum zu einem Kreis. Henrietta heulte immer noch, und aus Coras Transistorradio drangen Beat und Störungen wie aus einem mit Stahlwolle ausgestopften Herzen. Dann kam Gott aus dem Zimmer der kleineren Kinder den Flur herunter.

Gottfried, der zweite Junge, ist das Baby. Uns fielen kaum noch Namen ein, auch ein Grund dafür, daß wir aufhörten. Ein anderer Grund war, daß die Klumpfüße eine Warnung zu sein schienen. Gottfried konnte nur langsam gehen, nachdem sie ihm die Schienen abgenommen hatten, und im Alter von vier Jahren marschiert er mit einer unaufhaltsamen, bedächtigen Würde auf diesen zwar nicht deformierten, aber irgendwie ausgesprochen rechtwinkligen großen Füßen. Er bahnte sich seinen Weg zwischen unseren Beinen hindurch, hockte sich ohne Zögern hin und hob das Kaninchen auf. Cora, das empfindlichste der Kinder – die anderen stecken ihr immer Würmer in den Nacken –, kreischte auf, und Gott zuckte zusammen und schnippte das Kaninchen zurück auf den Boden; es schlug kopfüber auf und lag ganz verbogen da. Linda boxte Cora, und Henrietta gab Gott einen Stoß, aber immer noch war keiner von uns andern bereit, das Kaninchen anzufassen, das diesmal vielleicht tot war. Darum ließen wir es Gott noch einmal versuchen. Wir brauchten Jimmy. Er und Deirdre haben so etwas Natürliches an sich – mittlere Kinder neigen dazu. Aber während des ganzen Monats ist er draußen geblieben, ist uns aus dem Wege gegangen, hat mit sich selbst Kriegen gespielt, auf dem Teich gerudert und darüber nachgebrütet, was es heißt, ein Junge zu sein. Er ist zehn. Er hat mir gefehlt. Ein Vater ist wie ein Hund – er braucht einen Jungen zum Freund.

Diesmal machte das Kaninchen in Gottfrieds Armen eine plötzliche Bewegung, die ihn wohl kitzelte, und wurde wieder fallen gelassen. Aber das Lebenszeichen war beruhigend, und Deirdre gelang es endlich, sich nach vorn durchzudrängeln. Und so machten wir den ganzen Abend lang flüsternd Krankenbesuche an diesem Schuhkarton. Während Deirdre und Henrietta abwechselnd Milch in eine Pipette füllten und Gott versuchte, aus ihm ein Steiff-Tier zu machen, strapazierte Cora ihre Nerven damit, dem Kaninchen immer wieder ins linke Auge zu gucken, das ein bißchen angenagt war, so daß es wie Fischleim aussah. Jimmy kam nach Anbruch der Dunkelheit vom Teich zurück, stand am Fußende von Deirdres Bett und sah zu, wie sie versuchte, das Kaninchen mit einer Pipette voll abgestandener Milch gesundzupflegen. Sie sang leise vor sich hin und weinte. Kein Theater, nur Tränen. Das Kaninchen lag hechelnd auf seiner linken Seite, das kranke Auge nach oben. Linda lag auf dem Nachbarbett und las obendrein noch ihren Krimi. Gott schlief. Jimmy schniefte mit den Nasenflügeln und kehrte der ganzen Sache den Rücken. Er hatte das Bild im Kasten. Das Kaninchen würde sterben. Irgendwie fühlte ich mich müde, feucht und kalt.

Was war es, das mich in den nächsten vierundzwanzig Stunden langsam überflutete, das mich wünschen läßt, den Tag auf irgendeine Art von Film zu bannen? Ich weiß es nicht genau, deshalb muß ich alles aufnehmen, ganz gleich, wie unterbelichtet es ist.

Linda und Cora waren noch wach, als Scheinwerfer in die Auffahrt knallten – wir sind einen Häuserblock vom nächsten Haus und einen halben Kilometer von der Straße entfernt – und die Pingrees vorbeikamen. Ian arbeitet für eine Werbeagentur, für die ich ein paar Nackedeis fotografiert habe, die sich unter der Dusche abseifen, und im Urlaub trägt er Hemden mit U-Boot-Kragen, kirschrote Bermudas, eine blaue Sonnenbrille und läßt sich einen Pfeffer-und-Salz-Bart wachsen – ein Dummkopf in Ektacolor und überdies kurzsichtig. Aber seine Frau, Jenny, ist flott: niedrige Stirn wie ein Fuchs. Sommersprossen. Dichtes, rotes, sonnenmattes Haar, flach den Rücken hinuntergebügelt. Hüften. Und dann ihre Beine, die Art, wie sie zusammengefügt sind, leicht gebogen, aber mit dem gewissen glatten, weichen, untadeligen Etwas um die Schenkel, das man gewöhnlich nur an den Kotflügeln neuer Autos findet. Obwohl sie neuerdings sehr ernsthaft und liberal und engagiert ist, könnte ich sie pausenlos betrachten. Sie ist ein Genuß für die Augen. Was nicht dasselbe ist wie fotogen. Die wenigen Aufnahmen, die ich von ihr gemacht habe, zeigen eine starr blickende Frau mit Babyspeck, wohingegen so eine magere Schrippe, deren Namen ich nicht einmal kenne, in einer Zeitschrift auf mich wirkt wie die extra für mich gemachte Version des Eros. Die Kamera lügt immer. Sie muß lügen.

Margaret hat nichts gegen die Pingrees, was nicht heißt, daß sie sie mag, aber in den letzten Jahren zeigt sie wenig Neigung, irgend jemanden besonders zu mögen. So wurde es Mitternacht, bis sie gingen. Wir alle waren schwindlig vom Trinken und Reden unter den Sternen, die so beherrschend und vorwurfsvoll wirken, wenn man betrunken ist, und verabschiedeten uns lauthals in der Zufahrt, nachdem wir uns für den nächsten Tag zum Tennis verabredet hatten. Mir fiel das Kaninchen ein. Deirdre, Linda und Cora schliefen. Linda hatte noch das Licht an, und der Krimi hob und senkte sich auf ihrer Brust, während Cora in der Bettkoje über ihr schwebte. Das Kaninchen lag im Schuhkarton unter dem schützenden Rost eines Grills, für den Fall, daß die Katze zurückkäme. Wir räumten den Rost zur Seite und zündeten, in der Erwartung, daß das Kaninchen tot wäre, ein Streichholz an. Fotografie im Schwefellicht: Leichenbestatter bei der Arbeit. Aber wenn das Kaninchen auch nicht gerade hoppelte, so bewegten sich doch seine Barthaare, vor und zurück, nicht mehr als einen Millimeter an den Spitzen, aber es bedeutete Atem, Leben, Hoffnung. Was sonst? Ewige Fürsorge, die über uns lastete und ebenfalls ein Streichholz hielt und sich die Finger verbrannte? Unsere Entdeckung des Lebens, durch Alkohol glorifiziert, ermutigte uns, zum erstenmal seit, oh, unzähligen Tagen, miteinander zu schlafen. Sie ist immer müde und sagt, daß die Pille sie deprimiert, und aus ihren Klagen ist so etwas wie ein Abwehr-Wettrüsten entstanden. Mondlicht, gedämpft durch Fensterläden. Große Augenhöhlen unter mir, die nach oben blicken. Zu den Gerüchen der Hütte aus Dunst, Zeder und Salz fügten wir Moschus. Margaret glitt danach schnell wie ein Fisch in den Schlaf, aber ich lag noch eine unbestimmte Zeit wach – die Stunden nach Mitternacht verlieren ihre Zahlen, wenn man sie nicht an einem Leuchtzifferblatt abliest –, während das Kaninchen zu riesiger, bedrückender Größe anschwoll und uns alle überdeckte. Eine nervöse Anspannung riß mich mittels eines Barthaares immer wieder aus dem Schlaf, und das Atmen und Rasseln überall um mich herum signalisierte Gefahr, wie das Rumpeln und Schwanken eines Schiffes, das jeden Moment, im nächsten oder übernächsten, auf einen Eisberg auflaufen könnte.

Morgen. Das Kaninchen hatte ein bißchen Milch getrunken, und das Fischleim-Auge war etwas weiter geöffnet. Die Kinder jauchzten triumphierend. Strahlendes Sonnenglitzern auf dem Meer, jenseits des Sandes, jenseits des Teiches. Wir ruderten hinüber, sechs im Ruderboot und zwei im Kajak. Die Wellen waren hochgegangen während der Nacht und hatten Trümmer angeschwemmt, die von irgendwo zwischen hier und Portugal stammten. Jimmy ging weit den Strand hinunter und sammelte von Schiffen über Bord geworfene Glühbirnen – sie sind luftleer und schwimmen ewig, wenn man sie läßt. Ich hatte das 135er Tele auf die Nikon gesetzt und eine Rolle Plus-X eingelegt und machte ein paar Aufnahmen von den Kindern (Coras Gesicht, ängstlich und ekstatisch, gefangen in der durchsichtigen Wand eines Brechers, der sie im nächsten Moment unter sich begraben würde: Gottfried, dessen kurzgeschnittene blonde Haare leuchteten wie ein Helm, mit einer tritonesken Algenranke um die Schulter), aber die meisten Aufnahmen machte ich von Gras, Sand und Schatten, ganz nah, mit dem Ultraviolett-Filter, und ich versuchte einzufangen, was vielleicht gar nicht einzufangen ist, die Art und Weise, wie die Schattensäume von Sandkorn zu Sandkorn torkeln und wie ein paar geknickte Grashalme Kreise um sich ziehen, um die Zeit fernzuhalten.

Jimmy brachte die Glühbirnen, ordnete sie der Größe nach und hatte, bevor ich ihn erreichen konnte, zwei davon methodisch zerschmettert. Alles, was ich sehen konnte, waren blutige Füße, aber ich wollte ihn wirklich nicht so hart anpacken. Die Abdrücke meiner Hand waren noch eine halbe Stunde später rot auf seinem Arm zu erkennen. Unser Kampf deprimierte Henrietta; wie ein Seismograph empfindet sie alle Gewalttätigkeit als ihre eigene. Gott sagte, er hätte Hunger, und Deirdre fing an, sich um das Kaninchen Sorgen zu machen: Wenn Kindergesichter manchmal so verquollen aussehen, denke ich, daß sie etwas ausgefressen haben, aber sie können auch Trauer bedeuten. Deirdre und Jimmy nahmen das Kajak, um zuerst anzukommen, und Linda, die vielleicht glaubt, körperliche Betätigung würde ihrem Busen nachhelfen, ruderte uns andere zu unserem Anleger. Mit gesenkten Köpfen gingen wir zum Haus. Unser Gehweg ist voller Giftefeu und unser versengter Rasen voll von niedrigen Disteln. In unserer Abwesenheit hatte das Kaninchen, noch immer auf der Seite liegend, einen netten kleinen Haufen schrotähnlicher Scheiße produziert. Die Kinder waren außer sich; für sie war es ein unanständiger Witz und ein Wunder in einem. Die Genesung des Kaninchens stand fest. Aber mir kam das Auge wolkiger vor, und der Bogen der Barthaarspitzen schien noch winziger zu sein.

Mittagessen: Suppe und belegte Brote. Am Himmel Bewölkung vom Westen her, wie oft um die Mittagszeit. Die Lichtstärke verringerte sich, und die Zeiger des Jahres rückten einen Monat weiter. Es war Herbst, jeder Grashalm leuchtete. Der August ist von dieser blechernen, fragwürdigen Qualität – der einzige Monat ohne jeden Feiertag, an dem man ihn festmachen könnte. Wir waren um zwei Uhr zum Tennis verabredet. Sie können sich selbst ausmalen, wie Jenny Pingree im weißen Tennisdress aussah: diese runden, unschuldigen Schenkel, das wippende, lose Haar hinten mit einem Tuch aus blauer Gaze zusammengebunden, und jene humorlose, angespannte Unbeholfenheit – besonders beim Fangen von Bällen, die ihr zugeworfen wurden, wenn sie den Aufschlag hatte –, die wir an Kindern, dressierten Tieren und Frauen, die normalerweise graziös sind, so lieben. Sie und ich besiegten, dank meines aggressiven Netzspiels, Ian und Margaret mit 6:3, und der nächste Satz wurde mit 4:4 beendet, als unsere Stunde auf dem Platz vorüber war. Ein moralischer Triumph für Margaret, die so locker spielte wie vor fünfzehn Jahren und mir ein halbes dutzendmal unerreichbare Passierbälle servierte. Schweißglänzend nahm sie den Wagen und fuhr mit den vier Kindern, die mit zu den Tennisplätzen gekommen waren, einkaufen; Linda war mit einem neuen Buch in der Hütte geblieben, und Jimmy war zu einem Haus in der Nachbarschaft gegangen, wo es einen Jungen in seinem Alter gab. Die Pingrees setzten mich an unserem Briefkasten ab. Da sie am Sonntag in die Stadt zurückkehrten, hatten wir für den Abend ein Picknick am Strand verabredet. Die Post bestand aus nachgeschickten Rechnungen, aus Bleistift-Briefen in Druckbuchstaben an die Kinder von ihren Freunden, die auf anderen Inseln oder an anderen Seen waren, und der Zeitschrift *Life*. Während ich unseren Sommerweg entlangging, blätterte ich einen überprächtigen Fotobericht über Afghanistan durch. Dahineilende verschwommene Frauen in pfauenbunten Saris, Paläste aus Lehm, Rosenstaub, silberne Flüsse hoch oben im Hindukusch. Ein ganzes Tal – dunstige bewaldete Erde – füllte die Doppelseite in der Mitte. Was für *Objektive* diese Leute haben! Nichts Schönes auf Erden ist so selbstlos wie ein schönes Objektiv.

Als ich in die Hütte kam, rief ich Linda zu: «Ich bin's nur», weil ich dachte, sie könnte sich vor Einbrechern fürchten. Ich ging in ihr Zimmer und guckte in den Schuhkarton. Das Auge, war glanzlos, und die Barthaare machten nicht mehr die winzigste Bewegung.

«Ich glaube, das Kaninchen ist hinüber», sagte ich.

«Ich will es nicht sehen», sagte sie, aufrecht in der unteren Koje, die Augen tief in ein Taschenbuch mit dem Titel *Ein Stich zur rechten Zeit tötet neun* versteckt. Der Umschlag zeigte eine Schneiderpuppe, die von einem Stilett durchbohrt war und blutete. «Ich könnte es nicht *aus*halten», sagte sie.

«Was soll ich machen?» fragte ich.

«Begrab es.» Sie sprach, als hätte sie aus dem Buch vorgelesen. Ihr Profil, merkte ich, wurde zu einer Kamee, mit einer hübschen, zarten Wölbung in der Stirn, die so hoch war wie die von Margaret. Ich hoffte, ihre Intelligenz würde ihr das Leben nicht zu schwer machen.

«Deirdre wird es noch mal sehen wollen», widersprach ich. «Es ist ihr Baby.»

«Es wird sie nur traurig machen», sagte Linda. «Und mich anekeln. Es muß schon *voller* Ungeziefer sein.»

Nichts stachelt meinen Mut so sehr an, als wenn eine Frau eine hohe Stimme bekommt. Als im Körper des Kaninchens noch Leben gewesen war, hatte ich Angst gehabt, ihn zu berühren. Jetzt faßte ich ihn an, er war lauwarm, und hob ihn aus dem Karton. Der Körper, der überhaupt nicht steif war, wirkte ausgerenkt; der Rücken oder Nacken mußte von dem Moment an, wo die Katze zugeschlagen hatte, gebrochen gewesen sein. Im Ohr – ein komplizierter Tunnel, der hirnwärts führte, samtig am äußersten Ende und merkwürdig muskulär im Innern – war Blut getrocknet. Das andere Auge, das nicht wie Fischleim aussah, ähnelte einer opaken, schwarzen Perle. Linda hatte recht; es war nicht nötig, daß Deirdre das Kaninchen sah. Ich trug es über den stacheligen Hof hinaus aufs Feld und legte es unter die am wenigsten verkümmerte Sumpfeiche, wo jedes Kind, das sich überzeugen wollte, daß ich das Kaninchen nicht lebend begraben hatte, es finden konnte. Ich legte eine Sumpfdotterblume neben seine Nase, für den Fall, daß es wiederauferstehen würde und etwas zu essen brauchte, und sinnierte über die Komposition – Fell, Blume und die künstlerische Form gefallener Eichenblätter – mit einem Anflug von Selbstgefälligkeit, die wohl noch auf meinem Gesicht stand, als ich zurück in die Hütte kam, denn Margaret, die in der Küche den Eisschrank bestückte, blickte zu mir hoch und sagte: «Sag mal: Es macht mir ja nichts,

70

wenn du mit Jenny spielst, aber es ist nicht nötig, daß du ihr so neckisch und vertraulich die Bälle zuwirfst.»

«Die Ärmste fängt sie doch sonst nicht. Das hast du doch gesehen!»

«Ich habe mehr gesehen, als ich wollte. Mir ist fast schlecht geworden.»

«Im zweiten Satz», sagte ich, «war deine Rückhand grandios. Ganz die Maggie von früher.»

Deirdre kam aus dem Schlafzimmer den Flur entlang. Ihre Augen wirkten riesig; ich ging zu ihr hin, kniete mich nieder, um sie zu umarmen, und begann: «Süße, ich habe traurige Neuigkeiten.»

«Linda hat es mir erzählt», sagte sie und ging an mir vorbei in die Küche. «Mama, darf ich den Kakao machen?»

«Du hast alles getan, was du tun konntest», rief ich ihr nach. «Du warst eine wunderbare Pflegerin und hast das Kaninchen an seinem letzten Tag sehr glücklich gemacht.»

«Weiß ich», rief sie zurück. «Mami, ich *verspreche* dir, daß ich die Milch diesmal nicht überkochen lasse.»

Von allen Kindern ließen sich nur Henrietta und Gottfried zur letzten Ruhestätte des Kaninchens führen. Henrietta blieb scheu im Hintergrund und ging nicht näher heran als bis auf zehn Meter. Gott marschierte dicht heran, blickte ernst hinunter und sagte: «Steh auf.» Nichts geschah, außer den alltäglichen Bewegungen: Die Möwen und stattliche Gänse kehrten flügelschlagend über den Teich heim, der Verkehr donnerte unsichtbar die Schnellstraße entlang. Gottfried hockte sich hin, und ich wollte ihn gerade daran hindern, das Kaninchen hochzuheben, als ich merkte, daß er es auf die Blume abgesehen hatte.

Jimmy war schließlich dann der einzige, der weinte. Er kam eine halbe Stunde später, als wir eigentlich über den Teich zum Strandpicknick hatten rudern wollen, und stürzte sogleich hinaus aufs Feld zu dem Baum mit der höchsten Silhouette. Als er zurückkehrte, hatte er Tränenspuren auf den Wangen, die er dadurch zu verbergen suchte, daß er Gott eine runterhaute. «Wenn *du* es nicht fallen gelassen hättest», sagte er, «du *Baby*.»

«Keiner war schuld», sagte Margaret, die ungeduldig ihren Korb mit Hot dogs und rohen Hamburgern umfaßt hielt.

«Ich bringe diese Katze um», sagte Jimmy. Gewitzt fügte er aus altem Groll hinzu: «Andere Jungen in meinem Alter haben ein Luftgewehr.»

«Oh, unser starker Mann», sagte Cora. Er ging in einem Hagel von Fäusten und Schluchzern auf sie los, dann rannte er fort und versteckte sich. Am Anleger ließ ich Linda und Cora das Kajak nehmen, und wir übrigen warteten gute zehn Minuten mit dem Ruderboot, bevor Jimmy in der Dämmerung den Pfad heruntergelaufen kam, auch er eine Silhouette, wie die verkrüppelten Bäume und die dunkle Barriere der Dünen zwischen zwei waagerechten Flächen reflektierten Sonnenuntergangs. Haben Sie jemals bemerkt, daß sich spiegelnde Sonnenuntergänge wie Treppenfluchten aussehen?

«Irgendwie», sagte Margret in dieser Wartepause zu mir, «hast du das absichtlich dramatisiert.» Aber nichts konnte das Glücksgefühl in mir trüben, das sich jetzt in mir ausbreitete, da ich das sterbende Licht einfing.

Die Pingrees hatten Schwertfisch mitgebracht und ein weiteres, älteres Paar – der Mann war möglicherweise ein Anzeigenkunde. Obwohl er braun gebrannt wie ein Tabakblatt aussah und die schicksten Freizeitklamotten trug, schien eine flehende Ungewißheit in seinem Benehmen geradezu nach Unterstützung durch Werbung zu schreien. Seine Frau war einst schön gewesen und hielt sich locker und biegsam in Hab-acht-Stellung – ein Soldat im Krieg der Selbsterhaltung. Mit ihnen kamen zwei halbwüchsige Jungen in Jeans und offenen Westen. Ihre Haare waren so lang, daß ihre Haut trotz des Sommers bleich geblieben war. Einer war ihr Sohn, der andere sein Freund. Wir sammelten Treibholz – eine schweifende, einsame, prähistorische Aufgabe, die mich ängstigt. Die Dunkelheit brach zu schnell herein, wie in den Tropen, wo die Wärme uns, aus Erfahrung von Kindesbeinen an, fälschlich einen endlosen Juniabend erwarten läßt. Wir machten ein Spiel daraus, Champagnerkorken knallen zu lassen, die die Kinder im Fluge zu fangen versuchten. Erstaunlich, wie hoch sie im Freien aufsteigen. Die zwei Jungen standen um Linda herum. Ich lauschte beschützerisch und wurde beschämt von der Unschuld und den langen, kindlichen Pausen zwischen dem, was ich zufällig mitbekam: «Philadelphia... bin gerade am Flughafen gewesen, auf der Reise zu meinem Onkel, er lebt in Virginia... tolle Pferde, super... ist nicht richtig blau, eher bläulichgrün; blau, glaube ich, nur im Vergleich zu... war mal in Frankreich beim Pferdrennen... nein, da bin ich nie gewesen... möchte schon mal hin.» Margaret und Jenny, die zum Kochen im Sand knieten und Papierteller auf Tischen verteilten, die nichts waren als breite Stücke Treibholz, sahen aus wie Schwestern. Die Frau des fremden Paares versuchte mit mir zu flirten, indem sie von fremden Städten redete: «Paris ist plötzlich so tot... die Mädchen fliegen rüber nach London, um Kleider zu kaufen, und dann erlauben die Mütter ihnen nicht, daß sie sie tragen... Malta... Istanbul... Leben... Offenheit... das *Volk*... die armen Griechen... ein Freund ist sich völlig sicher, daß der CIA das eingefädelt hat... anscheinend nach dem Nato-Kontingenz-Plan.» Der nächste Champagnerkorken segelte in die Luft, zögerte, sank herunter, und Jimmy, der einen Hechtsprung machte, verfehlte ihn, weil er den Flug falsch berechnet hatte. Ein fernes Licht, ein Feuerschiff oder das Kap eines Kontinents, der während des Tages verborgen bleibt, tauchte am Horizont auf, jenseits des Rauschens der Brandung. Margaret und Jenny servierten das Essen. Hamburger und Schwertfisch voller Holzrauch. Staudensellerie und Sand. Gott, klebrig von all dem Zeug, mit dem er sich bekleckert hatte, lutschte am Daumen und rieb sich an Margarets Beinen. Jimmy kam zu mir und war böse, weil die großen Jungen nicht mit ihm armdrükken wollten, sondern nur mit Linda und Cora: «Geben an mit ihren Freunden... hat mich ohne Grund gehauen... nur, weil ich ‹Sexbombe› gesagt hab.»

Wir saßen im Kreis, Überlebende, um das Feuer herum, Herz eines kollabierenden Sterns, und nahmen neue Nahrung von Papiertellern zu uns. Der Mann des älteren Paares, in dessen Atem der Champagner eine säuerliche chemische Verwandlung bewirkt hatte, erzählte mir von seinem Geld – wie er als junger Mann, frisch von der Wirtschaftsschule, in der Talsohle der Depression mit irgendeinem Geschäft, das mit Stalin und dem Weizenüberschuß zu tun hatte, eine Million Dollar gemacht hatte. Er hatte Stalin gemocht, und Stalin ihn. «Was wir uns klarmachen müssen, ist, daß Kommunisten auch nur eine andere Art Geschäftsleute sind.» Über das Feuer hinweg beobachtete ich seine Frau, die, von mir verschmäht, leidenschaftlich mit dem Jungen, der nicht ihr Sohn war, gestikulierte, und überlegte, wie ich die beiden fotografieren könnte. Tri-X-Film, große Blende, mit ⅟₆₀; aber die Schatten würden verlorengehen und damit die subtilen Vorgänge darin, und die Lichter würden matte Kleckse. Es gibt kein Zubehör und keine Dunkelkammer-Tricks, die der elastischen Toleranz unserer schweifenden Augen gleichkämen.

Während mein neuer Freund immer weiter von seinem Geld brabbelte und der Champagner, der sich in meiner Hand erwärmte, Kohlendioxid in die Luft entließ, flackerten Schnappschüsse um das Feuer herum: Blicke, Ahnungen, Engel. Margrets Blick, die Kerbe eines Stirnrunzelns senkrecht zwischen ihren Brauen. Henriettas Gesicht über einem Maiskolben, den sie gerade verzehrte, perspektivisch zusammengedrückt. Das Gesicht der guterhaltenen Frau eine bronzene Maske mit geschickt geschweißten Nähten, ihre Hand jedoch

74

schreiend weiß, als sie bei einem eindringlichen Gesprächsfetzen, der im Knistern des Treibholzes unterging, den Arm des Freundes ihres Sohnes berührte. Der Strahlenkranz von Haar um Ians beide Knie, unschuldig wie Babyköpfe, Jennys Haar ein verlängerter Windstoß, als sie sich umdrehte, um mit dem Sohn des älteren Paares zu sprechen; sein bärtiges Gesicht verschwommen in den Schatten, melancholisch, die Augen wirkten geschlossen, wie ein Jesus auf einem verblichenen, schlaff herabhängenden Schweißtuch. Ich hörte Jenny sagen: «... *müssen* wir das System zerstören! Wir haben vergessen, wie man *liebt*!» Deirdres Brille, das Licht einfangend, wie Nachtfalterflügel auf das Feuer zuspringend, der Perspektive entfliehend. Das Gesicht des alten Mannes neben mir wurde still, schrumpfte zu dem Reflex des Feuers auf einem Zahn, den seine Grimasse geistesabwesend entblößte. Ihm gegenüber, am Rande des Lichts, wurden Cora und Linda sichtbar, wie sie beisammensaßen, die Beine zum Erwärmen lang vor sich hingestreckt, die Gesichter im Schatten, geschlechtslos und ernst, als ob sie auf die Erddrehung unter sich achtgäben. Gottfried, den Kopf auf Margarets Schenkel gebettet, war eingeschlafen. Plötzlich wurde sein Körper von einem Traumschluchzer und dann von einem schweren Seufzer geschüttelt.

Es war seltsam, nach diesen bruchstückhaften Momentaufnahmen mit Sack und Pack durch unsichtbaren Sand und unsichtbares Gras zu den Booten am Ufer des Teichs zu stolpern. Margaret und fünf der Kinder nahmen das Ruderboot; ich ernannte Jimmy zu meinem Begleiter im Kajak. Die Nacht war sternlos. Der Teich zwischen dem zurückbleibenden Lagerfeuer und den langsam näherkommenden Lichtern der Häuser unserer Nachbarn war schwarz. Ich konnte kaum seinen Umriß erkennen, der mit dem Rhythmus des Paddelns kämpfte: links, eine kleine Drehung mit dem Handgelenk, rechts, die kleine Drehung auf der andern Seite, wieder links.

Unsere Paddel klatschten gelegentlich aneinander oder streiften das Unkraut, das auf diesem See wuchert. Aber das Kajak liegt leicht im Wasser, und bald ließen wir die konfuse Unterhaltung der Ruderer und ihren heftig schwankenden Taschenlampenstrahl hinter uns. Stille breitete sich aus. Ich steuerte das Ruder mit den Pedalen, ließ Jimmy allein paddeln und starrte empor, bis ich in dem dunstigen Himmel über mir einen einzigen unsteten Stern ausmachte. Er erlosch. Ich fing wieder an zu paddeln, und ein erstaunlicher Anblick bot sich mir dar. Phosphoreszenz: jeder Schlag, rechts und links, rief einen prächtigen Lichtbogen hervor, Tierchen, die unsere Durchfahrt mit hellen Rufen begrüßten. Der Teich war dichter bevölkert als China. Mein Sohn und ich schwammen auf einem Firmament, wärmer als die Himmel.

«He, Dad.»

Seine Stimme durchbrach vorsichtig die Stille; mein Wohlwollen umschlang ihn, meinen Mitfahrer, meinen Führer, meine zarte, verschwiegene Zukunft. «Was ist, Jimmy?»

«Ich glaube, wir werden gleich irgendwas rammen.»

Wir hörten auf zu paddeln, und eine dichte Masse, grau in grau geätzt, größer als ein Mann, glitt schnell auf uns zu und schlug gegen den Bug des Kajaks. Mit diesem Stoß und meinem Gelächter des Erwachens endete der Tag, an dem das Kaninchen starb. In nachkommenseliger Herrlichkeit hatte ich uns aufs Ufer gesteuert. Wir stießen ab, navigierten mit Hilfe der Lichter unserer Nachbarhäuser zum Anleger und warteten auf das Ruderboot mit seinem Durcheinander aus Stimmen, Ungeduld und Treibgut, das sie bremste. Die Tage seit damals sind nur glückliche Tage gewesen. Dieser Tag war einmalig in seiner, nennen wir es, *Galanterie*: Zwischen den galanten Absichten der Katze und der galanten, ruhigen Warnung meines Sohnes sank das sterbende Kaninchen wie ein Film in der Entwicklerschale und bewahrte uns alle.

Als alle schwanger waren

Ich bin Versicherungsvertreter, aber ich lese viel im Zug.
Las gestern, daß die Fünfziger wiederkommen. Während
der gesamten Sechziger haben die Schriftsteller sie schlecht-
gemacht: Eisenhower, Lester Lanin, knielange Röcke, jawohl.
Also, wie sich herausstellt, Eisenhower war ein großer Nicht-
Kriegs-Präsident. Rock'n'Roll ist tot. Die Rocksäume sind bis
zum Knöchel gefallen. Aber *meine* Fünfziger kommen nicht
zurück.

Freundliche Jahre für mich. Betrat sie arm und verließ sie
wohlhabend. Betrat sie keusch und verließ sie als Vater. Von
vieren und einer Fehlgeburt. Die Jahre, als alle schwanger
waren. Nicht nur freundliche, sondern schöne Jahre.

Wie sie über den Sand schwebten! Wie wogende Segel.
Meine Frau und die Frauen unserer Freunde. Shakespeare,
Titania zu Oberon: «Und lachten, wenn vom üpp'gen Spiel
des Windes / Der Segel schwangrer Leib zu schwellen schien.»
Die schwangeren jungen Frauen in ihren ausgeblichenen karierten Schwangerschaftsbadeanzügen. Hinter ihnen zottel-
ten die bereits geborenen Tapse her. Kleine Beiboote. Zog
dann '54 in eine Stadt mit Strand: meine erste Beförderung,
Nancys zweites Kind.

Kamen am Wasser entlang, Köpfe höher als der Horizont.

Der Horizont blau, funkelnd, herb. Proust und die «kleine Schar» in Balbec. Aber voller in Blüte als jene, Bäuche prächtig geschwollen. Gesichter und Glieder mit Sommersprossen in jeder Höhlung, poliert das Rund der Schultern, die Nasenspitze. Sonnenverbrannte Nasenflügel, pellten sich. Licht in ihren Augen stahl das Glitzern vom fernen harten Rand des Meeres. Wo ein paar Segel sich zeigten, schräg, flatternd.

Sie kamen dann zu uns herauf, um bei uns zu sein. Gelächter, Alu-Stühle, Handtücher, Kindersonnenhüte, Babynahrungsgläser. Thermoskannen gluckerten in den Strohtaschen. Über mir hoben sich Rocksäume von Umstandskleidern im Wind, legten Locken vom Schamhaar bloß innen an den Schenkeln. Krank machende Liebesgefühle. Sandgewärmter Wind wehte uns kühl aus der Zukunft entgegen.

Sie setzten sich zu uns, bildeten einen Kreis. Ihre Köpfe zusammen, Klatsch und Tratsch, die nackten Beine wie Radspeichen. Am Rand Kinder mit Sandeimern, alle zu Füßen der eigenen Mutter buddelnd. Der Sand dunkler, je tiefer sie gruben. Der Milchgeruch der Sonnenschutzmittel. Die Art, wie unsere Worte hoch und hinaus wehten: wie umherfliegendes Butterbrotpapier.

Katharine, Sarah, Liz, Peggy, Angela, June. Noten einer Tonleiter, Farben eines Regenbogens. Nancy war die siebte. Jetzt in den Siebzigern sind zwei umgezogen. Nach Denver, nach Birmingham. Zwei sind geschieden. Zwei noch unter uns mitsamt den Ehemännern. Aber alle sind fort, haben sich zurückgezogen. Kann nie wieder betreten werden, jene Zeit, als alle unschuldig schwanger waren.

Unschuldig. Unsere dicken Wagen in den Fünfzigern, wie wir sie geliebt, wie wir sie hochgejagt haben: kein Gedanke an Umweltverschmutzung. Auspuffqualm, Zigarettenqualm, Fabrikqualm, alles romantisch. Die Romantik des Konsums auf ihrem Höhepunkt. Babykost im protzigen Supermarkt einkaufen. Kaufkraft: jung, plötzlich mächtig, geboren zum Konsum. Gierig zu zeugen. Die selbstgefällige Gewißheit, daß die Welt zum Untergang verdammt war. Hinter dem blitzenden Horizont ein absoluter Feind. Über uns Bomben, deren Blitz die Szene ausfüllen würde wie eine Tasse, bis sie überfließt.

Alte Dias. Junes Mann besaß eine Kodak mit Blitzgerät (damals hatte niemand eine japanische Kamera). Wie jung wir waren. Die Männer dürr wie Jungen. Lächerlich militärische Haarschnitte: der Erbshirn-Look. Die Frauen mit Ponies und Lippenstiftlächeln. Wir sehen betrunken aus. Manchmal waren wir's.

Arbeit, Häuser, eigene Gattinnen. Erlaubnis zu trinken und Windeln zu wechseln und Rasenmäher zu bedienen und bis nach Mitternacht aufzubleiben. Im College durfte Nancy in den oberen Zimmern nicht rauchen, bei uns im Haus zwang sie sich dazu. Wie eine sexuelle Praxis, die man persönlich ablehnt, die aber von van der Velde empfohlen wird. Entsetzliche Freiheit. War damals Mode, der Satz.

Hatten wir erwartet, während der Depression zu hungern? Von Japsen mit dem Bajonett erledigt zu werden, wenn sie in Kalifornien einfielen? Korea schien das beste Geschäft, das wir abschließen konnten: die größten Supermächte, die taktvoll im fernen Schlamm aufeinandertrafen. Die Gänsehaut der Welt zitterte, aber hielt. Dann kam Eisenhower und verschaffte uns einen wackligen Frieden und einen träge sich erholenden Markt und eine (widerrufbare) Erlaubnis, Spaß zu haben und Babies zu machen. Sah die Welt durch zwei Gläser, die seither abgelegt sind: Angst und Dankbarkeit. Heute sind junge Menschen vieles, aber sie sind weder ängstlich noch dankbar.

Jene Sommerparties. Sollte mich genauer an sie erinnern. Sonnenlicht im Gin, der Zweig verwelkender Minze. Der Geruch von frisch gemähtem Gras, der durch die abendlichen Fenstergitter drang. Kinder liefen ein und aus mit Beschwerden, die ihre Mütter wie Zigarettenrauch beiseite wedelten. Was haben wir geredet? Die Worte, die wir sprachen, waren Unsinn, nur der Atem, den wir holten, um sie sagen zu können, war Leben – wir lebendig, potent.

Katharines Mann Jerry hatte nur ein Auge, das andere durch einen Unfall in der Kindheit milchig. Tat niemandem leid, zu gesund, zu aufrichtig, er. Geborener Verkäufer. Sagt er hinüber zu Sarah Harris, sie, schwanger in einem großgeblümten Kleid, sitzt träumend in einem feudalen Ohrensessel: «Sarah, wie du da sitzt, siehst du aus wie ein großes wollüstiges Stück Tapete!» Ich dachte, *hat nur ein Auge, alles sieht für ihn flach aus.* Krank machende Liebesgefühle.

Jahre später sagte ich zu Sarah: «Du wollüstiges Stück Tapete, du», aber sie hatte es vergessen, und ich mußte es ihr erklären.

Ein anderer Abend, mein Platter in der Auffahrt der Connelleys. Frisch aufgeschütteter Kies, spitzer Kupfersandstein. Zwei Uhr morgens. Ed kam aus seinem Keller, hielt einen Kreuzschlüssel wie ein Kruzifix empor und sang dazu *Veni Creator Spiritus.* Hat mich schockiert. Meine Fußstapfen auf dem Kies, knirsch, knirsch. Ein Ungeheuer kommt näher. Die meisten von uns schickten die Kinder wenigstens in die Sonntagsschule.

Tanzen. Händedrücken. Mondscheinlieder, *Smoke Gets in Your Eyes.* Alles unschuldig wie nur was. Der Anprall von schwangeren Bäuchen gegen meinen. Abwechselnd unsere Namen in den Geburtsanzeigen der Lokalzeitung sehen, Witz für Eingeweihte. Krankenhausbesuche, Nächte ohne Frauen. Damals, als unser viertes Kind geboren wurde, Abend nach dem ersten Wintersturm. Gynäkologe auf dem Weg ins Krankenhaus machte ihretwegen mit dem Auto einen Umweg. Hatte gerade seine Praxis eröffnet, hübscher Mann mit Skimütze. Auf der blendendweißen leeren Straße unter unserem Fenster sah er aus wie ein Liebhaber, der Kieselsteine wirft. Ihre Wehen jetzt alle drei Minuten, ihr kleiner Koffer, eilig von Zimmer zu Zimmer die schlafenden Kinder küssen. Gynäkologe wartet, Gesicht emporgewandt im Mondschein, in der Stille. Ein Liebhaber, der heult wie ein Wolf.

Weil mich der knarrende Wind nervös machte, schlief ich ein oder zwei Nächte mit einem Golfschläger im Bett. Ich glaube, ein siebener Eisen. Stellte mir vor, damit einen Einbrecher besser zu treffen als mit einem Holzschläger.

Die Zeit, als Sarah bei mir war. Nancy im Krankenhaus mit Krampfadern. Diagnose: keine weiteren Babies. Unser jüngstes Baby schrie. Sarah stand auf und bemutterte es. Kind beruhigte sich, lachte, wußte, irgend etwas stimmte nicht, dachte vielleicht, Sarah sei Nancy, die Fratzen schnitt, so tat, als ob. Der gleiche Duft, Frauenduft, die gleiche Sicherheit. Fenstergitter-Mondlicht auf Sarahs nackten Schultern, über die Wiege gebeugt. Baby gluckste und lachte. «Verrücktes Kind hast du hier.» Zu viel Liebe. Zu viele Babies, die in dem dunklen Haus atmeten wie Suchlichter, die jederzeit aufflammen könnten.

Sarahs schöne breite Schultern, breite Hüften, Brüste flach und fest. Als ich sie das erste Mal erblickte, brach es aus mir hervor, sie hätte Brüste wie eine griechische Statue. Sie lachte und sagte, ich läse zuviel. Aber es war aus mir hervorgebrochen.

Das Ritual, Nancys Haarnadeln eine nach der anderen herauszuziehen, ehe wir uns liebten. Regen auf dem Dach. Fünfziger, ein häusliches Jahrzehnt, ging niemals raus auf die Straße. Kuba, Sputnik, Tibet. Regen auf dem Dach.

Die braune Linie auf dem Bauch, die eine Frau nach der Entbindung aus dem Krankenhaus mitbringt. Niemand hatte mir je erzählt, daß es diese Linie gibt. Warum eigentlich nicht?

Die Babies wurden größer. Die Parties wilder. Das eine Mal am Strand, Sonnenwendfeier mit Tanzerei, heißer Sommer, könnte 1960 gewesen sein. Wir zogen unsere Kleider aus und schwammen. Angstmachende Wellen, starker Mond, konnte sehen, daß die Frauen älter geworden waren. Schlaffe Bäuche, Knie und Gesichter voller Schatten. Sie benutzten ihre langen Tanzkleider aus Tüll als Handtücher, schlangen sie sich wie Sarongs um den Leib. Jenseits des Meeres Aufstände. Attentate, Proteste. Eine Dekade überfälliger Rechnungen häufte sich an wie Brandungsdonner auf einer Sandbank. Wir waren nicht mehr jung. Verwirrt. Griffen nach unserer Unterwäsche und unseren Schuhen. Trotzdem der warme sandige Kuß des Windes, seewärts, sogar nachts.

Ich mache mir im Zug ein paar Notizen. Meine Hand zittert. Meine Stadt zieht vorbei, die anderen gemütlichen kleinen Städte, die Weiden und die Ausblicke aufs Meer, ein einsam galoppierendes Pferd, ein Golfplatz mit einem in der Dämmerung eingefrorenen Viererspiel auf dem Grün, tau-weiß, und dann die noch kleineren Städte, die kleinen verdrossenen mit nur einem Hotel, schwarze Wände wie Fäuste gegen unsere Fenster erhoben, zerbrochene Fabrikfenster, eine verrostete Zugbrücke, die für immer auf *fast unten* hängenblieb, ein Materialhof mit Kieselsteinen, die verschiedenen Größen in Pyramiden aufgeschüttet, eine schwelende Müllkippe, deren Abfälle mit der ganzen Farbskala von Juwelen protzen, dann die Metropole, wo die Gleise sich in blitzschnellen Berechnungen vervielfältigen, die im Dunst liegenden Wolkenkratzer, die die Beziehungen zueinander wechseln wie die Kirchtürme bei Proust, die Tunnel voller Reklame, die Station, groß und verlassen, der letzte Halt. Heute abend das gleiche, nur umgekehrt.

Aber nie langweilt mich, wie der Zug mitten hindurchfährt. Leicht rüttelnd. Über Bahnübergänge mit klingelnden Läutwerken, vorbei an Spielplätzen und Hinterhöfen, an Speichern, auf Stelzen gebaut, damit sie aufs Bahngelände paßten. Wie die Zeit. Schneidet schlafwandelnd durch alles hindurch.

Die Notizen führen zu nichts. Das Leben führt zu nichts. Leben eine gewöhnliche Aktie, die im Wert schwankt. Aber du kannst sie nicht verkaufen, du mußt sie halten, halten, bis sie auf Null herabgesunken ist. Die Großen verkaufen dich aus.

Edgar zum geblendeten Gloucester: Reife ist alles. Hab ich nie genau verstanden. Reife ist alles, was übrigbleibt? Oder tiefer und hoffnungsvoller, Reife ist alles, worauf es ankommt? Schließt alles ein, beantwortet alles, rechtfertigt alles. Reife ist Gott.

Heute: fahren unsere Babies unsere Autos, rauchen Hasch, rasieren sich, menstruieren, demonstrieren für den Frieden, essen makrobiotisch. Wunderbar in vieler Hinsicht, aber nicht in unserer, nie in unserer, wie wir jetzt sehen. Heute: gehen wir auf eine Party und sehen nur Feinde. Fünfzehn gemeinsam verbrachte Jahre haben uns mißtrauisch gemacht, überlebensbewußt. Sarah sieht weg. Ein paar Speichen des Rades fehlen. Unsere Babies klagen uns an.

Gab es die Fünfziger überhaupt? Wollüstige Tapete. Verrücktes Kind. Krank machende Liebesgefühle. Der Zug gleitet vorwärts. Die Jahrzehnte gleiten meerwärts, nehmen uns mit. Ich bin immer noch ängstlich. Immer noch dankbar.

Werbespot

Er ist jeden Abend zu sehen, irgendwann während der Nachrichtensendung um elf. Ein KIND kommt eine TREPPE herab. An ihrem Fuß steht eine rundliche ÄLTERE FRAU, hebt das KIND hoch, schüttelt es (freundlich) und setzt es wieder zu Boden. MUSIK erklingt, sie enthält die Worte «lachendes Kind», «Fellteppich» usw.

Die TREPPE wirkt überraschend echt, eichen und knorrig und steil, ganz im Stil der Häuser, wo unsere Kindheiten zugebracht werden. Wir kennen diese TREPPE. Einige Stufen knarren, und an ihrem oberen Absatz ist eine sich verzweigende, vieleckige Dunkelheit, darin wir Geborgenheit und Schlaf situieren sollen. Die Tapete (Blumenkörbe vermutlich, die sich mit Efeumedaillons abwechseln) fühlte sich bei der Berührung warm an.

Das KIND flitzt aus dem Bildschirm. Wir hatten Zeit genug zu bemerken, daß es ein JUNGE ist, ein JUNGE mit langem Haar und Pagenfrisur. Die Kamera verweilt bei der ÄLTEREN FRAU, in der wir nunmehr die GROSS-MUTTER erkennen. Sie blickt dem (vermeintlich) davonlaufenden JUNGEN so gütig nach, daß wir uns im Skript des Werbespots die Regieanweisung: («blickt ihm gütig nach») vorstellen können.

Die Sekunde zieht sich in die Länge; das Strahlen droht ausdrucksleer zu werden. Doch mit einem elektrisierenden Anflug von Unsicherheit, so daß wir nicht wissen, ob es der Einfall des Regisseurs war oder der der Schauspielerin, schüttelt GROSSMUTTER langsam den Kopf, als wollte sie sagen: *O je, o je, was für ein unverbesserlicher kleiner Rabauke, was für ein liebenswertes kleines Mannkind!* Ihr Herz, spüren wir, ist dermaßen angefüllt von Liebe, daß ihr der schwerfällige Körper zerspringen müßte, wäre er nur eine Spur weniger gesund und kompakt, nur eine Spur weniger komprimiert und zusammengehalten von den Ansprüchen und Abzeichen der GROSS-MÜTTERLICHKEIT. GROSSMÜTTERLICHKEIT massiert sie von allen Seiten wie die Bürsten einer Autowaschanlage.

Und jetzt (es gibt soviel zu sehen!) entspannen sich die Arme vor ihrem Körper, und sacht fassen die Finger einer Hand das andere Handgelenk. Diese Geste verrät uns, daß sie ethnisch als angelsächsisch einzustufen ist. Eine italienische Mamma etwa hätte die Arme vor dem Busen verschränkt; und hätte einer mediterranen Frau die Koketterie nicht auch verboten, außerhalb der Küche, im Bereich einer unverkennbaren Vorder-TREPPE, eine Schürze zu tragen? Während wir noch in Strömen von Ahnungen treiben, schließen wir also deduktiv, daß dies keine Spaghettiwerbung ist.

Es ist auch keine Werbung für verjüngende Hautcremes oder Haarspülungen, denn die Kamera schwenkt von der GROSSMUTTER zum JUNGEN. Er hopst durch ein Zimmer. Es ist nicht ganz ein Hopsen, und ein Springen eigentlich auch nicht: sondern eine seltsame weltentrückte Gangart, die seine Haarkappe auf und ab hüpfen läßt und die zarte Dialektik der Kind-Regisseur-Beziehung heraufbeschwört. Dieses KIND, gespielt von einem Kinderdarsteller und trotzdem doch auch ein wirkliches Kind, ist angewiesen worden, sich kindhaft durch ein imaginäres Zimmer zu bewegen. Es hat gehorcht, Befangenheit behindert es in seiner Bewegung, und dennoch ist ihm die federnde Sprungkraft eigen, mit der die Natur es ausgestattet hat und die noch so viele Regieanweisungen der Erwachsenen nicht unterdrücken können. Nur die Zeit kann das.

Wir wissen nicht, wie viele Aufnahmen ausgeschieden wurden, um diese Sekunde der Bewegung zu erhalten. Obwohl sich in Wirklichkeit kein Kind je auf eben diese Art durch ein Zimmer bewegt hat (wenn auch Milliarden von Kindern durch Milliarden von Zimmern gelaufen sind), trifft uns ein Eindruck von KINDHEIT. Es erreicht uns die Botschaft: GROSS-MUTTERS HAUS (und der Schnitt ist so rasch, daß wir die Möbel nicht einzeln erkennen, sondern nur einräumen können, daß die Einrichtung angemessen altmodisch und überladen wirkt) ist gemütlich und sicher – ein Ort, an dem man fröhlich ist. Warum? Die Frage bleibt in der Schwebe.

Wir befinden uns in einem anderen Raum. Eine Küche. Den Vordergrund beherrscht ein strahlender TOPF. Noch unscharf, tritt der JUNGE im Hintergrund ein, immer noch ebenso unnatürlich und affektiert hoppelnd, wird zu einem beunruhigend großen Gesicht und zu einer Hand, die den Deckel des TOPFS anhebt. DAMPF wölkt heraus. Der JUNGE pustet den DAMPF fort, dann starrt er uns mit dramatischen Stielaugen an. Was soll's bedeuten? Daß er sich verbrannt hat? Daß es stinkt? Daß der Regisseur ihn aus dem Off angeschnauzt hat? Wir wissen es nicht, und zusätzlich irritiert uns die Möglichkeit, daß es sich doch um Spaghetti-werbung handeln könnte.

Kurze Szene: Die GROSSMUTTER wäscht dem JUNGEN das Gesicht. Hinten Badezimmerarmaturen. Unterschwellig schält sich das Thema Wärme heraus (GEMÜTLICHES HAUS, heißer TOPF). Auch: Abendessenszeit?

Zeugen des Abendessens werden wir nicht. Wir sind zurück an der TREPPE. Neue Schauspieler sind eingetroffen: ein großes und tatkräftiges JUNGES PAAR in modischen Mänteln. Wer? Wir kommen gar nicht erst zum Fragen. Der JUNGE springt (oder vielmehr fliegt; wie ihn seine Füße abstoßen, sehen wir nicht) empor in die Arme des MANNES. Dies sind seine ELTERN. Wir, die Zuschauer, heißen sie selber willkommen; die Tiefe unseres Willkommens offenbart uns eine Angst in uns selber, die Angst vor etwas Krankhaftem und Klösterlichem in dem alten HAUS mit seiner schlau betonten Gemütlichkeit und seinem einsamen Haushalt, bestehend aus einer gütigen Alten und einem verwöhnten, theatralischen Bengel. Diese beiden anderen strahlen die frische Luft der Welt draußen aus. Nach ihrer Kleidung zu urteilen, ist es da draußen kalt; dieser Eindruck ist nicht bedeutungslos; unser Sinn für den unterschwelligen Zusammenhang nimmt zu. Wir nehmen teil am TUMULT DER BEGRÜSSUNG, freuen uns mit dem JUNGEN PAAR über ihre sexuelle Energie und ihre wohlbehaltene Rückkehr und ihr großes Glück, Amerikaner zu sein und modern und gut bei Kasse und fruchtbar und eine solche Bilderbuch-GROSSMUTTER zu haben, die für sie den Babysitter macht, wenn sie einmal einer harmlosen und seltenen FETE beiwohnen.

Aber wessen Mutter ist GROSSMUTTER, die des VATERS oder die der MUTTER?

Alle Fragen finden eine Antwort. Der Darsteller des JUNGEN VATERS ignoriert die GROSSMUTTER mit der Unbekümmertheit der Blutsverwandtschaft, während die Darstellerin der JUNGEN MUTTER sie umarmt, zurückweicht, überlegt und sich dann vornüberneigt, der strahlenden rundlichen Wange einen Kuß zu applizieren, mit dem GROSSMUTTER offensichtlich nicht gerechnet hat. Die SCHWIEGERTOCHTER weicht erneut zurück, wie um das Ergebnis ihrer liebevollen Anwandlung kühl in Augenschein zu nehmen. Ob ihr strammer Faden der Unschlüssigkeiten nun kunstvoll von einer Schauspielerin gesponnen wurde, die eine Rolle ausfüllte, oder ob er ihr eingegeben wurde, als sie ihre Rolle nach Nuancen absuchte (wir können uns vorstellen, wie vage das Drehbuch sich ausgedrückt haben mag: *Rückkehr der Eltern. Allgemeine Begrüßung. Halbtotale*), es ist nunmehr der Eindruck einer heiklen Manövrierenge zwischen hoch aufragenden Manifestationen guten Willens erweckt worden. Die FAMILIE ist vollzählig.

Und jetzt kommt das Wunder zum Vorschein, das all dem Vorhergehenden zugrunde lag. Der wahre HELD dieser dreißig Sekunden nimmt die Maske ab. Die FAMILIE entschwindet in einer blauen Zeichentrickflamme, und die MUSIK, von Augenreizen nicht mehr überdeckt, verkündet mit trompetenhafter Klarheit: «ERDGAS ist etwas Herrliches!»

Ein MANN liegt im BETT neben seiner FRAU, läßt den Rest der NACHRICHTEN über sich ergehen, steht auf und schaltet den FERNSEHER aus. Bleich sondert der Bildschirm seine letzten Quanten täglicher Strahlung ab. In Ermangelung anderer Lichtquellen füllt sich das Zimmer mit dem schwachen Licht des MONDS. Einmal aufgestanden, schlurft der MANN mit achtsamem Schritt, der auf Unelastizität und unaufrichtig gewolltes Nicht-stören-Wollen hindeutet, ins Badezimmer und uriniert. Wir spüren, er tut dies nicht etwa aus dringendem Bedürfnis, sondern gewissenhaft, ja puritanisch auf Grund einer Theorie, um sich und sein Gewissen für den Schlaf zu erleichtern.

In raschem Schritt sind seine Gedanken zu sehen. Wie immer, wenn er über dem Keramik-Oval schwankt, erinnert er sich der heftigsten Vision von Schönheit, die ihm in seinen vierzig Jahren zuteil wurde. Es war nach einem Mittagessen in New York. Ein fröhliches, langgezogenes, viel zu anregendes, weintrunkenes Luncheon war es gewesen. Jetzt befand er sich in einem Taxi, das die Autostraße an der Westseite hinauffuhr. An der Ausfahrt zur 57. Straße war das Bedürfnis zu urinieren ein federleichter unterschwelliger Gedanke; bei den 70ern (wo der Riverside Drive wie ein Flugzeug abzuheben beginnt) war es ein wirklicher Druck; auf der Höhe der 90er (das verfallende Soldaten- und Matrosen-Denkmal, der Riverside Park eine grüne ragende Klippe) war es ein mörderischer Imperativ. Seine Scham überwindend, gestand der MANN seine Qual dem FAHRER, der seinen Unglauben allmählich abschüttelte, an der 158. Straße vom Schnellweg abbog, einen kleinen kopfsteingepflasterten Berg hinauffuhr und dort, offenbar nicht zum erstenmal, eine schmutzige dreieckige Werkstatt fand. Schwarze oder geschwärzte Mechaniker starrten mit weißen Augen, als der fremde MANN an ihnen vorüberstolperte, durch das ölige und schrottgesäumte Dreieck nach hinten zu dessen Scheitelpunkt: Eingezwängt zwischen obszönen Fresken, stand dort das schönste Ding, das er je gesehen hatte. Oder jemals sehen würde. Es war ein KLOSETTBECKEN, ein KLOSETTBECKEN in seiner makelhaften Weiße, seiner partiellen Wässerigkeit, seiner unbedingten Aufnahmebereitschaft im harmonischen Wunder seines unzerstörbaren und unwandelbaren *ens*. Das Schöne ist, was man gerade nötig hat, genau.

Rasche Steckbriefkameen von Platon, Aquinas, Santayana und anderen Theoretikern der Schönheit, alle mit groben Strichen ausgekreuzt, um Widerlegung anzudeuten.

Kurze Szene: Der MANN putzt die Zähne, spült den Mund, spuckt aus.

Schnitt. MOND, teilnahmslos.

Wieder der MANN. Er steht vor dem Badezimmerschrank und denkt nach. Er öffnet die Tür, die auch ein Spiegel ist. Nahaufnahme einer kleinen roten SCHACHTEL. Was ist in der SCHACHTEL? Wir spüren, es ist etwas, dem er widersteht, weil es seiner Idealvorstellung von gesunder Normalität nicht entspricht. Er schließt die Tür.

Er schnüffelt. Als er so gedankenversunken dagestanden

hatte, war der Geruch seines eigenen Körpers zu ihm aufgestiegen, ein kartoffelhafter vorwurfsvoller Geruch. Als Kind, das wie das KIND in dem Werbespot mit Erwachsenen zusammenlebte, hatte er sich vorgestellt, daß sie diesen Geruch mit Absicht von sich gaben, um ihn zu züchtigen und zu strafen. Jetzt, da es sein eigener Geruch ist, kommt er ihm nicht mehr strafend, sondern nur noch störend vor, wie der Stapel AUFGESCHNITTENER BRIEFUMSCHLÄGE, die jeden Nachmittag den Küchentisch bedecken. Kurze Nahaufnahme der UMSCHLÄGE. Wiederholung KIND, das TREPPE hinabläuft in erwartungsvolle Arme. Wir sind unterschwellig berührt.

Schlurfend (für den Fall, daß er mit dem Zeh anstößt oder auf eine Nadel tritt) kehrt der MANN aus dem Badezimmer zurück und umrundet das BETT. Der FERNSEHER ist jetzt kalt. Der MOND ist ebenfalls kalt. Als schöbe er einen gelesenen Brief in einen aufgeschnittenen Umschlag zurück, schiebt er sich selber zurück ins BETT neben seine FRAU. Verstohlen gleitet seine Hand unter ihr Nachthemd und reibt ihren Rücken; es ist eine rituelle Angelegenheit. Als rituelle Antwort bewegt sich die FRAU im Schlaf, wacht so weit auf, daß sie die Kälte des Zimmers bemerkt, drückt ihren Körper eng an den des MANNES und schläft wieder ein. Schläft wieder ein. Wieder wieder. Schläft.

Jetzt ist seine BETT-Hälfte auf ein Drittel reduziert – ein Drittel, das zudem noch zerknittert und zerdrückt ist von vergeßlichen Ellenbogen und Knien. Die Augen des MANNES schließen sich, doch seine OHREN öffnen sich weiter, schreckliche Augen, denen die Lider mit einer Schere abgeschnitten sind, riesige tiefe Brunnen, die nach dem Flüstern und Knistern der WELT hungern. Abwechselnd begräbt er die OHREN im Kissen, kann jedoch nicht beide gleichzeitig stillen. Er überlegt, ob er onanieren soll, gelangt aber zu dem Schluß, daß der Platz nicht reicht.

Ein Zentralheizungskörper pfeift: Dampfheizung, Brennmaterial Öl. Ob Erdgas geräuschlos wäre? In der Ferne surrt ein Auto. Die Brandung oder der Wind murmelt; oder ist es vielleicht ein Hubschrauber?

Jetzt miaut die KATZE – ein neuer Darsteller! – einen Fuß unterhalb seines Gesichts. Anmutig und beharrlich will die KATZE nach draußen. Fast dankbar erhebt sich der MANN. Besser etwas tun als gar nichts, denkt er – darin ein typischer Bürger unserer arbeitswütigen Epoche. Elektrisch, erschauernd prickeln die Schnurrhaare der KATZE wie Frost auf den bloßen Knöcheln des MANNES.

MANN und KATZE gehen zusammen eine TREPPE hinab. Hier gibt es keine Geländerknäufe aus Eichenholz. Der Stil ist kahl, modern. Der MANN berührt die Wand: kühler Gips.

Der MANN öffnet die Haustür. GRAS, BÄUME, HIMMEL und STERNE, jäh eingerahmt, wirken farblos und flach, als hätten sie, solchermaßen überrascht, kaum Zeit genug gehabt, ihre Umrisse zu ordnen. Vor allem die STERNE wirken flüchtig angebracht: Einschußlöcher im Dach eines Flugzeughangars. Die KATZE jagt davon ins Off.

Wir sind im BETT zurück. Der MANN wendet das Kissen, um dessen dunkle Seite mit der Wange zu erkunden. Sacht, doch mit einer der KATZE abgesehenen Beharrlichkeit schiebt er den Körper seiner FRAU Zoll um trägen ZOLL hinüber auf ihre Seite des BETTES. Minuten geduldigen Schiebens werden zunichte gemacht, als sie Richtung Bewußtsein hochtaucht und sich vertrauensvoller in ihn sinken läßt. Ist sie wach, oder schläft sie? Ist der Umstand, daß sie zwei Drittel des BETTES einnimmt, ein instinktiver Territorialanspruch ihres fühllosen Körpers oder das durchaus bewußte Produkt einer Berechnung, eingetragen auf den schwankenden ehelichen Grund zwischen ihnen? Hier scheint der MANN, unser unzulänglicher HELD, an einen jener Dollpunkte gelangt, die das Gehirn zweckmäßigerweise zu den Bewegungen des Denkens verleiten, indes der Körper in gedankenlose Seligkeit verfällt. Hoffnungsvolle Gruben und Blasen und sanfte, dehnende Schmerzen entwickeln sich in ihm, Vorboten barmherziger Auflösung.

Jäher Schnitt: In einem Kinderzimmer gibt der HAMSTER einer plötzlichen Phantasie von Geschwindigkeit und Weite nach und beschleunigt in seinem ungeölten Laufrad. Es ist ein imposantes Rasseln; der HAMSTER wirbelt die Welt an einem Faden herum.

Wir sind zurück im Badezimmer. Der MANN glaubt, er müsse noch einmal urinieren. Wieder erinnert ihn das schattige Keramik-Oval an die absolute Schönheit. Ein verlorenes Kapitulationsempfinden durchdringt den Geruch nach angefaulten Kartoffeln. Er holt die kleine rote SCHACHTEL aus dem Schrank, dessen Tür ein Spiegel ist. Der SCHACHTEL entnimmt er zwei kleine Gegenstände. Nahaufnahme. Es sind WACHS-Kügelchen. Warum? Was in aller Welt?

Zurück im Schlafzimmer. Der MOND im Fenster ist geschrumpft. Bei der Kontraktion hat er an Wärme gewonnen; seine Blässe wirkt heiß, fast sonnenartig.

Der MANN steckt sich selber ins BETT zurück. Er steckt sich die wächsernen OHRENSTÖPSEL in die Ohren. Die scharfen hellen Drähte des Lärms, die der Dunkelheit aufgeätzt waren, dämpfen sich zu grauen Fäden, einer verschwommenen Decke. Seine Sinne werden der berührbaren Decke als einer Quelle des Guten gewahr, eines HIMMELS, der ihn tangiert. Geheimnisvoll und freiwillig verlagert seine FRAU ihr Gewicht zum weiten Horizont, wo aller Druck in einem stumpfen Keil zusammentrifft. Ein unterirdisches Pfeifgeräusch begreift er langsam als sein eigenes Atmen. Er hat sich begraben, sein *ens*. Seine Schädelhöhle überzieht sich mit Unsinn. *Schwenk, abblenden, unscharf*. So geht es Nacht um Nacht.

Eine Frage bleibt übrig. Wofür wird geworben?

(1) Ohrenstöpsel (2) Erdgas (3) Luzifers Sturz (4) Nichts.

Gläubige

Die Frau neben ihm auf der Party schlürft Ginger-ale, obwohl er sie als hingebungsvolle Wodka-Martini-Trinkerin kennt. Er zeigt auf das sprudelnde Getränk und sagt: «Fastenzeit?» Sie nickt. Ihre Augen sind ruhig wie die einer Statue. Er kennt sie als eine Gläubige. Auch er ist gläubig. Laßt uns ihn Credo taufen.

Credo ist das Fundament seiner Kirche. Er ist zusammen mit vier alten Damen im Kirchlichen-Erbe-Komitee. Ihr Problem ist, daß sie in eine neue, weiße Plastikkirche umziehen, und was sollen sie nun mit all dem alten religiösen Mobiliar anfangen? Es hat sich im Lauf von Jahrhunderten angesammelt: Betstuhl-Türen aus Buchsbaum und blecherne Fußwärmer aus dem Gebäude von 1736; gepolsterte Betschemel und samtene Kollektebeutel aus dem Gebäude von 1812, eine gargantueske gotische Diakonsbank aus Bergeiche aus dem Gebäude von 1885. Siebzehn Laien müßten sich anstrengen, sie anzuheben und zu bewegen; in jenen Tagen müssen Riesen gelebt haben. Riesen im Glauben.

Eine der alten Damen klettert auf die gepolsterte Armlehne. Staubwolken puffen unter ihren Füßen hervor. Sie zieht etwas – eine Art Juwel – aus der Verzierung der Bankrückwand. Sie reichen es herum. Es ist eine kleine braune Fotografie, in zerborstenes Glas eingebettet, ein viktorianisches Kind mit einer Papierkrone zeigend. «Vielleicht würde eine Kirche, die gerade erst aufmacht, gern alles zusammen kaufen», sagt die erste Dame.

«Eine dieser neuen kalifornischen Sekten», verstärkt die zweite.

«Niemals», sagt Credo. «Niemand will diesen Plunder.»

«Zumindest», bittet die dritte Dame, «sollten wir einen Antiquitätenhändler kommen lassen, der die Bilderrahmen taxiert.» Hinter einem alten Spinett und Kartons voller verzogener Gesangbücher haben sie vielleicht vierzig Bilderrahmen freigelegt, alle leer. «Für solche Sachen zahlen die Leute heutzutage ein Vermögen.»

«Was für Leute?» fragt Credo. Er kann es nicht glauben. Das Kellergeschoß scheint ohne Luft; er ringt nach Atem. Der alte Ölbrenner geht los. Das Beben seines Erwachens schüttelt lose Flecken von den Asbestpackungen ab, mit denen die Rohre eingehüllt sind; wie Schnee fallen die Flocken auf die alten Gesangbücher, Bilderrahmen, Klavierstühle, zerbrochenen Sonntagsschulstühle, Teilnehmerlisten mit aufgeklebten Goldsternen, die nicht mehr festpappen, und alte Kegelschuhe der Männer-Kegel-Liga, auf Betschemel, die abgewetzt sind wie ein Ochsenjoch, und auf blecherne Fußwärmer, durchlöchert wie Reibeisen. Gott, ist das deprimierend. Gott.

Die vierte alte Dame hat eine Einkaufstüte aus Papier mitgebracht. Daraus zieht sie Staublappen, eine Flasche Windex, einen Regenbogen Magic Markers, einige Versandaufkleber in zwei Farben – grün zum Aufbewahren, rot zum Vernichten. «Treffen wir ein paar Entscheidungen», sagt sie munter, «trennen wir die Schafe von den Böcken!»

Ihre Entscheidungen waren nicht so riskant wie ...

... der Entschluß zum Kauf einer Goldmine beispielsweise. Erstaunlicherweise haben im Alltag viele Entscheidungen mit Geld zu tun. Beim Geldanlegen gibt es glücklicherweise Entscheidungen, die das Risiko ausschließen.

Credo besucht seinen Pfarrer. Der Pfarrer ist sehr gut informiert. Er sagt: «Der Dow-Jones-Index war heute zwei Komma drei Punkte niedriger, das bedeutet eine Sopranpfeife weniger an unserer neuen Plexiglasorgel.» Die Frau vom Priester bringt ihnen Tee und Honig. Das Honigglas glänzt in einem Strahl staubigen Pfarrhaussonnenlichts. Das Haar der Pfarrersfrau ist hoch toupiert, sie ist eine üppige Blondine. Credos Frau ist eine mausartige Brünette. Kauf jetzt, zahl später, denkt er, fromm schlürfend.

Credo nimmt die neue Kirche in Augenschein. Die glitzernde blasenförmige Muschel aus weißem Plastik beherbergt eine große Anzahl pastellfarbiger Räume. Er war Mitglied im Neuschöpfungskomitee, das mit dem Architektenteam zusammenarbeitete; die endlosen Sitzungen und unzähligen Blaupausen sind Realität geworden. Es gibt eine Menge kleiner Enttäuschungen. Der Punktstrahler auf den Altar hängt mit dem Kanzel-Spotlight am selben Dimmer. Der vorgefertigte Kirchturm fängt bei Sturm an zu weinen. Die Schiebewände zur Abteilung der Sonntagsschule kratzen und biegen sich, wenn sie zugezogen werden. Die Orgel klingt wie Plexiglas. Die Gebläseheizung bläst in die falsche Röhre und bringt ständig die Zündflamme im Wandofen zum Erlöschen. Die Proportionen des Heizungskellers sind nicht herzerhebend. Das Fundament hat bereits einen Sprung. Credo folgt mit den Augen der Sinnkurve des Risses. Natürlich gibt die Erde nach und schrumpft; die Kontinentalplatten verschieben sich. Doch irgendwie erwartet man, daß sie unter einer Kirche standhält. Doch würden Wunder dann alltäglich und zu einer Tyrannei. Doch das Erdbeben von Lissabon wiederum, überlegt er, während sein Glauben ins Rutschen kommt.

Er liest den heiligen Augustin. Der ist zu heiß, zu strahlend, zu blendend und wild. *Ist also, mein Herr und mein Gott, etwas in mir, das Dich fassen kann? Und fassen Dich also Himmel und Erde, die*

Du geschaffen und in denen Du mich schufst? Und fasset also alles, das da existiert, Dich, da nichts, das existiert, existieren kann ohne Dich? Da auch ich existiere, warum verlangt mir danach, daß Du mich erfüllest, der ich doch nicht wäre, wärest Du nicht in mir? Zu ernst, zu beängstigend, zu erregend: Credo muß aufstehen und sich mit einem Drink beruhigen, damit er weiterlesen kann. Augustinus schreibt an einem schwindelerregenden Abgrund: beinahe klagt er Gott an wegen seiner hilflos verdammten Kindheit, wegen seiner Schuljungenprügel; dann nimmt er alles zurück, gibt sich selbst die Schuld und rechtfertigt den Herrn. *...laß nicht meine Seele schwach werden unter Deiner Strenge noch laß mich verzagen beim Bekenntnis aller von Dir empfangenen Gnaden, durch die Du mich aus den schändlichsten Übeln emporhebst. Auf daß Du mein Entzücken werdest trotz aller Versuchungen, denen ich einst erlag...* Es ist erschreckend, es gibt kein Erbarmen; Credo macht sich noch einen Drink, starrt aus dem Fenster, läßt die Katze ein, fragt ein Kind, wie sein Schultag verlaufen ist, alles, um diesem Wirbelwind zu entkommen ...*denn ist nicht all dieses Rauch und Wind? Woran sonst hätte ich Geist und Zunge wenden sollen? Dich zu lobpreisen, mein Gott, den zarten Schößling meines Herzens stärken mit dem Stab Deines Worts. Dann wäre es nicht zu Boden gesunken, geblendet von eitlem Wahn, den Vögeln des Himmels zur Beute. Denn auf vielerlei Art opfern die Menschen den gefallenen Engeln.* Er kann nicht weiterlesen, vier Jahrzehnte hat er damit gewartet, dies zu lesen, sein Herz hält es nicht aus. Es ist zu streng und zu feurig, zu leidenschaftlich und zu überzeugend; nichts Unreines kann darin überdauern. Credo liest statt dessen die Sonntagsbeilage der *New York Times.* «Chinakenner einst und jetzt». «Die schwarze Bourgeoisie flieht aus dem Getto». «Ich war eine Sumpfblüte». Er überfliegt *Sports Illustrated, Art News, Rolling Stone.* Er stellt den Augustinus zwischen Marc Aurel und Boethius zurück ins Regal. Dort steht er sicher. Er wird das Buch wieder herunternehmen, wenn er fünfundsechzig ist, und bereit. *All dieses siehest Du, Herr, und es* *währet Dein Friede in der Fülle der Gnade und Wahrheit. Wird Dein Friede ewig währen?*

Credo ist in einem Motel. Er hat einen Mixbecher mit Wodka, Wermut und Eis dabei und eine Dose Ginger-ale, für alle Fälle. Die Frau neben ihm darf nicht in Versuchung geführt werden, noch ist Fastenzeit. Sie nimmt einen Schluck aus der Dose, er einen aus dem Mixbecher; sie ziehen einander aus. Ihr Körper schimmert, blendet, ist streng, ernst, erregend. Sie bewundern einander, sie machen der eine aus dem anderen einen Born der Freude. Weil sie gläubig sind, haben ihre Handlungen eine unermeßliche Dimension der Herrlichkeit und des Wagnisses; sie kokettieren mit ihrer Verdammnis, obwohl sie es nicht aussprechen. Sie sagen nur anmutige Dinge, entsprechend der Dankbarkeit und Verzückung, die sie fühlen. Um sie von neuem zu erregen, zitiert er St. Augustin: *Wenn Leiber dir gefallen, so preise ob ihrer den Herrn und wende deine Liebe ihrem Schöpfer zu, damit Ihm nicht mißfalle, was dir gefällt.*

Credo liegt im Krankenhaus. Er hat einen Unfall und eine Operation hinter sich. Als die Wirkung der Tabletten nachläßt, kommt Schmerz in ihm hoch wie ein giftiger Tintenfisch, der unter einem friedlichen Schwimmer im Ozean aufsteigt. Der Schmerz packt sein Knie. Er läßt nicht los. Auf dem Leuchtzifferblatt der Uhr auf dem Nachttisch ist es noch zwei Stunden hin, ehe er die Schwester herbeiklingeln und die nächste Dosis Demerol verlangen kann. Das einzige Fenster zeigt eine tote Stadt, von Straßenlaternen beleuchtet. Credo betet. Laut. Es ist ein langes diskursives Gebet, weder rechtfertigend noch zweifelnd; sein Schmerz hat ihm einen neuen Status verliehen. Er spricht laut, als verlese er im Fernsehen die Mitternachtsnachrichten. Abrupt bricht aus seinem Brustkorb eine scharfe, süßliche Flut von Schweiß hervor. Wunderbarerweise entspannt er sich. Der Tintenfisch läßt von ihm ab, fällt zurück ins Bodenlose. Als die Krankenschwester kommt, findet sie Credo schlafend. Es ist Morgen. Überall auf dem Flur klicken die Perlen der Rosenkränze.

Er sitzt schaukelnd und schwankend in der U-Bahn, anderen Männern gegenüber, die ebenfalls schaukeln und schwanken. Wieder zur Arbeit, doch hinkt er jetzt. Er wird immer hinken. Der Körper vergibt nicht, nur Gott vergibt. Zwischen zwei Stationen überquert die U-Bahn eine Brücke, taucht auf ins Helle. Unten glänzt der Fluß, als wäre er nicht verunreinigt; Segelboote liegen schräg im hellen Wind. Credo wird an jene Passage aus *Das Heilige Gebet* erinnert, wo ein Aldermann, der zum Christentum bekehren will, unser Leben mit dem Flug eines Sperlings durch den hell erleuchteten Met-Saal vergleicht: «So erscheint mir, o König, dies gegenwärtige Leben des Menschen auf Erden im Vergleich zu der Zeit, die uns unbekannt ist, wie wenn du im Winter mit deinen Führern und Lehnsmannen an der Tafel sitzest und das Feuer ist angezündet und dein Saal ist warm, und draußen regnet es, schneit es und stürmt es; und ein Sperling kommt und fliegt in einem Nu durch dein Haus, herein durch die eine Tür und hinaus durch die andere.»

In diesem Augenblick der Klarheit fällt Credos Blick auf einen Mann ihm gegenüber, einen ganz alltäglichen, müde aussehenden Mann von durchschnittlicher Größe, durchschnittlichem Gewicht, unauffällig gekleidet, doch mit einem zutiefst unsympathischen und dezidierten Zug um den Mund, alles in allem eine Erscheinung, die sich perfekt der herzlosen Maschine Welt einpaßt. Credo hält ihn für einen Atheisten. Er denkt, zwischen diesem harmlosen Menschen und mir klafft auf ewig ein Abgrund. Weil ich glaube.

Die U-Bahn taucht ratternd wieder in den Untergrund. Oder es kann auch sein, wie einige extreme Heilige angedeutet haben, daß vor der Erhabenheit des Unendlichen Gläubige und Ungläubige gleich sind.

Der Waffenladen

Bens Sohn Murray freute sich auf die jährliche Reise nach Pennsylvania zum Erntedankfest vor allem wegen des Gewehrs. Ein Zweiundzwanziger Remington, das das ganze Jahr über unbenutzt in dem alten Farmhaus in der Ecke gestanden hatte, bis Klein Murray kam und es reinigte und bat, damit schießen zu dürfen. Das Gewehr hatte Ben gehört. Seine Eltern hatten es ihm in jenem Jahr zu Weihnachten gekauft, als sie auf die Farm zogen. Damals war er dreizehn gewesen, so alt wie sein Sohn jetzt. Nein, Murray war sogar schon vierzehn, sein Geburtstag war im September. Ben hätte sich daran erinnern müssen, denn auf der Party hatte Ben dem Kind einen Klaps auf den Hinterkopf gegeben, damit er sich hinsetzte, und sein Sohn hatte das Kuchenmesser auf die Brust seines Vaters gerichtet und gesagt: «Schlag mich noch einmal, und ich bringe dich um.»

Ben war erstaunt gewesen. In der Nacht, im Bett, sagte Sally zu ihm: «Es war seine Art auszudrücken, daß er zu groß ist, um noch geschlagen zu werden. Er hat recht. Er ist zu groß.»

Aber der Junge schien nicht groß, als er und Ben mit dem Gewehr quer über das braune Feld zu der Müllkippe im Wald gingen; feierlich und bartlos trug er das frisch geputzte Gewehr unterm Arm, wie ein Jäger auf Zeitschriftenabbildungen, doch die Spitze des Laufs blieb dauernd in den Schlingen des verfilzten Grases hängen. An der Müllkippe sodann, nachdem Blechdosen und Flaschen als Ziele hübsch aufgereiht waren, weigerte sich das Gewehr zu schießen, und Murray bekam einen kindlichen Wutanfall. Tränen traten ihm in die Augen, als er zu erklären versuchte: «Da war diese kleine *Nadel*, Dad, die beim Putzen herausgefallen ist, aber ich habe sie zurückgesteckt, und jetzt ist sie nicht mehr *da*!»

Ben blickte auf das kleine, sommersprossige Gesicht herab, das so ehrlich verzweifelt aussah, und mußte lächeln.

Als Murray seinen Vater lächeln sah, rief er: «Scheiße.» Er schleuderte das Gewehr in ein Gestrüpp aus jungen Bäumen und warf sich auf den kalten Humus des Waldbodens. Dort wand und krümmte er sich und wiederholte das Wort, sooft ein neuer Aspekt der Ungerechtigkeit und Bloßstellung ihn traf, aber Ben konnte den Ausdruck freundlichen Spotts auf seinem Gesicht nicht ganz tilgen. Die Wutausbrüche des Jungen wirkten eindrucksvoll in der Privatheit ihrer Bostoner Wohnung, mit seiner Mutter und den zwei Schwestern und einigen feingliedrigen Antiquitäten als Publikum, aber hier draußen, zwischen stummen Eichen und Hickorys, schrumpfte sein Wutanfall auf ziemlich komische Weise zusammen. Auch hatte Ben, indem er das Zweiundzwanziger aufhob und untersuchte, sein Gesicht nah über den vergessenen köstlichen Geruch des Gewehröls gebeugt und sich an den Weihnachtsmittag erinnert, als sein Vater ihn mit in die Scheune nahm und ihm zeigte, wie man mit dem jungfräulichen Gewehr schoß, und diese Erinnerung ließ sein Lächeln andauern.

Jener köstliche Geruch. Die gefährliche Glattheit. Das Zickzack der Brünierung auf dem geöffneten Schloß und das überraschende Muster des Zugs, eine neue Art Stern im Inneren des Laufs, wenn man ihn gegen den Himmel richtete. Die knappen, tödlich eleganten Klicklaute beim Zusammensetzen. Er hatte nicht gewußt, daß sein Vater mit einem Gewehr umgehen konnte. Er war fünfundvierzig, als Ben dreizehn war, außerdem Lehrer; ganz früher einmal war er kurzfristig Soldat gewesen. Er hatte eine leere *Pennz*öldose in den Schnee des Hofs geworfen und das Zweiundzwanziger auf das Fensterbrett vom Hühnerhaus aufgestützt und den ersten Schuß abgegeben. Die Öldose war hochgesprungen. Ben erinnerte sich, wie der Mund seines Vaters ein bißchen Speichel zurücksog, der ihm beim Konzentrieren entflossen war. Ben erinnerte sich an den fast ohrenbetäubenden Knall des Schusses und den scharfen Geruch aus dem Gewehrschloß, als die verbrauchte Patronenhülse herausflog. Und als er jetzt den toten Abzug zog und den Verschluß herausgleiten ließ, um zu sehen, warum das alte Gewehr nicht funktionierte, erinnerte er sich, wie sein Vater den Arm um ihn gelegt, seine Hände am frisch gefirnißten Kolben entlanggeführt und seinen Kopf sanft niedergedrückt hatte, um seine Augen auf die gleiche Höhe mit dem Visier zu bringen. «Drück langsam ab, sei nicht aufgeregt und verreiß nicht», hatte sein Vater gesagt.

«Steh auf», sagte Ben zu seinem Sohn. «*Nimm dich zusammen!* Sei kein Baby. Wenn es nicht funktioniert, funktioniert es nicht, ich weiß auch nicht, woran es liegt. Beim letztenmal ging es noch.»

«Jaah, das war vor einem Jahr», sagte Murray überraschend konversationsbereit, obwohl er immer noch auf dem kalten Boden ausgestreckt lag. «Ich wette, einer von diesen idiotischen Bauernlümmeln hier hat es versaut.»

«Idiotische Bauernlümmel», wiederholte Ben und hörte sich selbst aus diesem Satz heraus. «Mein Lieber, sind wir nicht ein junger Snob?»

Murray stand auf und wischte den Sarkasmus beiseite. «Kannst du es in Ordnung bringen oder nicht?»

Ben schob eine Patrone in die Kammer, schloß den Lauf und zog am Abzug. Ein schlaffes Klicken. «Nein. Ich verstehe nichts von Gewehren. Du bist doch derjenige, der immer damit schießen will. Warum strecken wir nicht einfach unsern Finger aus und sagen *Peng*?»

«Mann, bist du witzig!»

Sie gingen zurück zum Haus. Ben schleppte das in Ungnade gefallene Gewehr, während Murray mit verächtlicher Miene vorwegging. Ben bemerkte in dem abgestorbenen Gras die rostbraunen Umrisse von Erdbeerblättern, exakt wie Fossilien. Als sie hierhergezogen waren, war das Land verpachtet worden – «bebaut», wie man hier sagte –, und eine stete, unverdrossene Ernte bestand aus den wilden Erdbeeren, die an den Knicks auf allen südlichen Hängen wuchsen. Als er so alt war wie sein Sohn, hatte Ben die Erdbeerblätter und die bäuerliche Isolation, für die sie standen, gehaßt; es überraschte ihn jetzt, daß ihre Form so genau mit den Umrissen in seinem Gedächtnis übereinstimmte. Die Blätter gab es immer noch, und seine Eltern waren immer noch in dem quadratischen Bauernhaus aus Sandstein. Seine Mutter sah vom Abwasch hoch und sagte: «Ich habe gar keine Schüsse gehört.»

«Es gab keine, deshalb.»

Etwas Zufriedenes oder Amüsiertes in Bens Stimme brachte Murrays Wut wieder hoch; er ging ins Wohnzimmer und trat gegen ein Stuhlbein und fluchte: «Das Mistding ist ka*putt*.»

«Das ist noch lange kein Grund, einen Stuhl kaputtzumachen», rief Ben hinter ihm her. «Das sind nämlich nicht unsere Möbel.»

Sally erstarrte, Teller in der einen und Geschirrtuch in der anderen Hand, und rief schwach: «He, was ist denn?»

«Verdammt», sagte er zu ihr, «warum lassen wir uns alle von dem Kind terrorisieren?»

Er jagte hinter dem Jungen her ins Wohnzimmer. Dort traf seine mörderische Stimmung auf die Trägheit, die einem Fest folgt. Die beiden Mädchen guckten zusammen mit ihrem

Großvater die Gimbelparade im Fernsehen an. Murray hatte sich beim Herannahen seines Vaters hinter dem Stuhl versteckt, gegen den er getreten hatte. Eine Schwester sah in seine Richtung und verkündete: «Total verzogen.» Die andere schniefte zustimmend. Das eine Mädchen war älter als Murray, das andere jünger; sein Leben lang würde er zwischen ihnen festhängen. Ihr Großvater saß in seinem Schaukelstuhl, er trug die wollene Strickmütze, mit der ihm nicht so kalt war. Nachgiebig hatte er den Stuhl genommen, von dem aus man den Fernseher ganz schräg sah, und betrachtete in undeutlicher Verkürzung das Vorbeiflimmern von überdimensionalen Tieren, Majoretten und Riesentorten mit Kerzen, die in Wirklichkeit winkende Mädchen waren.

«Er ist nicht verzogen», sagte Bens Vater zu den Mädchen, «er ist, wie sein Daddy, ein Perfektionist.»

Bens Vater war seit jenem Weihnachten mit dem Gewehr ein alter Mann geworden, aber ein wunderbar kauziger alter Mann mit einem langen gelblichweißen Gesicht, einer blauen Nase und der aufrechten Haltung eines Kindes, das sich anstrengt, etwas mitzubekommen. Sein Kreislauf war schwach, er war im Krankenhaus gewesen und lebte von einer Pille zur anderen, er hatte ganz untypische Anfälle von Schweigsamkeit, Ben nahm an, daß er dann Schmerzen hatte; dennoch erfüllte seine Hoffnung immer noch jedes Zimmer, in dem er sich aufhielt. Er sah zu Ben hoch, der in der Tür stand: «Hast du eine Ahnung, woran es liegt?»

Ben sagte: «Murray behauptet, irgendeine Nadel sei ihm rausgefallen beim Reinigen.»

«*Ist* sie ja auch, Dad», beharrte das Kind.

Bens Vater stand auf, steif und fahl und groß. Er trug einen abgetragenen Mantel und schien zu jedem Abenteuer bereit. «Ich kenne genau den Richtigen», sagte er. Er rief in die Küche: «Mutter, ich läute mal bei Dutch an. Das Kind ist ganz enttäuscht.»

«Ach laß nur, ist schon in Ordnung», murmelte Murray. Aber seine Augen glänzten, als er den vielversprechenden Aufzug seines Großvater gewahrte. Ben war verletzt, weil ihm klar wurde, alles, was er als Vater zustande brachte, war, daß diese Augen sich verärgert verdüsterten. Da war etwas in dem Jungen, das war zu empfindlich, zuwenig nachgiebig, und Ben hätte es furchtbar gern korrigiert.

Die beiden Frauen hatten sich in die Tür gestellt, um sich einzumischen. «Er *muß* ja nicht mit dem Gewehr schießen. Ich hasse Gewehre. Ben, warum zwingst du dem Kind immer dieses Gewehr auf?»

«Tue ich gar nicht», antwortete er.

Seine Mutter rief über Sallys Schulter: «Stör die Leute nicht zum Fest, Murray. Laß doch dem Mann seinen Feiertag.»

Klein Murray sah beim Klang seines Namens, der tadelnd ausgesprochen wurde, überrascht hoch. Er war nach seinem Großvater genannt. Zwei Murrays: einer klein und jung, einer groß und alt. Doch einander ähnlich, sah Ben, in ihrer Art der Erwartung, ihrer unermüdlichen Sehnsucht nach – früher hatte er sich gefragt, wonach, aber heute hatte man ein Wort dafür: «action».

«Dieser Mann kennt keine Feiertage», rief Bens Vater zurück. «Er ist ein Phantast. Du würdest ihn mögen. Jeder in diesem Zimmer würde ihn mögen.» Und schon war er, unaufhaltsam, am Telefon und wählte leicht aufgeregt die Nummer, etwa so, wie er mit den Knöcheln den Bauch eines zutraulichen Hundes rubbeln würde.

Nach dem Abendessen, das aus den Resten des Truthahns bestand, gingen die Männer hinaus in die Nacht. Ben fuhr den Wagen seines Vaters. Die dunkle Straße brachte sie von ihrem Hügel hinunter in ein Tal, wo Sandsteinbauernhäuser neben hölzernen Ranchhäusern und Leichtmetallwohnwagen standen, sowie eine nur schwach erleuchtete Mobil-Tankstelle und eine Kirche der Pfingstgemeinde aus Hohlblocksteinen mit der Leuchtschrift: JESUS LEBT. JESUS RETTET war wohl inzwischen zu sehr zu einer Farce geworden.

«Die nächste Einfahrt links», sagte sein Vater. Die kalte Luft hatte ihn kurzatmig gemacht. Kein Schild kündete von einem Gewehrladen; das Haus war ein Ranchhaus, aber kein neues – eins von denen, die in den frühen Fünfzigern gebaut worden waren, als die ersten Pendler begannen, derart weit aus Alton fortzuziehen. In der Rangfolge ihres Alters, vom ältesten zum jüngsten, vom größten zum kleinsten, marschierten sie die Steinplatten hinauf zu der unbeleuchteten Vordertür; Ben konnte im Rücken die Verlegenheit seines Sohnes spüren, wodurch seine eigene noch stärker wurde. Sie hatten dem kleinen Murray angeboten, daß er das Gewehr tragen sollte, doch er hatte nicht gewollt. Ben hielt die Zweiundzwanziger hinter sich, um die Person, die auf das Türklingeln seines Vaters reagierte, nicht zu erschrecken. Es war eine dicke Frau in einem rosa Morgenrock. Ben begriff, es war ein Irrtum, dies war kein Waffenladen, sein Vater hatte ihn wieder blamiert.

Aber nein, sie sagte: «Hallo, Mr. Trupp», sprach es mit dem herzlichen langen deutschen ‹u› aus; in Boston reimte sich der Name auf ‹schlapp›. «Kommen Sie gleich hier herein, er ist unten und wartet schon auf Sie. Ist das Ihr Sohn? Und wer ist *dieser* große Junge?» Ihre Freundlichkeiten erleichterten den Weg durch den vorderen Flur mit dem eingefaßten Teppich und dem emaillierten Segensschildchen bis zur Kellertreppe.

Beim Hinuntersteigen sagte Bens Vater: «Ich hätte das nicht tun sollen, für seine Frau war es eine Überwindung, uns hereinzulassen. Ich hab nicht dran gedacht. Wir hätten an der Seite entlanggehen sollen. Aber dazu hätte Dutch seinen Einbrecheralarm abstellen müssen. In dieser Gegend sind alle Diebe verrückt nach seinen Gewehren. Wenn du erst mal in meinem Alter bist, Ben, wirst du merken, daß es höllisch weh tut, wenn man auch nur *versucht* zu denken. Nur *versucht*, die Leute nicht so blöd zu belästigen.»

Der Keller schien größer als das Haus. In einem riesigen Raum mit Betonwänden waren Pappkartons, alte Stühle und Sofas von der Fürsorge, ein Kühlschrank, Stapel von Zeitungen, Schießscheiben und Gewehrgestelle aufgereiht. Ganz hinten war ein Ladentisch und dahinter eine grellbeleuchtete Werkstatt mit einer Drehbank. Die Augen von Klein Murray wurden groß; seine Kindheit hatte keine Waffenläden gekannt. Wohingegen es in einem Durchlaß von Bens Kindheit eine geheimnisvolle umgebaute Garage gegeben hatte, die sich «Rep & Muni» nannte. Die Geräusche von Hämmern und Schmirgeln drangen heraus, die Wut der Metalle, und an den dunklen Winternachmittagen, wenn Ben mit seinem Schlitten nach Hause rannte, sah er durchs Fenster blaue Funken stieben. Aber er war nie hineingegangen. So wurde dies auch für ihn ein Abenteuer. Das war, weil man seines Vaters Sohn war: Man hatte Abenteuer, stolperte einfach bei jemandem ‹rein›, fuhr irgendwohin, traf auf völlig fremde Leute, holte sich Abfuhren, erlitt Zusammenbrüche, stellte sich in einer Art bloß, die Ben, sobald er dazu in der Lage gewesen war, unmöglich gemacht hatte; er schirmte sein Leben so mit Ordnung und Anstand ab, daß kein falscher Schritt mehr passieren konnte. Er war Anwalt geworden, verdiente am Verlust anderer, indem er unordentliche Leben in juristische Akten verwandelte. Sogar in seiner Kleidung war er bei der Zurückhaltung der Fünfziger geblieben, während seine Partner in gestreiften Hemden und Hosen mit weitem Schlag erblühten. Ben sah, wie die normale Angespanntheit seines Sohnes unter der Magie dieses starken, ätzenden Kellers dahinschwand, und er spürte, daß er viel weniger ein Vater war, als sein eigener es gewesen war, wenn es denn zu den Pflichten eines Vaters gehörte, das Aroma der Welt zu vermitteln. Golfstunden in Brookline, Segelturns vor Maine, Skifahren in

New Hampshire – was war das schon, außer gekauftem Vergnügen, verglichen mit den improvisierten Notbehelfen und Wagnissen der Armut? In dieser Höhle lauerte der metallische Geruch von Mord, und hinter dem Ladentisch standen zwei Männer tief über etwas gebeugt, das wie ein Juwel glänzte.

Bens Vater ging nach vorn. «Dutch, dies sind mein Sohn Ben und mein Enkel Murray. Das Kind ist genau wie du ein Perfektionist, und dieses billige Gewehr, das wir Ben vor zig Millionen Jahren gekauft haben, hat ihn heute nachmittag im Stich gelassen.» Zu dem anderen Mann in diesem beleuchteten Ende des Kellers sagte er: «Ich kenne Ihr Gesicht, Mister, aber ich habe Ihren Namen vergessen.»

Der Mann blinzelte und sagte: «Reiner.» Er trug eine Day-Glo-Jägermütze und einen schmutzigen blauen Parka über einem sauberen Hemd und Schlips. Er sah sanft aus, vielleicht wegen seiner Brille, die randlos war. Er schien ein Kunde zu sein, und das Stück Metall in der Hand des Büchsenmachers betraf ihn. Es war ein kleines Plättchen mit zwei Bohrungen, ein glänzender Ring war in eine davon gesetzt worden, und Dutchs grauer Daumen rieb vor und zurück, über die unendlich winzige Kante, wo der Ring in die Platte eingelassen war.

«Ungefähr zwei Tausendstel», verkündete der Büchsenmacher langsam, wobei er das «ei» wie ein «a» in die Länge zog. Es war schwer zu sagen, zu wem er sprach. Seine Augenlider sahen geschwollen aus – bleierne Deckel, die schräg über die Augen standen und sie bis auf ein Glitzern verdeckten. Sein ganzer Körper schien aus der Fasson geraten, vom ruhelos malmenden Unterkiefer bis zum Bierbauch unter dem Unterhemd und zu den gebeugten Knien. Sein Schlürfen schien vorsätzlich drollig. Nur seine Hände hatten feste Umrisse – narbige und furchige Hände, die seit so langer Zeit mit öligen Maschinenteilen in Berührung waren, daß sie glänzende flache Stellen wie abgetragener Stoff aufwiesen. Der rechte Mittelfinger war bis zum ersten Knöchel weggemäht. «Zwei oder drei Tausendstel höchstens.»

Die Stimme von Bens Vater hatte in der Wärme dieses Kelles ihre Stärke zurückgewonnen. Er betätigte sich als Dolmetscher, damit auch ja jeder verstand. «Du meinst, du kannst nur mit dem Daumen herausfinden, ob zwei Tausendstel Zentimeter überstehen?»

«Jaha. Mehr oder weniger.»

«Das ist unglaublich. Das kommt mir wie ein Wunder vor.» Er klärte Sohn und Enkel auf: «Dutch war Chefingenieur bei Hager-Stahl, vor dreißig Jahren. Er hatte mehrere hundert Männer unter sich. Mehrere hundert.»

«Tausend», brummelte Dutch. «Zwölfhundert im Koreakrieg.» Seine Qualifikation rastete ein wie oft geübt. Ben vermutete, daß sein Vater häufig hierherkam.

«Junge, das kann ich mir gar nicht vorstellen. Ich begreife nicht, wie du das geschafft hast. Ich begreife nicht, wie irgendein Mann das schaffen kann, was du geschafft hast; meine Phantasie reicht einfach nicht aus. Dies Kind hier» – Murray, nicht Ben – «hat, was du hast. Elan. Ihr beide habt, was man braucht.»

Ben dachte, er müßte sich jetzt behaupten. In ein paar knappen Sätzen erklärte er Dutch, wie das Gewehr nicht funktioniert hatte.

Sein Vater sagte zu dem Mann mit der Brille: «Ich hätte den ganzen Abend gebraucht, um auszudrücken, was er gerade gesagt hat. Er lebt in Neuengland. Da reden alle so vernünftig. Ich bin dankbar, daß der Junge eins nicht von mir geerbt hat, und ich wette, er auch, das ist die Gabe seines Alten, dumm rumzuquatschen. Damit hab ich das Kind immer nur verwirrt.»

Dutch ließ das Schloß des Zweiundzwanziger aufschnappen und drehte, den verkürzten Finger an eine Kerbe des Schraubenziehergriffs pressend, an einer kleinen Schraube, die Ben all die Jahre, seit er das Gewehr besaß, nie bemerkt hatte. Das Schloß fiel in mehreren glänzenden Stücken, die Rostflecke hatten, auf den Ladentisch. Der Büchsenmacher nahm ein Stück Metall aus einer kleinen Feder heraus und hielt es hoch. «Zündbolzen. Abgeschliffen», sagte er. Wenn er sprach, wies sein Mund die zusätzliche Beweglichkeit der Zahnlosen auf.

«Haben Sie noch einen davon? Können Sie ihn auswechseln?» Ben verabscheute seine hohe, hungrige Stimmlage, die durch die Akustik dieses Kellers noch betont wurde. Als ob er öffentlich Anklage erhöbe.

Dutch gab keine Antwort. Er senkte die erstaunlichen Lider, um das Metallstück unter seinen Händen zu betrachten, eine Hand war immer noch fest um die merkwürdige kleine Platte mit dem glänzenden Ring geschlossen.

Bens Vater sprang ein, indem er sagte: «Er kann einen machen, Ben. Dieser Mann kann ein ganzes Gewehr aus dem Nichts zaubern. Nur einen Klumpen Erz braucht er dazu, sonst nichts.»

«Wunderbar», sagte Ben, um die Stille zu füllen.

Reiner lachte unerwartet. «Wie war's», sagte er zu dem Büchsenmacher, «als Jim Knauer die alte doppelläufige Damaskus mit dreifachem Schrot und einem rauchlosen Pulver lud? Ein Wunder, daß er noch sein Gesicht hat.»

Dutch lockerte seine Faust, und nach einer Pause kicherte er.

Ben erkannte in diesen Pausen etwas wie Gerichtssaal-Taktik; er spürte, wie Klein Murray an seiner Seite nervös wurde über die Verzögerung. «Sollen wir morgen wiederkommen?» fragte Ben.

Man überhörte es. Reiner fuhr fort: «Was war das für eine Marke? Eine Parker Kaliber zwölf?»

«Englische Flinte», sagte Dutch. «Eine Westley Richards. Er hatte dreihundert dafür bezahlt, irgendein Händler drüben in Royersford. So eine Dummheit, gleich beim ersten

Schuß. Sogar der Kolben zersplittert.» Seine Augenlider hoben sich. «Wer will ein Bier?»

Bens Vater sagte: «Jesus, ich bin so vollgestopft mit Truthahn, daß ein Bier mich schaffen würde.»

Reiner fand das komisch. «Man sagt doch, Schnaps ist gut für den Kreislauf.»

«Ich würd gern einen Schluck Bier trinken, kann aber keinen Eid darauf schwören, daß ich es leermache. Die erste Regel der Gastfreundschaft ist: Einem geschenkten Gaul guckt man nicht ins Maul.» Sein Witz verlor an Schärfe. Nach der Anstrengung dieser Sätze ließ sich der alte Mann in einen Lehnstuhl mit aufgeplatzten Armstützen nieder. Gegen die gelbliche Fahlheit seines Gesichtes wirkte seine Nase blaurot wie eine Quetschung.

«Gern», sagte Ben. «Wenn's angeboten wird. Danke.»

«Und du, mein Sohn, wie steht's mit dir?» fragte Dutch den Jungen. Murrays Augen weiteten sich, als er merkte, daß niemand für ihn antworten würde.

«Er trainiert für seine Skimannschaft», sagte Ben schließlich.

Dutchs Blick blieb auf dem Jungen haften. «Dann solltest du gut zu Fuß sein. Wie wär's, wenn du jetzt mal da hinübergehst und vier Büchsen aus dem Eisschrank holst?» Er wies mit der Faust nach hinten.

«Kühlschrank», präzisierte Ben.

Dutch drehte sich um und fischte in einem Regal mit schmutzigen Zigarrenkisten nach einem Metallzylinder, bis er einen fand, der, als er ihn neben das Fragment des Zündbolzens hielt, ihn zufriedenstellte. Er schlurfte in den kleinen Raum hinter dem Ladentisch, der strahlend hell und voller Maschinen war.

Während der Junge mit den kalten Dosen *Old Reading* herumging, erklärte der Großvater dem Mann mit der Day-Glo-Jagdmütze: «Er ist das, was man einen glühenden Sportler nennt. Er segelt, spielt Golf. Letzten Winter hat er blaue Medaillen gewonnen bei einem, wie nennt ihr das, Murray?»

«Slalom. Ich hab aber die Abfahrt versaut.»

«Gehört? Er kennt sich aus. Wenn er das Glück hätte, mit euch Gentlemen hier unten zu leben, würde er auch die Gewehrsprache lernen. Er wäre in kurzer Zeit ein As im Schießen.»

«Wo wir leben, in der Stadt», sagte der Junge ungefragt, «will meine Mutter mich nicht einmal ein Luftgewehr haben lassen. Sie verabscheut Gewehre.»

«Das Kind meint die Stadt Boston. Sein Vater ist per du mit dem Bürgermeister.» Ben hörte das angestrengte Einatmen zwischen den Sätzen seines Vaters und versuchte, die Worte nicht zu verstehen. Er und sein Sohn wurden in einem langen, schmerzlichen Monolog in einen Topf geworfen. «Jeden Wettkampf liebt dies Kind. Von mir hat er das nicht. Er hat es auch nicht von seinem Vater. Ben hatte schon immer diese taktvolle Art, seine Gedanken für sich zu behalten. Man wußte nie, was in dem Kind vorging . Am meisten bedauere ich, daß ich ihm nie die Freude an der Handarbeit beibringen konnte. Er wuchs auf und sah zu, wie ich mich mit meinem Verstand abplagte, und nun macht er die gleiche verdammte Dummheit. Dutch hätte sein Vater sein sollen. Dutch wäre an ihn rangekommen.»

Um nicht zuhören zu müssen, ging Ben hinter den Ladentisch und in die Werkstatt. Dutch drehte den kleinen Zylinder auf einer Drehbank. Er trug keine Schutzbrille und schien keine Maße abzunehmen. In das spiegelglatte Flirren des rotierenden Metalls drückte der Mann vorsichtig einen angespitzten Kegel, der an einem Gelenk hing. Stählerne Locken fielen gleichmäßig auf die narbige Drehbank. Lohfarbene Funken sprühten im Radius von vielleicht einer Pfingstrose. Aus dem Zylinder wurden zwei, ein schmaler, der aus den Schultern des anderen hervorwuchs. Ben hatte einst mit Holz gearbeitet, in der Werkstatt seiner Schule, doch dieser Mann konnte Metall formen, er konnte in das harte Herz der Dinge vordringen. Dutch stellte die Drehbank aus, stieß sich mit einem traurigen Grunzen ab und schlurfte mit komischem Bedacht zu irgendeinem anderen Werkzeug. Ben fürchtete, daß die Liebe, die er für den Mann empfand, sein Gesicht zerreißen und sie alle erniedrigen könnte, und kehrte deshalb in den größeren Raum zurück.

Reiner hielt seinerseits einen Monolog: «... weißt du, wenn deine Kugel aus dem Lauf kommt, dreht sie sich normalerweise, deshalb nennt man einen Lauf *gedreht* oder *gezogen*, weil er innen eine Spindel hat, die die Kugel rotieren läßt. Nun, die Nordvietnamesen entdeckten, wenn man einer Kugel genügend Geschwindigkeit mitgibt, fängt sie jenseits eines kritischen Punktes an zu taumeln, sich im Flug zu überschlagen, etwa so. Die Genfer Konvention besagt, man darf keine weichen Geschosse benutzen, die den Körper wie ein Dumdum zermantschen, aber wenn ein Mensch von so einer sich überschlagenden Kugel getroffen wird, reißt es ihm den Arm ab.»

Mißtrauisch hörte der Junge zu, sah auf die weichen weißen Hände des bebrillten Mannes, die das Überschlagen demonstrierten. Bens Vater saß auf dem zerplatzten Armsessel, starrte dumpf vor sich hin, kämpfte still um Atem.

«Aber natürlich», ging die Lektion weiter, «das Beste für den Dschungel, das hatten sie bald raus, war eine ganz normale Schrotflinte. Man nimmt eine gewöhnliche Kaliber 20, vielleicht mit kurzem Lauf, mehr als fünfzehn Meter kann man sowieso nicht sehen, niemand hat eine Chance auf die Entfernung. Die Streuung der Schrotladung beträgt so einen Meter im Umkreis, vielleicht.» Mit den Armen beschrieb Reiner einen Kreis um sich her, sein Herz war die Mitte. «Es reißt einen Menschen in Stücke. Je weiter er weg ist, desto breiter ist die Streuung. Sogar ein Fehlschuß verwundet ihn ziemlich.»

«Der Tod ist ein Teil des Lebens», sagte Bens Vater, als wiederhole er etwas vor langer Zeit Gelerntes.

Ben fragte Reiner: «Waren Sie in Vietnam?»

Der Mann nahm seine Jägermütze ab und entblößte eine Glatze. «Sie haben mich im falschen Kästchen untergebracht. Marinekanonier, Zweiter Weltkrieg. Mit den Vierzig-Millimeter-Bofors-Zwillingsflaks konnten wir eine zweipfündige Granate zehntausend Meter senkrecht in die Luft schicken.»

Dutch kam aus der Werkstatt. In der einen Hand hielt er ein Stück Metall, in der anderen eine zusammengedrückte Bierdose. Er legte das zylindrische Stück zwischen die auseinandergefallenen Teile des Schlosses, spielte ein bißchen damit herum, und plötzlich war wieder alles beisammen.

«Paßt es?» fragte Ben.

Dutchs haltlose Clownslippen lächelten. «Sie stellen eine Menge Fragen, Mister.» Er ließ das Schloß des Zweiundzwanzigers einrasten und ging zurück in die Werkstatt. Die vier anderen blieben still, nur den Atem von Bens Vater hörte man. Dann hallte der flache Schlag eines Gewehrschusses durch den Raum, verstärkt durch die Betonwände.

«Für mich ist das ein Wunder», sagte Bens Vater. «Ein handwerkliches Können wie dieses.»

«Vielen herzlichen Dank», sagte Ben, zu hastig, als der Büchsenmacher das reparierte und getestete Zweiundzwanziger auf den Tresen legte. «Was sind wir Ihnen schuldig?»

Statt zu antworten, fragte Dutch den kleinen Murray: «Hast du schon mal so einen Apparat gesehen?» Es war eine von Hand betriebene Vorrichtung, die Gewehrmunition zusammensetzte und rändelte. Er ließ den Jungen den Hebel betätigen. Die Patronen liefen im Kreis und erhielten jede ihre Ration Schrot und Pulver. «Da kann nichts explodieren», sagte Dutch beruhigend zu Ben.

Reiner erklärte: «Also das hier» – dabei zeigte er die geheimnisvolle kleine Metallplatte mit dem glänzenden Ring –, «wenn ich dieses Futter, das Dutch gerade für mich gemacht hat, in den Apparat einsetze, kann ich das Verhältnis von Pulver zu Schrot reduzieren, wenn ich in der kommenden Rotwildsaison feinkörniger schießen will.»

Murray trat von dem Apparat zurück: «Das ist praktisch. Vielen Dank.»

Dutch sah Ben an: «Sagen wir, zwei Dollar.»

Ben protestierte: «Das ist nicht genug.»

Bens Vater befreite ihn aus dem Schweigen: «Gib dem Mann, was er verlangt; alle Fleppen der Welt reichen nicht aus, um gottgegebene Fähigkeiten wie diese zu bezahlen.»

Ben zahlte und war so in Eile, seine Leute nach Hause zu bringen, daß er die Seitentür berührte, ehe Dutch die Alarmanlage ausschalten konnte. Klingeln schrillten, Ben schrak zusammen. Alle lachten, sogar – obwohl er seit seiner Lehrerzeit verabscheute, was er ‹Gruselhumor› nannte – Bens Vater.

Im Dunkel des Wagens seufzte der alte Mann. «Man muß ihn wohl ein Genie und einen Gentleman nennen. Hast du bemerkt, wie dein Dad ihn angesehen hat? Reine Anbetung von Mann zu Mann.»

Ben fragte ihn: «Wie fühlst du dich?»

«Besser. Mir gefiel nicht, was Murray sich von Reiner alles über Blut und Eingeweide anhören mußte.»

«Junge», sagte Murray, «ist der Kerl verrückt nach Gewehren!»

«Er ist einsam. Er hält es bei sich zu Hause nicht aus, hängt immer im Laden herum. Muß Dutch wirklich auf den Wecker gehen.» Vielleicht klang dies zu harsch oder war auf ihn selber anwendbar, denn er milderte es sogleich ab. «In Wahrheit ist er harmlos. Er sagt, er war im Krieg bei der Marineartillerie, aber weißt du, wo er die meiste Zeit verbrachte? In der Karibik ist er umhergekreuzt! Um sich zu sonnen! Er ist wie ich. Ich war im Ersten Weltkrieg, und meine größte Leistung war, im Rekrutenlager die Grippe zu überstehen.»

«Ich wußte gar nicht, daß du Soldat warst, Opa.»

«Töten oder getötet werden, das ist mein Motto.»

Seine Stimme klang so fern und gebrechlich bei diesen Worten, daß Ben zu ihm sagte: «Hoffentlich haben wir dich nicht zu sehr angestrengt?»

«Dazu bin ich da», sagte Bens Vater. «Dienst am Kunden.»

Im Bett versuchte Ben, Sally das Abenteuer zu beschreiben, den Waffenladen. «Der ganze Keller roch nach Tod. Ich glaube, der Junge hatte Angst.»

Sally sagte: «Kein Wunder. Er ist erst vierzehn. Du bist zu streng mit ihm.»

«Ich weiß. Mein Vater wollte mir einen Gefallen tun, und was hat es ihm eingebracht? Brustschmerzen. Es ist ihm auf den Wecker gegangen.» Im Schlaf träumte ihm, er wäre ein Junge mit einem Gewehr. Ein kleiner Vogel, kleiner als ein Punkt in einem Puzzle, saß im Pfirsichbaum an der Wiese. Ben brachte Kimme und Korn zur Deckung und drückte mit köstlicher Langsamkeit ab. Der Punkt fiel herab wie ein Stein. Er ging hin und fand einen braunen Zaunkönigkörper, den Kopf sauber abgetrennt. Kaum Blut, nur kopflose Federn. Er erwachte und begriff, daß es stimmte. Genauso war es gewesen, im ersten Sommer, in dem er das Gewehr besaß. Er hatte es sich nie vergeben. Nach dem Frühstück gingen er und sein Sohn wieder über die toten Erdbeerblätter zur Müllkippe. Dort setzte der Traum sich fort. Obwohl Ben dem Zittern Einhalt gebieten konnte, indem er die alt werdenden Hände auf einen Hickorystamm stützte und so sorgfältig zielte, daß das offene Auge brannte, nahmen die Dosen und Flaschen seine Schüsse nicht zur Kenntnis. Die Geschosse gingen zwischen ihnen hindurch. Als dagegen Klein Murray das Gewehr nahm, zog sein Sommersprossengesicht die Stummheit der Bäume auf sich, bezog sie mit ein in seine mörderische Konzentration. Die Dosen sprangen in die Luft, die Flaschen zerbarsten. «Du bringst mich um!» schrie Ben. In seinem Stolz und seiner Erleichterung mußte er lachen.

Wie man Amerika
gleichzeitig liebt und verläßt

Komm in irgendeiner Stadt gegen drei Uhr an, nachdem du seit sieben unterwegs gewesen bist, fahr auf der Hauptstraße, die zugleich die Route Nr. soundso ist, und laß über das Motel, in das ihr wollt, abstimmen. Deine Frau ist für einen diskreten Weg-von-der-Straße-Blick, aber nicht für Bungalows; die Kinder wollen einen Swimmingpool (unerläßlich), einen Farbfernseher (wünschenswert) und einen Flipper (Spaß). Schließ dich der Mehrheit an, fahr in die Einfahrt und geh zum Empfang. Deine Beine merkwürdig stelzig nach all dem Sitzen hinterm Steuer. Ein Aufkleber an der Tür besagt, der Laden wird von «den Plummers» betrieben, also ist dies hinter dem Tresen Mrs. Plummer. Um die Fünfundfünfzig, dichte Silberlocken mit Spuren von Kupfer, mütterliches Gesicht, bis auf die Blässe des Lippenstifts und die Schärfe des kurzen abschätzenden Blicks. In einer halben Sekunde hat sie dich durchschaut: Familienvater, kein Ärger. Süße robuste weise alte furchtsame Mrs. Plummer. Reich ihr deine Kreditkarte rüber. Schau ihr zu, wie sie mit der Karte umgeht: Mit genau dieser Bewegung haben sich die Leute früher in kleinen Apparaten ihre Zigaretten selbst gedreht. Nimm die kostbaren Schlüssel mit ihren rautenförmigen Plastikanhängern in Empfang. Denk an die Karriere von Motelbesitzern, die verkaufen, was nicht käuflich sein sollte – Rast für die Müden, Glück für die Analphabeten, Platz für die Lebenden. Fernseher und Telefon werden mitgeliefert, als Verbindungsfäden mit den unwirklichen Welten hinter uns, vor uns. Geborgenheit, der älteste Handelsartikel.

Nimm das Gepäck vom Autodach. Deine Beine bewegen sich immer noch merkwürdig. Die Kinder haben die Routine voll drauf: in drei Minuten rein ins Zimmer und wieder raus und ins Wasser. Du dagegen folgst eher mittelältlich-bedächtig, achtest darauf, beim Heraussuchen der Badesachen nicht den ganzen Koffer durcheinanderzubringen. Die Frau sieht phantastisch aus, wie sie einen Augenblick nackt ist, aber sie behauptet, sie hätte Kopfschmerzen nach so vielen Kilometern.

Warte, bis es die Kinder langweilt, herumzuschreien und herumzuspritzen. Dann wirkt der Pool kristallklar. Tank dich voll Sonne. Hör auf die Stadt. Du hast noch nie vorher von dieser Stadt gewußt: das ist wichtig. Andernfalls gäbe es Erwartungen und einen Plan. Das heißt nicht, daß die Stadt klein sein muß. Amerika verbirgt immense Dinge. Hier gibt es Tausende fleißige Seelen, die dich sowenig berühren wie einzelne Steine auf dem Mond. Sagen wir, die Stadt liegt in Kalifornien, auf der trocknen Seite der Sierras, aber ebensogut könnte sie in Iowa oder Kentucky oder Connecticut liegen. Aus dem Nichts heraus ist sie hierhergekommen. Höre. Die kleinen Wellen des Pools plätschern über den Fliesenrand in den Abflußrost. Der Verkehr auf der Route Nr. soundso vermißt dich nicht; er singt, seufzt, kreuzt, schleudert Menschenmassen vorbei, rauscht wie ein Fluß vorüber. In der Nähe knirschen Autoreifen auf dem Kies, schleichen dichter heran. Schau. Zwei langhaarige Kinder in geflickten Jeans, die Jacken voller Buttons, blaß, kaum älter als deine eigenen, steigen liebenswert widerstrebend aus einem verbeulten grünen Volkswagen und gehen zu dem Motelbüro. Etwas weiter schlägt eine Tür zu. Sich entfernende Räder mahlen den Kies immer kleiner. In der anderen Richtung rattert ein Rollwagen mit Wäsche übers Pflaster. Und jenseits von alldem, es umschließend wie ein durchsichtiger Dom, ein nicht zu entschlüsselndes Summen, wie Bienen unterm Dachfirst oder das fortgesetzte, aufgeregt fließende Tremolo von frisch geschlüpften Vögeln, die, versteckt in einem Baumstamm, auf die Fütterung warten.

Eine Sirene ertönt.

Sie klingt fern, dann nah, dann wieder fern und tiefer. Dieser Notruf durchschneidet den Nachmittag wie ein Sprung ein Kristallglas. Katastrophen, hier? Ein Verkehrsunfall, in den du hättest verwickelt sein können, wärest du weitergefahren? Ein Herzanfall oben in den Bergen? Reg dich nicht auf. Laß die herrschaftliche Sonne die Wassertropfen auf deiner Brust trocknen. Stell dir einen alten Kalifornier vor mit ausgebleichtem weißem Bart und einem Blick wie eine Bergziege, so unfreundlich, jemand, dessen ganzes Leben von Geburt an mit dieser Höhe getränkt wurde, diesem Ausblick, diesem Ort, der dir bis vor einer Stunde noch unbekannt war und dir nach dem morgigen Tag nie wieder vor die Augen kommen wird – stell ihn dir tot vor, stell dir vor, sein Leben wurde in einem blutblinden Augenblick aus seiner Brust gerissen wie die Wurzel aus der Erde. Der Gedanke ist kurioserweise nicht störender als das glucksende Verkehrsgeräusch, als die animalischen Wellen, die die Kinder, zurück im Pool, mit ihren Körpern erzeugen, als die ferne deutliche Stimme, die dann und wann, aus ihr eigenen Gründen, monoton Zahlen in eine Art Megaphon spricht, ein Lautsprechersystem. «Fünfzehn… zwanzig.» Hat's was mit dem Unglück zu tun? Ein Fliegeralarm? Die Stimme tönt weiter, Teil des Friedens. Neue Sirenen blöken, ein schwarzes Polizeiauto und ein kantiger weißer Laster mit blauem Alarmlicht sausen vorbei zwischen dem Motel und dem mexikanischen Restaurant auf der anderen Seite der Soundso-Route.

Hinter dem roten Ziegeldach des Restaurants erstreckt sich ein lohfarbenes Tal; dahinter eine niedrigere Bergkette, grau, aber ein vielfältiges Grau mit unendlich vielen Schattierungen – Asche, Graphit, Karton, Kater, Lavendel. Solche Schönheit ist darauf aus, uns zum Weinen zu bringen. Wären wir Kristalle, müßten wir zerbersten. Die Lautsprecherstimme fährt fort: «Zwanzig... dreißig...» Die Kinder fangen an, sich zu streiten. Du hast genug Sonne gehabt. Zeit für Erkundungen.

Die Frau sagt, ihre Kopfschmerzen sind besser, aber sie will im Motelzimmer bleiben, um sich die Haare zu waschen. Geh also, Familienvater, mit den Kindern vom Parkplatz aus die Hauptstraße entlang. Die Hitze des Bürgersteigs schwebt um deine Schienbeine. Die hochstehende Bergsonne verleiht der orangefarbenen Rexall-Reklame einen blechern-dünnen Abglanz von Herrlichkeit, auch den roten Zungen der Parkuhren, den rosa Shorts der Mädchen, deren braune Rücken delikat zusammengeschnürt sind durch die Bänder von Minihaltern, auch dem verschossenen Army-Grün, das von übermuskulösen Jugendlichen ebenso getragen wird wie von schielenden, gebeugten Mümmelgreisen. Sie, die Eingeborenen, sind in ihrem Element. Liebe sie, weil sie da sind. Es gibt keinen besseren Grund für Liebe. Sie blicken durch dich hindurch. Um Substanz zu erlangen, betritt einen Laden, kaufe etwas. Entdecke, daß die Stadt Postkarten von sich selbst feilbietet; sie ist selbstbewußt, kaufmännisch, unternehmend. Sie beherbergt viele Sportartikelläden, wahre Waffenlager im Krieg gegen die Wildnis – Angelruten, Skistöcke, Jagdschleudern, aufblasbare Flöße, zusammenfaltbare Zelte, Rucksäcke, gefriergetrocknete Früchte in Aluminiumfolie, phantasievoll gefiederte Köder in Plastikkapseln, Tennisschläger, Tennishemden, Tennisbälle in Bonbonfarben. Deine Jungs sind entzückt, deine Mädchen gelangweilt. Erstehe fünf Postkarten, einige gefriergetrocknete Birnen für die morgige lange Fahrt durch die Wüste und geh hinaus. Draußen auf dem heißen Pflaster reißen die

Sandalen des kleinen Mädchens. Sie hat jeden Tag um neue gebettelt. Ihr Haar ist noch naß vom Motelpool. Geh mit ihr in ein Schuhgeschäft. Feierlich läßt der Verkäufer sie Platz nehmen, mißt ihren Fuß. Bestaune die Art, in der seine Hand geruht, den schmutzigen nackten Fuß dieses unbekannten Kindes zu berühren. Ach! Was er in ihrer Größe hat, gefällt ihr nicht, und was ihr gefällt, hat er nicht in ihrer Größe. Drück dein Bedauern aus und geh. Beim Überqueren der gefährlichen Durchgangsstraße nimmst du ihre Hand, eine zärtlichere Berührung als sonst, nun, nachdem du Zeuge der Zärtlichkeit eines Fremden geworden bist. Auf der anderen Straßenseite, auf einem kleinen Platz, der durch fortgesetzte Verbreiterung der Hauptverkehrsstraße bis zur Bedeutungslosigkeit beschnitten ist, steht statt einer Statue ein alter Planwagen. Denk an jene toten Unbekannten – ganze Schwärme schuftender Engel –, die es wagten, dieses Land von unmenschlicher Größe ohne Schnellstraßen, ohne Airconditioning, sogar (ein Blick unter den Wagen bestätigt es) ohne Stoßdämpfer zu durchqueren, jeder Zentimeter durchrüttelt und durchrattert, um schließlich hier anzukommen und diese Stadt zu gründen, wo dieser Wagen (ein Blick hinein enthüllt es) ein Behältnis für leere Dosen von Polar Bär-Bier, Diät-Pepsi und Bergquell-Sprudel geworden ist.

Amerika ist eine riesige Verschwörung, um dich glücklich zu machen.

Oder auch: Steig am Motel ins Auto und fahre durch die Nebenstraßen: eine Holzkirche, eine Grundschule in Ziegelstein mit Basketballkörben auf einem Asphaltteich, Häuser in gleichmäßigen Abständen rechtwinklig zueinander stehend und zu sauber aussehend. Diese Bergluft hier hat etwas Sterilisierendes. Die Gärten sehen bewässert aus, wie Golfplätze. Sie stehen im lebhaften Gegensatz zu Leerräumen aus verwahrlostem, ausgedörrtem Heu. Die Häuser bemühen sich, mit ihrer Geradlinigkeit, ihren schwach glänzenden Fassaden etwas zu sagen, ein Wort, das du gern hören möchtest, ja, du würdest ewig so weiterfahren, um es schließlich zu vernehmen. Aber die Kinder langweilen sich und bitten dich, «heim»zufahren. «Heim» ist das Motel.

Das Haar deiner Frau ist federnd und duftig vom Waschen. Der Pool liegt verlassen und sieht kühl aus. Abendschatten sind von den Bergen geglitten. Die Sonne sinkt im Westen, überall. Die graue Bergkette im Osten badet im Licht wie ein komplizierter Knochen. Wo sollen wir essen? Hol Meinungen ein. Die Kinder wollen schnelle saubere Hamburger-Abfertigung, mit Resopal-Tischen und klaren neutralen Fenstern auf den Verkehr hinaus, der sie sicher mit der Zukunft verbindet. Du und deine Frau wollen etwas mit Binnenhof, regionalem Ambiente und Schankerlaubnis. Vielleicht gewinnen die Kinder, und du sitzt und blickst durch die Fenster und denkst, dies ist Amerika, dein Hamburger-Reich, eine unteilbare gottgegebene Küche, mit Pickles und Karoffelchips für alle. Was du durch die klaren Fenster erblickst, sieht gebleicht aus ohne Sonnenbrille, die du den ganzen Tag getragen hast und die der Landschaft, durch die du gefahren bist, eine unnatürliche Postkarten-Brillanz verliehen hat, den blauen Himmel kobalt einfärbend, das purpurne Bergland und die orange Felsen so tönend, als stammten sie von einem schüchternen Pastellmaler, der schlechte Porträts auf einem ländlichen Jahrmarkt verkauft.

Oder vielleicht überredest du die Kinder zu dem mexikanischen Restaurant, und während sie im Kerzenlicht sitzen und mit ihren Tacos und Enchiladas kämpfen, schlürfst du an deiner mit Salzrand versehenen Margarita und denkst: Dies ist Amerika, wo wir alles einschlingen, Tacos und Chow Mein und Pizza und Sauerkraut, weil wir nur das sind, was wir essen, nur das sind, was wir zu sein behaupten. Wenn ein Japaner «Japaner» sagt, sitzt er auch schon in der Falle eines unwichtigen endgültigen rassischen Faktums, hingegen, wenn wir sagen «Amerikaner», ist es kein Faktum, sondern ein Akt des Vertrauens, eine Sache von Linien auf einer Landkarte und von Worten auf dem Papier, ein Umriß, den auszufüllen es noch Generationen und Jahrhunderte braucht. Und, ja, die Kellnerin, die das Sorbet und die Rechnung bringt, scheint diese Überlegungen zu illustrieren, denn sie ist hübsch und jung und entwurzelt, eine der Züchtungen, die unsere Wüste von Küste zu Küste hervorgebracht hat, mit von reizloser Kost gerade gewachsenen Knochen, mit einer Fruchtbarkeit, die in die hygienische Plastikhülle der Pille eingeschlossen ist, mit einem Akzent, der auf angenehme Weise nichts voraussetzt, mit einer Haut, so dunkel wie die einer Indianerin, doch mit blauen Augen und sonnengelblichem Haar, das ihr lose den Rücken herabfällt in Evas zeitlosem Fall.

Sei vorsichtig beim Überqueren der Straße. Auf dem Motel-Parkplatz, ehe du noch die Anonymität deines Zimmers erreichen kannst, muß Mrs. Plummer, von ihrem Auto zum Büro eilend, in der Hand irgendwelche Papiere, deinen Weg kreuzen, und sie lächelt. Dies verdirbt es ein wenig. Sie kennt dich. Du kennst sie. Wenn Unschuld endet, müssen Pläne gemacht werden. Zuerst schlafe. Dann, früh am Morgen, wenn der Verkehr schwach ist und die Sonne noch kraftlos im Osten, fahr weiter.

Nevada

Armer Culp. Seine Frau Sarah wollte ihren Liebhaber heiraten, sobald die Scheidung durch war, sie konnte keinen Tag warten, die Flitterwochensuite in Honolulu war sechs Wochen im voraus gebucht. Culp, gefällig bis zum Schluß, willigte ein, die Mädchen in Reno abzuholen und sie nach Denver zurückzufahren. Er sorgte dafür, daß er geschäftlich nach San Francisco mußte, und mietete ein Auto. Am Telefon mokierte sich Sarah über seinen Plan – warum nahm er kein Flugzeug? Als ein Experte in Mineralölextraktion hoffte er, durch das Autofahren wenigstens einige szenische Vorteile aus dem häuslichen Ruin zu extrahieren. Bis sie nach Denver gezogen waren und ihre Ehe in der dünneren Atmosphäre in die Luft gegangen war, hatten sie in New Jersey gelebt, und die Mädchen hatten wenig vom Westen gesehen.

Er kam gegen fünf Uhr nachmittags in Reno an, nachdem er von der Staatsstraße 80 aus eine südliche Umgehung gefahren war. Die Stadt wirkte freundlicher als erwartet. Er fand die Adresse, die Sarah ihm genannt hatte, ein stallrotes Gästehaus hinter einem Motel, das sich durch einen riesigen blinkenden Dominostein kenntlich machte. Er fürchtete sich vor dem Schmerz, Sarah wiederzusehen, und gleichzeitig sehnte er ihn herbei – Sarah, geschieden, frei von ihm, triumphierend, im Begriff, sich in eine neue Ehe zu stürzen. Aber sie war vor seiner Ankunft abgeflogen. Seine beiden Töchter saßen auf einem ausgedienten Kuhfellsofa neben einem leeren Schreibtisch, wie Patienten im Wartezimmer eines Zahnarztes.

Polly, die elf war, sprang auf, um ihn zu begrüßen. «Mami ist weg», sagte sie. «Sie hatte dich schon vor Stunden erwartet.»

Laura, sechzehn, erhob sich mit befangener Trägheit von dem abgewetzten Sofa, glättete ihren Rock und fügte hinzu: «Jim war bei ihr. Er ist richtig ausgeflippt, als du nicht aufgetaucht bist.»

Culp entschuldigte sich. «Ich wußte nicht, daß sie so unter Zeitdruck stand.»

Laura mißverstand ihn womöglich, denn sie antwortete: «Ja, sie stand wirklich unter Druck.»

«Ich habe einen kleinen Umweg gemacht, zum Tahoe-See.»

«O Dad!» sagte Laura, «du und dein Sightseeing.»

«Habt ihr euch Sorgen gemacht?» fragte er.

«Nö.»

Eine kleine Frau mit einem kantigen Kinn schlüpfte aus einem Nebenzimmer hinter den leeren Schreibtisch. «Sie waren ganz prima waren sie, Mr. Culp. Saßen nur da, wollten nicht mal ein Gratis-Sandwich. Laura hat immer wieder zu der Kleinen gesagt: ‹Sei nicht so kindisch, Daddy wird uns bestimmt nicht sitzenlassen›. Ich bin Betsy Morgan, wir haben voneinander gehört, aber uns nie persönlich kennengelernt.» Sarah hatte sie in ihren Briefen erwähnt: Morgan, die Piratin, ihre Vermieterin und Zeugin für ihren festen Wohnsitz. Fred Culp sah sich durch Mrs. Morgans Augen: Hahnrei, Angeklagter, Ausrangierter. Obwohl ihr Blick freundlich war, war die Hand, die sie ihm bot, trocken wie ein Vogelfuß.

Ihm fiel nur die Frage ein: «Wie lief das Verfahren?»

Eine dumme Frage, schien ihm, aber nicht für Mrs. Morgan. «Sieben Minuten, glatt wie Seide. Einige dieser Scheidungsrichter machen es den Mädchen verdammt schwer, nur weil sie sich sonst langweilen. Aber Ihre Sary hat sich nicht einschüchtern lassen. Sie hat diese bestimmte Art.»

«Ja, hatte sie. Hat sie. Mehr und mehr. Mädchen, habt ihr eure Sachen beieinander?»

«Gleich hier hinter dem Sofa. Ich hätte ihr Zimmer noch eine Nacht verlängert, aber dann meldete sich gestern diese Dame aus Connecticut, die wollte es für die nächsten sechs Wochen.»

«Das ist gut. Ich fahre sie irgendwo hin, wo ein Pool ist.»

«Sie werden mir wirklich fehlen», sagte die Vermieterin und beugte sich nieder, um die beiden Mädchen zu küssen. Sie waren so etwas wie eine Familie gewesen, und sie hatte echte Tränen in den Augen. Polly konnte die Umarmung nicht abwarten und platzte heraus: «Wir durften immer in den Pool vom *Domino*, aber einmal kamen all diese Mexikaner und haben ihn als Pissoir benutzt!»

So fuhren sie zu einem anderen Motel, nicht dem *Domino*. Laura und er sahen Polly beim Schwimmen zu. «Laura, willst du nicht auch deinen Badeanzug anziehen?»

«Nöö. Mami ließ uns so oft schwimmen, daß ich schon taube Ohren habe.»

Culp stellte sich Sarah vor, in einem Liegestuhl am Pool, im Bikini mit den orange- und purpurfarbenen Tupfen. Ein glatter, feuchter Arm beschirmte die Augen. Andere Frauen hatten bemerkenswerte Beine oder Brüste; Sarahs Schönheit war am lebhaftesten in ihren Armen zum Ausdruck gekommen, Arme, die zu einer griechischen Statue gepaßt hätten, gerundet und fest und wohlgestalt, Arme, die nie alterten, ohne eine Spur von Wabbligem oberhalb des Ellbogens, obwohl sie mit dem nächsten Geburtstag vierzig wurde. Tatsächlich hatte sie daraus die Notwendigkeit der Scheidung hergeleitet: Sie konnte es nicht ertragen, mit ihm vierzig zu werden. Als ob dann eine Reise ohne Wiederkehr begänne.

Laura fuhr fort: «Außerdem, Dad, falls du es *unbedingt* wissen willst, ich habe meine Tage.»

Mit plumper Fröhlichkeit katapultierte Polly ihren Körper von dem klappernden Sprungbrett und kam, durch den Tang ihres eigenen Haarschopfs grinsend, wieder an die Oberfläche. Sie kletterte aus dem Pool und watschelte bibbernd an seine Seite. «Wollen wir rumlaufen und die Spielautomaten füttern?» Gänsehaut hatte die weißen Härchen auf ihren Schenkeln zu einem geisterhaften Heiligenschein aufgerichtet. «Kommst du mit? Macht Spaß.»

Mütterlich mischte sich Laura ein: «*Zwing* ihn nicht, Polly. Daddy ist müde und deprimiert.»

«Wer sagt das? Laß uns gehen. Vielleicht sehe ich Reno nie wieder.»

Die Stadt erinnerte ihn an New Jerseys kleine Gemeinden. Die Wüsten-Klarheit am Abend hatte den gleichmäßigen Stahlglanz von Industriedunst. Über gelblichen Geschäftsfronten kündeten die Fenster im zweiten Stock durch Vorhänge und einen Blumentopf von Bewohntheit. Es gab auch Kirchen, was er gar nicht erwartet hatte. Und ein Fluß, ein rieselnder Schatten des Passaic, floß hindurch. Das Gerichtsgebäude, Mekka für so viele, schien allzu bescheiden; es trug die entmutigende granitene Würde der Justiz des ganzen Landes. Nur das Zentrum von Reno, grell wie ein Rummelplatz, war anders. Polly führte ihn zu jenen Türen, durch die sie nicht eintreten durften und gab ihm Kleingeld, damit er drinnen für sie spielte. Sie liebte die Spielautomaten, liebte sie wegen der fruchtigen Farben und ihres nimmermüden Glanzes und ihres plötzlichen Geld-Ergusses, klingelnd, blinkend, wohin das Glück mal hier, mal dort in dem dunklen Casino fiel. Culp seinerseits fühlte den seidigen Seufzer ihrer Innereien, wenn er Geld in den Schlitz steckte und den Hebel betätigte, und nachdem er einige Male mit dem köstlichen Ausspucken in den Rinnen belohnt wurde, die von anderen Händen auf seine Berührung vorbereitet waren, liebte er sie ebenfalls. So wurden er und Polly ein fröhliches, hoffnungsvolles Paar, das sich von Casino zu Casino vorarbeitete. Ihr rundes Gesicht war gegen das Fenster gepreßt, damit sie zusehen konnte, wie er spielte und die Pflaumen hervorsprangen und die Glocken und Kirschen ihren Walzer tanzten, 1-2-3. Eine Spielhalle hatte weit zum Bürgersteig hin geöffnet. Ein grotesk gigantischer Apparat stand für Silberdollars bereit.

Polly sagte: «Mami hat bei dem mal zwanzig Dollar gewonnen.»

Culp fragte Laura, die in verächtlichem Schweigen hinter ihnen hergetrottet war: «War Jim die ganze Zeit bei euch?»

«Nein, er kam erst letzte Woche.» Sie versuchte, vom Gesicht ihres Vaters zu lesen, was er hören wollte. «Er hat im *Domino* gewohnt.»

Polly drängte sich heran, um mitzuhören. Culp fragte: «Mochtest du Jim?»

Sie hatte Mühe, ihren Blick vom Anblick all des mechanischen Entzückens zu lösen. «Er nahm alles so ernst. Er sagte, die Automaten wären Betrug, und von ihm kriegten sie keinen Penny.»

Laura sagte: «Für mich war er ein absolutes *Brech*mittel, Dad.»

«Meinetwegen brauchst du nicht so von ihm zu denken.»

«Aber er *war* eins. Ich hab's ihr auch gesagt.»

«Das hättest du nicht tun sollen. Hör mal, es ist ihr Leben, nicht deins.»

Auf dem krankenhaushellen Bürgersteig sahen die Gesichter der beiden Mädchen unwohl aus, bedrückt. Culp steckte einen Silberdollar in den großen Apparat und stellte sich vor, daß irgend etwas von Sarah hier hängengeblieben wäre und daß sie durch diese elektrische Glut zu ihm spräche. Aber die Größe der Maschine war unnatürlich, ihre Innereien drehten sich träge: Pflaume, Balken, Stern. Kein Treffer.

Als er sich umdrehte, wurde er verärgert gewahr, daß Polly und Laura, die ihn immer noch anstarrten, *seinetwegen* bedrückt waren.

Laura sagte: «Gehen wir was essen, Dad. Wir zeigen dir ein Lokal, wo sie Pastrami haben wie zu Haus im Osten.»

Je weiter nach Osten sich die Staatsstraße 40 ergoß, desto mehr öffnete sich Nevada in eine befremdliche Un-Farbe, ein rostiges Grau oder auch das Lavendel, das die Ecken von überbelichteten Farbdias heimsucht. Der Humboldtfluß, der die Pionierkarawanen versorgt hatte, beschattete schüchtern die Schnellstraße, indem er sein Tal in ein mattes Grün tauchte, das vereinzelten Viehherden Futter bot. Aber außer den Herden und den Autos, die an ihm vorbeirauschten, als führe er dreißig und nicht achtzig Meilen die Stunde, und außer einer gelegentlichen Tankstelle mit Kaffeebude, die *Spielautomaten* versprach, gab es wenig Lebenszeichen in Nevada. Das gefiel Culp. Es ermöglichte ihm, in Frieden die Heimkino-Filme von Sarah, die in seinem Kopf gespeichert waren, ablaufen zu lassen. Sarah, wie sie in South Orange den Rasenmäher über den hinteren Rasen schiebt. Sarah, wie sie einen blauen Kinderwagen schiebt, englisch, mit kleinen weißen Rädern, rund um den Brunnen am Washington Square. Sarah, wie sie, noch nicht seine Frau, in einem braun-grün karierten Rock unter der Markise eines Kinos an der 57. Straße auf ihn wartet. Sarah, eine kühle, perfekte Vorstadt-Gastgeberin im kalkrosa Sackkleid, wie sie mit einer Platte voller petersilienverzierten Eierhälften durch das überfüllte Wohnzimmer balanciert. Sarah, betrunken nach einer Party, wie sie in dem schwarzen Spitzen-BH am Fußende ihres Bettes Twist tanzt. Sarah in Bluejeans, wie sie herausschrie, daß niemand *schuld* sei, daß er nichts *tun* könne, außer sie *in Ruhe* zu lassen. Und wie sie dazu ein Viertelpfund Butter quer durch die Küche warf, so daß der Kalender von der Wand fiel. Sarah im Minirock, wie sie ihr Haus in Denver zu einem Rendezvous verläßt, genau wie ein Teenager, während auf ihrem Vorderrasen der Rasensprenger in der Abendkühle seine Bögen sprüht. Sarah gepflegt-zynisch beim Eheberater, unter der Täfelung aus Preßpappe, wo der Mann nicht nur seine Diplome, sondern auch seine Ski-Medaillen aus Aspen aufgehängt hatte. Sarah an irgendeinem Sonntag vor langer Zeit, wie sie die Jalousien hochzieht, um ihn zu wecken, und das Licht durch ihr durchscheinendes Nachthemd flutet. Sarah, die ihn plötzlich ansieht, an irgendeinem Tisch, zu irgendeinem Moment, irgendwo, konspirativ – er hatte gar nicht gewußt, daß er so viele Filmrollen belichtet hatte, sie kamen ihm ganz einfach eine nach der anderen in den Kopf. Nevada glitt schön und leer vorüber. Die Karte war voller Geisterstädte. Laura saß neben ihm und las die Karte. «Dad, hier ist eine Stadt, die heißt Nixon.»

«Laß sie uns bedauern.»

«Du bist schon vorbei. Sie war abseits der Straße, hinter Sparks. Die nächste richtige Stadt ist Lovelock.»

«Was ist daran richtig?»

«Mußt du so schnell fahren?»

Auf dem Rücksitz kämpfte Polly mit ihren Wünschen. «Können wir in der nächsten richtigen Stadt anhalten und was essen?»

Culp sagte: «Du hättest mehr zum Frühstück essen sollen.»

«Ich hasse aufgebratene Klopse.»

«Aber du magst Speck.»

«Die Klopse hatten ihn berührt.»

Laura sagte: «Polly, hör auf, Daddy zu piesacken, du machst ihn nervös.»

Culp sagte: «Ich *bin* nicht nervös.»

Polly sagte: «Ich muß mal.»

«Baby. Du warst vor kaum einer Stunde.»

«Ich bin nervös.»

Culp lachte. Laura sagte: «Sehr komisch. Du bist kein Baby mehr.»

Polly sagte: «Ja, und du keine Ehefrau.»

Schweigen.

«Hat auch niemand behauptet», sagte Laura schließlich.

Nevada flog vorbei. Sarah, diesmal in einteiligem Badeanzug, stieg aus dem Auto, ihrem alten Corvair-Cabrio. Ihr Haar war sonnengebleicht und wild. Sie aß ein Hot dog mit Appetit. Culp sah genauer hin und entdeckte Sand in ihrem Ohr, wie in einer zarten, geöffneten Muschel.

Polly verkündete: «Dad, da stand eben, in drei Meilen kommt eine Raststätte: Getränke, Sandwiches, Bier, Eis und Automaten.»

«Automaten, Automaten», spuckte Laura in plötzlicher Wut, deren Grund sich dem Vater entzog. «Automaten und Nutten, sonst gibt es nichts in diesem blöden Staat.»

Culp fragte: «Hat dir Reno nicht gefallen?»

«Ich habe es gehaßt. Vor allem, daß Mami die ganze Zeit scharf war.»

Scharf, Nutten – die Sprache von Frauen, die eng zusammenleben, schien ihm, wurde ungehobelt wie die von Männern in der Armee. Sanft korrigierte er: «Ich bin sicher, sie war nicht scharf, sie war nur einfach glücklich, mich los zu sein.»

«Mach dir doch nichts vor, Dad. Sie war scharf. Sogar als Jim jeden Tag kommen sollte, war sie's.»

«Na schön», sagte Polly, «du warst ja auch nicht gerade ein Engel, wie du vor diesem Mexikaner-Jungen angegeben hast.»

«Ich hab vor überhaupt keinen Pechköpfen angegeben! Ich hab nur mein Turmspringen geübt, und ich würde dir raten, das auch zu tun, du Kröte. Du siehst aus wie ein kranker

Frosch, so wie du vom Brett springst. Ein kranker, *dicker* Frosch.»

«Na schön. Mami sagt, du warst in meinem Alter auch nicht gerade dünn.»

Culp intervenierte: «Es ist *hübsch*, in deinem Alter rundlich zu sein. Sonst hättest du nichts, was in Lauras Alter Formen annehmen könnte.»

Polly kicherte geniert. Laura sagte: «Flirte nicht, Dad», und schlug die Beine übereinander; sie war auf dem besten Weg, wie Culp vage wahrnahm, eine Bein-Frau zu werden. Sie strich sich das Haar von der Stirn mit einer Geste, die das Heimkino wieder in Gang setzte: Sarah vor dem Spiegel. So hätte er ewig weiterfahren können. Hätte er gewußt, daß Nevada so einfach war, hätte er sich auch vornehmen können, die Grenze nach Utah zu erreichen. Oder er hätte einen Umweg nach Norden machen können, um ein paar Geisterstädte aufzusuchen. Aber sie hatten in Elko vorbestellt, und deshalb hielten sie dort.

Das Motel mit seinen vier Stockwerken war beinahe ein Hotel. Im Parterre glitzerten in einem höhlenhaft dunklen Kasino die Gesichter der Automaten, leuchteten die Uniformen der Wechselgeld-Mädchen. Obwohl es erst drei Uhr nachmittags war, wollte Culp hineingehen, auf einen Drink an der Bar, wo die Flaschen glühten wie eine Reihe illuminierter Stalagmiten. Aber seine Töchter zogen ihn, nachdem sie ihr Zimmer inspiziert hatten, hinaus in die Sonne. Elko war eine ebene Stadt mit viel Platz, so luftig wie eine leere Honigwabe. Die breite Straße vor dem Hotel hatte Eisenbahnschienen in der Mitte. Zu Pollys verwundertem Entzücken nahm ein wirklicher Zug darauf Gestalt an – von der Größe her ein Alptraum, aber fügsam im Benehmen –, hielt inne, dachte nach und zog dann grübelnd und schwerfällig weiter gen West, eine kichernde Unendlichkeit von Frachtwaggons im Gefolge. Über breite, sonnenglühende Bürgersteige, vorbei an einem betrunkenen Indianer in Kleidern, so schwarz wie sein eigener Schatten, kamen sie zu einem Bergwerksmuseum. Polly gierte nach den glitzernden Goldnuggets, Laura gähnte vor einer Vitrine mit altmodischem Stacheldraht und suchte ihr Spiegelbild. Culp stieß zwischen indianischen Perlstickereien und Pionier-Eisenwaren auf ein Ausstellungsstück, das ohne jeden Zusammenhang Thomas Alva Edison gewidmet war. Immer, wenn er und Sarah und die Mädchen nach einem Sonntag am Strand von Red Bank durch die pfeffrigen Gerüche von Kohlenstaub und Butan nach Hause fuhren, kamen sie an einer Tankstellen-Insel auf dem Jersey-Turnpike vorbei, die nach Edison benannt war. Zum Essen hielten sie an einer anderen, die nach Joyce Kilmer benannt war. Der Teer auf dem Parkplatz brannte unter ihren nackten Sohlen. Sarah ging dann hinein, um sich ihren Hot dog zu holen, sie trug ihr *Dashiki*-Strandkleid – hüftlang, mit Schlitzen für die nackten Arme. Jene anmutigen Arme, die in der Beuge rosa verbrannt waren. Jenseits der großen Essotanks hatte die Sonne eine Feuersbrunst von Wolken entzündet. Doch hier in Elko lag die Sonne milde auf dem überbelichteten Purpur der Bergrücken um sie herum. Auf dem höchsten davor war irgendwie ein großes *E* eingeschnitten oder eingelegt, wahrscheinlich in Kalkstein. Polly wollte wissen, wozu.

«Vermutlich wegen der Flugzeuge», antwortete er.

Laura verstärkte: «Wenn sie keine Initialen aufstellen, können die Piloten die Städte nicht auseinanderhalten, sie sind alle gleich fad.»

«Ich mag Elko», sagte Polly. «Ich wünschte, wir blieben hier.»

«Ja, und wo soll Daddy hier arbeiten?»

Das war schwierig. Im wirklichen Leben war er Chemie-Ingenieur bei einem Konsortium, das den Abbau von Öl-schiefer in Colorado vorantrieb. Polly sagte: «Er könnte Automaten reparieren und dann nachts verkleidet wiederkommen

und an ihnen spielen, und sie würden ihm viel Geld ausspuk-
ken.»

Beide Mädchen, schien es Culp, hatten vergessen, daß er in
Zukunft nicht mit ihnen zusammen leben würde, daß dieses
friedliche, staubige Nirgendwo ihre ganze Zukunft war. Er
nahm Pollys Hand, als sie die Eisenbahnstrecke kreuzten, obwohl die Schienen pfeilgerade waren und zwischen hier und
dem Horizont nirgends ein Zug Gestalt annahm.

Laura verwirrte ihn, als sie auf dem Weg in den Speisesaal,
der hinter der dunklen Automatengrotte lag, seinen Arm
nahm. Die Kellnerin warf einen forschenden Blick auf das
Kind, nachdem er sich einen Drink bestellt hatte. «Nein. Sie
ist erst sechzehn.»

Als sie weg war, sagte Laura: «Alle sagen, ich sehe älter aus
als sechzehn. In Reno bin ich mit Mami überall mitgewesen,
und niemand hat etwas gesagt. Außer einem alten Furz, der
zu mir sagte, man würde ihn ins Gefängnis stecken, wenn ich
nicht rausginge.»

Polly fragte: «Daddy, wann spielst du wieder an den Automaten?»

«Ich dachte, ich warte bis nach dem Essen.»

«Das ist zu lang.»

«Okay, ich spiele jetzt. Aber nur, bis der Salat kommt.» Er
nahm einen Schluck von seinem Drink, erhob sich vom Tisch
und fütterte eine Maschine, die Polly beobachten konnte, mit
zehn Vierteldollars. Obwohl er nichts gewann, fand er es
tröstlich, sich zwischen den warmen und heftigen Farben der
Spielautomaten zu bewegen. Um etwas auszuprobieren,
drückte er einen Knopf, auf dem CHANGE stand. Ein Mädchen in einer glutroten Uniform trat fragend neben ihn. Ihr
Gesicht, obwohl nicht alt, hatte diese Western-Trockenheit –
Augen, die mit schwarzer Schminke zugeschmiert waren, der
Mund zusammengepreßt, als wollte er sagen: *Hab ich mir's doch*

133

gedacht! Aber etwas Störrisches und Hohlrückiges in ihrer Haltung berührte Culp, inspirierte ihn. Der teuflische Schnitt ihrer Uniform entblößte die weißen Arme bis zu den Schultern. Er gab ihr einen Fünf-Dollar-Schein zum Wechseln in Vierteldollar-Münzen. Die Kellnerin brachte den Salat. Mit einer schweren Tasche kehrte er zurück an den Tisch.

«Armer Dad», sagte Laura. «Diese Prostituierte hat ihn wirklich angemacht.»

«Laura, ich bin nicht sicher, ob du weißt, was eine Prostituierte ist.»

«Mami sagt, jede Frau ist so oder so eine Prostituierte.»

«Du weißt, deine Mutter übertreibt.»

«Ich weiß, sie ist ein Miststück, meinst du.»

«Laura.»

«Aber sie *ist* es doch, Dad! Sieh doch nur, was sie aus dir gemacht hat! Nun wird sie es auch mit Jim so machen.»

«Du und ich, wir haben eben unterschiedliche Erinnerungen an deine Mutter. Du erinnerst dich nicht, wie sie war, als ihr klein wart.»

«Ich möchte auch nicht mehr bei ihr leben. Wenn wir zurück in Denver sind, möchte ich bei *dir* leben. Wenn sie und ich zusammen sind, machen wir uns doch nur gegenseitig Konkurrenz, wie in Reno. Wer braucht das schon? Wenn *ich* vierzig werde, werde ich meinen Geliebten bitten, mich zu erschießen.»

Polly schrie auf – ein überraschendes Geräusch, wie wenn ein Automat einen Hauptgewinn ausspuckt. «Hör *auf*», sagte sie zu Laura. «Hör auf anzugeben. Alles, was du kannst, ist angeben.» Das Kind, auf dessen Kinn Salatsoße schimmerte, sprach durch Tränen hindurch: «Du willst, daß Mami und Daddy sich immer streiten, statt sich zu lieben, obwohl sie längst geschieden *sind*.»

Mit einem amüsierten Lächeln wandte sich Laura von Pol-

lys Ausbruch ab und tätschelte Culps Arm. «Armer Dad»,
sagte sie. «Armer, alter Dad.»

Ihre Steaks kamen, und Pollys Tränen trockneten. Sie traten wieder auf die Straßen von Elko hinaus und gingen in das
einzige Kino der Stadt, um sich einen Western anzusehen.
Burt Lancaster, ein heruntergekommener Mexikaner, kehrte
nach vielen Demütigungen, darunter eine Kreuzigung, als
unerbittlicher Rächer zurück und brachte neun gedungene
Mörder eines rassistischen Ranchers zur Strecke. An den blu-
tigsten Stellen schien Polly zu schlafen. Sie gingen durch die
trockene Nacht zum Hotel zurück. Ihre zwei zusammenhän-
genden Zimmer hatten beide Doppelbetten. Lauras Koffer
lag plötzlich auf dem Bett neben seinem.

Culp sagte: «Du schläfst besser bei deiner Schwester.»

«Warum? Für den Fall, daß sie Alpträume hat, können wir
doch die Tür offenlassen.»

«Ich möchte aber noch lesen.»

«Ich auch.»

«Du gehst jetzt schlafen. Morgen steht der Große Salzsee
auf dem Programm.»

«Toll. Dad, sie redet im Schlaf und tritt ihre Decke ständig
beiseite.»

«Tu, was ich dir sage, Liebes. Ich bleibe hier und lese, bis
ihr eingeschlafen seid.»

«Und was dann?»

«Dann gehe ich vielleicht runter und trinke noch was.»

Ihr Gesichtsausdruck erinnerte ihn an den Film; so hatte
der Schurke dreingeblickt, als Burt Lancaster ihm zeigte, daß
auch er einen Revolver besaß. Culp lag auf der Bettdecke und
las eine Broschüre über Geisterstädte, die sie im Museum gekauft hatten; Champagner und Operndekorationen waren in
die Täler hinauftransportiert worden, wo jetzt nicht mal mehr
ein Muli lebte. Ab und an pfiffen Züge, schaufelten lange Ta-
schen in die Welt draußen jenseits seines Zimmers. Das At-

men im anderen Raum war gleichmäßig geworden. Auf Zehenspitzen ging er hinüber und sah sie beide schlafen, seine Töchter. Laura hatte ein Buch über die Indianer-Verfolgung gelesen, das jetzt neben ihrer Hand lag. Wie kurz ihre Fingernägel schienen! Entspannt enthüllte ihr Gesicht seine Sommersprossen und seine Unfertigkeit, die traurig angespannte Glätte der geschlossenen Lider. Pollys Gesicht trug einen Film von Nachtschweiß auf der Stirn, sein Kuß schmeckte das Salz. Er küßte Laura nicht, für den Fall, daß sie nur vorgab zu schlafen. Er drehte das Licht aus und stand da und überlegte, was er tun sollte. Der Pfiff eines Zuges erscholl auf der anderen Seite der Mauer. Die schöne Leere Nevadas, wo er vielleicht nie wieder hinkam, sog das Zimmer ein wie ein Strudel.

Unten wurde seine Intuition Wirklichkeit. Das Wechselgeld-Mädchen hatte ihn bemerkt und sagte jetzt: «Wie geht's?»

«Ganz gut. Sind Sie jemals außer Dienst?»

«Was heißt hier Dienst?»

Er wartete an der Bar, wartete draußen, daß der Bourbon ihn füllte; es ging nicht, vielmehr schien der Raum in ihm sich noch auszuweiten, und als sie sich nach ein Uhr zu ihm setzte, auf den Hocker neben ihm (ein Cowboy rutschte einen weiter), in einem engen Baumwollkleid, das ihre Oberarme versteckte, schien die Verschwommenheit ihres Gesichts ein Produkt ihrer inneren Chemie zu sein, nicht seiner. «Haben Sie ein Zimmer?» Als sie ihn das fragte, wurde ihr Kinn eckig: Mrs. Morgan in einer jüngeren Version.

«Ja», sagte er, «aber es ist voller kleiner Mädchen.»

Sie nahm einen Schluck von seinem Bourbon und sagte mit einer Stimme, die älter war als sie: «Dieser Laden hat noch jede Menge Zimmer.»

Culp kam nach fünf in sein Zimmer zurück. Er mußte mehr Krach gemacht haben, als er gedacht hatte, denn eine Person in weißem Nachthemd erschien in der Verbindungstür. Culp konnte ihre Gesichtszüge nicht erkennen, sie war ziemlich groß, sie erinnerte ihn an niemanden. Gut. Ihrer starren Haltung nach hatte sie Angst – Angst vor ihm. Auch gut.

«Dad?»

«Hmhm.»

«Alles in Ordnung?»

«Sicher.» Obwohl er schon die Morgensonne an den Schläfen mahlen fühlte. «Bist du aufgewacht, Süße? Entschuldige.»

«Ich habe mir Sorgen um dich gemacht.» Aber Laura trat nicht über die Schwelle.

«Sehr?»

«Nö.»

«Hör mal. Du mußt nicht auf *mich* aufpassen. Ich bin es, der auf *euch* aufpassen muß.»

Sohn

Er ist oft oben, wenn er zu Hause bleiben muß. Lieber ist er anderswo. Er ist fast sechzehn, obwohl noch bartlos, und besitzt den Verstand eines Mannes, der unwillig im Körper eines Kindes gefangen ist. Ich berühre ihn sehr gern, wage es aber nicht oft. Neulich hatte er Grippe und Fieber, und ich massierte ihm den Rücken und bewunderte die symmetrische Verknüpfung der Muskeln, ihre gleichmäßige Spannung. Er ist überempfindlich. Trotzdem ist sein Schlaf so fest, daß er wie ein Stein in einer Brunnenwandung schwitzt. Er strebt nach Perfektion. Er würde uns gern vernichten, denn wir sind abwechselnd zu fett, zu lustig, zu salopp, zu herzlich, zu verrückt oder zu unachtsam bei dem, was wir tun. Seine Mutter raucht zuviel. Sein jüngerer Bruder kaut mit offenem Mund. Seine ältere Schwester läßt den obersten Knopf ihrer Bluse offen. Seine jüngere Schwester balgt mit den Hunden herum, bis sie überschnappen, und drückt sich um die Schularbeiten. Jeder im Haus redet Unsinn. Er wäre ein besserer Vater als sein Vater. Aber die Zeit hat ihn ausgetrickst, hat aus ihm einen Sohn gemacht. Wenn er nach einem Streit nicht hinausgehen und einen Ball treten kann, zieht er sich in eine Ecke des Hauses zurück und legt sich in einer Haltung von fremder – kindlicher oder löwenhafter – Apathie auf den Sesselsack. Wir erschöpfen ihn, ohne es zu wollen. Er interessiert sich jetzt auch für die Zeitung, für die Titelseite ebenso wie für Sport, in diesem ermüdenden Jahr 1973.

Er ist oben und schreibt ein Musical. Es ist ein Sonntag im Jahre 1949. Er hat sich freiwillig gemeldet, um das Programm für die Schülerversammlung vorzubereiten; es soll auch gesungen werden. Lieder der Zeit gehen ihm durch den Kopf, während er neue Wörter hinschreibt. *Up in the mornin', down at de school, work like a debil for my grades.* Unter ihm raspeln verdrossene Stimmen wie Maschinen, die sich ihren Weg durch einen Tunnel fräsen. Jedes seiner Eltern will etwas von dem andern. «Marion, du verstehst diesen Mann nicht wie ich; er hat ein Herz aus Gold.» Die Scharade seines Vaters ist sehr komplex: Die Welt, die er fürchtet, benutzt er als Dreschflegel gegenüber seiner Frau. Aber für einen Außenstehenden würde er als der Gedroschene dastehen, wegen seiner Unterwürfigkeit. Mit knallrotem Gesicht akzeptiert die Frau die Rolle des Aggressors als Strafe für die Tatsache, die unaufhörliche, schändliche Tatsache, daß *er* mit der Welt ringen muß, während sie sich hier versteckt, in der Einsamkeit zu Hause. Das ist normal, aber es kommt ihnen nicht so vor. Erst durch vielerlei Windungen sind sie an der Unterdrückungs- und Herrschaftsbeziehung angelangt, die die Gesellschaft für sie bereithält. Denn der Mann ist mütterlich-freundlich und umarmt lächelnd sein Juwel, die Gewißheit, daß er ein Opfer ist; es ist die Mutter, deren Zunge scharf ist und die manchmal zuschlägt. «Nun, er holt dich wenigstens aus dem Haus, und ich glaube, das ist Gold wert für dich.» Seine Antwort «Die Pflicht ruft» klingt zimperlich. «Der Sozialvertrag ist ein Gleichgewicht von Kompromissen.» Das wird sie wütend machen, weiß der Sohn, und sein Herz wird schwer, während das Erdgeschoß von ihrer erregten Stimme überschwemmt wird. «Setz nicht dieses *Lächeln* mir gegenüber auf! Und nimm die

Hände von den Hüften, du siehst aus wie eine Tunte!» Ihr Sohn versucht, nicht zuzuhören. Denn sobald er das tut, durchfluten visuelle Einzelheiten aus dem Untergeschoß seinen Kopf: die zwei Antagonisten, mit ihren Kaffeetassen ihre Kreise ziehend; die schäbigen, nicht zueinander passenden Möbel; die hoffnungsvollen Bücher; die gerahmten Fotos der Toten, die wie gelehrige und immer noch verschüchterte Schüler aussehen. Diese Matrix des Schmerzes, die ihn hervorgebracht hat – er fühlt, er treibt darüber hin, ausgebreitet auf dem Bett wie auf einer Wolke, während er die Songs so plagiiert, wie sie ihm in den Kopf kommen. *(Across the hallway from the guidance room / Lives a French instructor called Mrs. Blum.)* Und er sinniert über den Ausblick von den Fenstern im ersten Stock (die Ranken der Kletten vom letzten Sommer wie die Anfänge eines Alphabets, ein Apfelbaum, der drei vergammelte Äpfel festhält, als dächte er darüber nach, warum sie noch nicht abgefallen sind), sehnt sich nach Montag, nach der Fahrt zur Schule mit seinem Vater, nach der Klingel, die ihn ins Klassenzimmer ruft, nach den Aufregungen im Unterricht, nach dem Broadway, nach Ruhm, nach der Wolke, die ihn fortbringen wird, weg von hier, raus.

Er kommt von seiner Zeitungsjungen-Runde zurück und findet ein paar Weihnachtsgeschenke für sich auf dem Küchentisch. Ich muß das Jahr raten. 1913? Ohne sie zu öffnen, wischt er sie auf den Boden, legt den Kopf auf den Tisch und schläft ein. Er muß seine Lage mit Absicht dramatisiert haben: Sein Vater war krank, Geld knapp, schon als Kind mußte er arbeiten, um seine Familie zu ernähren. Mit seiner Ablehnung von Weihnachten traf er einen Nerv: seine Liebe zur Anarchie, sein Mißtrauen dem Sozialvertrag gegenüber. Diesen Augenblick der Revolte bewahrte er wie einen Schatz. Warum sonst sollte er sich daran erinnern, warum sonst eine so bittere Erinnerung aufbewahren und sie seinem Sohn so viele Weihnachten später anvertrauen? Er hatte einen Instinkt fürs Lehren, obwohl er für sich in Anspruch nahm, daß das Leben ihn als Lehrer an den falschen Platz gestellt hatte. Ich litt in seinem Unterricht, spürte die Verwirrung wie eine Verfolgung von ihm, frage mich aber jetzt, ob sein rebellisches Herz nicht der Verwirrung huldigte; nicht, wie Kommunisten es tun, um die eigene Ordnung zu unterlaufen, sondern, viel radikaler, als Selbstkritik, als eigentliche Verkörperung der Wahrheit. Gleichwohl war seine Handschrift (ein alter rosa Eintragungszettel flatterte kürzlich aus einem Buch, wo er seit zwanzig Jahren seine Seite markiert hatte) immer durchaus lesbar, und er saß aufrecht vor den Arithmetikaufgaben am Morgen des Tages, an dem er starb.

Und Briefe überleben auch von jenem noch früheren Sohn, mit brauner Tinte geschrieben, in einer sauberen zahmen Schrift, nach Hause zur Mutter von dem Seminar am Missouri, wo er sich auf seine Berufung vorbereitete. Sie sind 1887, 1888, 1889 datiert. Nichts Großartiges geschah: Er vermißte New Jersey und wurde bei einem kirchlichen Wohlfahrtsfest gehänselt, weil er eine Witwe begleitete. Er wollte das Richtige tun, aber die kleinen Stücke Papier voll verblaßter Tintenschrift strahlen eine entmutigte Stille aus, als wüßte sein Herz bereits, daß er kein erfolgreicher Priester oder nicht sehr alt werden würde. Sein Sohn, mein Vater, wich Hunderte von Meilen vom Weg ab, um die Missouristadt zu besuchen, von wo die Briefe abgeschickt worden waren. Merkwürdigerweise hatte sich die Stadt nicht verändert; sie sah genauso aus, wie er sie sich auf Grund der Beschreibung seines Vaters vorgestellt hatte: große regennasse Holzhäuser an einem Steilufer. Die Stadt war eine sepiabraune Postkarte, bewahrt auf einem Dachboden. Mein Vater fluchte: Das alte Leid seines Vaters drückte ihn nieder bis zur Depression, bis zum Lebenshaß. Meine Mutter behauptet, daß sein gesundheitlicher Verfall in diesem Augenblick begann.

Es ist köstlich, ihm beim Fußballspiel zuzusehen. Mein Sohn, obwohl kleiner als die anderen, springt, köpft, dribbelt, trickst, macht Querpässe. Wenn ein Größerer ihn umstößt, geht er in seinem grün-schwarzen Schultrikot ekstatisch stürzend zu Boden. Ich bin neidisch. Niemals gab es für mich den feschen Stolz des Schultrikots, das feierliche Ritual des Anfeuerns durch den Trainer, die Kameradschaft des Händeschüttelns und der Klaps auf das Hinterteil, die schattenstreifige Stille des späten Nachmittags und letzten Viertels, das feierlich gewölbte Universum eines offiziellen Wettkampfs mit seinen jubelnden Müttern und Schiedsrichtern, exotisch wie Zebras, und dem bebrillten Zeitnehmer mit seiner wachsamen Hupe. Wenn der Junge ein Tor erzielt, rennt er mit hochgereckten Armen in die Umarmung seiner Mitspieler, und sein Gesicht leuchtet, als blende ihn der Triumph. Mit schlammigen Umarmungen heben sie ihn von der Erde hoch. Was für ein Geist! Was für ein Wert! Was für ein Können! Sein Vater registriert in seinem Inneren nur eine einzige Kritik: Der Junge sollte aggressiver spielen.

Sie fuhren durch das Commonwealth von Pennsylvania, um ihren Sohn in Pittsburgh lesen zu hören. Aber als ihre Anwesenheit der Zuhörerschaft mitgeteilt wurde, standen sie nicht auf; der Applaus tastete nach ihnen und erstarb dann. Hinterher sagte meine Mutter, sie hätte Angst gehabt, in die nächste Stuhlreihe zu fallen, wenn sie versucht hätte, im Dunkeln aufzustehen. Der nächste Morgen war sonnig, und alle drei suchten wir das Haus, wo sie einst gelebt hatten. Sie waren dort glücklich gewesen; in der Tat stellte ich mir vor, daß meine Mutter mich dort empfangen hatte, kurz bevor die Depression noch steiler bergab führte und Angst meine Familie ergriff. Wir fanden die Bibliothek, wo sie Turgenjew las, und den kleinen Park, wo die Penner schliefen; aber ihre Straße wich uns aus, obwohl wir mit dem Auto herumkurvten. Zu Fuß entdeckte meine Mutter den Baum. Sie behauptete, sie würde sie wiedererkennen, die schwarzfleckige Linde, auf die sie von ihrem Wohnungsfenster geblickt hatte. Die Äste, wenn auch dikker inzwischen, hatten ihr Muster beibehalten. Aber das Haus selber, ja der ganze Block war verschwunden. Vereinzelte Ziegel und Metallträger im Gras ließen erkennen, daß der Abriß erst kürzlich gewesen war. Wir standen auf dem leeren Platz und lachten. Sie wußten, es stimmte, da die Eisenbahngleise in der richtigen Entfernung vorbeiliefen. Als Bestätigung zog sich ein langer Frachtzug im Bogen gen Osten, sein schweres Gewicht schwamm wie auf einem trägen Fluß dahin; dann glitt ein silberner Passagierzug mühelos in die andere Richtung. Die Kurve ließ die Wagen sich leicht in unsere Richtung neigen. Das Goldene Dreieck lag grau und dunstig weit entfernt zur Linken, hinter einem Brückenwald. An jenem Morgen standen wir auf dem grasbewachsenen Schutt, wo einmal etwas gewesen war, neben dem Baum, der immer noch stand, und waren sehr glücklich. Warum? Wir wußten es.

«Nein», sagte Daddy zu mir, «die christliche Priesterschaft ist kein Job, den man sich aussucht, das ist eine Berufung, zu der du dich erwählt fühlen mußt!» Ich merkte sofort, er wollte, daß ich ihn frage. Wir haben nie viel geredet, aber wir verstanden einander, wir waren beide Angsthasen, nicht wie du und das Kind. Ich fragte ihn, hatte er je diese Berufung verspürt? Er sagte nein. Er sagte nein, nie. Die Berufung verspürt nie. Es war schrecklich für ihn, das zuzugeben. Und ich war der, dem er es eingestand. Soweit ich wußte, hat er es niemals jemandem erzählt, nur mir. Er fühlte sich verdammt unwohl, das sah man. Das war alles, was wir je darüber sprachen.»

Er hatte seinen jüngeren Bruder zum Weinen gebracht, und Gerechtigkeit mußte walten. Ein Vater setzt Gerechtigkeit durch. Ich dränge den Bengel in unserem Schlafzimmer in die

Ecke, er hält eine Papprolle empor wie ein Schwert. Die Herausforderung flammt weißglühend auf, ich rolle mein Gewicht auf ihn los, wie ein Stein den Berg hinunterrollt, und schlage ihm die Waffe aus der Hand. Er lächelt. Lächelt! Weil mein Gesichtsausdruck dummerhaft ist? Weil er froh ist, daß er immer noch überwältigt werden kann, und also geschützt ist? Warum? Ich schlage ihn nicht. Wir stehen eine Sekunde lang so, Vater und Sohn, und dann, flink wie auf dem Fußballplatz, läuft er um mich herum aus der Tür. Er knallt die Tür zu. Er ruft Unflätigkeiten durch den Flur und knallt alle Türen, die er auf dem Weg zu seinem Zimmer finden kann. Der gemeinsame Augenblick lächelnden Schweigens war die Verdichtung, nun folgt die Explosion. Das ganze Haus wackelt. Unten kommen seine Geschwister und seine Mutter zu mir und bieten Rat und psychologische Analyse. Ich war zu aggressiv. Er ist verwöhnt. Was sie niemals wissen können, was allein meine Trauer als Schatz zu bewahren vermag, war jene lichte vieldeutige Sekunde seines Lächelns und meines Micherweichen-Lassens, ehe die zornige, irdische Gebärde der Macht wieder die Oberhand gewann.

Während wir zusammenstehen und über ihn flüstern, nimmt mein Sohn Rache. Er spielt in seinem Zimmer Gitarre. Er hat sich diesen Winter sehr verbessert, was nicht nur an seinen größer gewordenen Händen liegt. Er hat in der Gitarre eine Fluchtmöglichkeit gefunden. Er spielt die Romanze, in der mehrfach wiederholte Töne mit einem Herzklappen-Gleiten sich auf die Tonleiter herabfallen lassen:

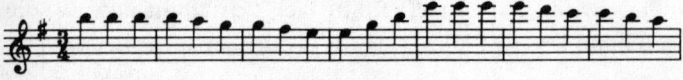

Die Töne fallen, so sachte bombardiert er uns, läßt federleichte Töne auf uns herabtropfen, unser Besucher, unser Gefangener.

Tochter,
letzte Eindrücke von

Kurz bevor meine Tochter fortging, um mit dem rotbärtigen Spinettbauer zusammenzuleben, fragte sie uns, wie man Jitterbug tanzt. Sie hatte die alten Glenn-Miller-Platten im Schrank gefunden. Eileen und ich waren irritiert, ihr gestehen zu müssen, wir wußten's nicht. Obwohl der Jitterbug aus unserer Zeit stammte, war es eine Zeit, in der der Tüchtigste überlebte, und während jeder Jack und jede Jill zur heimischen Version von Big Band Sound im Triumph über den Turnhallenboden wogten und wirbelten, gab es eine Brut von Eileens und Geoffreys, die neidisch an der gepolsterten Wand lehnten oder zusammengedrängt auf den Zuschauerrängen saßen und sich fragten, wie er wohl getanzt wurde, sich fragten, ob irgend jemand, der es wußte, sie je auffordern würde. Wieviel freundlicher, betonten wir unserer Tochter gegenüber nachdrücklich, sei es doch von ihrer Generation, Tänze zu erfinden, die keine solche Geschicklichkeit erfordern, die in der Tat nicht falsch getanzt werden können und deshalb auch keine schmerzlichen Unterscheidungen zwischen den «ins» und den «outs», den Flinken und den Lahmen, den Hübschen und den Nicht-so-Hübschen schaffen.

Mit aufgerissenen Augen sah uns unsere Tochter an. Ihr Gesicht blickt meist frontal, wie das einer Katze. Als sie achtzehn wurde, veränderte sich ihr starrer Kinderblick zu etwas Weicherem, nach innen Gekehrtem, mit einer Marge von Mißtrauen, um jedes Verblüfftwerden abzufangen. Aber wie, schien sie jetzt verblüfft zu fragen, konnten zwei Menschen, die nicht einmal Jitterbug zustande brachten, sich zusammentun und *mich* zeugen? Sie war unser erstes Kind gewesen. In unserer Schlichtheit hatten wir sie Joy genannt.

In jenen letzten Eindrücken kam auch Tanz vor. Meine Tochter hatte in der Schule Ballettunterricht gehabt und pflegte auf dem Rasen Brücken und Räder zu schlagen oder Spagat und Grätschen im Vorderflur hinzulegen. Zu ihrem Geburtstag hatte ich ihr eine Trainingsstange gekauft, die sie in ihrem Zimmer benutzen sollte, aber sie zog den Vorderflur vor, wo der Briefträger manchmal Briefe über sie ergoß. Ihr Körper in dem schwarzen, ärmellosen Trikot entwickelte Muskeln und Ausdauer; der Vorderflur war wirklich zu klein für diese ausgedehnten Übungen, die das Ausruhen ihres Kopfes – goldenes Haar, platinfarbenes Genick – zwischen den Knien mit einschloß. Der Kopf schnellte dann unerwartet hoch, so daß ihre Augen in dem runden Gesicht erstaunt in etwas blickten, das sie in meinen entdeckten. Der schwarze Stoff auf ihrem Körper erbleichte, wo immer er sich um eine Rundung dehnte.

Obwohl wir nicht in der Lage waren, ihr Jitterbug beizubringen (die Bewegungen, die sie zu *In the Mood* oder *I've Got a Gal in Kalamazoo* improvisierte, schienen sich mehr von einer afrikanischen Tanztruppe herzuleiten denn aus den steifen, schroffen Vierzigern), lehrte sie ihren jüngeren Bruder, wie man ein Mädchen führt und es zu James Taylor und Carole King herumschwenkt. Sie taten das im Arbeitszimmer, wo vor Jahren irrtümlicherweise der Plattenspieler installiert worden ist. Ich blickte von meinem Versuch zu lesen hoch und sah sein Gesicht auf ihrer Schulter, das Kinn hochgestreckt, weil sie größer war, das Engelsgesicht meines zweiten Sohnes, das halb verdeckt im Haar seiner Schwester hing, versunken in Seligkeit, die Wimpern Fortsetzungen des Glanzes seiner fast geschlossenen Augen, während sie wie Seetang in den Wellen verstärkter Musik schwankten. Ihre Füße, soweit ich sehen konnte, taten keinen einzigen Schritt dabei.

«Ist Joy nicht nett zu Ethan?» fragte ich Eileen später ein bißchen rhetorisch.

«Sie ist seit einiger Zeit zu jedem von uns nett», antwortete sie.

Das war richtig. Sie deckte den Abendbrottisch für ihre Mutter und wusch ab. Sie las ihrer kleinen Schwester Gute-Nacht-Geschichten vor. Ich sah die beiden Mädchen, einge-rahmt durch den Gang zu Katharines Zimmer, wie sie unter den angepinnten Postern von Pferden und Hunden auf dem Bett saßen, Joys Gesicht wirkte so feierlich wie das einer Sonn-tagsschullehrerin. Die beiden Profile waren einander symme-trisch zugewandt, trotz der sechs Jahre Unterschied, doch die Stirn des jüngeren Mädchens hatte eine schnell erfassende, vorgewölbte Kurve, wogegen Joys Stirn flach und entschlos-sen und quadratisch war. Ist. Mit zwölf machte Katharine eine schwierige Zeit durch. Joy sprach mit ihr über Zensuren oder Diät, oder die Großmutter. Meine Mutter starb im sel-ben Frühjahr an Krebs. Als sie das letzte Mal ins Haus kam (sie wußte, es war das letzte Mal, aber sie weigerte sich, es zuzugeben, wie sie es auch verschmähte, zuzugeben, daß sie sterben würde; sie hatte ein Leben lang untertrieben; ihre letz-ten Worte zu der diensttuenden Krankenschwester und mir waren: «Also, verbindlichen Dank»), hatte Joy sie beim Ab-schied umarmt. Eine schüchterne, seitliche Umarmung, denn die alte Dame war zerbrechlich wie ein Stock, und ihr Gang war ein unsicheres Schieben geworden. «Hoffe, du fühlst dich bald besser», sagte Joy zögernd und bei dem «bald besser» errötend, weil sie wußte, dafür hätte es eines Wunders be-durft. Wie groß meine Tochter wirkte! – sommersprossig, mit hängenden Tänzerinnenschultern auf der Höhe der Gesundheit, stand sie neben dem geschrumpften stoischen Geist, von dem sie abstammte. Für mich war es, als ob sie in einem jener aufregend schnellen kreuzweisen Wechsel guter Jitterbug-Tänzer die Positionen getauscht hätten mit jenem fernen Augenblick, als meine tapsige kleine Tochter in Vermont gegen einen heißen Holzofen gefallen war und ihre Großmutter, die so ruhig blieb, daß die Zigarette nie ausging, Eis und Butter und beruhigende Worte auf dem verletzten Arm verteilte, der sich für das erstaunte, schreiende Kind anfühlen mußte, als hätte der Tod selbst ihn gepackt.

Während der Beerdigungszeremonie in unserer angestammten Unitarierkirche beteten Joy und Katharine nicht nur, sondern knieten in aufrechter episkopalischer Manier auf den Betstühlen. Und da sie ihre Gesichter in den Händen versteckt hatten, sahen sie in den Kleidern, die Joy aus demselben dunklen kleinblumigen Stoff genäht hatte, wie Zwillinge aus.

Ihr Nähen beunruhigte mich. «Alles, was sie tut, ist im Haus herumhängen, in ihrem Zimmer sitzen und nähen. Sie benimmt sich wie eine kleine alte Jungfer. Warum geht sie denn nie mit Jungen aus? Sie ist doch nicht häßlich. Oder?»

«Fragst du das ernsthaft?» fragte meine Frau.

«Ja. Ich blick da nicht durch. Sie ist schließlich meine Tochter.»

«Du bist schlimm, wirklich. Sie ist wunderbar. Jungen in ihrem Alter machen sie eben nicht an.»

«Der Grund, warum du so zufrieden damit bist», sagte ich zu Eileen, «ist, daß sie alle Hausarbeit für dich erledigt.»

«Es macht ihr Spaß. Sie lernt etwas.»

«Jaha, Aschenputtel zu sein!»

«Wenn das dein Vergleich ist, brauchen wir gar nicht weiterzureden.»

Die Nähmaschine, die langsam in ihrem Zimmer Rost ansetzt, ist kein Problem, aber der Hahn ist eins. Meine Tochter hatte es sich in den Kopf gesetzt, oder sollte ich sagen, in den Dickschädel (schon als Baby schlug sie so lange mit der Stirn gegen die Stangen ihres Bettchens, bis wir sie herausnahmen), Hühner zu halten. Hühner? In unserm kleinen Garten? Sie sagte, sie würden nicht viel Platz benötigen. Sie würden unsere Abfälle in frische Eier verwandeln. Sie würden einen natürlichen Kreislauf darstellen. Verglichen mit einem Automobil verbrauchten sie fast nichts. Sie waren ästhetisch und unterhaltsam. Hühner.

Unsere Abmachung war, daß sie den Auslauf und das kleine Hühnerhaus mit mir zusammen bauen sollte; aber an dem Hämmern und Sägen und der Größe der Nägel und der Grobschlächtigkeit meiner Konstruktion tat ihr irgend etwas weh, denn sie machte sich aus dem Staub, und ich baute alles allein. Mark, unser ältester Sohn, kam hinzu, wie ich dachte, zum Helfen. Statt dessen wollte er nur mäkeln.

«Gott, Dad, ist das häßlich.»

«Ich tu mein Bestes.»

«Ich meine nicht dich. Ich meine die *Idee*. Warum ausgerechnet Hühner? Ich bekomme nicht einmal eine Zweiundzwanziger. Denk an die Lärmbelästigung. Denk an die Federn, Dad.»

«Du hast ja recht, ja. Kannst du mal diese Latte festhalten, während ich sie festnagele?»

«Und noch was: Ich *hasse* die Art, wie sie das Auto fährt. Sie wird noch jemanden damit umbringen, Dad, und du mußt dann dafür bezahlen.»

Erst in diesem Winter hatte Joy eingewilligt, sich für den Führerschein anzumelden, nachdem sie es aus ökologischen Gründen seit ihrem sechzehnten Lebensjahr ohne ausgehalten hatte. Es stimmte, wenn sie den Ford fuhr, wurde der Wagen staksig und unsicher im Flug, wie ein Flamingo. Neben ihr im Beifahrersitz hatte ich das Gefühl, als ob sie allerlei

Dinge streifte – Briefkästen, Hydranten –, die am Straßenrand standen. Dagegen wenn Mark, gerade sechzehn und sogleich mit einem Lern-Führerschein ausgestattet, am Steuer sitzt, duckt sich das Automobil flach auf den Boden und schnüffelt mit der Nase über den Highway wie ein spürender Beagle, mit nervösem, witterndem Rücken. «Ganz zu schweigen von der Tatsache», fuhr er fort, «daß sie Ethan ganz verrückt gemacht hat mit Sex.»

«Wir lernen vom Leben», sagte ich und schlug einen Nagel ein, um die Unterhaltung zu beenden.

Als das Hühnerhaus fertig war, kam Joy aus ihrem Versteck und bewunderte es – die kleine Schiebetür und die Sitzstange, die man hochklappen konnte, damit der Hühnerhalter (hm, ja) in der Lage wäre, zu fegen und das Stroh zu wechseln. Tatsächlich machte sie anfangs die Arbeit gewissenhaft – fegen, Korn streuen, in der Morgendämmerung Eier einsammeln wie ein breithüftiges Mädchen bei Thomas Hardy. Ich erinnere mich, wie sie, als ich mich zum Frühstück hinsetzte, mit der Schulter die Hintertür aufstieß, ihre Augen starr vor Staunen, daß die Eier in ihren Händen noch warm waren. Es war meine väterliche Pflicht, eins zu essen. Die Dotter waren unangenehm orange, dank der Reichhaltigkeit unseres Abfalls. Und meine Tochter tanzte um mich herum, während ich aß, hingerissen von dieser wunderbaren Vervollständigung, diesem Zyklus, dieser Nahrung für den Brötchenverdiener, diesem Huhn samt Ei. Sie war in diese schäbigen Vögel vernarrt. Sie malte Efeu auf ihr Haus, beobachtete sie wie ein Wissenschaftler, entdeckte, daß die «Hackordnung» nicht nur eine Phrase war, pflasterte die Wände ihres Zimmers mit hingekritzelten Hühnern und schrieb sogar Gedichte; eine Zeile ging, wie ich mich erinnere, *pick gacker scharr pick*. Trotz ihrer Bemutterung ließen die Hühner das Eierlegen allmählich sein.

Die Idee für einen Hahn wurde ohne Konsultation mit mir ausgebrütet.

Eines Donnerstags, als ich nach der Arbeit aus meinem Auto stieg, war er da, ein kleiner rotbrauner Vogel mit absurd langen Schwanzfedern und einer diktatorischen Art, den Kopf aufzuwerfen. Er war kleiner als die Hennen, doch schon folgten sie ihm leichtfüßig, gluckerten in den Kehlen und stießen sich um den Vorrang, während er den Auslauf und das Hühnerhaus begutachtete, die ich unwissentlich für *ihn* gebaut hatte. Er war von einem kleinen, bärtigen Mann mit rosa Augen und einem wirren, unglücklichen Aussehen in einem psychedelischen VW-Bus gebracht worden. Joy, Eileen und Katharine saßen im Abendlicht mit ihm am Küchentisch. Merkwürdig, sowohl Joy als auch Eileen hielten Zigaretten in den Fingern. Eileen hatte mit Rauchen aufgehört, als bei meiner Mutter Krebs diagnostiziert wurde, und soweit ich weiß, hatte Joy nie damit angefangen. Der Hahn-Bringer hatte über einen Freund von Joys Ökologie-Lehrerin von unserm Bedürfnis gehört. Noch ehe ich eintrat und obwohl er nur murmelte, hatten sie ihm eine erstaunliche Menge an Informationen entlockt: Er war fast dreißig, seine Frau hatte ihn vor einer Weile verlassen, der «Haufen Leute», mit dem er auf dieser Farm da zusammenlebte, brach auseinander, sie gaben alles weg – Hähne, Schafe, die Ackerfräse. Außerdem hatte er eine Erkältung und konnte keinen befriedigenden Industrie-Leim für seine Spinette finden. Bald, nachdem ich gekommen war, ging er.

«Gott, Dad, war das ein Spinner», sagte Mark.

«Da hast du recht.»

«Ich finde, er war *süß*», rief Joy vom anderen Zimmer herüber. Das war neu, sie lauschte nie. Was andere Menschen sagten oder taten, so war ihre Haltung in den vergangenen Jahren gewesen, berührte sie nicht. Sie hatte in ihrer eigenen Welt gelebt, mit einer Heiterkeit, die Geschirr ohne jegliches Klirren auf den Tisch beförderte.

Jetzt wurde uns mit einem berstenden Krach ihre Abhängigkeit von anderen, und unsere von ihr, erklärt. Sie forderte oder nahm den Ford so oft, daß wir einen Zweitwagen kaufen mußten, gerade als die Ölknappheit über die Welt kam. Eileen muß wieder abwaschen und raucht eine Packung pro Tag. Katharine sagt, wenn Joy Hühner haben kann, sehe sie nicht ein, warum sie im Hintergarten nicht ein paar Schafe halten kann. Sie würden das Gras kurz halten. Ihre Wolle wäre Geld wert. Sie sähen hübsch aus. Mark hat angeboten, die Hühner mit seiner neuen Zweiundzwanziger zu erschießen. Ethan, von seiner ersten Partnerin verlassen, geht jetzt zum Tanzen in die Mittelschule, eine meiner Krawatten lose umgebunden, das Haar ohne unser Drängen gekämmt; er ist so herausgeputzt und hübsch, daß wir alle lachen müssen, wenn er sich aufmacht. Joys Abreise geschah in großer Hast, und sie kam uns anderen damals nicht allzu wirklich vor. Ich habe keine Eindrücke zurückbehalten. Welchen Mantel hat sie getragen? Welchen Koffer hat sie genommen? Hat sie die Tür zugeworfen? Vielleicht hat sie «Also, verbindlichen Dank» gesagt, aber ich habe es nicht gehört.

Das Haus scheint jetzt größer. Der Plattenspieler, nicht länger unter dem Bann von Ralph Kirkpatrick, ist wieder bei Carole King angelangt oder schweigt. Der Vorderflur ist wieder für den Verkehr freigegeben. Wir kommen und gehen. Manchmal vergehen Tage, ehe einer von uns sich darauf besinnt, die Eier mit hereinzubringen. Da die Hühnerschar nur mehr sporadisch gefüttert wird, hat sie sich ein Schlupfloch unterhalb des Hühnerzauns gehackt und dringt in den Salat des Nachbarn vor. Bei einem dieser Ausflüge hat der Labrador eines anderen Nachbarn die weiße Henne mit dem fehlenden Zeh weggeschnappt – die unterste in der Hackordnung, pfiffigerweise. Wie konnte der Hund das wissen? Er trug sie im Maul davon, weiß wie frische Wäsche im Abenddämmerlicht, zwischen die Tannen; die Kinder hörten ihr Gurgeln und Kreischen, bis es Nacht wurde.

Wenn mit seiner Welt auch nicht mehr alles in Ordnung ist, der Hahn wird es nie zugeben. Jeden Morgen steigt er auf diese selbstklebenden, schiefergrünen Teerpappschindeln, die ich ihm aufs Dach gehämmert hatte, ein Hüpfer in die Luft von meinem Schlafzimmerfenster aus, und kräht. Wach liegend kann ich mit anhören, wie er in den Morgenstunden in seinem Haus das Krähen übt: ein ziemlich sanftes, zaghaftes, fast keuchendes Entfalten der magischen Schriftrolle in seiner Brust. Vielleicht träumt er von der Morgendämmerung, vielleicht narren ihn die Straßenlaternen. Aber sobald es soweit ist, gibt es keine Verwechslung: Wenn das Licht in den Fensterscheiben sich von Purpurn zu Malvenfarben zu Weiß aufhellt, flattert er auf sein Dach, wie wenn eine Zeitung auf die Veranda klatscht, und gibt ein Krähen von sich, als wolle er persönlich, mit seinen eigenen Lungen, die schläfrige, fette Sonne an den Zenit des Himmels hissen. Nie mäßigt er seine Freude, obwohl ich langsam dagegen taub werde. Das muß der Unterschied sein zwischen seelenlosen Kreaturen und Menschen: Kreaturen finden jeden Sonnenaufgang genauso bemerkenswert wie alle vorangegangenen, wohingegen der Seele eine Hornhaut wächst.

Äthiopien

Das Addis Abeba-Hilton hat eine Empfangshalle aus kühlem, glänzendem Stein und einen riesigen, beheizten, kreuzförmigen Swimmingpool. Die Kreuzform erkennt man von den Balkonen der Zimmer im achten und neunten Stock, von denen man ebenso die gestreckte weiße Fassade des Kaiserpalastes sehen kann. In der anderen Richtung stehen kilometerweit Wellblechhütten, und auf einem Hügel, wie die Warze einer Brust aus Staub, eine Kirche. Wenn man aus dem Becken steigt, was sich anfühlt, wie wenn schnell hintereinander etliche Schichten Seide aufreißen, zittert man unkontrollierbar, bis man trocken ist, obwohl die Sonne gleißend ist und der Himmel diamantklar. Das Land liegt hoch, und die Luft ist nicht feucht. Man trocknet schnell. Die Fahrstühle sind rasch und ruhig. Von den oberen Stockwerken aus gesehen, bilden die weißen Sonnenschirme der Restauranttische neben dem Schwimmbad einen Rosenkranz aus vollkommenen Kreisen. All dies ist wahr. Nicht wahr ist, daß Prester John den Hotelportier darstellt und die Königin von Saba den gläsernen Geschenkartikelladen leitet, worin man enggeflochtene Körbe aus vielfarbigem Stroh, Metallspiegel und koptische Holzkreuze kaufen kann, die Tausende von äthiopischen Dollar kosten, der sich zum amerikanischen Dollar wie sieben zu drei verhält.

Das junge amerikanische Paar kam sehr müde im Hotel an. Sie waren zehn Tage lang in Kenia unterwegs gewesen, wo sie Löwen, Leoparden, Geparden, Hyänen, Spießböcke, Dik-Diks, Steinböcke, Klippspringer, Bleichböckchen, Topis Kudus, Impalas, Elenantilopen, Thomsongazellen, Grantgazellen, Kuhantilopen, Weißschwanzgnus, Hirschantilopen, Buschböcke, Zebras, Giraffen, Flamingos, Marabus, Massaikrieger, Paviane, Elefanten, Warzenschweine und Rhinozerosse gesehen und fotografiert hatten – in der Tat, alles Erhoffte außer Flußpferden. Eins hatte schlafend im Ngorongoro-Krater gelegen, aber es hatte zu sehr einem Felsen geglichen, um es zu fotografieren, und der junge Mann, der zu dem amerikanischen Paar gehörte, war vorbeigefahren, überzeugt, es kämen noch mehr. Aber es kamen keine mehr. Es war die einzige Chance gewesen, ein Flußpferd auf den Film zu bannen. Prester John, kühl hinter seinem grün glänzenden Marmorpult, erriet dies, und tüchtig wie er war, arrangierte er gratis, daß sie die Nacht außerhalb von Addis Abeba auf dem Land verbrachten. Das Land war hellbraun. In der Ferne trotteten Gestalten, in Weiß gehüllt, durch die gebräunte Landschaft, mit dem wiegenden Schritt von Männern, die versuchten, sich auf einem Trampolin zu halten. Aber es waren Frauen, alle schön. Die Schönheit ihrer schwarzen Gesichter, so kurz auch der Anblick, peitschte die Autofenster wie eine Handvoll Flugsand. Manche trugen gelbe Sonnenschirme. Manche führten weiße Esel. Einige wenige lenkten Karren mit Gummirädern, die wacklig und bunt bemalt waren; ihre Münder und Nasenflügel hatten sie gegen den Staub verschleiert. Er versuchte, die Frauen zu fotografieren, aber sie wandten die Köpfe, und die Bilder waren bestimmt verwackelt.

Das Hotel war bedeckt von Bougainvillea und vollgestopft mit Deutschen. Um sechs Uhr nahm ein Bus alle Deutschen mit, und die jungen Amerikaner blieben die einzigen Gäste.

Sie gingen über das blühende Grundstück und blickten von ihrem Balkon auf einen langen braunen See, den ein Betondamm aus der braunen Landschaft destilliert hatte, und lasen in ihrem Zimmer Zeitschriften aus der Empfangshalle – *Ce Soir, Il Tempo, Sturm und Drang*, die englische Ausgabe der offiziellen Monatsschrift der polnischen Handelskammer, das Jahrbuch des jugoslawischen Fußballverbands, die Vierteljahresschrift der australischen Dermatologen-Vereinigung (zusammengelegt mit *Tasmanian Hides*). «Gott, ich liebe dieses Land», verkündete er laut und ließ seine Zeitschrift neben sich aufs Bett sinken.

«Ruhe», sagte sie. «Ich lese.» Die brasilianische Ausgabe von *Newsweek*.

«Falls du mal keine Lust mehr zum Lesen hast –» begann er.

«Zu heiß», sagte sie.

«Wirklich? Eigentlich wird es, sobald der Abend kommt, in diesen hochgelegenen trockenen Ländern –»

«Na schön, wie du willst», sagte sie und blätterte geräuschvoll eine seidendünne Seite um. «Zu kalt.»

Es klopfte an der Tür. Es war ihr Fahrer, der in seinem hervorragenden Englisch fragte, ob sie die Flußpferde noch vor dem Essen sehen wollten. Ihre Limousine wand sich durch niedriges, bedrohliches Buschwerk zu einem trägen braunen Fluß. Er schien ausgetrocknet und kaum in Bewegung. Sie gingen einen düsteren Uferpfad entlang und stießen auf Prester John, barfuß und in Lumpen. Er trug einen Stock. Obwohl er einen Schatten dunkler schien als in seiner Hoteluniform, war er erkennbar derselbe Mann – klein, klug, mit schönen weiblichen Händen und einem verletzten, mönchhaften, leberkranken Blick in seinen Augen. Er sah, dachte sie, wie Sammy Davis jr. aus, aber andererseits sahen so viele Äthiopier wie Sammy Davis jr. aus. Prester John führte sie an ein Gestrüpp über dem Flußbett und machte das Geräusch eines vollklingenden Gelächters tief in der Kehle – tiefer als die Kehle; sein gesamter Bauch und Brustkorb dröhnten und hallten von dem Geräusch nach. Dann tauchten in der Dämmerung des Flußlaufs kleine Baumstümpfe auf: Flußpferdaugen. Und als die Amerikaner sich an die Dämmerung gewöhnt hatten und die Dämmerung sich an sie, fügten sich den Augen Ohren hinzu, und die oberen Hälften von Köpfen erschienen über dem Wasser, und die knollige Unermeßlichkeit eines Rückens bog sich empor, um wieder wegzutauchen. Es war eine Familie, eine Sippe, darunter zwei Babies, die sich alle gegenseitig riefen; ihr tiefes, weiches Schnauben setzte sich unter Wasser fort wie ein unerhörter, vibrierender Jubel. Die Luft war ebenso davon erfüllt wie der Fluß, eine einzige braune Welt überflutet von familiärem Schnauben, bis die Flußpferde sich um die Biegung herum in die Nacht verzogen hatten. Prester John nahm sein Trinkgeld mit einer Verneigung und der Andeutung einer Kniebeuge an. Der Fahrer war erleichtert, den Wagen unbeschädigt im Busch wiederzufinden. Dem jungen amerikanischen Paar wurde ein Abendessen in großartiger Einsamkeit serviert. Unsichtbare Hände hatten ein Bankett vorbereitet; bei aller unheimlichen Isolation war das Essen köstlich. Er fragte sich, wie sie dabei Gewinn machten. Oh, wenn er nur wüßte, wie mit ihr reden! Die Stille zwischen ihnen knirschte auf den Tellern und ließ das Silber mit der Wut von Schwertern klirren. Seine Gedanken wanderten weiter, zu den Flußpferden. Wenn da nur ein Tick mehr Licht gewesen wäre! Oh, hätte er doch ein Objektiv mit größerer Brennweite mitgenommen!

Bei ihrer Rückkehr in Addis fiel es Prester John auf, daß sie sich langweilten, und er ließ eine Party für sie steigen. Er war der Gastgeber, die Königin von Saba die Gastgeberin. Ihr Haar war hochgekämmt zum Heiligenschein eines Afros, und wenn sie sich in ihrer Robe, die alle möglichen Farben aufwies, bewegte, rührte ihr Körper mal hier, mal dort leise gegen den Stoff. Die Ringe an ihren Fingern ergaben einen Schatz, und die kleine goldene Omabrille verlieh ihren Augen eine mönchische Verschmitztheit. Ihre Schwärze war von jener Schattierung, wie Gott Adam und Eva entworfen hatte, eine Farbe, angesichts der das junge amerikanische Paar seine eigene Weißheit als einen katastrophalen Ausrutscher empfand, bedingt durch das Holterdipolter des nördlichen Klimas, Schnee, Wölfe, Tarnung und das Überleben des Tüchtigsten. Die Königin von Saba stellte sie schönen, statuarischen Gestalten vor, die sehr formell als Ato, Woizero und Woizerit gekennzeichnet wurden. Die Woizerits waren aber nicht verheiratet. Es schien eine umständliche Art, es auszudrücken. Ebenso umständlich wurde der Herrscher nie anders als Seine Kaiserliche Majestät genannt, daraus wurde dann ER.

«... bis wir *IHN* los sind ...»

«... die neueste Geschichte über *IHN* ...»

«Wie ich höre», sagte der junge Amerikaner zu einer stattlichen Woizerit, die drei Jahre an der Universität von Iowa studiert hatte, «sind Sie beim Fernsehen.»

Galant fiel Prester John ein: «Diese schöne Dame», sagte er, «*ist* das Fernsehen.» Seine magische weibliche Hand drehte einen Schalter, und da war sie auch schon, gab Nachrichten über die letzte palästinensische Flugzeugentführung bekannt.

«Hitler», erzählte ein dunkelhäutiger, aber gutaussehender Gentleman der jungen amerikanischen Ehefrau, «hatte die richtige Idee, aber man erlaubte ihm nicht, sie auch auszuführen. Ein lebendiger Beweis für den Mangel an Vorsehung.»

«Angenommen, ich würde Ihnen verraten», sagte sie, «daß ich Jüdin bin?»

Er musterte ihr Gesicht und dann ihren blonden Körper, begehrlich. «Es würde meine Verehrung für Hitler», sagte er zu ihr, «nicht mindern.» Aber Verehrung für sie war es, was er ausdrückte, denn er hielt ihren Arm so fest, als hätte sie eingewilligt, bei einer superben Unanständigkeit mitzumachen.

Ihr Mann hatte eine amerikanische Landsmännin gefunden, eine blaßhäutige schwarze Frau aus Detroit, die bei der amerikanischen Botschaft angestellt war. Sie hockten eng zusammen und tauschten Erinnerungen an jenes entfernte exotische Land mit Lincoln Continentals und Drake's Cake. «Glücklich hier?» fragte er schließlich.

«Es geht», sagte sie achselzuckend, und um das Achselzucken näher zu erklären, fügte sie hinzu: «Ich kann keine Diener bekommen. Sie sind sehr höflich, und ich biete bestes Gehalt, aber die Äthiopier arbeiten nicht für mich.»

«Aber warum denn nicht?»

Als sie sah, daß er keine Ahnung hatte, machte sie sehr anmutig eine kleine Geste, als wollte sie einen Vorhang auseinanderteilen, und enthüllte – sich. Sie sah, daß er immer noch nicht begriff, und fügte hinzu: «Sie haben diesen Rassismus-Komplex. Sie erzählen einem dauernd, wie semitisch sie sind.»

Die Königin von Saba klatschte herrschaftlich in die Hände. Kein Westlicher hätte diesen Klang erzeugen können, wie von hohem Holz: Immerfort gehen Welten von Körpersprache verloren. Die Gäste setzten sich zum Essen um große vielfarbige Körbe herum, die mit köstlichem, gummiartigem Brot ausgekleidet waren. Man aß, indem man Stücke abriß und die Speisen damit griff, als würde man Kohlen mit einem Topflappen aufheben. Die jungen Amerikaner waren erfreut, an einem Brauch teilzunehmen. Prester John bewunderte ihren Pragmatismus. Seine Stimme war hoch, dünn und nicht eigentlich unangenehm. «Ich möchte nicht», sagte er, «die vielen negativen Dinge sagen, die ich über Amerika sagen könnte. Aber ihr habt dieses eine Geniale erfunden. Die Kreditkarte. Geld ohne Geld. Das ist wirklich etwas Revolutionäres. Dadurch wird die Welt verändert, während die politischen Philosophen sich nur wechselseitig erheitern.»

«Ist das Ihre wirkliche Tätigkeit? Ich meine, sind Sie Politologe? Ein Lehrer?» Der Amerikaner war nicht sicher, ob das immer noch Prester John war – er schien gebrechlicher, reizbarer.

«Was ich tue? Ich lese Proust, wieder und wieder. Und ich schreibe.»

«Könnte ich Ihre Bücher lesen?» fiel die amerikanische Ehefrau von jenseits des Korbes ein, an dessen Rand ihr der Hitler-Bewunderer demonstrierte, wie man rohes Fleisch aß, eine äthiopische Delikatesse.

«Nein», war die Antwort, gesprochen wie ein Streicheln. «In Äthiopien gibt es keine Veröffentlichungen.»

«Sie verstehen?» murmelte die Fernseh-Woizerit auf der anderen Seite des Amerikaners. «*ER*.»

«Ich schreibe und schreibe», fuhr der zerbrechliche, kluge Gastgeber fort, «und dann lese ich alles einem besonderen Freund vor. Und dann vernichte ich es. Alles.»

«Wie furchtbar. Ist der Freund hier?»

«Nein», lächelte er und formte ein kleines Gebetszelt mit den Händen. Er war sicher Prester John. Ein mittelalterliches Gesicht zuckte in der Mitternachtshaut. «Essen Sie kein rohes Fleisch. Uneingeweihte erbrechen sich tagelang.» Er entspannte sich, sank in seine prächtigen Roben zurück. «Ja.» Seine Stimme wurde wieder hoch, dünn, spöttisch informativ. «In diesem alten Königreich, das fälschlich in Afrika angesiedelt ist, waren wir leider gezwungen, die Lebenskunst bis zur Dürftigkeit zu verfeinern.»

Obwohl die Party erst richtig in Gang kam, waren die jungen Amerikaner müde. Die Königin von Saba und Prester John bestanden darauf, sie zurück zum Hotel zu begleiten, weil Plünderer ungestraft die Slums durchstreiften, weil die Armut akut ist trotz riesiger Infusionen von US-Hilfe, weil hier wie überall, außer in China, Korruption und Reaktion regieren, nicht mal dem eigenen Fahrer könne man nach zwanzigjähriger Dienstzeit trauen, Terroristen für die eritreische Unabhängigkeit seien allgegenwärtig. Ein merkwürdiger optischer Effekt: In der Dunkelheit im Innern des Autos verschwanden die beiden märchenhaften Äthiopier bis auf ihre Kleider, die auf das schicklichste raschelten, bis auf ihre Wörter, wie oben umschrieben. Nichtsdestoweniger teilte sich ihren Gästen eine irritierende und schmeichelhafte Möglichkeit mit, unanständig, doch nicht unausführbar, wie durch Schichten von sich bewegender, zerreißender Seide hindurch. Durch die kühle Empfangshalle klang in ihren Abschiedsrufen Enttäuschung nach. Oh, was *war* der Brauch?

Im Doppelbett des neunten Stocks dachte der Mann des jungen Paares an die Königin von Saba, schwarz, doch keine Schwarze, Jungejunge. Nein, sie könnte mein sein, so wie das Dunkel in mir mein ist, wie der übersäte Nachthimmel mein. Gott, ich liebe dieses Land. Die Juwelen. Die trockene Höhe. Die Hiltonflure aus grünlichem Stein. Der kleine ausgetrocknete Kaiser. Das kräftigende Gefühl, nie von irgendeiner europäischen Macht kolonisiert worden zu sein. Wie lang und prächtig sich ihre Ebenholz-Glieder in der Dunkelheit anfühlen würden. Aber ich könnte sie enttäuschen. Ich könnte mich in ihr verloren fühlen. Sie könnte über mich spotten. Meine kränkliche Blässe. Meine Freie-Welt-Komplexe. Besser sie einfach knipsen, wenn sie sich auszieht. Aber die Blitzbatterie war in der Serengeti, in jener Nacht am Wasserloch gestorben. Verdammt! Ihre Brüste. Achselhöhlen. Bauch. Abwärts, abwärts läßt er sich von einem dämmrigen Gedanken zum nächsten gleiten. Würde die Omabrille als erstes fallen oder als letztes?

Und neben ihm auf dem Doppelbett denkt seine schöne blonde Frau an Flugzeuge. Sie hat Angst vorm Fliegen, besonders in Äthiopien, mit seinen Bergschroffen, dem geringen nationalen Budget, den teufelsmutigen, von der Alitalia geschulten Piloten. Vielleicht könnte Prester John, falls sie mit ihm schliefe, durch eines seiner Wunder ihr Flugzeug vor dem

Absturz bewahren. Mit Männern schlafen, besonders mit schwarzen, mehr in der Einbildung als tatsächlich – wenn sie Frauen eine anständige Erziehung zukommen ließen, könnten sie auch an etwas anderes denken. Aber dennoch... Sein böses, asketisches Lächeln und der Blick mönchischen Leids schnitten in ihr Herz. Im Auto, seine Berührung, oder eine Falte seines seidenen Gewands, zufällig? Wenn er bei einem Stapel Bibeln garantieren könnte, daß das Flugzeug nicht abstürzt... Die entschlossenen Flugzeugentführer mit Strümpfen über den Gesichtern, die plötzlichen Revolverschüsse der Sicherheitsbeamten, die als libanesische Geschäftsleute verkleidet waren, das Pfeifen der Luft, das Taumeln über den Wolken, das unsinnige Geplapper der tapferen Stewardessen, der gespenstische Feuerstoß aus dem Backbordmotor, der lange, langsame Alptraum des Absturzes, das kilometerweite Auseinanderbersten verkohlter Teile auf der Erde, die verstreuten Koffer... O Gott, ja, ich werde tun, was du willst, nimm mich als deine Sklavin, dein Spielzeug. Denn ohne Leben, wie kann da Tugend sein?

Wegen der security checks muß man zweieinhalb Stunden vor der planmäßigen Abflugzeit am Flughafen sein. Er ist in dem gläsernen Geschenkartikelladen und handelt mit der Königin von Saba wegen eines koptischen Kreuzes. Er hat ihren Preis auf vierzehnhundert äthiopische Dollar gedrückt, was in seinem Kopf nicht länger durch sieben teilbar ist, wegen der allerneuesten amerikanischen Dollar-Abwertung. Vierzehnhundert geteilt durch zwei plus ein Drittel, minus ein bißchen... Sie langweilt sich. Die Königin von Saba stößt einen Druckkugelschreiber in die hoch aufgetürmte Frisur, und die Ebenholzfinger trommeln mit überraschender Klangwirkung auf eine Vitrine. Ihre Nase ist gerade, die Nasenflügel sind schmal. Sie seufzt. Diese Amerikaner, entwertet, weil das Gold steigt, wie Wassertropfen, die vom Rücken eines aufgeschreckten Krokodils rinnen. Er fragt, ob sie auch Kreditkarten akzeptiert?

In schäbiger Uniform erscheint Prester John mit der jungen amerikanischen Ehefrau im Schlepptau. Sie ist gerötet, rosa, schläfrig. Obwohl die Empfangshalle kühl ist, kleben blonde Locken an ihrer Stirn. Schnell, sagt der schlaue, kleine schwarze Mann, Sie müssen das Kloster noch sehen, es ist noch Zeit vor dem Abflug, schon arrangiert.

Proteste wie Staub aufwirbelnd, wird der junge Amerikaner durch die Empfangshalle geschleust, fort von seinem Gepäck. Diesmal ist es nicht die übliche Limousine, sondern ein kleiner roter Fiat. Prester John scheint mit den Gängen nicht zurechtzukommen. Während er mit ihnen ringt, sieht er komischerweise wie Sammy Davis jr. aus. Sie steuern aus der Stadt, bergwärts; die gepflasterte Straße wird zum Sommerweg. Prester John schwatzt nervös über die Königin von Saba. «Sie ist eine großartige Frau, aber durch und durch Orientalin. Mir gefällt ihre Loyalität, aber mich ärgert ihre, wie soll ich sagen, der Mangel an Zweigleisigkeit in ihrer Gefühlswelt. Sie kommt mit ihren Gedanken über Juwelen, Wollust und Flughäfen nicht hinaus. Meine Absicht war, sie mit dem christlichen Glauben zu erleuchten, jenem frischen, sogar rohen der Wüstenväter – hier, auf diesem Plateau, einen Traum zu errichten zur Tröstung des gequälten Schlafs von Europa. Statt dessen hat sie daraus etwas unmöglich Schweres gemacht, eine reine Tatsache, wie der Katholizismus in Irland oder der Kommunismus in Albanien.» Er kommt über den zweiten Gang nicht hinaus, und so röhren sie weiter die unbefestigte Straße hoch, die von Felsrücken geschnitten wird, die wie die Rücken schlafender Flußpferde aussehen. Zuerst hatten Trauben von Menschen in Weiß die Autostraße gesäumt; jetzt treffen sie – und versuchen, seitwärts auszuweichen – in Abständen auf Esel und Frauen, die unter ausladenden Bündeln von Ästen und kleinen Bäumen einherstolpern. Eine dieser

Frauen, nach vorn gebogen wie ein Skorpion, in Lumpen, barfuß, mit langen dunklen Hacken und fahlen, rissigen Fußsohlen, sieht vertraut aus, der Amerikaner dreht sich auf dem Sitz nach ihr um. Staub trübt ihm die Sicht. Seine einzige Gewißheit ist, daß sie ihre Omabrille nicht trägt.

Prester John schwitzt, verlegen. Die Straße besteht jetzt nur noch aus Felsen, gebräunt, weiß überpudert. «Ich beginne mir Sorgen zu machen», gesteht er, «wegen Ihres Flugzeugs. Womöglich habe ich die Schwierigkeit unterschätzt.» Er hält an einer Stelle an, wo der Blick auf einer Seite in die Tiefe fällt. Weit unter ihnen blinkt der Hilton-Pool wie ein schwacher Stern. Auf der anderen Seite steigen steinige, versengte Weiden zu einem Dickicht von blau-grünen Bäumen an. Zwischen den Bäumen blinken rötliche Hinweise auf eine lange Mauer. Das ist das Kloster. «Vielleicht», bietet Prester John nervös an, «ein Foto, zumindest? Es tut mir äußerst leid, die Straße und dann diese widerspenstigen Gänge…»

Was der junge Amerikaner durch seinen Sucher erkennt, sieht genauso aus wie die Federzeichnungen in der Bibel seiner Sonntagsschule. Er stellt das Objektiv auf unendlich und betätigt den Auslöser. Aber seine innere Aufmerksamkeit gilt seiner Frau, denn ihre Ruhe so kurz vor dem nächsten Flug gibt ihm Rätsel auf. Prester John wendet knirschend den Fiat und saust die grausame Felsenstraße abwärts; sie lächelt leicht, und mit staubigen Fingerspitzen streift sie das Haar von der trocknenden Braue. Sie fühlt sich schon im Flugzeug – ganz Äthiopien ist ein Flugzeug, Tausende von Metern über dem Meeresspiegel; und es kann nicht abstürzen. Das ist wahr.

Transaktion

Im Dezember des Jahres 197- war kurz vor Mitternacht ein vierzigjähriger Mann in der Stadt N. unterwegs zu seinem Hotel. Die Konferenz, die ihn in der Stadt festgehalten hatte, war zu Ende, er war mehr als nur angetrunken; in den Armen trug er Weihnachtsgeschenke für seine Familie. Auf der anderen Straßenseite erblühten unter seinen Augen angemalte junge Frauen, vor dunklen Ladenfronten in Haltungen postiert, worin sich Erwartung und Nonchalance, Verwundbarkeit und Vorsicht, Einsamkeit und Solidarität mischten. Eine versprengte Armee, so sein Eindruck, die halbherzig zum Rückzug blies. Hinter ihnen glühten Neonwörter. Ein unbeleuchtetes Schild MASSAGESALON hing in Höhe des zweiten Stocks, und auf seinem emporgewandten Gesicht meinte er so etwas wie Dampf zu spüren, obwohl die Nacht kalt war wie die Räume zwischen den Sternen.

An der nächsten Ampel schloß eine üppige Negerin in einem weißen Pelzmantel zu ihm auf. Summte irgend etwas. Sein Blick glitt zu ihr hin; ihr Summen nahm zu, schwoll von innen her, wurde durch eine spöttische Andeutung von la-di-daa fast zu einem Song. Furcht fingerte an seinem Herzen. Er nahm die Weihnachtspakete auf die andere Seite, um einen Schutzschild zwischen sich und diesem unvermittelt aufgetauchten, pelzbemäntelten, weißstiefelig-melodiösen Körper zu haben. Das Licht wechselte. Nun war Grün, und er überquerte rasch die als T-Avenue bekannte Straße und ging den harten, irgendwie beschwerlich ansteigenden Bürgersteig hinauf, der ihn in die geräumige Anonymität seines Hotels bringen würde, zu der Reihe silberner Aufzugstüren, in die empfangsbereite Leere seines Zimmers.

Ein gläsernes Bürohaus schwebte schweigend wie eine Eisscholle über seinen Schultern. Mitten in diesem Leichengrau aus Winter und Steinen erwuchs in ihm ein gleißendes Durcheinander gegensätzlicher Möglichkeiten, der Beginn einer Brut von Farben. In dem unbeleuchteten Gitterfenster eines Eckgeschäftes brachten Drei Weise aus Pappe ihre Gaben dar. Er wandte sich nach links und ging um den Block herum, obwohl ihm inzwischen die Arme weh taten wegen der Päckchen und die Füße wegen der Kälte.

Die im Freien operierende verlotterte Damen-Armee hielt noch immer ihre Ecke und die trüben Hauseingänge besetzt. Unser Nichtpassant zögerte an der Ecke schräg gegenüber, wo tagsüber eine Bank inmitten eines geschäftigen Treibens von Bittstellern und Abgesandten regierte, nur um sich bei Einbruch der Nacht in ihr eigenes Mausoleum zu verwandeln. Er sah, wie das schönste der Mädchen, dessen weißes Gesicht wie das eines Kindes unter roten und grünen Clownsklecksen leuchtete, von einem offenbar selbstbewußten jungen Mann angesteuert wurde, Aufsteigertyp, Versicherungsagent oder Geschäftemacher, dessen flatternde Hosenbeine unter einem hellen Mantel von korrekter Kürze hervorschauten. Eindringlich sprach er auf das Mädchen ein; sie hörte zu; sie blickte seitwärts in die Höhe, als wolle sie irgend etwas in der emporstrebenden Architektur abschätzen; sie schüttelte den Kopf; er wiederholte sein Angebot, wobei er sich fordernd zu ihr hinbeugte; sie trat zurück; er wandte sich abrupt ab und ging davon.·

Wäre es eine Gruppe von Schulmädchen gewesen, hätten die anderen sie nun neugierig umdrängt und nach Einzelheiten gefragt. Aber die anderen nahmen keine Notiz von ihr, sondern blieben, jede für sich, auf Wache.

Indes, nachdem nun unser Zuschauer schon eine Annäherung beobachtet hatte, schlenderte er kühn auf ihre Straßenseite hinüber, um noch einmal ihre Wolke zu durchqueren. Vielleicht verrieten ihn seine Pakete, wie ein Komet, der wiederkehrt. Trotz des guten Willens in seinem Herzen fühlte er sich in einen Krieg der Vorsicht und des Unsichtbaren verwickelt. Angesichts der phantastischen Gefährdung hielt er den Atem an, dann drang er durch die größte Dichte, die auf dem leuchtenden Gesicht der Kindfrau konzentriert war. Erst als sich die Wolke verdünnte, wagte er seitwärts zu blicken, auf eine Erscheinung in einem Hauseingang, die, wie ihn sein kurzer Blick lehrte, weit davon entfernt war, schön zu sein – knochig, das schmale, lehrerinnenhafte Gesicht raubvogelartig –, jedoch als er sich schon Vorwürfe machte, nahm sie sein Signal auf.

«Hallo», sagte sie. Ihr Lächeln – so erstaunlich breit, als werde plötzlich die Dunkelheit des Torwegs aufgeschlitzt – ermöglichte ihm, sich selbst zu verzeihen. Wie aus der Pistole geschossen kam sie aus ihrer Nische hervor, und mit derselben mechanischen Geschwindigkeit schob sie ihre Hand in den Spalt zwischen seinem Körper und seinem Arm, zwischen die raschelnden Päckchen, die mit Glöckchen, Zapfen und Schneemännern dekoriert waren.

Er antwortete: «Hallo.» Er spürte seine Stimme tief in ein Reservoir aus Ruhe, Wärme, sogar Stärke eintauchen. Ihre Berührung war eine ungeheure Erleichterung.

«Dreißig in Ordnung?» fragte sie, hastig flüsternd.

«Sicher doch.» Seine Kehle juckte vor Albernheit, die in ihm aufstieg, um die humorlos zischelnde Dringlichkeit ihrer Frage abzuwehren.

Schon stellte sie die nächste: «Hast du ein Zimmer?»

Er nannte das Hotel und fürchtete plötzlich, daß es zuviel über ihn verriet – solide, ehrlich, die besten Jahre schon vorbei.

In der Tat schien der Name sie zu amüsieren, denn sie wiederholte ihn, indem sie im gleichen Atemzug in seine Gangart verfiel und den Griff um seinen Arm festigte. Seine Kleidung kam ihm Schicht für Schicht durchsichtig vor. Anklagend sagte er: «Du magst mein Hotel nicht.»

«Aber warum denn nicht?» fragte sie mit ihrer einschüchternden Schnelligkeit. Er merkte, daß die Strategien, die schmeichelnden Ironien, die in seinem gewöhnlichen Leben nützlich und instinktiv waren, sich bei dieser Begegnung kaum anwenden ließen. Ich sage was, du sagst was. Provokation war nichts wert.

Er wollte das Richtige tun. Wollte sie in eine Bar geführt werden? Er hatte schon getrunken, nach seiner Schätzung mehr als genug. Und wäre es nicht zu ihrem Vorteil, direkt in sein Zimmer zu gehen und fertig? Sie war ein so unbeholfen verpackter Schatz, daß ihre Größe kaum zu bestimmen war. Versuchsweise wandte er sich links wie bei seiner vorigen Runde; sie widersetzte sich nicht; gemeinsam gingen sie über die Straße und erstiegen das harte, sacht ansteigende Stück Pflaster, das er eben schon hinaufgegangen war. Ihr Griff um seinen Arm festigte sich, er fühlte, wie ein Lächeln die Vereisung auf seinem Gesicht durchbrach. Er war ihr Preis, sie der seine. Sie fragte: «Wie heißt du?»

Er spürte die Kälte, den Alkohol und das Vergnügen darüber, daß dieser warme und fremde Körper sich an ihm rieb, und er stellte sich vor, sein richtiger Name würde den Bann brechen. Er log: «Ed.»

Sie wiederholte ihn, wie sie es mit dem Hotelnamen getan hatte, schmeckte ihn ab. Viele Namen waren ihr schon über die Lippen gekommen. Ihre Stimme, schien ihm, hatte eine mittelatlantisch-metallische Flachheit, ohne direkt aus N. zu stammen. Sie sagte freiwillig: «Ich heiße Ann.»

Er war gerührt, als er spürte, daß sie nicht log. Er sagte: «Hallo, Ann.»

«Hallo.» Sie drückte seinen Arm, so daß er vor seinem geistigen Auge seine Knochen wahrnahm. «Was machst du – Handelsreisender?» Frage und Antwort waren eins.

«Sicher doch», sagte er und wechselte das Thema. «Geh ich dir zu schnell?» Etwas wie Kreide lag auf seinen Worten. Er sagte sich, daß er keineswegs Angst vor dieser Frau zu haben brauchte; seine Furcht würde keinem von beiden nutzen. Und dennoch gab ihre Gegenwart seinem Verstand Rätsel auf. Sie schien ohne Perspektive ins Bild zu ragen, wie ein Strebepfeiler, der in dem Augenblick im Scheinwerfer gefriert, da ein Auto außer Kontrolle gerät. Er betrachtete sie verstohlen. Stadtlicht war in ihr Gesicht gesickert. Ihre lange Nase sah wächsern aus. Sie war größer als die Durchschnittsfrau, wenn auch immer noch kleiner als er.

Sie antwortete vorsichtig: «Nein. Du gehst genau richtig. Für wen sind die Geschenke?»

Sie machte sich, spürte er, über seine Frage lustig, er antwortete auf ihre spöttisch: «Für Leute.»

Einige Minuten sprachen sie nicht mehr.

Der kleine, gepflasterte Aufstieg erreichte seinen Scheitel. Das Hotel beherrschte den Block vor ihnen. Im Raster seiner Fenster waren einige erleuchtet, die meisten dunkel. Mitternacht war vorüber. Das große Bauwerk erstrahlte regellos wie ein untergehendes Schiff. Er sagte: «Hier lang gibt es einen Seiteneingang.» Vielleicht wußte sie es, ließ sich aber nichts anmerken. War sie schon vorher hier gewesen? Oft? Er hätte sie fragen können, unterließ es jedoch, wie er so viele Fragen nicht stellte, die sie vielleicht bereitwillig beantwortet hätte. Denn, wie sich immer erst im nachherein herausstellt, Frauen warten darauf, gefragt zu werden.

Der Seiteneingang war verschlossen, die Drehtür verkettet. Ihretwegen? Nicht nur, daß Ed die Etikette der Prostitution nicht kannte, auch Hotels gaben ihm Rätsel auf. War ein Hotel lediglich ein Laden, der Zimmer verkauft, oder ist es vielmehr unser Wachhund und Richter, mit Privatdetektiven ausgestattet, die jeden Flur durch angebliche Feuerlöscher beäugen, und sprungbereiten Anwälten in Wäscheschränken, die einem die Regeln des Wohnrechts entgegenbellen? Sie, Ann und er, mußten einen weiteren halben Block durch die interstellare Kälte laufen, sich mutig dem Haupteingang stellen. Der Portier mit der maronenfarbigen Mütze, der sich in die Hände blies, ließ sie passieren, als übersähe er sie vorsätzlich. Während Ed die Stufen zur Rezeption hinaufstieg, fielen ihm die Messingstangen ins Auge, dünner als Wasserrohre, polierter als Geschenkkugelschreiber, die den roten Teppich auf dem Marmor hielten. Und die Wärme fiel ihm auf, die von der Empfangshalle herabflutete und von ihren hochgeschnürten Stiefeln aus purpurfarbenem Wildleder, die nun, da sie einen Schritt vorausging, unter ihrem schwarzen Maximantel sichtbar wurden. Die Halle war ruhig. Der Zigarrenstand war zur Nacht umhüllt. Hinter dem Empfangstresen murmelten Männer in Telefone und tauschten mit derselben gedämpften Autorität, in der Houston ein Raumschiff lenkt, codierte Zahlen aus. Einige wenige Männer, Reisende in soliden grauen Anzügen, standen unter den Kronleuchtern herum, zerknittert, aber noch zögernd, sich ins Bett schicken zu lassen. Mit seinen knisternden Paketen und der gekauften Frau, verpackt in schwarzes Maxi und Schnürstiefel, fühlte sich Ed lächerlich behindert. Den Blick stur nach vorn gerichtet, ging er hinüber zu den Fahrstuhltüren aus quadratisch gemustertem farblosem Metall. Er drückte den AUFWÄRTS-Knopf. Das Warten staute sich in seiner Kehle, bis ein ankommender Lift eine Tür aufwarf. Er gehörte ihnen. Niemand am Kontrollpult sah hoch. In der letzten Sekunde, als die Türen sich schon seufzend schlossen, stießen zwei Männer in Grau zu ihnen, starrten Ann an und lächelten. Ein Mann begann zu summen.

Sah sie nicht wie eine Ehefrau aus? Kleideten sich nicht alle jungen Frauen wie Huren heutzutage? Sie war unscheinbar schlicht gekleidet, ernst und blaß. Er konnte sie nicht direkt ansehen oder eine Bemerkung machen, wenn er auch näherrückte, um sie vor den Augen der Fremden zu schützen. Die Kabine wurde immer stickiger durch die Ausdünstungen von Männlichkeit. Männlichkeit gebläht durch Alkohol. Das Summen wurde lauter und eindeutig humorig. Vielleicht hatte sie ein allzu offensichtlicher Altersunterschied verraten, obwohl Ed immer von denen, die ihn liebten, gesagt bekam, er sähe jung aus für sein Alter. Der eine Mann trat von einem Bein auf das andere. Der andere räusperte sich. Ed blickte hoch auf den Etagenanzeiger, der sich gerade durch die Nummern 4, 5 und 6 emporarbeitete und nach einem gähnenden Intervall, in dem Mord und Vergewaltigung hätten stattfinden können, auf 7 stehenblieb. Beim Hinaustreten zögerte sie, da sie nicht wußte, ob sie nach rechts oder nach links gehen sollte. Einer der Männer rief ihnen ein melodisches «Gute Nacht» hinterher. Bastard. Kauf dir deine eigene Hure.

«Nach links», sagte er, nachdem die Fahrstuhltür sich wieder zugesogen hatte. Wo der Korridor einen Knick machte, war schräg ein Spiegel aufgestellt, dahinter stellte er sich einen Spion vor, eine Art bezahlten Moralhüter, der sie beobachtete, als sie darauf zukamen; alsdann, nachdem sie abgebogen waren, verschob der Aufpasser mit seiner dicken Zigarre und der Blechmarke in einem magischen Rösselsprung seine Position dorthin, von wo sie gerade gekommen waren, so daß er sie nunmehr davongehen sah. Eds Rücken verdeckte die Pakete, Anns Maxi schwang steif hin und her, ein Weihnachtsglöckchen aus Stoff, das im schuldbewußten Schweigen des Korridors läutete.

Der Schlüssel hakte. Er konnte die Tür zu dem Zimmer, das er bezahlt hatte, nicht öffnen. Stolpernd, errötend ließ er ein Paket fallen, und die Person neben ihm bückte sich, um es aufzuheben. Das war nett von ihr. Dieser unentgeltliche Dienst. Der Schlüssel drehte sich. Die Tür führte in seinen dunklen, stillen Raum, der so sauber und freundlich war wie ein auf sie wartender Diener.

Er hielt Ann die Tür auf, damit sie vor ihm hineingehe, und in dieser Geste entdeckte er seine Stimmung: spöttische Höflichkeit. Der Hotelkorridor, mit seinen Wänden von unnennbarer Farbe und seinem Teppich, der von einer endlosen künstlichen Tundra von Maronenbraun abgeschnitten war, trat mit ihr an seiner Nase vorbei ins Zimmer, und die momentlang riesige Blässe ihres Gesichtes prallte vom Fenster zurück, dessen Rechteck aus diffusem Stadtlicht durch eine Jalousie verschandelt war. Als seine Augen sich daran gewöhnt hatten, glühten die Wände. Das Paket, das sie aufgehoben hatte, stellte sie auf der schimmernden Glasplatte eines Schreibtischs ab; er legte die anderen Pakete hin; sein Arm schmerzte vor Erleichterung. Er fand den Lichtschalter an der Wand, aber das Oberlicht war zu hell. Er konnte sie nicht angucken. Er knipste das Licht wieder aus und fingerte am Fuß einer großen Keramiklampe auf dem Schreibtisch. Dieses Licht war weicher und zeigte sie in einiger Entfernung am Bett stehend, die Hand am zweiten Knopf ihres langen, dunklen Mantels, den sie aufknöpfte; durch diese Geste des Auskleidens verschob sie den Eindruck des Verpacktseins, den er von ihr hatte; weg vom Mantel und hin zum Zimmer selber, zum opaken Putz der Wände, die sie umhüllten, zu der undeutlichen Deckenbeleuchtung, die aussah wie die Schleife auf einem Geschenkpäckchen. Sie gehörte ihm, war gekauft. Dennoch war sie lebendig, ein Mensch, unvorhersagbar und in der Tat kaum zugänglich. Sein Impuls, sie zu küssen, wurde durch unausgesprochene Schranken abgeblockt, ein

Verbot, das sie sogar dann noch ausstrahlte, als sie wieder jenes unerwartete, breit geschlitzte Lächeln aufsetzte. Nach einem Zögern, wie an der Fahrstuhltür, gab sie ihm den Mantel – schwer, frostig, schwarz –, damit er ihn in den Schrank hängte, was er auch glücklich tat, ohne daß seine Höflichkeit gänzlich spöttisch war.

Er wandte sich um. Wer bist du? Seine Befürchtungen prallten in der Enge des Zimmers auf konfuse Weise von dieser anderen ab, die, indem sie genau in der Mitte stand, den Raum zugleich größer und vielgestaltiger und trotzdem weniger tief machte, grad so, als wäre sie eine Säule mit lauter kleinen Spiegeln. Er stand reglos, vielleicht auch er eine Spiegelsäule – wie in Ballsälen, Theaterfoyers und auf Rollschuhbahnen anzutreffen. Absurd natürlich, zwei solche Glitzerpfeiler in einem so bescheidenen Raum so eng nebeneinanderzustellen. Aber vielleicht konnte gerade in solcher Disproportion Sex aufkommen, inmitten der standardisierten Möblierung unseres Lebens.

Sie tat einen Schritt nach vorn. Etwas halb Sichtbares aus einem der Pakete hatte ihre Aufmerksamkeit erweckt: ein Buch. Sie zog es hervor, es waren Blakes *Lieder der Unschuld*, illustriert von Leonhard Baskin – ein Geschenk für seine Frau, die in den ersten Ehejahren immer einen Holzschnitt für ihre Weihnachtskarten gemacht hatte. Ann blätterte, und der Anblick von Gedichten auf den Seiten überraschte sie. «Wovon handelt es?» fragte sie.

«Oh», sagte er, «von gesellschaftlichen Zuständen in London.» Er hörte eine merkwürdige, gleichbleibende Verzögerung aus den Antworten heraus, die sie einander gaben. Softball-Tennis. Wahrscheinlich lag es an seinem Alkoholpegel. Der schlimmste Fehler war der Cognac gewesen.

Gedankenverloren ließ sie ihre Finger eine Seite umwenden. «Ich habe mal in einer Bibliothek gearbeitet.»

«Wo?» Ihr augenscheinliches Interesse an dem Buch nutzend, trat er mit zwei Schritten hinter sie und berührte den Reißverschluß im Rücken ihres Pullovers. Der Pullover war aus magentaroter Wolle mit Rollkragen. Collegequalität irgendwie, was vielleicht auch daher kam, daß sie über Bücher sprachen. Er wollte den Reißverschluß aufziehen, wagte es aber nicht vor lauter Zimperlichkeit; er stellte sich vor, wie mit irgendeiner nicht gekauften Frau in solch einem verschlossenen mitternächtlichen Zimmer Hände und Lippen in die Leere ihres Fleisches gestürzt wären, durch die Kleidung geglitten wären, bis auf die Haut hinab.

Widerstrebend antwortete sie, ohne ihre Aufmerksamkeit von dem Buch abzuwenden: «In Rhode Island.»

«Welche Stadt?»

Ihre Aufmerksamkeit wuchs. «Du kennst Rhode Island?»

«Ein bißchen. Wir hatten ein paar Freunde in Warwick.»

«Die Bibliothek war in Pawtucket.»

«Wie ist denn Pawtucket so?»

Sie sagte: «Nicht schlecht. Jedenfalls nicht so häßlich, wie es von der Staatsstraße eins aussieht.»

Er zog den Reißverschluß herunter, einen kleinen rosa Reißverschluß hinten am magentaroten Halsausschnitt, gerade weit genug, daß ihr Kopf hindurchpaßte. Ihr Nackenwirbel und ein bißchen Haarflaum darunter wurden sichtbar. «Hast du gern in der Bibliothek gearbeitet?» fragte er. Unter seinen Fingerspitzen kribbelte es ihr Genick hinab, er spürte, sie erwartete die Frage, wie sie von der Bibliothek zu diesem Beruf gekommen war. Er weigerte sich zu fragen und entdeckte, neben der spöttischen Höflichkeit, eine zweite Stimmung: Verweigerung. Denn hatte sie ihm nicht stillschweigend, durch ihr irgendwie abweisendes Benehmen, einen Kuß verweigert?

Sie entzog sich seiner Berührung. «Ja, habe ich.» Sie war jung und schlank, erkannte er, eine Brünette, ihr Haar war kraus, unordentlich und lang. Nicht nur ihre Nase, auch ihre

Zähne waren zu groß, so daß ihre Lippen, wenn sie sich dar-
überstülpten, einen ernsten, bedachtsamen Ausdruck annah-
men; wieder kam sie ihm wie eine Lehrerin vor, mit der Macht
des Lehrers, Rügen zu erteilen. Er lachte, lehnte sich auf –
lachte über ihren nachdenklichen Rückzug. Während die
Kälte von draußen auf seinem Körper schmolz, ließ der Alkohol blühende Albernheit aus ihm herausschäumen wie Pop-
korn aus dem Röster. Er zog seinen Mantel aus, ein ungezoge-
ner Junge, dann seine Jacke und den Schlips; geniert über
seine Albernheit und die Furcht, die sie offenbarte, ging er auf
sie zu, als wollte er sie umarmen, doch statt dessen zog er den
Pullover aus ihrem Rock nach oben. Verstehend und nachge-
bend schüttelte sie den Kopf, um ihr Haar zu lockern, und hob
die Arme. Der Pullover war fast herunter. Als er ihn von ihren
Händen zog, sah er, daß sie lange ovale Nägel hatte, farblos
lackiert. Ihr BH war schonungslos weiß und krankenhaus-
schlicht. Das überraschte ihn, in einer Welt, wo sogar die
sprödeste Vorstadtfrau kokette Spitzenunterwäsche trug.
Und er war überrascht, daß, obwohl die Schultern seiner
Hure knochig wirkten und die gleiche polierte Blässe zeigten
wie ihr Gesicht, ihre Brüste von gesunder Größe waren.
Inmitten dieses Ineinandergreifens kleiner Enthüllungen
klinkte etwas aus, das ihm erlaubte, die Arme um ihre kantigen Schultern zu legen und sie fest zu drücken, so daß die
Winterkälte und der steinige Geruch ihres Haars von ihrem
Scheitel in seine Nasenlöcher drangen. Seine Stimme fragte
vom Kliff ihrer Kräuselhaare herunter: «Willst du deine dreißig jetzt oder nachher?»

«Wie du willst», sagte sie; dann ein Zugeständnis, ihr erstes, möglicherweise aus Besorgnis von ihr erpreßt, denn seine
extreme Vernünftigkeit grenzte, wie er empfand, schon an
Verrücktheit – «nachher».

«Du bist also Bibliothekarin», seufzte er.

Seine Erleichterung mußte zu groß gewesen sein, zu warm;

sie schob seine Brust mit eisernen Fingerspitzen fort. «Warum gehst du nicht ins Bad», schlug sie vor, indem sie eine erzieherinnenhafte trügerische Sanftheit in die Stimme legte, «und» – sie tippte leicht mit dem Handrücken auf seinen Hosenschlitz – «wäschst sie erst mal?»

Sie! Die Vorstellung, seine Genitalien als Gruppe zu definieren, ein kleines, schnatterndes Dreierkonklave, ließ seine Albernheit noch ansteigen, die komplementäre Verweigerungsstimmung indes sich vertiefen, in Richtung Grausamkeit verfinstern. Mit der Vorsätzlichkeit einer Beleidigung oder ehelicher Routine setzte er sich auf den Hotelstuhl aus Plastik und zog Schuh und Strümpfe aus, die Socken in die Schuhe steckend. Dann stand er auf und knöpfte unverschämt sein Hemd auf, nur daß dabei seine Finger zitterten und eine Alkoholwoge ihn vornüberkippte. Er zog sein Unterhemd heraus und schaffte mit zwei Schritten den Hochseilakt, sich von der Hose zu befreien. Er nahm wahr, daß sie wie angefroren am Bett stand, wagte aber nicht, sie direkt anzusehen, den Raum, den sie reflektierte, zu ermessen oder sein Spiegelbild zu erhaschen. Sie war eine Säule voller schwarzer Facetten. Dann mußte die Alkoholwoge über ihm zusammengeschlagen sein, denn er verlor sie völlig aus dem Auge und fand sich nackt vor dem Waschbecken wieder, auf Zehenspitzen über dem Mondschimmer des Porzellans stehend, die Genitalien abseifend, noch immer lächelnd bei der Vorstellung, sie als *sie* zu bezeichnen.

Während er sich wusch, sickerten unterminierend Begriffe, die ihre Anweisung herbeizitiert hatte – Schmutz, Bazillen, Seuche, Verderbtheit –, in das seifige Vergnügen. Seine Schwellung, gewahrte er, war gering. Er spülte ab, ließ aus der hohlen Hand kaltes Wasser darüber laufen, trocknete sich mit dem Handtuch, band sich das Handtuch züchtig um die Taille und ging zurück ins Zimmer.

Ann war nackt bis auf die Stiefel. Rotes Wildleder, bis zum Knie geschnürt. War es zu mühsam, sie aufzubinden? War dies ein üblicher Anreiz? Ein Dämpfer? Ein unabsehbares obskures Reglement, dessen Grundsätze aus der Stadtnacht in diesen engen Schauplatz möglicher Verhaltensweisen hereinragten, hielt ihn davon ab zu fragen, warum sie sie anbehielt oder ob sie sie nicht ausziehen könnte. Als ob eine andere unbekleidete Frau eine Konstellation von Muttermalen oder eine lange Bauchnarbe enthüllt hätte, blieb er still und akzeptierte die Stiefel zusammen mit der schlanken, wächsernen Weiße des übrigen, eine Milchschlange mit einer schwarzen, dreieckigen Markierung.

Er hatte das Handtuch als Herausforderung getragen, in der Hoffnung, daß sie es für ihn aufknüpfen würde. Seine derzeitige Geliebte band immer äußerst anmutig seine Schuh auf und blieb dann auf den Knien. Aber Anns einzige Bewegung bestand darin, ihr Haar zurückzustreichen, als wollte sie es von den drohenden Spritzern eines schmutzigen Geschäfts fernhalten. Er ließ das Handtuch fallen und hielt sie mit weniger Druck, als eine Briefmarke braucht, um auf einem Umschlag festzukleben. Da er barfuß war und sie immer noch in Stiefeln, waren sie, anders als auf der Straße, fast gleich groß, und sein Schwanz berührte ihren Bauch eben über ihrer Muschi. Abrupt wich sie zurück: «Du bist ja eisig!»

«Ich habe mich gewaschen, wie du es mir gesagt hast.»

«Du hättest warmes Wasser nehmen können.»

«Habe ich, außer zum Abspülen.»

Sie bückte sich, jedoch um das Handtuch aufzuheben. Sie gab es ihm. «Kannst du dich nicht abtrocknen?»

«Jesus, stell dich nicht so an.» Er mußte zurückschlagen.

«Und du?» fragte er. «Gehst du nicht ins Bad?»

«Nein.»

«Mußt du nicht Pipi oder so, wenn du stundenlang auf der Straße stehst?»

«Nein, danke.»

«Es ist ein durchaus annehmbares Badezimmer.»

Schon wollte er sie für schwachsinnig und verbohrt halten, da änderte sie ihre Meinung. «Okay. Ich gehe.» Sie ging ins Bad. Sie schloß die Tür! Damit er nicht gucken konnte. Kein Vergnügen gratis, begriff er, war eine der Regeln. Nackt saß er auf dem Bett, nahm den Blake vom Schreibtisch und las:

> *Das Lamm, gequält, wehrt sich mit Macht,*
> *Und duldet doch, daß man es schlacht'.*
> *Die Fledermaus, die abends fliegt,*
> *Verließ ein Hirn, das Zweifel trügt.*

Die Toilette rauschte, die Wasserhähne schnurrten. Sie tauchte wieder auf, immer noch in jenen lästigen, ungraziösen Stiefeln, und warf einen, wie er meinte, verächtlichen Blick auf seinen schlaffen Penis. Nur dank des Alkohols gelang es ihm zu fragen: «Möchtest du dich jetzt hinlegen?»

Ohne ein Wort der Zustimmung setzte sie sich steif aufs Bett und ließ sich in die Horizontale ziehen. Ihre Haut fühlte sich zu jung, zu fest und zu glatt an. Während seine Hände über die mathematisch perfekten Rundungen ihrer Hüften und ihres Hinterns hinabstrichen, rechnete er sich aus, daß die Reise des Glücks von diesen Händen bis in seinen Kopf und von dort durch sein Rückgrat hinunter zum Schwanz, da die Trunkenheit ihn schwach und ziellos machte, zu lang war. Er streichelte ihre Brüste, die so fest und spitz zuliefen, daß sie sich wie Kegel anfühlten. Sein Sinn für Brüste war von seiner stillenden Frau geformt worden. Einmal, als sie eins ihrer Babies säugte, hatte er einen Mund voll Milch von ihr genommen und ohne zu schlucken ihren Mund damit gefüllt, damit auch sie den Geschmack erfahren konnte. Im Vergleich dazu waren die Titten dieses Kindes so fest, daß sie sich unfreundlich anfühlten. Ihr Bauch unter seinen Fingern war flach und hatte den Glanz einer Tischplatte, und das Haar ihrer Muschi war dicht, störrisch und bürstenähnlich. Als er das erste Mal mit einer Frau schlief, die nicht seine Ehefrau war, hatte es sich um eine gemeinsame Freundin gehandelt, eine schüchterne und schuldbewußte Frau, die sich hinter seinem Rücken ausgezogen hatte und nur mit dem Unterrock bekleidet vor ihn hintrat: Bei der Berührung hatte sich ihre Muschi unter dem Nylon so überraschend weich angefühlt, daß er «Oh» ausgerufen hatte und sie ebenfalls «Oh», als hätten sie auf einem gemeinsamen Spaziergang zur selben Zeit eine seltene Blume oder ein sattes Moosbett entdeckt.

Ann nahm sein Streicheln als ein Zeichen, ihre Hand, kalt und fühllos wie sie war, auf seinen Schwanz zu legen. Zu schnell und ruckartig bewegte sie die lose Haut vor und zurück; er verkroch sich in seine Trunkenheit und kicherte.

«Was ist daran so komisch?» fragte sie.

«Du bist so nett», log er.

Sie setzte sich hoch, um aus einer besseren Position ihren Angriff fortzusetzen. Es kitzelte, zitterte und tat weh; sein Bewußtsein zog sich höher hinauf, so wie ein Mann im Stadion auf eine höhere Sitzreihe klettert, um einen besseren Überblick über das Spiel zu erhalten. Entweder das Mädchen war für ihren Beruf nicht geeignet, oder Liebe kann nicht nachgeäfft werden. Hochmütig warf sie den Kopf zurück, ließ die fruchtlose Bearbeitung seines Penis sein und flüsterte, den Mund nahe an seinem Ohr, mit jener zischelnden Dringlichkeit, zu der sie neigte: «Magst du mich?»

«Sicher doch.»

«Dann schau ihn dir doch *an*!» Sie schnippte danach.

Er schaute. Sein Schwanz lag seitlich, beneidenswert schlafend. Sie fragte: «Und wie lange, glaubst du, soll ich noch so weitermachen?»

«Nicht mehr lange», sagte er freundlich. Ihre reglosen Finger waren angenehm. «Du kannst jetzt gehen. Ich werde dir deine dreißig Dollar geben. Tut mir leid, daß ich so ein Versager bin.»

Ihr Gesicht, sanft im Schatten, nahm einen nachdenklichen Ausdruck an. «Ed, hör zu. Ich werde bleiben, aber es wird ein bißchen mehr kosten.»

«Wieviel mehr für wie lange?» Die prompte Detailliertheit seiner Frage brachte sie aus der Fassung. Er half ihr, obwohl er der Neuling war und nicht sie. «Wie wär's mit einer Stunde», schlug er vor, «für weitere dreißig? In einer Stunde sollten sich die Drinks so weit verflüchtigt haben, daß er mir wieder steht. Es tut mir leid, ich würde dich gern ficken, wirklich.»

Unangenehmerweise wurde ihr Flüstern jetzt heiser, wurde theatralisch-verführerisch. «Was ist mit französisch? Hast du das gern? Für zwanzig mehr mach ich's dir französisch: Würde dir das gefallen, Ed?»

Nackt und faul änderte er seine Lage auf dem Bett. Impotent oder nicht, er war der Boss. Bei Transaktionen im Tageslicht haßte er Feilschen, aber dies war etwas anderes. Sie war so jung, daß man sie necken konnte. Überdies machte ihre Jugend sie zum Feind. Denn dies war die Zeit der Studentenunruhen, der Verachtung der alten Tugenden, des Energiekults. «Zwanzig mehr!» protestierte er. «Das macht achtzig alles zusammen. Du willst mich ruinieren. Warum sollte ein nettes Mädchen wie du, das direkt von der Straße mitkommt, einen armen Bürger ruinieren?»

Sie ging nicht auf seinen ironischen Ton ein und fragte mit der größten möglichen Annäherung an echte Erregung: «Wieviel Geld hast du bei dir?»

«Soll ich es mal zählen?»

«Das *weißt* du nicht?»

«Wie ich schon sagte, ich habe Weihnachtsgeschenke gekauft. Mein Gott, so warte doch! Renn nicht einfach wütend raus!»

Er stemmte sich vom Bett hoch, entdeckte seine Hose auf der Lehne des Plastiksessels, nahm die Brieftasche und zählte die Scheine. Einhundertzehn, hundertzwanzig, zweiundzwanzig, drei. «Okay», sagte er zu ihr. «Vierundachtzig Dollar. Achtzig kann ich grad noch entbehren, wenn ich noch frühstücken will. Das ist für eine Stunde, von jetzt an gerechnet, nicht ab vorhin. Und einschließlich französisch. Einverstanden?»

«Okay.»

Er überlegte, ob er fordern sollte, daß sie als Teil ihres Handels die Stiefel ausziehen sollte, aber er fürchtete, sie würde dann einen neuen Preis ausmachen, und obwohl er ihr die Ungewißheit des Feilschens auferlegen konnte, würde er, das wußte er, sich am Schluß doch auf ihren Preis einlassen müssen. Auch gab es ein Geheimnis um diese Stiefel, das ihn empfindlich machte. Ann hatte sich, um ihm beim Geldzählen zusehen zu können, im Bett aufgerichtet, auf ihre Knie gehockt wie ein kleines Mädchen, das mit Murmeln spielt. Ed berührte ihre kalte Schulter, bat sie schweigend, die Stellung beizubehalten, und schob sich so an sie heran, daß eine ihrer Brustwarzen seinen Mund traf. Er leckte, saugte, rieb. Sie sagte: «Au.» Er nahm seinen Mund ein paar Zentimeter zur Seite. «Warum ‹Au›?»

«Hast du dich heut nicht rasiert?»

«Nicht seit heut morgen. Merkst du das?»

«Faß doch mal an», sagte sie.

Er rieb sich über Kinn und Oberlippe. «Das kann nicht weh tun», sagte er.

«Doch.»

Er blickte auf, und ihr Gesicht und Oberkörper enthielten in ihrer Reglosigkeit einen Schatten, der zum erstenmal, so schien es seinem blöden Verstand, einen Schimmer erotischer Hitze in dem frostigen Raum zwischen ihnen zuließ. Da er sie als Mann von Vernunft weder durch Wut beeindrucken konnte noch dadurch, daß er er selbst war, da er sich, indem er sich ihr überhaupt widmete, schon gänzlich verausgabt hatte, würde er übertriebene Willfährigkeit zeigen. Er würde sie mit Fügsamkeit überwältigen: «Also gehe ich mich rasieren.»

Sie hielt ihn nicht davon ab.

Ehe er sich rührte, fragte er: «Wird die Rasierzeit von meiner Stunde abgezogen?»

Sie sagte mit undeutlicher Stimme, der man nicht anhören konnte, ob sie gelangweilt war: «Wenn du dich rasieren willst, tu es.»

Er stand wieder über dem strahlenden Mond des Beckens, spürte plötzlich seine Genitalien sich regen, wieder frisch werden bei der Vorstellung des Rasierens, so schön häuslich, nur um dieser undankbaren, zähen Hure im Nachbarzimmer, die immer noch die Straßenkälte auf der Haut trug, einen Gefallen zu tun. Als er mit glühenden Wangen und wippenden Lenden zurückkam, sah sie seine Erregung, brachte mit raschem Griff von irgendwoher (aus ihrem Stiefel?) ein Präservativ zum Vorschein, ließ es über sein halb aufgerichtetes Glied schnappen und legte sich auf den Rücken, die Beine gespreizt. Obwohl er steif genug war, um einzudringen, und auch vorübergehend glaubte, *ich ficke diese Frau*, verbündeten sich das Kneifen des Gummis und eine Unnachgiebigkeit in ihr mit etwas Nichtbereitem, Unmutigen in ihm – *sie könnte nicht gleichgültiger sein* –, war sein nächster Gedanke, so daß er schrumpfte. Seine wenigen stumpfen Stöße waren wie Explosionen von Knallpatronen, bei deren Blitz das ganze Ausmaß ihrer beider Erniedrigung sichtbar wurde. Entschuldigend zog er sich zurück, zerrte den Gummi ab, und da er nicht wußte, auf welche Hotelfläche er ihn placieren konnte, ohne ihre strengen Hygienestandards zu beleidigen, hielt er die schlaffe kleine Zweithaut baumelnd in der Hand, während er sich betrübt neben dem besiegten weiblichen Körper ausstreckte.

Was tun? Ann lag wortlos da, aber er stellte sich einen Sprung in der Oberfläche ihrer Ungeduld vor, einen Vorsprung, woran er sich festklammern könnte. Mit der freien Hand (der andere Arm klemmte unter seinem Kopf, so daß das Kondom frei über der Bettkante baumelte) strich er über die lange Kurve ihrer Hüfte, die durch das Fenster beleuchtet war. Er sagte zu ihr: «Du bist prächtig.»

Und sie fragte, als ob es dasselbe wäre: «Verheiratet?»

«Sicher doch.» Vielleicht hatte sie gedacht, dies wäre endlich die Tür zu jener vertraulichen Intimität zwischen ihnen, die er, wie sie jetzt erkennen mußte, brauchte. Statt dessen führte sie in eine Sackgasse, jene Ehe, die sie hier zusammengebracht hatte. Sie lagen in der Sexualität seiner Frau wie in einem gepolsterten, verriegelten Verlies. Ed hätte versuchen können, Ann diese Vision mitzuteilen, aber dann zog er doch den schlichten Versuch vor, die Freundlichkeit zu erwidern, zu der sie nun, und sei es auch nur aus Angst, mit ihm für immer in der Falle zu sitzen, bereit schien. Er fragte: «Wie alt bist du?»

«Zweiundzwanzig.» Ein neuer Ton, bitter. Fühlte sie, daß ihr Leben schon so früh zerstört war? Ihr raubvogelhaftes, farbloses Profil hob sich über ihn in die quadratische Lichtwolke, die aus dem Ambiente der Stadt hereinsickerte. «Und du?»

«Um die Vierzig.»

«Im besten Alter.»

«Hängt davon ab.» Er führte seinen Mund über ihre Brust, dann auch seine Wangen, und fragte: «Ist es jetzt glatt genug?»

«Besser.»

«Magst du das? Ich meine, normalerweise, läßt dich das kalt, macht dich das an oder was?»

Sie antwortete nicht. Er stellte fest, daß er eine andere dunkle Klausel in ihrem Vertrag verletzt hatte: Ihr Vergnügen stand nicht zur Debatte. Da er unfähig war, das Richtige zu tun, und deshalb auch nichts Falsches tun konnte, ließ er sein Gesicht von ihrer Brust auf ihren Bauch gleiten, und als sie sich zurücklegte, an ihren Schamhaaren vorbei auf ihre Schenkel. Dort ließ er den Kopf ruhen. Er legte das Kondom auf das Laken neben ihre Hüfte, und mit den Händen teilte er ihre Schenkel; sie ließ es vorsichtig mit sich geschehen. Der Rand eines Stiefels kratzte an sein Ohr, er nahm den Kopf zurück, als ob er beim Lesen in einem Telefonbuch besser sehen wollte. Zwischen ihren Beinen lag Dunkelheit. Er streichelte ihren Venushügel und die sehnigen behaarten Buchten auf beiden Seiten, er ließ seinen Daumen die Lippen entlanggleiten, teilte sie, senkte sanft seinen Daumen in die Spalte, in der, gegen alle Gezeiten von Schicklichkeit und Vernunft, ein wenig Feuchtigkeit austrat. Er zog den Daumen zurück und steckte den Mittelfinger ein, während sein Daumen Halt in ihrem Anus fand.

Seine Augen fingen nun genug von dem diffusen Licht ein, und er gewahrte die silberne Ebene des Innenschenkels, dem Fenster zugewandt, und sah, wie dasselbe Licht über seinen sich verjüngenden Unterarm und das bewegliche Handgelenk glitt und über die beiden glänzenden Rundungen ihres Hinterns darunter und die fahle Wiese ihres perspektivisch verkürzten Bauches, die kleinen Hügel ihrer Brüste, die ferne Unterseite ihres Kinns. Von der Kante ihres Kinns blickte sie aus dem Fenster, auf den fremden Nachthimmel von N., der wie kein anderer Stadthimmel braun und golden und sternlos mit der Aureole seiner eigenen Statik aus Irrlichtern durchsetzt war. Durch den Schlamm und Schleier des Alkohols begannen die inneren Konfigurationen ihrer Fotze, die körnigen und knospigen Wände und das schlüpfrig ausweichende Harte der Mitte ein Bild in sein Gedächtnis zu schneiden, ihm die ernsthafte, stetige Freude eines Juweliers zu vermitteln.

Sie sprach. Ihre Stimme raspelte über das silberne Terrain

184

ihres Körpers, kalt und zweiundzwanzig. Ihre Worte waren äußerst überraschend. «Nimmst du auch manchmal», fragte sie und zögerte, bevor sie weitersprach, «deine Zunge?»

«Sicher doch», sagte er.

Indem er das Gesicht über ihre Öffnung beugte, fühlte er durch seinen Schädel den Wind all jener wehen, die vor ihm diesen Weg gegangen waren. Und doch, obwohl zweifellos schon Männer vor ihm diesen Raum mit ihrer Leidenschaft überflutet hatten und ihrem Körper weder die Kotze noch die Scheiße erspart geblieben war von Fremden, die darum kämpften, sich lebendig zu fühlen, hatte der Geschmack ihrer Fotze von all diesem nichts; sie war fester als die einer Hausfrau und frei von jedwedem Geruch, sogar von Parfum, und ihre Fassung aus fast bürstenähnlichem Haar hatte die pricklige Unschuld eines Kinderhaarschnitts oder des Fells eines jungen nächtlichen Allesfressers, zum Beispiel eines Waschbären. Er bedauerte, daß im Programm ihrer Positionen sein Mund nicht anders herum rankam, sondern, viel ungeschickter, frontal, während sein Körper zwischen und unter ihren Beinen baumelte wie ein unbrauchbar schwerer Drachenschwanz, sein Nacken so weit zurückgebogen, daß es schmerzte. Bei dem Versuch, in sie einzudringen, spannte seine Zunge die gesamte Länge des Rückgrats an. Die Augen öffnend, sah er ein reiches Gewimmel von lichtdurchwobenen Flächen, die Marsvegetation oder Mehltau unter dem Mikroskop sein mochten.

Ein Wunder, sie schien sich zu bewegen. In Erwiderung. Sie tat es. Sie hob die Hüften, um seiner Zunge das Eindringen zu erleichtern. Er vermutete, daß sie ihm was vorspielte. Er war bereit zu glauben, daß er seine spröde, rechnende Geliebte erregen konnte: Er war ein Astronom, sie seine Statistikerin, und wenn sie ihren Arsch zu seinem Gesicht herumschwänge, würden dessen ausgebreitete feuchte Hälften sein Bewußtsein überschwemmen wie eine Sternkarte beider Hemisphären, nicht nur der Sterne, die man sah, sondern auch der südlichen Konstellationen – Lupus, Phoenix, Fornax. Aber diese wächserne Straßenlilie war gewiß weit entfernt von ihm, eine andere Galaxie. Doch das Mädchen hob ihr Becken und ließ es rotieren und seufzte eindrucksvoll. In allem sonst war sie so ausdruckslos und versagend gewesen, daß er daran zweifelte, daß sie ihm das jetzt vorspielte. Der Gedanke, daß es ihr Spaß machte, lud zur Grausamkeit ein, wie ein sauberes Laken zum Zerknittern einlädt. Sein Schwanz wurde zu einer Waffe, jenseits des Fußendes fühlte er ihn schwellen, der Luft mehr Oberfläche bieten. Ed zog sich hoch, er war immer noch betrunkener, als er sein sollte, sein Kinn war naß von ihr, und er fragte: «Sagtest du nicht, du würdest es mir französisch machen?»

Wie bei einem abrupten Erwachen schien Ann ihren Körper als schwer zu empfinden. Sie stemmte ihr Gewicht mit den Armen hoch, während er sich in der warmen Mulde streckte, die sie in dem engen Einzelbett hinterlassen hatte. Sie strich sich das Haar aus den Schläfen. Sie richtete den härter gewordenen Schwanz mit den Fingern auf und beugte den Mund über die Eichel. Ihre Lippen formten sich zu einem tonlosen «oh», als er emporstieß. Mal war ihr Kopf innerhalb, mal außerhalb der Lichtwolke. Sie bewegte ihren Mund so schnell und gnadenlos auf und ab wie vorher die Hand; mit schläfriger Verwunderung sah er zu und fragte sich, welches Lehrbuch sie wohl gelesen hatte. Der lausige Einfall, daß sie diesen Dienst aus einem Handbuch gelernt hatte und ihn mechanisch ausübte, eine Anwendung von rein äußerlichem Wissen ohne jede Begeisterung für das andere Geschlecht, wie es Eros sonst blindlings verleiht, erregte ihn, so daß er trotz des routinierten Blasens seiner Pädagogin die Erektion beibehielt. Wie oft pro Woche machte sie das? Trostlos, doch nachsichtig sah er seinen Schwanz als ein Produkt. Massenproduktion und Massenkonsum auf einige wenige monotone Weisen.

Armes liebes Kind. Mit ferner Zuneigung ließ er seine Fingerspitzen zu einer ihrer Brustwarzen driften und dem sympathi-
schen Auf- und Untergang folgen; so folgte Kopernikus der
rhythmischen Strahlung von Jupiters rotierenden Monden.
Hart und klein und perfekt und glänzend und kühl, ihre
Warze. Ihre. Er begann, sich an sie zu gewöhnen, an ihre
Temperatur, ihre Textur, ihr Verhalten, ihren Puls, ihren
Speichel. Sein Schwanz glänzte, wenn ihr Profil ihn nicht verdunkelte. Für ihn glitt die Zeit vorüber, doch eine Uhr in ihrem Kopf teilte ihr mit, daß die zwanzig Dollar französisch
abgelaufen waren. Flink wie ein Fischer den zappelnden Fisch
ins Netz befördert, hob sie das Rund ihrer Lippen von seinem
Phallus, schnappte sich das Kondom vom Bettlaken, rollte es
wieder auf, streifte es über, schob sich rittlings darüber,
hübsch und gierig anzusehen in der Silhouette. Sie sagte – mit
einer Spur ihrer alten zischelnden, allzu geübten Dringlichkeit, jedoch durch irgend etwas nicht Geübtes, Junges, Expe-
rimentelles und wirklich Interessiertes im Ton verändert –,
«Wir versuchen's mal mit mir oben.» Vorsichtig ließ sie sich
herab, und er war in ihr. Wie durch Magnetismus hatten seine
Fingerspitzen nie ihre Brust verlassen.

«Das ist gut», sagte er, nur um etwas zu sagen, damit sie
sich nicht völlig allein fühlte.

Zusammen mit ihrem Körper bewegte sie ihre Fotze in
demselben gefühllosen Presto, das, folgerte er, das Tempo sein
mußte, das die meisten Männer gern haben; wie war er bloß
zu seinen trägen vollen Zügen und voyeuristischem Verweilen
verleitet worden? Zu viele vorbereitende Jahre, wahrscheinlich, der Phantasie und Masturbation.

Obwohl ihr Ficken einem Angriff gleichkam, hielt sein
Schwanz stand und seine hypnotische Berührung ihrer Brust
auch. Sie waren ein merkwürdig heiteres Boot, mit pulsender
Maschine, und hätten auf ewig so durch die glühenden braunen Nebel der Stadtnacht gleiten können. Wiederum, um sie

wissen zu lassen, daß sie mit dem mechanischen Problem, für dessen Lösung sie bezahlt wurde, nicht völlig allein war, tätschelte und hob er mit der anderen Hand ihren Hintern. Er dachte, *seit Jahren habe ich keine so junge Frau mehr gefickt*, und wußte, er war durch. Die Schleuse hatte sich gehoben, der höchste Punkt des Passes war erreicht, nun ging es nur noch abwärts, er mußte kommen. Das Mädchen sprang jetzt geradezu, aus der Hocke, in die Hocke. Ihre Stiefel rieben an seinen Flanken, ihr Haar schwang wie ein Mop, ihre Haut war kühl wie die einer Schlange: Macht nichts, gleich würde er kommen, er würde es ihr geben, das Geschenk, zu dem wir gemacht sind, das Überfließen des Schaums, um dessentwillen das Universum existiert.

Sie preßte tief. Sein schläfriger Schwanz gab einen kleinen zittrigen Traum von sich. Keine Springflut, aber deutlich und für einen Betrunkenen triumphal. Ihre Schultern und ihr Gesicht waren über ihm, so dunkel wie die Madonna auf der Ikone dunkel ist in jenem russischen Film, wo der verdammte Held zu beten versucht.

Aber ihre Dunkelheit enthielt ein Lächeln. Sie hatte ihn zum Kommen gebracht. Sie war über ihm wie eine säugende Mutter, befriedigte und stolze Dunkelheit, die gefordert worden war und nicht versagt hatte.

«Oh, danke», sagte er. «*Danke*. 'tschuldige, daß ich dich so sehr hab arbeiten lassen. 'tschuldige den ganzen Aufwand. Normalerweise komme ich wie der Blitz.»

Sie zweifelte nicht einmal daran. Es gab keinen Weg, aus ihrer Klasse der sexuell Defekten aufzusteigen. Hatte er nicht tatsächlich bewiesen, daß nur die geduldigste Handarbeit seine Aufnahme herbeiführen konnte, und sei's auch nur in die Klasse der Schwächsten? Mit einem zarten befreienden Ruck löste sie ihre Schenkel von den seinen – eine Gigantin, die auf Knien durch Morast watet. Ein neues Gefühl sagte ihm, daß sie nicht seinen Samen mit sich davontrug wie eine

Ehefrau; vielmehr hatte sie ihn mit ihm versiegelt, klebrige Konsequenz. Er hielt es für unter seiner Würde, den Präser abzuziehen. Sie hatte in ihm eine gewisse Feindschaft entfacht gegen das dritte Mitglied ihrer Party; die zentrale, wenn auch schweigende Gegenwart im Zimmer – sein eigenwilliger schmollender Schwanz. Schmor in deinem eigenen Saft.

Auch Ann machte auf faul. Statt loszustapfen, sein enges Bett zu verlassen, legte sie sich mitsamt ihren Stiefeln neben ihn. Er spürte, warum: Es war warm hier und abgeschlossen, und da sie ihn jetzt kannte, hatte sie keine Angst vor ihm. Er fragte sie: «Mußt du nicht wieder auf die Straße?» Er kicherte, als ob der Witz immer noch auf ihn ginge. «Und weg von diesen schrecklichen aushäusigen Ehemännern», fuhr er fort, «die zu betrunken sind, um anständig zu ficken?»

Sie mißverstand ihn, betrachtete ihn weiterhin als Eroberung. Lächerlich in ihrer gestiefelten Nacktheit kuschelte sie sich gegen ihn und sagte mit jener zischelnden Flüsterstimme, in der sie immer ihre Vorschläge vortrug: «Wenn du mich ausreichend bezahlen würdest, könnte ich die ganze Nacht bleiben. Ich wette, du hast nicht genug Geld bei dir, damit ich die ganze Nacht bleiben kann?»

«Genau das wette ich auch», sagte er nüchtern.

«Noch dreißig drauf, und du hättest mich überredet.» Hatte sie in seine Brieftasche geguckt?

Er rechnete: Wenn der Alkohol sich verzog und er einige Stunden Schlaf bekam, brächte er noch einen Fick zustande; aber sie dann im Morgenlicht, mitten zwischen geschäftigen Frühstücktabletts und Reisegepäck hinauszulotsen, schien ihm ein gefährliches Vorhaben. Er wußte von den Männern im Fahrstuhl, daß sie wie eine Hure aussah. Mit ihr in diesem engen Bett würde er schlecht schlafen und sich durch den Rest des Tages quälen. Es lohnte nicht. Er sagte zu ihr: «Ehrlich, ich hab keine dreißig mehr. Ich habe gar nichts mehr.»

Er blickte auf ihr Gesicht herab während der Sekunden, die sie brauchte, um zu begreifen, daß sie abgewiesen wurde. Jetzt fürchtete er, sie würde anbieten, gratis zu bleiben. Sie setzte sich hoch. Er setzte sich zu ihr auf die Bettkante. Sie wedelte mit der Hand, als wollte sie seinen eingeschrumpften Penis berühren (aber sie berührte ihn nicht), der den baumelnden weißen Verhüter wie eine altmodische Schlafmütze trug. *Und Mutter im Kopftuch und ich mit der Mütze...*

Sie fragte: «Willst du das als Souvenir behalten?»

Er fragte: «Willst du ihn zurück?»

«Nein, Ed. Du kannst ihn behalten.»

«Danke. Ich sage dauernd ‹danke› zu dir, ist dir das schon aufgefallen?»

«Ist mir nicht aufgefallen.» Sie stand vor ihm mit einem Hintern, so makellos wie parischer Marmor. «Macht es dir was aus, wenn ich vor dem Gehen noch deine To benutze?»

«Nein, ganz und gar nicht. Bitte.»

«Will dich nicht um deinen Schönheitsschlaf bringen.» Aber sogar dieser mildeste Anschein einer Kränkung aus ihrem Munde mußte unprofessionell geschmeckt haben, denn sie bereute sofort, und indem sie noch mal auf die Umhüllung seines Schwanzes wies, bot sie an: «Soll ich das Ding für dich wegspülen?»

«Nein. Es gehört mir. Ich will es behalten.»

Sie suchte einige Kleidungsstücke zusammen, und er bedauerte hinterher, daß er sich nicht die letzten Posen ihres nackten Körpers ins Gedächtnis geprägt hatte. Aber der immer noch wirksame Alkohol überschwemmte ihn mit Leere, die erst beim sanften Zuschlagen der Badezimmertür verebbte. Behutsam zog er das Kondom ab und hielt es wie ein Pendel, während er überlegte, wo er es hintun könnte. Zu Hause war er überempfindlich bei Wein- und Wasserrändern auf den Möbeln; aber hier stieß er auf der Suche nach einem Untersetzer nur auf einen Aschenbecher. Er nahm die

Streichhölzer heraus und legte die Hülle hinein. Sie nahm sich Zeit im Bad. Er griff sich den Blake und versuchte, dort weiterzulesen, wo er aufgehört hatte. Er konnte die Stelle nicht finden, statt dessen wurde sein Blick durch die Typographie auf folgende Verse gelenkt:

> *In Finsternis, in Morgensonne*
> *Werden Menschen geboren zu süßer Wonne,*
> *Werden Menschen geboren zu süßer Wonne,*
> *Werden Menschen geboren zu nächtlicher Pein.*

Was machte sie im Bad? Hörte er sie gurgeln und spucken? Er las weiter, weitere Zeilen, die ebenfalls allzu schlicht schienen:

> *Wir werden verführt, der Lüge zu glauben,*
> *Wenn wir nicht sehen mit unseren Augen,*
> *Die, zur Nachtzeit geboren, mit der Nacht vergehen,*
> *Und die Seele schläft, ohne das Licht zu sehen.*

Er verstand das nicht, auch nicht, warum Blake sich nicht die Mühe gemacht hatte, die Verse zu skandieren. Sie kam wieder aus dem Bad und trug außer den roten Stiefeln ihren antiseptisch weißen BH und den Maxirock, dessen Farbe (Holzkohle) er vorher nicht wahrgenommen hatte. Sie blickte sich suchend nach ihrem Pullover um; er entdeckte das Magentarot am Fußende des Bettes und hielt es ihr hin mit einer Höflichkeit, die seiner völligen Nacktheit spottete. Sie nahm den Pullover ohne ein Lächeln und zog ihn sich über den Kopf. Sie brauchte mehr Spaß im Leben; in einer besseren Welt hätte seine Aufgabe sein können, ihr graues Klassenzimmer mit einem oder zwei Witzen aufzuheitern. Ungeschickt griff sie hinter sich; er flitzte um sie herum und zog den Reißverschluß hoch, bedeckte die drei Halswirbel und den schwach schimmernden Flaum. Freundlich fragte er: «Soll ich mich anziehen und dich aus dem Hotel begleiten?»

«Nein, Ed. Ich finde meinen Weg schon. Ist schon in Ordnung.»

«Ganz allein?»

Sie tat ihm nicht den Gefallen, zu sagen, daß sie immer allein war.

«Die Vorstellung, daß du jetzt wieder an dieser kalten Ecke rumstehen mußt, wo ‹Massagesalon› dransteht, ist mir äußerst unangenehm.»

Auch eine Antwort hier hätte nur bedeutet, sein Spiel mitzuspielen.

Er zog es vor anzunehmen, daß sie unbedingt auf die Straße zurück wollte, zu anderen, die stärker und potenter waren als er. Du Hure. Du arme, häßliche Hure. Du liebst mich nicht. Ich lieb dich nicht. «Was machst du tagsüber?» fragte er.

Daß sie antwortete, war genauso überraschend wie ihre Antwort: «Auf mein Kind aufpassen.»

«Du hast ein Kind?» Sein Gefühl für sie machte eine Revolution durch. Jene kleinen harten Warzen hatten Milch gegeben; diese frische Fotze hatte einen Babykopf passieren lassen.

Sie nickte. Das Klima um sie herum war dasselbe wie vorhin, als sie «Zweiundzwanzig» geantwortet hatte. Ein zentrales Geheimnis war ihr entrissen worden. Von den vielen möglichen Fragen lautete die eine, die er mit dümmlicher Besorgnis stellte: «Und wer paßt jetzt darauf auf?»

«Ein Babysitter», sagte Ann.

Welche Hautfarbe hatte der Babysitter? Welche das Kind? Welche Schulen sollte es später besuchen? Wann gehst du in die Bibliothek zurück? Wie kommst du aus dem Ganzen wieder raus? Wie ich? Er sagte: «Dein Geld. Wir müssen dir noch dein Geld geben.»

Er ging hinüber zu seiner Hose und zog die Brieftasche zu schnell aus der Tasche; der erste Anflug eines Katerkopfschmerzes kam mit der Bewegung einher. «Dreißig», sagte er, indem er die Zehner hinblätterte, um sich zu stabilisieren, «und dann dreißig drauf für noch eine Stunde und zwanzig für französisch. Richtig? Und jetzt noch zehn für den Babysitter. Macht neunzig. Okay?» Als er ihr die Scheine gab, prüfte er ihr Lächeln; es war nicht jenes breite Lächeln, das sie ihm vor der Toreinfahrt entgegengebracht hatte. Ein Extra-Zehner hätte es strahlender machen können, aber er hielt ihn zurück und sagte statt dessen, um einen Widerspruch von ihr zu hören: «'tschuldigung, daß ich so ein schwieriger Kunde war.»

Sie erwog die Antwort bedächtig; sie machte sich das Notengeben nicht leicht. «Du warst kein schwieriger Kunde, Ed. Ich hatte viel schlimmere, glaub mir. Viel schlimmere!»

Ihr Verweilen auf diesem Gedanken irritierte ihn, denn es klang wie eine Bitte um Mitleid.

«Rein, raus und fertig, was?» sagte er.

Der Spruch schien nicht anzukommen; vielleicht war er, als sie zur High-School ging, schon aus der Mode gekommen. Sie hob den Rock und steckte die geknickten Scheine in einen der Stiefel. Die Stiefel waren ihre Bank. Kein Wunder, daß sie sie nicht ausziehen wollte. Dennoch hatte sie, indem sie sie anbehielt, in ihm eine potentielle Schönheit bewahrt – in ihm und ihr zusammen, nackt. «Ich stelle mir höchst ungern vor», sagte er, «daß du den ganzen Korridor allein gehen mußt.»

«'s wird schon gehen, Ed.» Die Art, wie sie ihn ständig bei seinem falschen Namen nannte, war quälend geworden. Als sie ihren schweren, alles verhüllenden Mantel überzog, schienen ihre Bewegungen durch die ihr immer noch nachhängende Vorstellung, er würde sich erweichen lassen und sie bitten, die Nacht über zu bleiben, langsamer zu werden.

Nackt schlüpfte er an ihr vorbei zur Tür. Im Vorüberhuschen atmete ihr Mantel das Frösteln von draußen auf seine Haut. «Okay, Ann. Das war's. Vielen Dank. Du bist großartig.»

Sie sagte nichts, verriet bloß eine gewisse Anspannung – die lange Nase wachsweiß, die Augenlider grün wie Pfefferminzlikör –, während sie darauf wartete, daß er die Tür öffnete. Als er die Hand nach dem Türgriff ausstreckte, erschien sie ihm wie ein Wunder, ein verzwicktes Wunder aus Knochen und Muskeln und beseelendem Geist. Ein Abgrund von Verlust offenbarte sich in dem Wunder einer solchen Anatomie. Ihr Körper, atemlos und nah, hatte an dem Wunder teil, dennoch, da er begierig war, zu schlafen, sich abzukapseln, konnte er an nichts anderes denken, als diesen Körper, diese Person wegzuschicken.

Das Drehen und Anschlagen des Türknaufs klang wie der Knacks eines brechenden Knochens. Er öffnete die Tür weit genug, um feststellen zu können, ob der Korridor leer war, doch während er noch Ausschau hielt, stieß sie an ihm vorbei in den Flur. «He», sagte er, «Wiedersehen!» Vergib mir, hilf mir, verehre mich, beschütze mich, vergiß mich, nimm mich mit dir auf die Straße.

Ann wandte sich überrascht um, pflichtschuldig. Aus der Ferne flüsterte sie «tschüs!» und schenkte eine Hälfte ihres breit geschlitzten Lächelns, jene Hälfte, die noch nicht auf die Zukunft gerichtet war. Mit der ihr eigenen Schnelligkeit, wie aus der Pistole geschossen, bog sie um die Ecke und war verschwunden. Ihre Schritte auf dem Hotelteppichboden hinterließen keinerlei Rückzugsgeräusche.

Ed schloß die Tür. Er legte die Sicherheitskette vor. Er trug den Verhüter vom Aschenbecher ins Bad, wo er ihn mit Wasser füllte, um zu sehen, ob er leckte. Der Gummi hielt, wenngleich er zu einem vanillefarbenen Ballon anschwoll, in dem das Wasser schwappte wie eifriges Leben in einer Plazenta. Gutes Mädchen. Faire Partnerin. Er hatte ihr kein Baby, sie ihm keine Geschlechtskrankheit verpaßt.

Was sie ihm kaum wahrnehmbar gegeben hatte, war Tod. Sie hatte Sex endlich gemacht. Bis jetzt war es immer zuviel gewesen, größer als das ganze System, ein Empyreum, so absolut wie jene ersten jugendlichen Orgasmen, als seine Hand seine Seele durch Wonneschauer führte, so dicht wie Goldbarren. Jetzt endlich, mit Vierzig, blickte er durch, sah in die Räume zwischen den Sternen. Er ließ das Wasser aus dem Kondom laufen und nahm es mit sich aus dem Badezimmer, und am Morgen fand er es wieder, trocken wie eine Schote, wo er es hingelegt hatte, oben auf dem Schreibtisch, zwischen den anderen Weihnachtsgeschenken.

Der Mann,
der ausgestorbene
Säugetiere liebte

Sapers lebte ziemlich konturlos in einer Stadt, die keinen Namen haben soll. Es war ein Zeitpunkt in seinem Leben, zu dem er zwar viele Verpflichtungen hatte, aber keine bindenden. Demgemäß besaß er viel freie Zeit, und irgendwie füllte nichts sie besser aus als die Sichtung ausgestorbener Säugetiere. Lebende Spezies verursachten ihm Asthma, und die Dinosaurier waren schon abgeklappert; aber dazwischen lag eine wunderbare mittlere Welt klobiger, trampelnder, behaarter, milchgebender Kreaturen, die von der Erdoberfläche verschwunden waren. In der Regel waren sie groß: «Während dieser frühen Perioden», schreibt Harvey C. Markman in seiner Schrift ‹Fossile Säuger› (herausgegeben vom Naturkunde-Museum in Denver), «gingen viele der Säugetiere auf Grund ihrer Übergröße und Absurdität ein.» Zum Beispiel das *Barylambda*. Es war fast zweieinhalb Meter lang und halb so hoch. Es hatte einen kurzen Kopf, breite Hufe, muskulöse Beine und einen sehr kräftigen Schwanz. «Es vereinigte» – um wieder Markman zu zitieren – «viele anatomische Besonderheiten in sich, die aber zusammengenommen wenig Überlebenswert besaßen. Man könnte von dieser Spezies und ihren Aberrationen sagen, daß sie sich auf zu vielen Gebieten zu spezialisieren suchten und deshalb kaum Fortschritte in die wichtigere

Richtung machten.» Am Ende des Paläozoikums war es dann ausgestorben. «Wer sollte so ein Geschöpf nicht lieben?» fragte sich Sapers.

Und wer vermag zu sagen, was eine «wichtige Richtung» ist?

Das *Barylambda* war ein Paarhufer, was soviel bedeutet wie «Klumpfüßler». Diese Ordnung (oder Unterordnung) der Huftiere hatte, wie Sapers aus Webster's Lexikon erfuhr, «ein sehr kleines glattes Gehirn». Das «klein» war zu erwarten, das «glatt» überraschte. Es war nett. Der Mann, der ausgestorbene Säugetiere liebte, ärgerte sich über die Weise, wie Markman an den Paßgängern herummäkelte; nichts an ihnen, am wenigsten Hufe und Zähne, war ihm spezialisiert genug. Man konnte Markman förmlich seufzen hören, wie den grimmigen Lehrer einer Klasse von Dummköpfen, als er schrieb: «Zumindest eine Familie der Paßgänger muß noch erwähnt werden: die *Uintatheres*. Im späten Eozoikum hatten einige dieser grotesken Kreaturen die Größe von Zirkuselefanten angenommen. An den Seiten ihres Kopfes und auf der Stirn hatten sie drei Paar knochenartige Auswüchse, die Hörnern ähnelten...» Auf der beigegebenen Fotografie des Schädels eines *Uintacolotherium* sahen die knochenartigen Auswüchse wie Kunst aus, wie von Arp. Jedenfalls kamen sie Sapers nicht sonderlich grotesk vor, man mußte sie nur mal vom Standpunkt der Überlebensfähigkeit betrachten anstatt von unserem, dem Standpunkt des Menschen mit seinem riesigen, rauhen Gehirn. Sapers schloß die Augen und versuchte, sich den Auswahlprozeß vorzustellen, durch den die kleine Knospe eines knochenartigen Auswuchses einen winzigen Vorteil erlangte, eine Nasenlänge voraus war im Zweikampf, bei der Nahrungssuche oder bei der Fortpflanzung, was jene Ausartung von Generation zu Generation begünstigen würde. Er hatte es schon fast vor sich – eine Art platonisches Ideal, das auf den Uintathere-Fötus drückte, indem es die Uintathere-

Milch genetisch einfärbte –, als neben ihm das Telefon schrillte.

Es war Mrs. Saper. Ihre Stimme – lebendig, verletzbar, kläglich, seine – stieg aus irgendeiner tiefen Vergangenheit zu ihm empor. Sie erzählte ihm, nicht einmal uninteressant, von ihrem Tagesverlauf, ihren Depressionen, ihren Schwierigkeiten. Die Tochter hatte eine Mathearbeit verpatzt. Der Ölbrenner benahm sich merkwürdig. Männer wollten Rendezvous mit ihr. Ein Mann hatte im Kino ihre Hand gehalten, und ihr Magen hatte sich umgedreht. Was sollte sie tun?

«Sei du selbst», riet er ihr. «Tu, was dir natürlich erscheint. Ruf den Heizungsmann an. Sag Dorothy, ich werde ihr bei der Mathematik helfen, wenn ich Samstag zu Besuch komme.»

«Wenn ich ein Gewehr hätte – manche Nacht könnte ich mich erschießen.»

«Deshalb gibt es ja auch Waffenscheine», sagte er beruhigend und fragte sich sogleich, warum sie nicht beruhigt war.

Denn sie begann ins Telefon zu weinen. Er versuchte, ihrer Argumentation zu folgen, gewann aber nur den schattenhaften Eindruck, daß sie ihn liebte, was er, von früheren Feldstudien als ihr Ehemann her betrachtet, für einen falschen Eindruck hielt. Dennoch, was konnte er jetzt noch tun? «Nichts», schnappte Mrs. Saper und fügte hinzu: «Du bist grotesk.» Dann legte sie auf, mit jener stoischen Eleganz, die sie immer noch besaß und er immer noch bewunderte.

Die Zitzen, las er, sind spezialisierte Schweißdrüsen. Ein Haar ist eine spezialisierte Schuppe. Wenn sich der Körper eines Säugetiers zu sehr erhitzt, stellen sich die Haare einzeln auf, damit Luft an die Haut gelangt. Das bizarre *Arsinoitherium*, auf den ersten Blick wie ein Rhinozeros, aber anatomisch eine Klasse für sich, könnte entfernt mit dem kleinen, pelzigen Klippdachs verwandt sein, der in einigen Winkeln Asiens und Afrikas anzutreffen ist. Der Säbelzahntiger war wahrscheinlich weniger intelligent als eine Hauskatze. Sein «Messerzahn» *(smilodon)* entwickelte sich, damit er andere übergroße Säugetiere zur Strecke bringen konnte, er hätte kein Kaninchen damit festhalten können. Kaninchen gibt es schon seit langem – obwohl natürlich längst nicht so lange wie Krokodile und die Hufeisenkrabbe. Sapers dachte an jene Säbelzähne und an die schwach überkronten Backenzähne des Mastodons mit einer einzigen Schicht Zahnschmelz darüber, die durch die stark überkronten Backenzähne des Mammuts ersetzt wurden, die sich nie abnutzten, weil der Zahnschmelz auf senkrechte Platten verteilt war, und er versuchte, sich den Zahn auf halbem Wege vorzustellen, oder auch die evolutionären Schritte zum Walfisch, und auf angenehme Weise kam er zu dem Schluß, daß der Wal und der Bär und der Mensch späte, späte Modelle sind, *Arrivisten* in der Fossil-Geschichte. Was hat ein Bär an sich, daß wir ihn lieben? Seine flachen, archaischen Tatzen. Die Paarhufer sind wieder da. O Freude! Eine hauchzarte Botschaft zeichnete sich ab, die Sapers schon fast entziffern konnte, ein Graffito, das auf die zerbröckelnde Wand der Zeit eingeritzt war. Seine Geliebte rief an, die Wand ging zu Bruch.

Sie liebte ihn. Jedenfalls sagte sie das. Er sagte es ihr *vice versa*, indem er sich ihren jungen Körper vorstellte, ihre länglichen Schenkel, ihren kleinen glatten Kopf und die Mähne ihres Haars, ihr Rückgrat, ihren wiegenden Gang, und sich fragte, ob nicht sein Körper mittleren Alters daran zerbrechen könnte, daß er solch ein Wunder befriedigen wollte. Sie erzählte ihm von ihrem Alltag, ihrer Langeweile, ihrem langweiligen Job, ihrer Angst, daß er zu seiner Frau zurückkehren könnte.

«Warum sollte ich das tun?» fragte er.

«Du hältst mich für zu grob. Das macht mir solche Angst.»

«Du bist nicht besonders grob», beruhigte er sie. «Aber du *bist* jung. Ich bin relativ alt. Ich sterbe eigentlich schon. Hättest du nicht gern einen netten jugendlichen Liebhaber mit einem einzigen knorpligen Horn, wie ein zeitgemäßes Rhinozeros, eins der wenigen unpaarzehigen Huftiere, die überlebt haben?»

Er wollte sie ablenken, sie aber bestand auf ihrer Liebe, und bei jeder Erklärung ächzten seine Knochen. Rhinozerosse, erfuhr er, als sie sich endlich genügend an dem Problem ergötzt und aufgelegt hatte, waren von den Anlageberatern in Sachen Überlebensfähigkeit mit allzu schrankenloser Begeisterung gestützt worden. So hatten einige Spezies den Umfang von mehreren Elefanten angenommen. Es hatte Lauf-Rhinozerosse gegeben – «langbeinig und ziemlich schlank» – und Amphibien-Rhinozerosse, doch keines davon war der Vorfahr des «echten» Rhinozerosses gewesen; diese Ehre fiel dem hornlosen *Trigonias* zu, von gemäßigter Statur bei «stämmigem Körperbau», mit vierzehn Zehen und «sehr konservativer» (Sapers hörte förmlich Markmans ungeduldige Seufzer) Bezahnung.

Was *soll* dieses Vorurteil zugunsten des Fortschritts? Die Schwierigkeit mit seiner Geliebten, fand Sapers, bestand darin, daß sie sich zu erfolgreich spezialisiert hatte, zu ausschließlich Geliebte war, vollkommen, doch zerbrechlich, wie die Fessel eines Pferdes, die in Wahrheit noch halb zum Fuß gehört, der sich gestreckt und verschlankt hat und an der Spitze einen erstaunlichen Zehennagel trägt. Das kleine *Eohippus* dagegen, gedrungen wie ein Waschbär in seinen Wäldern aus saftigen weichen Blättern, und sogar *Mesohippus*, obschon groß wie ein Collie, behielten noch drei Zehen eines jeden Fußes auf der Erde. *Eohippus*, so schien es Sapers, war wie ein kleiner verstohlener Wunsch, der sich aus dem Dunkel des Herzens in eine große, hufklappernde widerspenstige Wirklichkeit entwickelte.

Seine Frau rief wieder an. Durch die Äonen ihres Zusammenlebens hindurch hatte sie psychische Protuberanzen entwickelt, die seinen Verstand durchdrangen und umfaßt hielten. «Es tut mir leid, wenn ich dich dauernd in deiner wunderbaren Ruhe störe», sagte sie in solcher Weise, daß er ihr die Besorgnis um seine Ruhe glaubte, obwohl sie doch gerade sarkastisch darin einbrach, «aber ich bin mit meinem Latein am Ende.» Und er glaubte auch das, obwohl er wußte, daß sie Verzweiflung in sich mobilisieren konnte als Waffe, als hakenförmige Kralle, als Stoßzahn. Vielleicht hätte sie nicht hinzufügen sollen: «Ich habe es schon zweimal vorher versucht, aber es war immer besetzt»; doch auch dieses Einschüchtern begriff er als Mitleid heischend, denn ihre Eifersucht war gerechtfertigt und Teil ihrer Hilflosigkeit, da ja alle Organe sich synchron entwickelten. Sie berichtete, daß ihr alter Hund wohl jetzt sterben würde; er fraß nicht mehr und schlich dauernd in den Wald, und sie und ihre gemeinsame Tochter brachten dann Stunden damit zu, nach ihm zu rufen und zu suchen und die arme Kreatur nach Hause zu locken. Sollten sie den Hund in den Wagen packen und ihn zum «Einschläfern» zum Tierarzt bringen?

Sapers fragte seine Frau, was ihre Tochter dazu meinte.

«Ich weiß nicht. Ich geb sie dir mal.»

Das Kind war vierzehn.

«Hallo, Daddy.»

«Hallo, Süße. Hat Josie viel Schmerzen?»

«Nein, sie ist bloß wie betrunken. Sie steht in der Pfütze der Garagenzufahrt und guckt in den Himmel.»

«Sie scheint irgendwie glücklich, oder? Wessen Idee war es denn, sie zum Tierarzt zu bringen?»

«Mamis.»

«Und was meinst du?»

«Josie machen lassen, was sie möchte.»

«Das glaub ich auch. Warum laßt ihr sie nicht einfach im Wald bleiben?»

«Es fängt grad an zu regnen, und sie wird ganz naß.» Und

die Stimme des Kindes, bis zu diesem Punkt so schlicht und vernünftig, geriet ins Stocken, Tränen kündigten sich an, Vorboten ewigen Verlusts; schon bog die grelle Parade ewigen Verlusts mit Zimbelklängen und triumphierenden Posaunen um die Ecke und war drauf und dran, in ihren Verstand einzudringen. Bleib ruhig, sagte sich Sapers. Eins nach dem anderen.

Er sagte: «Dann bring sie mit ein paar Zeitungen und einer Schale Wasser ins hintere Zimmer. Rede mit ihr, damit sie sich nicht einsam fühlt. Bring sie nicht zum Tierarzt, solange sie keine Schmerzen zu haben scheint. Sie hatte immer Angst vorm Tierarzt.»

«In Ordnung. Willst du Mami noch mal sprechen?»

«Nein. Süßes? Es tut mir leid, daß ich nicht da bin, um euch beizustehen.»

«Ist schon in Ordnung.» Ihre Stimme wurde unbestimmt, dünn und glatt. Sie wollte auflegen.

«Oh, und noch etwas. Kleines?» rief Sapers aus der Ferne.

«Jaha?»

«Verpatz deine Mathearbeiten nicht mehr. Es macht Mami wütend.»

Gigantische und bizarre Säugetierformen gab es noch lange nach dem Erscheinen des Menschen. Das komplette Skelett eines gewaltigen Mammuts, *Archidiskodon imperator*, das im Naturkundemuseum von Denver ausgestellt ist, wurde zusammen mit einer Speerspitze gefunden. Neandertaler stapelten in obskurer, religiöser Absicht säuberlich die Schädel des *Ursus spelaeus*, des großen Höhlenbären, übereinander. Sogar das unglaubliche *Glyptodon*, ein gepanzertes Säugetier, das nach Größe und Form einem Käfer-Volkswagen glich, prustete vor lediglich zehntausend Jahren durch die südamerikanischen Pampas, durchaus spät genug, um von den wachsamen, braungesichtigen Ahnen der kraftlosen Inka-Könige bemerkt zu werden. Und wer weiß schon, wer Zeuge des flüchtigen Lebens von *Stockoceros* war, der vierhörnigen Antilope? Oder Zeuge von *Syndyoceras*, einem dem Rotwild ähnlichen Wiederkäuer mit zwei Paar Hörnern, davon eins genau in der Mitte des Gesichts? Von *Oxydactylus*, dem Giraffen-Kamel? Von *Daphoenodon*, dem Bär-Hund? Von *Diceratherium*, dem kleinen Rhinozeros, oder *Dinohyus*, dem enormen Schwein? Wieder und wieder fand Sapers in den Annalen dieser Geschöpfe mysteriöses Verschwinden, unerklärten Abgang. «Am Ende des Pliozoikums waren alle amerikanischen Rhinozerosse ausgestorben oder in andere Erdteile abgewandert.» «Nachdem die Familie der Pferde in Nordamerika so erfolgreich existiert hatte, ... findet ihr Verschwinden aus dieser Hemisphäre keine plausible Erklärung.»

Sapers blickte sich in seinem Apartment um. Mit Genugtuung sah er, daß es außer ihm nichts Lebendes hier gab. Keine Haustiere, keine Pflanzen. Entdeckte er Küchenschaben, brachte er sie um. Aber für ihn selbst hatte dieser Ort eine archaische Reinheit. Das Atmen war leicht hier.

Das Telefon klingelte. Es war seine Mutter. Er fragte: «Wie geht's dir?» und erhielt eine detaillierte Antwort – Brustschmerzen, Neuralgien, Kurzatmigkeit, eingeschlafene Glieder. «Was kann ich daran ändern?» fragte er.

«Du kannst aufhören, mir eine geistige Last zu sein», antwortete sie prompt mit einer Munterkeit, dachte er, die mit ihrem körperlichen Verfall nicht vereinbar schien. «Du kannst zum Beispiel zu deinen Lieben zurückgehen. Du kannst ein guter Junge sein.»

«Ich *bin* ein guter Junge», argumentierte er. «Alles, was ich tue, ist in meinem Zimmer sitzen und lesen.» Solch ein Verhalten hatte ihr einst gefallen; jetzt tat es das offenbar nicht mehr. Sie seufzte, wie Markman über ein *Uintathere*, und wechselte geringfügig das Thema.

«Wenn ich plötzlich dahinscheide», sagte sie, «mußt du sofort herkommen und auf die Antiquitäten achten. In der Nachbarschaft geschehen augenblicklich schreckliche Dinge. Beim Tod von Mrs. Peterson haben sie einen Lastwagen bis direkt vor die Tür gefahren, und als die Tochter aus Omaha angeflogen kam, fand sie ein leeres Haus. All das kostbare Spode-Porzellan und der Eckschrank gleich mit.»

«Du stirbst nicht plötzlich», hörte er sich sagen; es klang wie ein Rüffel, obwohl er es zu ihrer Beruhigung gemeint hatte.

Nach einer Pause fragte sie: «Gehst du noch ab und zu in die Kirche?»

«Nicht so oft, wie ich sollte.» ... *keine plausible Erklärung.*

«Alle hier bei uns beten für dich», sagte sie.

«Alle?» *Einfach in andere Erdteile abgewandert.*

«Letzte Nacht habe ich kaum eine Stunde geschlafen», sagte seine Mutter, «weil ich an dich dachte.»

«Bitte, hör auf damit», bat Sapers. Als das Gespräch zu Ende war, blieb er nachdenklich sitzen. Wir alle sind, alle Lebenden sind Zeitgenossen des aussterbenden Wals, des Florida-Lamantin, des Bengalischen Tigers, des schreienden Kranichs.

Er fühlte sich wie ein Asthmatiker. Die Seiten über ausgestorbene Säugetiere erstickten ihn mit ihren unzähligen belanglosen, jämmerlichen Tatsachen. *Amebelodon*, ein «Schaufelzähner», Fundort Nebraska, besaß einen sechs Fuß langen Unterkiefer mit zwei flachen Zähnen, die gerade daraus hervorragten. Wohingegen *Stenomylus* ein zartes kleines Kamel war. Warum ist der Kopf eines Pferdes so lang? Weil seine Augen für die Wurzeln seiner starkkronigen oberen Backenzähne Platz machen mußten. Aber sogar *Eohippus* besaß interessanterweise eine Zahnlücke. *Creodontes*, die primitivsten unter den fleischfressenden Säugetieren, bewegten sich auf platten Spreizfüßen; tatsächlich wirkte das ganze Tier, wie Sapers zugeben mußte, recht mittelmäßig durchkonstruiert im Vergleich zu Katzen und Hunden. «Die Insektenfresser indes haben nur die allergeringsten Fortschritte erzielt, in jeder Richtung» – in einem plötzlichen leichten Anprall von *Cathexis*, der sein Gewicht im Stuhl verschob, liebte Sapers die Insektenfresser; er schloß ihren formlosen, schamlosen, ängstlichen Archetypen in sein Herz. «Füße und Zähne verschaffen uns die meisten Informationen über die Lebensweise eines ausgestorbenen Säugers...» Natürlich, dachte Sapers. Sie tun weh.

Aufgaben

1. Obwohl A mit B schläft, träumt er nachts von C. C steht am äußersten Punkt oder (wenn man das Bild zweidimensional betrachtet) am Scheitelpunkt einer gekrümmten Auffahrt, vielleicht eine Traum-Strahl-Brechung der Zufahrt jenes Hauses, das einst ihr gemeinsames gewesen war. Ihre Figur, bekleidet mit einem tomatenroten Sommerkleid, wirkt, obwohl durch die Perspektive verkleinert, äußerst lebendig; der Kopf ist zurückgeworfen, die Hände sind in die Hüften gestemmt, und ihre Beine stehen weit und selbstbewußt auseinander. Sie stellt sich zur Schau, vielleicht lacht sie; er hat den Eindruck von intensiver weiblicher Vitalität, sein Gefühl ist Verlangen. Er erwacht besorgt. Der Schlaf von B neben ihm ist ungestört; sie ruht in der Gewißheit, daß A sie liebt. Tatsächlich hat er zum Beweis ihretwegen C verlassen.

AUFGABE: Wen hat er gründlicher betrogen, B oder C?

2. A lebt sieben Blocks von dem Waschsalon entfernt, zu dem er am liebsten geht. Er lebt 3,8 Meilen von seinem Psychiater entfernt, die durchschnittliche Fahrzeit zu ihm beträgt im dichten Nachmittagsverkehr 22 Minuten. Die normale Sitzung, inklusive vor- und nachtherapeutischen Geplauders, dauert 55 Minuten. Der normale Waschzyklus in dem Typ von Toplader, der vor allem in dem Waschsalon steht, dauert 33 Minuten. Der Psychiater und der Waschsalon liegen an derselben Ausfallstraße.

AUFGABE: Kann A auf dem Weg zu seinem Psychiater seine Wäsche in eine Maschine stecken und zurückkommen, ohne erleben zu müssen, daß seine nasse Wäsche gestohlen worden ist?

AUFGABE FÜR SONDERPUNKTE: Wenn der Termin beim Psychiater auf 15 Uhr angesetzt ist und die Länge eines Häuserblocks mit ⅛ Meile angenommen wird, und wenn A die beiden Reinigungsvorgänge in Serie schaltet, den Waschsalon als zweiten ansetzend, und wenn des weiteren der Trockenzyklus, den man für einen Vierteldollar (25 Cent) erstehen kann, eine Viertelstunde (15 Minuten) dauert, und die durchschnittliche Füllung zwei dieser Zyklen benötigt oder alles ist noch zu feucht und kann nicht nach Hause gebracht werden, ohne osmotisch die Brust des Trägers zu nässen: Um welche Uhrzeit wird A in der Lage sein, sich einen Drink einzugießen? Runde auf die nächste volle Minute auf.

Berechne die Zeit für zwei Drinks.

Berechne die Zeit für drei, mit einer nassen Brust.

3. A hat vier Kinder. Zwei sind auf dem College, zwei besuchen eine Privatschule. Die jährlichen Collegekosten belaufen sich auf je $ 6300, die für die Privatschule auf $ 4700. As jährliches Einkommen sei n. Drei Siebtel (³/₇) von n gehen drauf für kommunale und bundesweite Steuern. Ein Drittel (⅓) geht an C, die die Auffahrt ausbessern läßt. Die gesamten Ausbildungskosten entsprechen fünf Einundzwanzigstel (⁵/₂₁) von n. Die wöchentliche Ausgabe für den Besuch beim Psychiater beträgt $ 45, für den Besuch des Waschsalons $ 1,10. Zum Zwecke der Berechnung nimm an, dies seien As einzige Ausgaben.

AUFGABE: Wie lange kann A noch so weitermachen?
Runde auf die nächste volle Woche auf.

4. Der Preis für Kieselstein beträgt $ 13 pro Kubikelle. Eine
Lastwagenladung besteht aus 3¼ Kubikellen. Die Auffahrt
von C ist 8 Fuß 6 Zoll breit und beschreibt eine Ellipse, deren
Brennpunkte zwei 31 Ellen voneinander entfernt stehende
alte Croquetstangen sind. Eine senkrecht zur Verbindungs-
linie zwischen den Stangen gezogene Linie, die diese in der
Mitte teilt, trifft, so wie sie der Bauunternehmer abgeschritten
hat, die Begrenzung der Auffahrt in genau neun Schritten. Er
ist ein großer Mann mit Schuhgröße 12. Die durchschnittliche
gewünschte Dicke der Kieselstein-Lage einer Vorstadtauf-
fahrt, sagt er, betrage ein und einen halben Zoll (1½''). Ein
bißchen mehr, und man hat Berge und Täler; etwas weniger,
und es fehlt dieses köstlich knirschende Geräusch wie von
Murmeln, die in einer Kaffeekanne rollen.

Zusätzlich zu der Ellipse gibt es eine Gerade, die sie mit der
Pleasant Avenue verbindet. Die Länge dieser Geraden verhält
sich zum Radius der Ellipse wie $\sqrt{2}$ zu π.

Zu den Grundkosten pro Lastwagenladung kommen zusätzlich $ 10,50 die Stunde für den Fahrer, plus eines gelegent-
lich gratis und freundlich angebotenen Bieres à $ 1,80 pro
Sechserpack.

AUFGABE: Warum tut C dies alles?

5. As Psychiater glaubt, A erlebe Wachstum, meßbar in ge-
glückter psychischer Entfernung von C. Jedoch nach Tristans
Gesetz verhält sich Anziehungskraft umgekehrt proportional
zur Erreichbarkeit. Die Erreichbarkeit ist in etwa proportional zu der psychischen Entfernung.
Da eine psychische Masse M in ihrer augenscheinlichen Größe
durch die Perspektiven des Sich-zurückziehens reduziert wird,
nimmt ihre Anziehung durch Gravitation proportional zu. Es

gibt eine Kurve, nach der die Anziehung durch Gravitation stärker ist als die Vernunft, obwohl der augenscheinliche Anziehungspunkt, genau wie die augenscheinliche Position aller Sterne außer den nächsten, eine Illusion sein kann.

AUFGABE: Konstruiere diese Kurve. Finde den sternenähnlichen Punkt, an dem As Verstand sich zu biegen beginnt.

LÖSUNGSHINWEIS: Das «in etwa» oben beläuft sich auf ³/₇.

Gesetz des Midas: Besitz vermindert die Wahrnehmung von Werten unmittelbar.

6. B ist schön. Klare blaue Augen, blauer Jeans-Minirock, niedliche kleine blaue Adern hinter den seidenen Knien. C schwindet rapide, ein tomatenroter Fleck in einem ungetrübten Azurblau. Alle vier Kinder von A haben ein Stipendium bekommen. Sein Psychiater ist mit der Couch in ein walnußgetäfeltes, mit einem tabakbraunen Teppich ausgelegtes Domizil genau über dem Waschsalon gezogen, nur eine schnelle Treppe von 22 Stufen hoch. Der Preis von Kieselstein ist wegen der Rezession drastisch gesunken. Es ist ein schöner Tag, ein klarer blauer Montag.

AUFGABE: Irgend etwas stimmt hier nicht. Aber was?

Familienleben in Amerika

Die Ehefrauen bekommen die Häuser. So herum ist es für die Rechtsanwälte einfacher, und Frasers Kanzlei hatte ihn am Freitag davon überzeugt. So betrachtete er Samstagmorgen, als er übers Feld zu seinem Wochenendbesuch ging (Greta hatte ihn, aus Furcht, Jean zu begegnen, an der anderen Seite aussteigen lassen), das Grundstück zum erstenmal als eines, woran er keinen rechtlichen Anteil besaß. Ein schönes Grundstück.

Die Luft war warm für Mitte Dezember und der Boden kahl, mit glitzerndem Schlamm an den Straßenrändern. Das Weiß seines ehemaligen Hauses stand in einem strahlenden Kontrast zu dem Grün der Kiefern dahinter und dem Blau des jenseits liegenden Priels. Von außen war es eine heitere und beeindruckende Baulichkeit, aber innen ziemlich mißlich geschnitten und schwer zu beheizen, und es war auch schwierig, eine friedliche Ecke zum Sitzen zu finden. Das einzige, das er vermissen würde, war nicht innen, sondern außen – der Kopfsprung an einem heißen Sommertag, nackt, von einem Holzlattenstieg vom Ponton aus, den er in das einzige Stück Salzwasser hineingebaut hatte, das ihm je gehören würde. Sogar bei Ebbe genügte ein flacher Sprung, ihn bis in die Mitte des Kanals zu tragen, wo das Wasser ihm bis über den Kopf ging; von hier war die Umgebung aus dunklen Lehmufern und grünem Marschgras wunderbar verwandelt durch die Froschperspektive; die Welt wie das frühe Leben sie gesehen hatte: drohend aufragend, unbevölkert, heikel, fremd. Obwohl Autos und Fahrräder eine nicht weit entfernte Brücke passierten, pflegte Fraser den Augenblick zu nutzen, die Stadtkleidung abzustreifen und mit kühnem Sprung hineinzutauchen – sein Hausbesitzer-Vorrecht.

Die Hunde bellten, doch dann, als sie sein Schimpfen hörten, kamen sie angelaufen, um ihn zu begrüßen. Sie glaubten, er sei immer noch ihr Herr. Sie hatten zum hundertstenmal das Stück Immergrün zerzaust, das Jean unter dem Flieder an der Küchentür zu pflanzen versucht hatte. Fraser bückte sich, um mehrere Steine der kleinen Stützmauer wieder aufzusetzen, die er hier in der Hoffnung, einem amorphen Umfeld Gestalt zu geben, errichtet hatte. Die Hunde hatten unkorrigierbar genau diese Stelle auserkoren, zum Graben und Herumliegen und Herumknabbern an den saftigen Pappen und Blechdosen, die sie beim Umwerfen der Mülleimer eroberten. Familienleben muß wie durch einen Trichter durch gewisse Zonen der Enge hindurch, die Hintertür war eine davon, wo Hunde, Flieder und Abfalleimer zusammentrafen und fast die Stufen zur hinteren Veranda versperrten, die mit Skiern, Schneeschaufeln, Blumentöpfen vom letzten Jahr und rostigem Gartengerät vollgestopft war. Die Tür befand sich zwischen der Waschmaschine und dem Trockner in einem Küchenwinkel. Ein Vorbesitzer hatte über dem Heizkörper ein unpraktisches Regal gebaut; auf dem untersten Bord schlummerte eine Katze in einem Nest aus trocknenden Fäustlingen und anderen Handschuhen. Jean stand am Abwasch, die zweite Katze strich um ihre Knöchel. In gespieltem Erstaunen sah sie herüber: «Schau mal, wer da kommt!»

«Wo sind denn alle?» fragte Fraser, auf Distanz bleibend. Es war relativ leicht gewesen, sich den Begrüßungskuß abzugewöhnen. Sie hatten sich während ihres Zusammenlebens selten geküßt; das Küssen war als Teil der Trennung aufgekommen, als sie noch ungeübt waren, «Hallo» und «Auf Wiedersehen» zu sagen.

«Hau *ab*», sagte Jean zu der Katze und schleuderte sie mit einem Ruck ihres Fußes über das Linoleum. «Nancy hat die Nacht bei den Harrisons verbracht, nach einer Tanzerei, und Kenny ist unterwegs, um seinen neuen Führerschein auszuprobieren. Die anderen beiden sind im College – aber das weißt du ja, oder?»

«Ich zahle immerhin die Rechnungen», sagte Fraser. «Kenny hat bestanden? Großartig, nicht?»

«Ja, wenn er sich nicht umbringt. Er redet nur noch von ‹losbrausen›. Er will dich heute abend nach Boston zurückfahren. Ich habe natürlich *nein* gesagt.»

«Warum glaubst du, daß ich zurück nach Boston fahre?»

«Mein Gott, hast du noch immer nicht *genug* von ihr? Warum ziehst du nicht einfach bei ihr *ein*?»

«Wir dachten, du könntest es nicht aushalten.»

«Richtig. Könnte ich nicht. Wie scharfsinnig von euch.»

Er mußte sich ein anderes Besuchsmuster ausdenken. Weniger könnte mehr sein. Aber irgendein Bedürfnis in ihm, oder ihnen beiden, ließ ihn immer wiederkommen. An den Tatort. Fraser hängte seine Jacke auf, nachdem er lange Ausschau nach einem unbenutzten Haken gehalten hatte. Kleidung von jeder Wachstumsstufe der Kinder schien noch hier zu hängen – Skianoraks, Matrosenjacken, Jeansjacken, gelbe Regenmäntel. Er hatte eine Armee ausgestattet. «Was soll ich die Kinder besuchen, wenn sie nie da sind?» fragte er Jean. «Die einzige Person, die ich ständig besuche, bist *du*.»

«Ergreifend, nicht? Tasse Kaffee?»

«Sehr gern», sagte er, obwohl Greta ihm schon zwei Tassen ihres starken Gebräus verabreicht hatte. «Irgendwelche Probleme mit dem Haus?»

«Der Fernseher ist für zweiundneunzig Dollar repariert worden. Sie haben sich auch die Heizung angesehen, aber die macht immer noch dieses ratternde Geräusch, wenn der Thermostat sie in Gang setzen will.»

«Aber das Haus ist trotzdem warm genug?»

«Ich denke schon», sagte Jean widerwillig und stellte den Kaffee vor ihm auf den Küchentisch. Noch Wochen, nachdem er gegangen war, hatte sie, wie sie ihm einmal erzählte, nach dem Essen zwei Mokkatassen eingeschenkt, aus alter Gewohnheit. Dann, eines Abends, als er hier war, hatte sie aus neuer Gewohnheit nur eine Tasse gebracht.

«Ich werde mir die Sache mal ansehen», sagte Fraser. «Bastelt Kenny im Keller?» Das Kind war fast schon ein angehender Handwerker gewesen; er hatte geholfen, den Holzsteg mitzubauen. Es war ein glückliches Erlebnis gewesen, wie er und der Junge zusammen in Schlamm und Sonne gehämmert hatten und aus der flachen Marsch das Echo zurückkam.

«Nicht sehr oft», sagte Jean. Als sie sah, daß ihn das traurig machte, wechselte sie das Thema. «Wie geht's, hm, *chez elle?*»

«Melancholisch», sagte er. «Ihre Heizung funktioniert auch nicht allzugut. Billy versucht dauernd, seinen Vater anzurufen. Er hat gelernt, wie man wählt. Es macht sie verrückt. Sie fühlt sich schuldig, deswegen.»

«Das sollte sie auch», stellte Jean fest; doch ihre Stimme ließ den nötigen Nachdruck vermissen. Es war ein Tonfall von ihr, den er gut kannte – ihr moralischer Reflex, abgestumpft durch seinen vorhersagbaren Spott.

«Warum?» fragte er teilnahmslos. «Findest du nicht, daß auch Schuld langweilig wird?» Die Anstrengung des Herkommens, Gretas Autotür zu schließen, über das Feld zu gehen und Jeans Küchentür zu öffnen, hatte ihn ermüdet. Er stützte sich vom Tisch ab. «Ich werde das mal überprüfen im Keller. Ebenso wollte ich etwas mit den Doppelfenstern in unserem Schlafzimmer unternehmen – in deinem Schlafzimmer. Du hast sie alle falsch eingesetzt. Dabei sind die verdammten Dinger numeriert!»

«Ich habe sie so gut ich konnte eingesetzt.» Trotzig fügte sie hinzu: «Ich mag kalte Schlafzimmer.»

«Stimmt, ich erinnere mich.» Er bedauerte, das gesagt zu haben; sie sollten jenseits solcher Sticheleien sein. Versöhnlich fügte er hinzu: «Wie gefällt dir, das Haus allein zu besitzen? Hat dein Anwalt dich schon unterrichtet?»

«Er hat angerufen, ja. Er schien entzückt, ich weiß nur nicht, warum. Mir hat es nichts ausgemacht, Mit-Besitzer zu sein. Ich vertraue dir.»

«Besser nicht. Du hast einen Anwalt, dem du vertrauen solltest.» Ihre muntere Passivität ärgerte ihn. «Es ist schwer, eine Frau wie dich zufriedenzustellen», sagte er. «Da gibt man dir ein ganzes Haus mit diesem wunderschönen Feld und dem Priel, und du sagst nicht einmal danke.»

Jean hob die Schultern. «Wie du sagst, ich kann nicht mal die Doppelfenster einsetzen.»

Während Fraser sich mit den Fenstern abmühte, kam Kenny im Auto zurück, so daß in der Auffahrt die Kieselsteine knirschten und die Hunde davonstoben. Fraser ging hinunter. Sein Sohn, sechzehn, war verwirrend hübsch geworden; Hübschsein verband sich in Frasers Kopf mit Zerbrechlichkeit und Verfall, in einem labilen Gleichgewicht. Das Gesicht des Jungen war breit und glatt und auch sein Lächeln war breit, und sein Haar, das er hatte wachsen lassen, wallte vom Mittelscheitel in zwei Mähnen herab. Seine Augen, einst unschuldig offen, wenn er seinen Vater ansah, waren gewitzt und funkelnd und scheu geworden. Fraser fühlte sich ihm gegenüber auch scheu. «Wie war's?» fragte er ihn.

«Geil. Ich hab ihn schleudern lassen. Es fängt an zu schneien.»

«Jesus, laß das! Du bringst dich um!»

«Ach, ich kann damit umgehen.» Der Junge packte eine

Tüte Lebensmittel auf den Abwaschtisch; er war der Mann im Haus geworden.

«Glückwunsch, daß du bestanden hast», sagte Fraser zu ihm. «Ich bin das erste Mal durchgefallen.»

«Der Typ war ziemlich nett. Ich hab mit gezogener Handbremse starten wollen, aber er hat's nicht aufgeschrieben. Wann holen wir unsern Weihnachtsbaum?» Er fragte das mehr seine Mutter als seinen Vater.

«Er möchte einen im Wald schlagen», erklärte Jean Fraser.

«Klar, warum nicht?» sagte Fraser. Sein Kopf war noch voller Doppelfenster-Nummern und nicht passender Rahmen.

Jean zog ärgerlich die Brauen zusammen.

«Wenn er das zu früh macht, trocknet der Baum aus. Ich will kein Haus voller Nadeln.»

«Leck mich doch», sagte Kenny zu ihr, mit dem plötzlich aufbrechenden Zorn, der jetzt dicht unter seiner glatten Haut lag. Er wurde rot und sagte entschuldigend: «Es ist doch nur noch eine Woche.»

«Anderthalb», vermittelte Fraser. «Warum nicht bis *nächsten* Samstag warten? Dann helfe ich dir. Die andern sind dann auch vom College zurück.»

«Ich brauch keine Hilfe.»

«Er hat den Baum schon ausgesucht», sagte Jean.

«Nun, dann laß den Jungen den Baum schlagen. Einmal im Jahr kannst du auch Nadeln auffegen.»

«Ihr könnt mir beide den Buckel runterrutschen», sagte Kenny und stapfte aus dem Zimmer.

Fraser glaubte, Tränen in den Augen des Jungen gesehen zu haben. «Warum hat er das gesagt?» fragte er Jean.

«Er kann es nicht ausstehen, wenn wir uns streiten.»

«Aber wir haben nicht *gestritten*.» Er folgte Kenny ins Wohnzimmer, gefaßt auf eine Szene, in der er schlecht aussähe; er hatte das Recht auf moralische Entrüstung verspielt, und der Junge wußte das. Der unausgesprochene Tenor aller seiner Gespräche mit den Kindern war Frasers Bitte um Vergebung.

Kenny hatte sich in dem blauen Sessel ausgestreckt, lächelte und summte vor sich hin und blickte auf seinen Führerschein. Der Führerschein war in einer rechteckigen Plastikhülle verschweißt und mit einem Polaroidporträt nebst persönlichen Daten versehen. «War nett», erzählte er seinem Vater, «die Art, wie sie das machen; er war noch warm, als sie ihn mir gaben.» Er reichte das kostbare Rechteck seinem Vater. Fraser war überrascht, wie alt das Gesicht darauf aussah, wie kämpferisch und entschlossen – sogar ganovenhaft, fast. «Hast du dich zu rasieren begonnen?» fragte er.

Der Schnee fiel den ganzen Nachmittag weiter, unstet, kaum daß sich eine Schneedecke bildete. Nancy rief an, um zu sagen, sie käme erst nach dem Essen von den Harrisons nach Hause. Jean servierte Kenny und Fraser ein Muschelragout und verkündete, sie sei zum Hallentennis verabredet. «Du willst uns doch nicht etwa verlassen?» protestierte Fraser, aber schon war sie draußen im Schnee, in ihren Tennisschuhen, mit zwei seiner alten Golfpartner und einer ihrer Ehefrauen. Kenny ließ den Vorschlag, bei den Doppelfenstern zu helfen, an sich abgleiten und setzte sich wieder ins Auto. Fraser besichtigte den Brenner, streichelte die Katzen, ging mit den Hunden zur Brücke und zurück. Im Haus sah er die Bücher durch und fragte sich, wie er und Jean sie je auseinanderteilen könnten, wenn sie nicht dieselben College-Kurse besucht und deshalb die Bücher doppelt hätten. Es standen zwei identische Auswahl-Bände Yeats nebeneinander; er nahm einen davon mit zum Sofa. Der größere der beiden Hunde (bis vor kurzem waren es drei gewesen) kam zu ihm und legte die Schnauze auf seine Brust; Fraser fand diese Gefühlsanforderung – den warmen, feuchten Nüsteratem, die goldbraunen Augen gespannt wachsam – derart anstrengend, daß er einschlief. Die Küchentür knallte, und Nancy war zu Hause. Immer noch dick mit vierzehn, aber jetzt groß, denn sie fastete.

«Dad, ich habe seit Donnerstag nur einen Teller Krautsalat gegessen.»

«Baby, du mußt essen.»

«Warum? Ich finde es eine ekelhafte Angewohnheit.»

«Also», gestand er schläfrig, «du siehst wirklich großartig aus.» Ihr Gesicht, eine Spur dünner inzwischen, sah wie ein Herz aus und war rot von der Kälte.

«Es fängt an zu stürmen», erzählte sie ihm. «Willst du nicht Pennys Stein in den Wald tragen, solange es noch geht?» Penny war ihr erster Hund gewesen, ein freundlicher goldfarbener Retriever. Sie wurde sehr alt und steif, und ihr Rücken bog sich vor Schmerz, dennoch konnte sie nicht sterben. Bei einem seiner Besuche hatte Fraser ihr Grab geschaufelt, für den Fall, daß sie vor dem nächsten Besuch starb, und der Hund war mit ihm in den Wald gegangen und hatte sich neben das Loch gelegt, während es langsam größer wurde, und sich am Geruch der frischen Erde erfreut und an der menschlichen Tatkraft. An einem Punkt hatte er sie mit dem Stiel der Schaufel gemessen, und sie hatte amüsiert mit dem Schwanz gewedelt. Trotzdem starb sie nicht. Am folgenden Wochenende baten sie den Tierarzt zu sich. Penny hatte den Arzt gemocht, aber seine Hundezwinger gefürchtet. Sie hielt ihre Vorderpfote hoch, und er injizierte eine violette Flüssigkeit. Eine Sekunde oder zwei sah sie Beifall heischend hoch, dann fiel sie erstaunlich entspannt auf dem Rasen in Ohnmacht. Sie standen im Kreis um sie herum (Kenny war im Haus geblieben, Platten anhören, statt zuzusehen) und beobachteten, wie ihr Atem immer flacher ging. Dann war sie tot, in den langen Schatten der Novembersonne. Als Fraser die Hündin hochhob, war ihre Haut ein Knochensack geworden, und als er den schlaffen Körper in das ausgebuddelte Loch legte, kam es ihm durch seine absurden, übermäßigen Tränen hindurch so vor, als ob er ein Dutzend goldener Sommer, die Kindheit seiner Kinder und seine eigene untadelige Erwachsenenzeit begrabe.

Nancy hatte einen Stein gefunden, der auf der einen Seite flach war, und mit grünem Autolackstift daraufgemalt: «PENNY 1963–1975». Fraser trug ihn für sie. Der Stein sah gewichtig und würdig aus an seinem Platz auf der schneeüberpuderten Erde in dem blattlosen, dämmrigen Wald. Im Sommer jedoch, ahnte er, würde er von Giftefeu überwuchert sein und verloren zwischen dem Sumach stehen. «Willst du ein Gebet sprechen oder irgendwas?» fragte er Nancy.

Das Kind blickte ihn an, um zu sehen, wieviel es ihm bedeutete, und sagte: «Ich glaube nicht.»

«Wir werden im Frühling ein paar Narzissen pflanzen», bot er an.

«Kommst du dann immer noch?»

«Aber natürlich.»

Jean kam gerade rechtzeitig nach Hause, um Abendessen zu machen, nachdem sie mit ihren Tennisfreunden noch etwas getrunken hatte. Sie teilte Fraser den neuesten Klatsch mit, aber es war wie mit den Comics in den Zeitungen, die im Haus herumlagen; er hatte den Anschluß verpaßt. Bei Tisch kam Kenny wieder mit dem Weihnachtsbaum, und sie entgegneten mit Fragen nach seinen Hausarbeiten. Er fluchte und stand vom Tisch auf. Nancy sagte zu ihrem Vater: «Was für ein verwöhnter Bengel er jetzt wird! Dad, du solltest mal hören, wie er mit Mom redet.»

Jean sagte: «Alle Kinder reden jetzt so. Sie sagen Sachen, die wir nicht einmal dachten.»

«‹Die Mitte nichts mehr hält›», zitierte Fraser. «‹Die› – zehn Punkte.»

«‹Die Anarchie ist losgelassen auf die Welt›», vervollständigte sie.

Nancy sah erst ihre Mutter, dann den Vater an, und die Hoffnung in ihren Augen war wie die warme feuchte Hundeschnauze, ein Gewicht, das sich auf Frasers Brust legte.

Jean dachte daran, daß sie zwei Tassen Kaffee bringen mußte. Er ging mit ihr die Aufstellung durch, die sie für ihren Anwalt vorbereitet hatte. Essen, Kleidung, Heizung, Strom – aufgelistet schien alles so erbärmlich. «Was sind das für tausend Dollars für Sonstiges?» fragte er.

«Das war seine Idee. Er empfahl mir, so etwas einzusetzen.»

«Sei nicht so abwehrend. Ich hab nichts dagegen. Ich habe mich nur gefragt, was du dir darunter vorstellst.»

«Ich stelle mir gar nichts vor. Ein großes schwarzes Loch. Eine Reise. Zum Beispiel der Schnee heute machte mich krank nach der Karibik. Wir werden nie wieder zusammen nach St. Maarten fahren, oder?»

«Ich sehe nicht, wie.»

«Wenn ich einer Scheidung auf Haiti zustimme, würdest du mit mir fahren?»

«Ich kann nicht, Jean. Laß uns über den Posten für Kleidung reden. Er scheint niedrig.»

«Für wen soll ich mich denn anziehen?»

«Ich muß wirklich bald gehen.»

«Wann erwartet sie dich?»

«Sie weiß, daß ich mit den Kindern esse.»

«Nun, das Essen ist noch nicht zu Ende. Wie wär's mit einem Chartreuse?»

«Wo rangiert Chartreuse auf der Liste hier?»

«Unter Haushaltskosten.»

Nancy wollte für die Nacht zurück zu den Harrisons, und Kenny bot an, sie im Auto hinzufahren. «Wann wirst du zurück sein?» fragte Fraser.

«Bald.»

«Und wie komme ich nach Boston?»

«Mom sagt, du fährst nicht zurück nach Boston.»

«Fahr ganz vorsichtig», sagte er.

«Klare Sache», sagte Kenny. Vielleicht, dachte Fraser, waren es die schweren Brauen und die mädchenhaften Wimpern des Jungen, die seinen Augen diesen dunklen, anklagenden Ausdruck verliehen.

Als die Kinder gegangen waren und der Chartreuse getrunken, bat er: «Ich muß gehen. Bitte.»

«Wer hindert dich daran?» fragte Jean.

Sie nicht, bemerkte er überrascht. Das Hindernis war in ihm selbst. «Ich lasse dich nur ungern allein in dem leeren Haus.»

Sie zuckte die Achseln. «Ich bin daran gewöhnt. Kenny wird auch irgendwann zurück sein.» Das erinnerte sie an etwas: «Wie willst du denn ohne Auto dort hinkommen?»

«Zu Fuß», sagte er und erhob sich. Er hatte das Vergnügen am Laufen wiederentdeckt, er mochte das Gefühl, aufrecht zu sein, unbeschwert, ein nicht weiter reduzierbares Sein, das dem einen oder anderen verstreuten Stück seines Lebens – Schätze eines Geizkragens, der Diebe hereingelegt hat – einen Besuch abstattet.

«Ich begleite dich ein Stück die Straße hoch», sagte Jean.

Schnee küßte ihre Gesichter in der Dunkelheit. Die Hunde kamen mit, liefen in Kreisen um sie herum. Da die Straße glatt war, nahm sie seinen Arm. Nahe der Stelle am Rande des Feldes, wo er heute morgen abgesetzt worden war, blieb sie unter einer Straßenlaterne stehen; in die Kugel ihres Lichts fielen die Schneeflocken wie in eine umgestülpte Glasglocke. «Ab hier fangen die Hunde immer mit anderen zu raufen an», sagte sie.

«Wie können wir sie davon abhalten, daß sie hinterherlaufen?»

«Ich gehe zurück. Du bleibst stehen, bis ich sie rufe.» Sie umarmte ihn, sich an ihn schmiegend, die Lippen wie Schneeflocken, ihr Körper rund, verpackt in einen Parka der Kinder. «Warum bist du plötzlich so nett?» fragte sie.

«Bin ich nicht», sagte Fraser. Als sie wieder in sicherer Entfernung zu ihm war, rief er: «Danke für das schöne Zusammensein. Ruf an, wenn Kenny das Auto kaputtfährt oder sonst was.»

Sie rief die Hunde, und als sie kamen, tollte sie mit ihnen herum, indem sie sich mit den Handschuhen auf die Schenkel schlug und zurückwich, wenn sie nach ihrem Gesicht sprangen, verließ den Lichtkreis der Lampe und entschwand wieder in ihr leeres Haus am Stadtrand. Fraser ging weiter, vorbei an immer kleiner werdenden Vorgärten, Richtung Zentrum.

Greta sammelte Schildläuse von ihren Grünpflanzen in der Küche. Eine Minute stand Fraser im Hintergarten und beobachtete sie; sie hatte die Pflanzen auf dem Fensterbrett aufgereiht und ging die Reihe ab, indem sie systematisch das kleine unsichtbare Ungeziefer totdrückte. Eine Zigarette schwelte auf dem Fensterbrett, und wenn eine Pflanze durch war, nahm sie sie hoch und zog daran. Ohne zu klopfen, stieß er die Tür auf; ihr erschrockenes Gesicht entspannte sich bei seinem Anblick, die wütende, abwesende Konzentration, die er heimlich beobachtet hatte, wich. Er nahm sie in die Arme, und die Wahrnehmung, so kurz nach Jeans gepolsterter Masse, dieses schlankeren, jüngeren, unbefriedigten Körpers machte ihn so müde, daß er bat: «Laß uns ins Bett.»

«Willst du nicht erst ein Bier?»

«Teilen wir uns eins.»

«Wie war's?» fragte sie.

«Anstrengend. Die Kinder kamen und gingen. Meist gingen sie.»

«Hat Jean dir was vorgejammert?»

«Nein, sie schien merkwürdig fröhlich. Aufgekratzt sogar.»

«Oh. Es scheint dich zu verletzen. Sie meint es nicht so.»

«Wie war's bei dir?»

«Lausig wie immer.»

«Die Kinder schlafen?»

«Natürlich. Weißt du, wie spät es ist?»

«Was habt ihr zu Abend gegessen?»

Sie brachte ihre Wut über ihren Ehemann zum Ausdruck, weil sie nur langsam in Richtung einer finanziellen Regelung schaukelten und dabei dramatische Einschnitte in das Haushaltsgeld vornahmen.

«Das übliche Katzenfutter.»

«Ernsthaft. Mach keine Witze darüber. Es verursacht mir Magenschmerzen.»

«Wir hatten ein sehr schönes Essen», sagte Greta, «Hot dogs und Bananen.»

«Au weh.» Er trank das ganze Bier aus, während sie mit den Schildläusen Schluß machte. Im Rhythmus des Zerdrückens sagte sie: «Es macht mich *ra*send, wie deine Kinder dich be-*han*deln. Sie sollten zu *Hau*se bleiben, wenn ihr Vater schon so *gut* ist, sie zu besuchen. Ich wäre so *dank*bar, wenn Ray nur ein bißchen Zeit für uns hätte, aber *nein* –»

«Andere Situation», unterbrach Fraser. Die Erwähnung ihres Ehemannes verursachte ihm Unbehagen, sie sprach mit zu großer Erregung. Er konnte sich nicht vorstellen, von ihr jemals diese intensive Aufmerksamkeit zu erlangen, die Ray – schon sein Name tat weh – sogar auf dem Rückzug noch hervorrief. Fraser stand hinter ihr, während sie sich auf die Pflanzen konzentrierte. Er löste ihr Haar. Gemeinsam löschten sie die Lichter und gingen ins Bett; es war, wie wenn Fraser, müde und schmutzig von der Arbeit, sich ausgezogen und jenem stärkenden Element ergeben hatte, dem Wasser in der Mitte des Priels, das jeder seiner Bewegungen mit einem seidenen Widerstand antwortete und ihn über seine eigene schwarze Tiefe trug.

Einmal wachte er kurz auf, weil ein Streichholz angerissen wurde. Sein Flackern drang bis in die Ecken des Schlafzimmers. Das Zifferblatt der Digitaluhr zeigte 2:22. «Was machst du?» fragte er irritiert.

«Oh, ich koche», sagte sie. Die Zigarette erglühte bei jedem Zug.

«Weshalb?»

Sie nannte ihren Ehemann, und Fraser schlief wieder ein, erwachte dann von neuem durch die Geräusche ihrer Söhne, die sich zur Kirche fertigmachten. Ihr Jüngster, Billy, kam herein, setzte sich aufs Bett und ließ sich von Fraser die Ausgehstiefel zubinden. Das Kind, fünf, hatte sich zu Ehren des Schnees die Stiefel über den Pyjama gezogen; als Fraser versuchte, auf diesen Widerspruch hinzuweisen, bekam Billy Grübchen und lachte, weil dieser nackte Mann im Bett seiner Mutter so tat, als bestünde nicht das ganze Leben aus Widersprüchen.

Billys Zwillingsbrüder klapperten unten mit dem Frühstücksgeschirr, nachdem sie im Vorbeigehen den Fernseher aktiviert und dann oben, mit vielen Beschwerden über Verlust und Diebstahl, Stück für Stück ihre Kirchenkleidung zusammengesucht hatten; Greta schlüpfte ebenfalls hierhin und dorthin, glänzend nackt zuerst, dann in pflaumenblauem Bikinihöschen und schließlich dezent in Jeans und einem gerippten rostfarbigen Wollpulli, die sie aus herumliegenden Wäschestücken und den merkwürdig placierten Wandschränken des Hauses hervorgekramt hatte. Fraser nutzte einen Augenblick, da niemand durchs Schlafzimmer ging, um in seine Sachen zu steigen, die er neben dem Bett hatte fallen lassen. Nachts fühlte er sich nicht als Eindringling, das Haus schien zu seiner Verfügung zu sein zusammen mit der Frau darin; aber tagsüber schien es anderen zu gehören – den Kindern, dem Sonnenschein, der Nachbarschaft, dem Strom unschuldigen Lebens, dem sich plötzlich, in seiner Gegenwart hier, ein Hindernis in den Weg stellte, um das er herumfließen mußte. Beim Frühstück betrachteten die Zwillinge Fraser höflich, ohne Neugier, wie einen Teil der Sonntagszeitung, der weder Comics noch Sport enthielt. Greta fragte sie mit jener ihr eigenen mütterlichen Schläue: «Was hieltet ihr davon, wenn ihr nach der Kirche unseren Weihnachtsbaum kaufen ginget? Mr. Fraser hilft uns dann, ihn aufzustellen.»

Die identischen Gesichter röteten sich bei dem Vorschlag mit gedankenloser Begeisterung, die beim Nachdenken verblaßte. Im vergangenen Jahr war ihnen ihre Welt geronnen, die Vorstellung von Weihnachten abgekühlt. «Nee», sagte der etwas Blondere von ihnen. «Warum gehst nicht du, und Billy und Mr. Fraser kommen mit?»

Der etwas weniger Blonde sagte: «Ich wette, Daddy würde uns beim Aufstellen helfen, wenn du fragst.»

Fraser sah zu Greta hinüber; sie zündete sich eine Zigarette an und verriet, daß sie sich zurückgestoßen fühlte, nur dadurch, daß sie das Streichholz mit einem einzigen wirksamen Schlenker ihres Handgelenks löschte. Sie und Billy und Fraser gingen dann tatsächlich einen Baum kaufen; er war dick und voll und symmetrisch. Gretas Bäume waren immer so. Dagegen hatten die Bäume, die er und Jean erstanden, meist in letzter Minute am Abend, immer dürr ausgesehen, mit Lükken, die zur Wand gedreht werden mußten, wodurch dann andere Lücken sichtbar wurden.

Die Zwillinge kamen aus der Kirche und wurden auf den Boden geschickt, um den Baumschmuck zu holen. Diese Erbstücke waren kunstvoll und zerbrechlich: längliche Kugeln mit gerippten Ausbuchtungen, mundgeblasene Zapfenformen, verschlungene Ketten aus emailliertem Zinn, eine Krippe, die so klein geschnitzt war, daß sie von einem Zweig herabbaumeln konnte, vier Engel aus kunstvoll gefaltetem buntem Pappmaché. Als Fraser dieses kostbare Erbe in die Hand nahm und damit ungeschickt in ein Gewebe von Eigentum und Tradition eindrang, zitterten seine Hände. Er fühlte sich hoffnungslos fehl am Platz. Und seine Stimmung übertrug sich auf das jüngste Kind; Billy, immer noch in Ausgehstiefeln, stand abseits und starrte auf den Baum, als ob ein wohlriechender Menschenfresser, mit Rauschgold gepanzert, in sein Wohnzimmer eingedrungen wäre. Fraser trat zurück und versuchte, mit ihm zusammen den plötzlich aufgetauchten Fremden zu betrachten. «Was hältst du von ihm, Billy?» fragte er das Kind verschwörerisch.

Ein Zwilling kroch unter den Baum zu einer Steckdose, und die Lichter gingen an. Billy wimmerte und rannte aus dem Zimmer. Greta, die sogleich hinterherrannte, war unfähig, den Grund für sein Verhalten herauszufinden, und schob es auf seine Müdigkeit. Sie sei selbst erschöpft, verkündete sie, als sie ihnen allen das Mittagessen vorsetzte. Billy rief: «Ich hasse das Essen in diesem Haus» und rutschte vom Stuhl herunter. Während die anderen vier ihre Hühnerbrühe schlürften, hörten sie, wie er im Wohnzimmer verstohlen das Telefon bediente. Seine kleine Stimme klang glockenhell.

«Hallo... hier ist Billy... mein Vater da? ... Daddy? Kannst du mich holen kommen?... Ich möchte nicht... Ich weiß... Okay.» Ehe Greta noch reagieren konnte, hatte das Kind aufgelegt. Mit stolzem, strahlendem Gesicht kam Billy in die Küche zurück. «Daddy kommt und holt mich ab.»

Gretas Lippen versuchten zu sprechen, sie wirkten trocken. «Aber du wolltest heute nachmittag Donald besuchen, bei *ihm* zu Hause!»

Nur ein bißchen Glanz verschwand aus dem emporgerichteten Blick des Kindes. «Kannst du ihn nicht anrufen?» fragte er, mit einer trällernden Durchtriebenheit, die einen seiner Brüder zum Lachen brachte.

«Doch, ja», sagte Greta schwach, und Fraser fühlte sich berufen, einzuschreiten.

«Billy», sagte er, «du *mußt* vorher mit deiner Mutter reden, ehe du deinen Vater einfach so anrufst. Dein Vater hat vielleicht andere Pläne gehabt, und jetzt ist Donald vielleicht traurig. Du hast deinen Vater erst gestern gesehen. Du kannst deinen Vater nicht jeden Tag sehen.»

Billy wandte den Blick nicht vom Gesicht seiner Mutter. «Er ist nicht traurig», sagte er in seinem weichen, hoffenden Singsang.

Fraser sagte zu Greta: «Warum rufst du jetzt nicht Ray an und sagst ab? Rede mit ihm.»

«Ich kann nicht.»

«Warum nicht?»

«Ich habe Angst.»

«Ach komm. Er wird erleichtert sein. Er wird sich bestimmt den ganzen Weg nicht gern machen. Du kannst dich nicht von einem Fünfjährigen so herumschubsen lassen.»

Die Umwölkung ihres Gesichts wurde zu einem fahlen, selbstbezogenen Zorn. «Nur meinetwegen», sagte sie steinern, «hat Billy keinen Vater.»

Fraser hob die Schultern, weil er befürchtete, sie in dieser Anklage noch anzuspornen. «Mach, was du willst. Dies ist nicht mein Haus.»

Greta zündete sich eine Zigarette an, ging zum Telefon und sprach mit Donalds Mutter. Ihr Verhalten wurde wieder sachlicher; Fraser fand, sie müßte sich mehr entschuldigen. «Es tut mir so leid, Billy war den ganzen Morgen so knörig, und... ich weiß... Ich glaube nicht, daß ich mich zwischen ihn und seinen Vater stellen sollte... Bitte, laß es uns ein andermal nachholen... Vielen, vielen Dank. Tschü-üß.» Fraser hörte in ihrer Verabschiedung das gleiche leicht spöttische Trillern, das ihr jüngster Sohn angewandt hatte. Während sie telefonierte, hatte er Mantel und Handschuhe angezogen.

«Es tut mir leid», sagte er. «Ich dachte, ich könnte den Nachmittag über bleiben, aber es geht nicht. Ich fühle mich zu fremd. Es ist nicht deinetwegen, es ist nicht unseretwegen, mit uns ist alles in Ordnung, es ist nur – na ja.» Und als Nachgedanken fügte er hinzu: «Ich möchte nicht auf Ray stoßen.»

Sie ließ ihr Gesicht auf seiner Mantelschulter ruhen. «Ich weiß nicht, was ich *sonst* machen soll», sagte sie. «Ich weiß, ich sollte strenger sein, aber Billy hat jetzt so ein miserables Leben. Er läuft herum und fragt alle: ‹Bist du schon geschieden?›»

Fraser lachte verbindlich.

«Sei mir nicht böse», bat sie. «Ich werde mich bessern.»

«Ich bin nicht böse», sagte er. «Ich liebe dich. Aber du und Ray, ihr solltet euch irgendwie darüber verständigen, sonst ziehst du dir einen Tyrannen auf.»

Sie hob das Gesicht, der Zorn hatte es rosa gefärbt. «Wie können wir uns verständigen», fragte sie, «wenn der Bastard und sein Anwalt mich dazu bringen, seinen eigenen Kindern Katzenfutter vorzusetzen?»

«Du brauchst ihnen kein Katzenfutter vorzusetzen», sagte Fraser ungeduldig. «Das ist neurotisch. Ich ruf dich heute abend an.»

«Ich fahr dich zum Bahnhof.»

«Laß mich laufen. Ich brauche Bewegung. Du mußt hier sein, wenn Ray kommt. Sprich mit ihm.»

«Ich verstecke mich», sagte sie. «Ich verstecke mich im Badezimmer.» Greta bot dieses Detail an, weil sie wußte, es würde ihm gefallen.

Fraser ging nicht zum Bahnhof; er ging die Straße zurück zu seinem alten Haus. Er hatte im Kopf, daß Kenny im Wald einen Baum fällen wollte und keine Ermutigung bekommen hatte, und im nächsten Jahr wäre er zu alt, als daß es ihm noch etwas ausmachte. In seiner Phantasie sah er die Axt ausrutschen und das Blut des Jungen sich auf den frischen Schnee ergießen. Schneepflüge hatten die Straße nicht ganz freibekommen. Ein Auto, anscheinend sein eigenes, bog am Feldrand um die Kurve und steuerte direkt auf ihn los; vielleicht war er gegen die Kiefern schwer zu erkennen. Das Auto, Jeans orangefarbener Saab, wich aus und kam schlitternd hinter ihm zum Halt, hügelaufwärts. Ihr Gesicht, von der Windschutzscheibe gerahmt, war wütend. «Was machst du auf dieser Straße?» rief sie. «Warum bleibst du nicht irgendwo? Deinetwegen hätte ich fast den Wagen zu Schrott gefahren.»

«Ich dachte, ich könnte den Kindern noch irgendwie nützlich sein, ehe ich zurück in die Stadt fahre», sagte er und trat näher heran.

«Wenn du so nützlich sein willst, warum lebst du dann nicht mit uns?»

«Ich kann nicht», sagte Fraser zu ihr. «Ist Kenny irgendwas passiert?»

«Woher weißt du das? Gerade eben schaffte er ein paar Geometrieaufgaben nicht, und ich konnte ihm nicht helfen, er hat mir Schimpfwörter an den Kopf geworfen, und ich habe ihm gesagt, er soll dich bei Greta anrufen, ich würde es verdammt noch mal nicht tun.»

«Warum nicht? Klein Billy ruft seinen Vater auch dauernd an.»

«Oh, zur *Hölle* mit Klein Billy, ich will nichts von deiner herzigen Zweitfamilie hören.»

«Sie sind auch nur Menschen», sagte Fraser. Sollte er einen Schneeball machen und ihr zuwerfen?

Sie mußte den Gedanken erraten haben, denn ihr ärgerliches Gesicht ließ fast ein Lächeln durchscheinen. «Du kriegst es noch hin, daß ich zu spät zum Tennis komme», sagte sie.

Er ging hinüber und ließ seine Hand auf der Leiste des offenen Fensters ruhen. «Wieviel Tennis kannst du mit diesen Kriechtieren spielen?»

«Geht dich gar nichts an», sagte sie. «Geh und sprich mit

den Kindern.» Als Jean davonfuhr, machte er einen Schneeball und warf ihn dem Auto nach. Durch die vorhersagbare geometrische Kurve traf er nicht.

Als er die Haustür öffnete, spürte er einen Wechsel, einen unbekannt-bekannten, heilig-säkularen Geruch. Weihnachten. Kenny lag im Wohnzimmer auf der Couch und studierte seinen Führerschein, und ein spindeldürrer Baum voller Lükken stand in einem Kübel voller Ziegelsteine am Klavier. «Du hast es getan», klagte Fraser, «ohne mich.»

Der Junge fuhr fort, sein eigenes Bild anzulächeln.

«Er sieht prächtig aus», sagte Fraser. Der Baum war so dünn und gerupft, daß er durch ihn hindurch in den verschneiten Garten sehen konnte, auf die Affenschaukel an der sterbenden Ulme und den dahinterliegenden Priel. Erst auf den zweiten Blick sah er, daß schon einiger Schmuck angehängt war. Nancy brachte noch eine Schachtel mit Behang vom Boden. «Sie sind fast alle kaputt, Dad», sagte sie fröhlich. Es waren billige, zerbrechliche Kugeln, im Laufe der Jahre in Fünfer- und Zehnerpackungen hier und dort erstanden. Viele von ihnen hatten nicht einmal mehr die kleine Silberkappe, die den Anhänger hielt.

«Wir kaufen noch welche», versprach er. Der Kasten enthielt auch einen alten Baumwollclown in einer kleinen Jacke aus rotem Filz und einem runden Hut mit einer Troddel aus Baumwolle, den er vor langer Zeit für den Baum seiner Eltern gemacht hatte. Nancy ließ ihn den Clown aufhängen, höher, als sie reichen konnte.

Dann widmete sich Fraser der Geometrie. «Sieh mal, Kenny», sagte er, «wenn du zwei Winkel eines Dreiecks kennst, hast du auch den dritten, denn du weißt, was sie alle zusammen ergeben. Um Ähnlichkeit zu beweisen, brauchst du nur zwei Winkel. Um Kongruenz zu beweisen, brauchst du zwei Winkel und eine Seite, damit du die Größe hast, oder zwei Seiten und einen Winkel, wenn der Winkel dazwischen liegt, weil nämlich, wie du siehst –» und ab hier mußte er zeichnen, und er und sein Sohn beugten sich stirnrunzelnd über das Buch.

Nancy sah entzückt von einem zum andern und sagte: «Ihr habt beide die gleichen Augenbrauen.»

Jean kam schließlich zurück, und er bekam wieder etwas zu essen, und wieder gab es Chartreuse, und Jeans Kopf neigte sich im Kerzenlicht mit einer flirtenden Spannung, die er seit zwanzig Jahren nicht mehr an ihr gesehen hatte. Traurig erkannte Fraser, daß er sie erregte. «Laß mich nicht den Zug verpassen», sagte er.

«Sei nicht so engstirnig», sagte sie. «Bleib. Es ist bejammernswert, dich so verheiratet mit jenem kleinen – Pudel zu sehen.»

«Ich wünschte», sagte er zu ihr, «du wärst so verführerisch gewesen, als ich es nötig hatte.»

Sie hatte Schwierigkeiten, ihre Stiefel zu finden, dann ihre Handschuhe, und natürlich, als der Bahnhof in Sicht kam, begannen die goldenen Zugfenster sich zu bewegen wie die Fenster eines Hauses, das leicht von einem Erdbeben angestoßen wurde. «Ich *wußte* es», sagte er, «ich *wußte* es», und hätte weinen mögen.

«Oh, sei still, du Kind», sagte Jean. Mit einem ruckartigen Schleudern brachte sie den Wagen auf dem Bahnsteig zum Stehen. Die Diesellok hatte nicht weiter beschleunigt, und Jean, die in ihrem wattierten Parka wie eine Art Gepäckträger aussah, sprang heraus und hielt den Zug mit einem Winken an. Der Lokführer, ein junger Mann mit einem gezwirbelten Schnurrbart, beugte sich aus dem Fenster, und sie tauschten erregte Höflichkeiten aus, während Fraser die Stufen hinaufschlich. «Beschreib das Greta, wenn sie sagt, ich hielte dich fest», sagte Jean, seinen Kuß ablehnend.

Dort, wo die Gleise vor Boston sich vervielfältigten, brannten Feuer, um die Weichen vor dem Festfrieren zu bewahren – kämpfende Flammen, über die Felder parallelen Eisens verteilt, als hätte eine Armee hier kampiert und wäre dann verschwunden. Der Anblick tröstete ihn. Jedes Feuer für sich, anscheinend unbehütet, aber dennoch Teil eines sorgsamen Entwurfs, einer Verewigung. Frasers Gesicht, dessen Spiegelung im Fenster erschien, verdunkelte den glitzernden Schienen-Schimmer, als der Zug langsam in den Bahnhof einfuhr. An der Luft wurde sein Gesicht zu einer Maske. Die Kälte war schneidend geworden. Vom Bahnhof lief er die eintönigen aufsteigenden Blocks hinauf. In seinem Alleinsein begrüßte er die Unbequemlichkeit, als rechtfertige sie ihn irgendwie. Die Bäume im Stadtpark waren mit Weihnachtsgirlanden geschmückt, aber die Lichter waren nicht an. Es schien kein Leben außer seinem auf den Beinen, kein Funken von Leben außer dem Bild in seinem Kopf von seinem Apartment, seinen eineinhalb Zimmern, dem schiefen Läufer darin und dem ungemachten Bett, den schmutzigen Fenstern und der winkenden Wärme. Indem er starr dieser häuslichen Vision folgte, überquerte er die Lagunenbrücke im Park, welche die Perfektion einer Mondsichel mittendurch teilte. Auf jeder Seite bewirkte sein Gehen, daß Lichtflecke über die eisige Weiße wirbelten. Über dem Beacon Hill, etwa da, wo das Büro seines Anwalts lag, verkündete eine elektrische Tafel abwechselnd, bemerkenswert, 10:01 und 10 Grad. Fraser bedauerte, daß niemand bei ihm war, der dieses Wunder mit ihm bezeugen konnte.

Aus dem Tagebuch
eines Aussätzigen

31. Okt. Lange Zeit bin ich Töpfer, Junggeselle und Aussätziger gewesen. Aussatz ist nicht genau das, was ich habe, aber was in der Bibel als Lepra bezeichnet wird (s. Levitikus 13, Exodus 4,6, Lukas 5, 12–13), ist wahrscheinlich das mit dem verdrehten griechischen Namen, der mir weh tut, wenn ich ihn niederschreibe. Der Verlauf der Krankheit ist wie folgt: Flecke, Placken und Lawinen von überschüssiger Haut, die von der Derma dank eines unbedeutenden, aber beharrlichen Fehlers in ihrem metabolischen Code produziert werden, dehnen sich aus und wandern langsam über den Körper wie Flechten auf einem Grabstein. Ich bin silbern, schuppig. Lachen abgeblätterter Schuppen bilden sich, wo immer ich mich zur Ruhe lege. Jeden Morgen sauge ich im Bett Staub. Meine Qual ist hauttief: keine Schmerzen, nicht mal ein Jucken. Wir Aussätzigen leben lange und sind ironischerweise in anderer Hinsicht gesund. Lüstern, obwohl als Liebhaber verhaßt. Scharfäugig, obwohl uns der eigene Anblick zuwider ist. Der Name der Krankheit, spirituell gesprochen, ist Erniedrigung.

Ich bin vom Copley Square zu diesem Kellergeschoß, wo ich töpfere, zurückgekommen. Himmelfahrer war heute morgen hier und hat meine Arbeit gelobt. Er berührte die Glasuren und Ränder mit erotischer wie auch mit finanzieller

Wonne. Er ist mein Einzelhändler, meine Verbindung zur Welt, die mich nährende Nabelschnur. Durch ihn kann ich ungesehen in toniger, nur durch den Brennofen erhellter Dämmerung umherkriechen. Sein Geschäft ist in der Newbury Street. Alles ist dort schön, teuer, makellos, am meisten meine Keramik. Sofern auch nur der geringste Krümel eines eingefangenen Staubkorns sich meiner Liebkosung enthüllt, zertrümmere ich die Schale. Die geringste Wellung im Rand, und Verdammnis und Zerdeppern folgen. Er nennt mich ein Genie. Ich nenne mich einen Aussätzigen. Ich hätte bei meiner Geburt zerschmettert werden sollen.

Morgen beginnt meine Kur. Ich ging hinaus zum Lunch, um das zu feiern und um Himmelfahrers Mammutscheck zur Bank zu bringen. Boston makellos im kalten Oktober-Sonnenlicht, glasiert und gehärtet durch den Sommer. Die blaue Haut der stolzen neuen Hancock-Narrheit ragte steil und ungebrochen in einen Himmel aus dem gleichen Blau, sich spiegelnd. Eine Zeitlang hatte das Gebäude Fenster verloren wie ich Schuppen, wenn auch mit mehr juristischem Widerhall, doch dies ist behoben worden, heißt es. Trotzdem seh ich es mir immer wieder an in der Hoffnung, daß einige Scheiben fehlen, und die Perfektion wäre noch verwundbar. Das merkwürdige gelbe Insekt, das ihm die Fenster putzt, ist bei der Arbeit. In den unteren Fenstern bewundert sich wellenförmig die Dreieinigkeitskirche, eine venezianische Phantasie, aus zweifarbigen lohgelben Steinen zusammengesetzt. Der Platz selbst, eine grausame Fliese auf dem Herzen von Back Bay, ist mit Überlebenden übersät – der letzte Bongotrommler der Saison, der letzte Muschelkettenverkäufer, der letzte safranfarbene Wedel der Hare-Krishna-Sänger. Sie sehen mich an und sehen schmerzerfüllt wieder weg. Meine Hände und mein Gesicht zeichnen mich. In einem Monat kann ich Handschuhe tragen, aber auch dann noch wird mein Gesicht die Schande ausrufen: die bläulichen Stellen neben meiner Nase, die Krümel in meinen Wimpern, der Skorbut-Fleck, der quer über die linke Wange springt, das Silberne in meinen Ohren. Ein triefäugiger Säufer in einem flatternden Mantel kommt mit seinem Bettlerspruch auf mich zu und starrt überrascht in mein Gesicht. Nichtsdestoweniger gebe ich ihm einige Münzen. Licht schlägt erbarmungslos auf mein Gesicht ein.

In den Schatten von Ken's Restaurant bestelle ich Matzeklößchensuppe und finde sie lauwarm. Dennoch ist es köstlich, draußen zu sein. Die Kellnerin ist herrlich, ihre Arme sind reines Kaolin, ihre gemeißelten Schmollippen beim Aufschreiben meiner Bestellung ein Meisterstück aus Sèvres-*Biskuit*. Als sie sich vorbeugt und mein Pastrami-Sandwich vor mich hinstellt, möchte ich mich für immer zwischen ihren kühlen, perfekten und doch nachgiebigen Brüsten verstecken. Sie sieht mich an und weiß nicht, daß ich ein Aussätziger bin. Würde ich meine Arme und meine Brust entblößen, sie liefe schreiend davon. Einige wenige Hüllen aus Wolle und Synthetik bewahren mich vor ihrem Horror, mein Beitritt zur Menschheit ist so gefährlich. Kein Wunder, daß ich meine Mitmenschen gleichzeitig verachte und bewundere – bewundere wegen ihrer normalen menschlichen Glätte, verachte, weil sie mich nicht aufspüren und zerstören. Meine Hände würden mich verraten, aber während des Essens bewege ich sie ständig, um ihr Aussehen zu verwischen. Beim Aufnehmen des Sandwichs stockt meine rechte Hand; ich hatte vergessen, wie gräßlich sie ist. Normalerweise, wenn ich heruntersehe, ist sie von Ton umhüllt. Sie hat zwei auffallende Flecken, einer groß, einer klein, in der gleichen Beziehung zueinander wie Australien und Tasmanien. Die Frau neben mir am Tisch, eine Hexe in Pfannkuchen-Make-up und Nerz, sieht gleichzeitig mit mir hinab. Gegen ihren Willen fährt sie hoch. Ihre Gabel klappert zu Boden. Flink hebe ich sie auf und lege sie auf das Resopal zwischen uns, so, daß sie mich nicht berühren muß. Dennoch verlangt sie eine neue.

1.Nov. Der Arzt stößt einen Pfiff aus, als ich meine Sachen ausziehe. «Durchaus ein Fall.» Aber er ist sicher, ich werde ansprechen. «Wir haben jetzt diese neue Art Licht.» Er ist aus Australien, sonderbarerweise, aber hält sich nicht mit den Flecken meiner Hand auf. «Zuerst ein paar Fotos.» Der Boden seines Sprechzimmers ist voller Schuppen, stelle ich fest. Es gibt noch andere Leprakranke. Ich bin nicht allein. Er kneift die Augen zusammen und kauert und schmatzt und klickt. «Gut siebzig Prozent, würde ich sagen.» Ich soll mich umdrehen und er pfeift wieder, leiser. «Dann ein paar Bluttests, *pro forma.*» Er erklärt das Verfahren. Medikamente direkt von den alten Ägyptern werden mich wie eine Blume öffnen, während ich immer größeren Dosierungen künstlichen Lichts ausgesetzt werde. Seine eigene Haut trägt die staubig rosigen Reste von Sommersonnenbräune. Sein Kopf ist makellos kahl und traumhaft glatt. Ich frage mich, welche Perversität ihn in die Dermatologie getrieben hat. «Wenn Sie erst rein sind», sagt er zum Ende hin wie nebenher. Wenn ich erst rein bin! Der Gedanke macht mich ganz wirr. Ich möchte ohnmächtig werden, ich möchte ihn umarmen, wie man in primitiven Gesellschaften einen Irren umarmt. Auf seinem Schreibtisch steht eine billige fleischrosa Tasse mit einem Teebeutel darin, und innerlich gelobe ich, ihm einen perfekten Teebecher zu machen, wenn er sein Versprechen hält. «Blöder Wetterwechsel heute», bietet er an, während er die Kameratasche zuknöpft; aber es ist eine lahme und irgendwie bestialische Sache, freundliches Geplauder zwischen zwei Männern, von denen der eine angezogen und der andere nackt ist. Als ich hastig meine Sachen anziehe, regnet ein Haufen Silber auf den Boden. Er bezeichnet es professionell als «Schuppen». Ich nenne es für mich Schmutz.

Am Abend erzählte ich Carlotta von seinem beiläufigen Versprechen, mich «rein» zu machen. Sie sagt, sie liebt mich so wie ich bin. «Wie *kannst* du das!» platze ich heraus. Sie zuckt mit den Schultern. Sie hatte sich verspätet, weil sie Stunden bei der Andacht verbracht hatte. Heute ist Allerheiligen. Wir lieben uns. Während ich ihre Hinterbacken streichle, denke ich an den Schädel des Arztes.

8. Nov. Erste Behandlung. Die «Lichtbox» hat sechs Seiten, die mit vertikalen Röhren bestückt sind. Ein sechseckiges Prisma so wie der Hancock-Turm ein rhomboides und ein Toblerone-Schokoriegel ein dreieckiges Prisma ist. Ein Röhren, wenn es losgeht, so daß man astronautische Anwandlungen hat, ebenso Anwandlungen von Absurdität, ein stehender Nackter wie in einem «gewagten» Stück, wo die Bühnenlichter die Zuschauer verschluckt haben. Der Assistent, ein zittriger junger Mann mit diabolisch gespitztem Bart, gab mir eine Brille zum Schutz meiner Netzhaut. Ich blicke hinunter. Ich brenne! In diesem Brennofen glühen meine Füße, meine Beine, meine Arme, wo auch immer Schuppen haften, in einer violett-weißen Intensität, nur vergleichbar mit bestimmten Filmzuständen im Entwicklerbad einer Dunkelkammer. Um mich zu vergewissern, daß die Beine mir gehören, tanze ich ein wenig. Den Tanz des Schiwa, sein Körper ascheverschmiert, sein Haar filzig und faul. Meine Beine, kreideweiß wie Scheite, kurz bevor sie zu glühender Asche zerfallen, vibrieren und schwingen in dem reinigenden Feuer. Der Tanz ist kurz; die erste Dosis beträgt nur eine Minute. Die Box gibt ein böses, tadelndes Schnarren von sich, wenn sie sich abstellt.

Angekleidet trete ich hinter dem Vorhang hervor und treffe Verabredungen für die Zukunft mit dem Assistenten und frage mich, was wohl ihn dazu geführt haben mag, Arbeit dieser Art zu verrichten. Am Umgang mit Leuten wie mir ist etwas faul, dessen bin ich sicher.

12. Nov. Keine wahrnehmbare Veränderung. Carlotta sagt, ich soll mich nicht aufregen. Dr. Aus (sein tatsächlicher Name entfällt mir fortwährend) sagt, zwei Wochen vergehen bis zu den ersten spürbaren Wirkungen. Himmelfahrer sagt, Weihnachten steht vor der Tür. Ich arbeite bis nach Mitternacht an einer epischen Folge von Vasen, deren Rand und ein sehr dünner Streifen darunter mit Kobaltoxyd eingefärbt ist. Die Dekoration sollte den Abschätzenden nicht auf den ersten Blick auffallen; erst sollte er «Vase» denken und dann «blau» und dann «blau und nicht-blau». Die Chinesen wußten, wie dieses Geheimnis einzubrennen war, dieses Erblauen in der Glasur, diese Fülle des Nichts. Ich verachte Einkerbung, Sgraffito, Wachsätzung, Relief. Glattheit ist das Wichtigste, die Finger dürfen nicht gestört werden. Die Scheibe dreht sich. Meine Hand verschwindet bis zum Handgelenk in der Öffnung des pfeifenden, flüsternden Tons, der mir seine glitschige Uteruswandung anvertraut, während die vorige Vase trocknet.

Meine Dosis heute betrug zwei Minuten.

Die Krankheit ist beängstigend. Ihre Oberfläche heuchelt Indifferenz, aber tiefer juckt sie mit subtiler Wut, so daß ich nicht schlafen kann. Sie hat sich über meine Schultern bis zu den Innenseiten meiner Arme verbreitet, bis zu den Fingernägeln, die sie weiß werden und sich aufwerfen läßt mit Graten, die, unter der Kutikula hervorwachsend, wie begrabene Schrecken ans Licht treten.

13. Nov. Die Behandlung wurde ausgesetzt!
Ein Aussätziger zwischen Aussätzigen, doppelt unberührbar.

Aus sagt, die Zahl meiner Antikörper sei bedrohlich hoch. «Noch ein paar Tests, um ganz sicherzugehen.» Erzählt mir Geschichten von anderen Aussätzigen – von Herzpatienten, von Klaustrophobie- und Arthritisfällen –, die ausgeschlossen werden mußten. «Will schließlich nicht die Krankheit heilen und den Patienten umbringen.» Bitte, tun Sie's, bitte ich ihn. Er macht «t-t-t!», seine Commonwealth-Gesundheit prallt vor unserer dunklen amerikanischen Einfärbung zurück. Sagt mir, daß ich wie alle Aussätzigen mich natürlich «in die Lampen verliebt» habe.

Ich kann nicht arbeiten, ich kann nicht lächeln.

Ich weiß jetzt, daß es die Box *gibt*, das ist die Pein. Es gibt sie, dort draußen, ein magisches Prisma in dieser Stadt der Kerker und Särge und Telefonzellen. Boston, diese Honigwabe voller Krankenhäuser, enthält ein einziges Sechseck voll göttlichem Nektar, eine Druckkammer zum Paradies, und sie ist mir verschlossen. Ich staune, daß nach der langen Geschichte menschlichen Eingeschlossenseins unser Geist immer noch unfähig ist, Körper zu transportieren, sie Zelle für Zelle aus der brennenden Dachkammer, dem versunkenen U-Boot herauszuholen. Mein ist das alte Gebet, *Erlöse mich von dem Übel.* Carlotta sagt, daß all ihre Gebete sich darum drehen, daß ich die Stärke und die Gnade gewährt bekomme, meine Enttäuschungen zu ertragen. Eine schale Bitte, verkneife ich mir gerade noch zu sagen. Beichtstühle, Toilettenräume, Ein-Zimmer-Apartments, Kassenhäuschen – sie rattern durch meinen Kopf wie Maschinengewehr-Blindgänger. Ich möchte in meine Lichtbox.

15. Nov. Den ganzen Morgen Bluttests. Die Krankenschwester, die meinen Venen die Proben entnimmt, taucht anmutig wie die Morgenröte vor mir auf, mit Muskeln so fest wie die eines jungen Pumas. Kommentarlos geht sie mit meinem schrecklichen Arm um. Ich blicke hinunter und stelle mir vor, daß der Aussatz an der Unterseite weniger leuchtet. Mit einer zweiten Krankenschwester plappert sie über meinen Kopf hinweg über kindische Dinge, Filme in der Innenstadt, geile Assistenzärzte und Fernsehtalkshows, und ihr schlanker Kiefer kaut auf einem Klumpen Kaugummi. Während ich Ampulle nach Ampulle fülle, hat sie mich offenbar ganz vergessen; ihre Brüste wogen in ihren gestärkten Panzerungen nur Zentimeter vor meiner Nase hin und her. Ich möchte an ihnen saugen, um dem Ausfließen meines Blutes etwas entgegenzusetzen. Yin und Yang, die sich wechselseitig nähren.

Als Carlotta heute abend kommt, um mich zu trösten, findet sie mich fast übertrieben männlich.

18. Nov. Träume der letzten Nacht. Ich laufe Ski auf einem weißen Hang, unter weißem Himmel. Ich blicke auf meine Füße hinab, und sie sind ebenfalls weiß, und meine Ski sind im Puder versunken. Es erheitert mich. Dann befördert mich der Traum in einen Innenraum, eine Skihütte, deren weiße Wände mit der gewölbten Decke ununterscheidbar verschmelzen. Ein Eskimomädchen steht dort, muskulös, braun, nackt. Ich bin wie ein Arzt gekleidet, aber steifer in langen weißen Pappen. Ich wache auf, überaus beschämt.

In der Negativ-Form dieses Traums sitze ich auf einer weißen Schüssel, und meine Exkremente fließen über, unaufhaltbar, unaufwischbar, bedrohen meine Füße, meine Schenkel in Fladen, die ich abzukratzen versuche. Ich wache auf und bin erleichtert, mich im Bett zu finden, zwischen sauberen Laken. Dann sehe ich im Zwielicht der Dämmerung auf meine Arme, und unentrinnbarer Horror überkommt mich. Dies ist real. Diese Haut bin ich, ich kann nicht heraus.

Himmelfahrer betet meine neuen Vasen an. Er tanzte geradezu in Vorahnung seines Profits, streichelte ihre Oberflächen – mattweiß und leichte Krakeluren à la frühe Tang-Periode –, als berührte er etwas Heiliges. Ich bin ungehalten über seine Besuche, empfinde sie als Invasionen in meine halbdunkle Höhle. Ich trage jetzt immer Handschuhe, außer beim Modellieren des Tons. Wenn ich nur eine Maske tragen könnte – egal ob Skifahrermaske oder etwas Afrikanisches oder für Halloween –, wäre mein Kostüm undurchdringlich.

Drei Uhr nachts. Ich bin in einem dunklen Zimmer. Ein schmaler Lichteinfall zeigt die Tür an. Auf Zehenspitzen nähere ich mich, suche zu entkommen, aber keine Tür läßt sich öffnen, das Licht ist ein langer fluoreszierender Leuchtstab. Ich packe ihn, und es ist mein eigener Phallus.

22. Nov. Wunder!

Aus hat vor neun angerufen und gesagt, die Tests erschienen ihm normal; der erste Test müsse ein Laborfehler gewesen sein. Er hatte, gestand er mir, angezeigt, ich sei tödlich an Lupus erkrankt, da wäre ultraviolettes Licht reines Gift für mich gewesen. Ich bin wieder in Behandlung. Soll Donnerstag kommen und *wieder aufnehmen.*

Carlotta bringt am Abend Champagner mit, um zu feiern, und ich bin insgeheim beleidigt. Offensichtlich liebt sie mich *nicht*, wie ich bin. Schüchtern fragt sie, ob ich danksagen will, und kühl antworte ich: «Wem?»

25. Nov. Der Assistent begrüßt mich ohne Begeisterung oder Würdigung meiner Zwangspause. Sein Gesicht bleich wie Kerzentalg über der strähnenhaft umgestülpten Flamme des Bartes. Ich suche den bartlosen Rest des Gesichtes ab und entdecke keine Spur von Aussatz. Auch meine Mit-Patienten, zusammengedrängt wie ihre Mäntel in dem kleinen Wartezimmer auf ihre Lichtminuten wartend, haben in meinen Augen perfekte Haut. Die meisten sind Männer: untersetzt, dunkelhäutig, ostentativ nette Typen, Teppichhändler oder Versicherungsvertreter, deren außersaisonale Bräune Beziehungen zu Florida verrät. Dazwischen eine jüngere Frau. Ihre Haut ist so tief braun, daß im Gegensatz dazu ihre Lippen fahl aussehen. Sie sitzt aufrecht, wie vor der Beichte. Ihr molliger Hals, die Finger mit den spitzen Nägeln und die rundlichen Handgelenke lassen einen prächtigen Körper vermuten – braune Vision meines Eskimomädchens, fett, um der Umarmung des Eises standzuhalten. Ich folge ihr mit den Augen, sehe unter dem weißen Vorhang ihre Füße aus den Schuhen schlüpfen und dann durch eine nackte Hand von dem seidigen

Gewirr der herabgleitenden Strumpfhose befreit werden. Begierde erfüllt mich. Ich bin in einer Kabine nebenan an der Reihe, mit etwas Ungeduld, wie etwas, worauf ich ein Recht habe, wie Atmen, wie Laufen auf heilen Beinen. Meine Bestrahlung dauert zwei Minuten – wo ich aufgehört habe. Sie scheint länger. Ich zähle zwischendurch die Röhren und stelle fest, daß eine nicht brennt. Ich entdecke, als ich gegen sie drücke, um sie wieder zum Leuchten zu bringen, daß man sie anfassen kann. Daß man sie alle berühren kann, sie sind nicht die Haut der Sonne. Ich erzähle dem Assistenten von der nicht funktionierenden Röhre, und er nickt freudlos.

Auf dem Nachhauseweg durch die Dämmerung, die früher und früher kommt, blicke ich hoch und sehe, daß eine Scheibe aus meinem geliebten, verwünschten Hancock-Turm gefallen ist. Es hat nicht in der Zeitung gestanden.

Und Himmelfahrer ruft mit seiner ziemlich raspelnden Stimme den Tränen nahe an, daß zwei der Vasen in seinem Lager kaputt seien. In der wohlwollenden Stimmung, die mich seit der Wiederaufnahme meiner Behandlung erfüllt, gebe ich gern zu, daß der Riß vielleicht beim Brennen passiert ist, und wir kommen überein, den Verlust zu teilen. Er ist dankbar.

7. *Dez.* Ich bin auf acht Minuten. Carlotta sagt, daß sich meine Haut anders anfühlt. Sie gesteht, daß meine Beulen in ihrem Kopf ein Muster gebildet haben, daß sich meine Schultern für ihre Finger so trocken und rauh wie ungehobeltes Holz anfühlten, daß sie sich wappnen mußte, um mich heftig zu berühren, immer in der Angst, daß es mir weh täte. Es hätte sie erschreckt, sagte sie, morgens aufzuwachen, bestäubt von meinen Flocken. Sie bekennt mir das leichthin, klaglos, aber ihre Erleichterung zeigt an, daß eine Prüfung für sie vorüber ist. Ich hatte gewagt zu träumen, daß ich schön wäre, wenn schon nicht in ihren Augen und ihrer Berührung,

dann doch in ihrem Herzen, im brennenden Herz ihrer Liebe. Aber sogar dort, sehe ich jetzt, war ich ein Aussätziger, geliebt in einem jener Akte innerer Überwindung, die den Stolz und die unerträgliche Eitelkeit des Weibes ausmachen. Betrunken von Wein, spürte ich den Drang, sie zu beflecken, und ich glasierte ihre Brüste mit einem Guß aus Honig, Erdnußbutter und kalifornischem Chablis.

Im Spiegel erkenne ich kaum irgendwelche sichtbare Veränderung – nur ein widerstrebendes Dunkelwerden in jenen Isthmen normaler Haut zwischen den kontinentalen Sudeleien aus Silber und Scharlachrot. Die Kur ist Quacksalberei. Ich bin ein Sklave von Quacksalberei und Töpferei. Und Wollust. Mich verlangt danach, die schöne weibliche Aussätzige wiederzusehen, deren Knöchel, wenn die Erinnerung an meinen flüchtigen Blick unter den Vorhang mich nicht täuscht, einen fedrigen Flaum von Schuppen trugen. Papagena. Wir sind alle furchtbar anzusehen, aber um wieviel schlimmer, eine Frau zu sein, wenn Männer sowenig die Fähigkeit innerer Überwindung besitzen. Doch andrerseits, wie dankbar und glühend ist es, berührt zu werden! Aber Papagena kommt nie mehr in die Klinik. Falls es irgendein Schema für die Termine gibt, dann das, daß kein Aussätziger einen anderen mehr als einmal zu Gesicht bekommt.

Auf den Fluren jedoch sehen wir Krüppel und noch in Narkose liegende Operierte, die aus dem Fahrstuhl gerollt werden, die Zwergwüchsigen und Verstümmelten, die Betäubten und Verwirrten, die Kranken und die Verwandtschaft der Kranken, die Blumen und Beschwerden tragen. Die Besucher bringen die kühle Luft der Stadt in die Flure und das verschnupfte Aussehen derer, denen Unrecht geschah; sie verschmelzen ununterscheidbar mit den Kranken, und alle gemeinsam bilden sie, von den Straßen durch die Zufallshand des Unglücks aufgelesen, in diesen überfrachteten Fluren eine eigene Metropolis. Ein merkwürdig mittelalterlicher Effekt des *Sich-Scharens*.

Des Jüngsten Gerichts. Der Menschheit, die für die Panoramakamera des Unheils posiert. Monströs sich bewegende Klumpen von Gesichtern – körnig, asymmetrisch, erdig.

12. Dez. Kleine Schalen auf der kleinen Scheibe die ganze Woche, und einige Eierschalentassen und -untertassen im Auftrag. Die Henkel nicht dicker als eine Weinranke. Sie im Darrofen zu stellen, ist eine heikle, schwankende Angelegenheit. Das Biskuit-Brennen am Dienstag und dann die Glasur: Feldspat und Kaolin für den Körper, Fritte und Colemanit für den Fluß, sieben Prozent Zirkon für milchige Opazität, eine Messerspitze Nickeloxyd für das zarte zeitlose Grau, das ich mir vorstelle. Ofen auf 2250°, Konus Nr. 6 hat seine Spitze am Sehschlitz abgestoßen, Konus 5 ist auf der Seite geschmolzen, Konus 7 steht aufrecht, ein undurchsichtiger Soldat in Habacht-Stellung in der Hölle. Abschalten des Ofens um Mitternacht. Augenschmerzen, tanzende Punkte. Schönste Zeit zum Schlafen, während der Ofen abkühlt und das Steingut sicher weggestaut ist in sein vorgesehenes Höchstmaß an Härte.

Am Morgen, das Grau einen Tick zu aufdringlich, weniger zurückhaltend, als ich gehofft hatte. Zwei Ränder kristallisiert. Die gleich zertrümmert, dazu noch fünf weitere von den zwanzig. Bevorzuge die fahlsten. Behielt die achte im Kopf, erinnerte mich an meinen Impuls, Dr. Aus eine Teetasse zu schenken. Er hat sein Versprechen gehalten. Der Spiegel merkt einen Unterschied, ebenso Carlotta. Ich finde seit kurzem etwas Krasses in ihren Bedürfnissen, ihren Schenkungen, ihren Anmerkungen. Sie sagt, meine Bräune sei aufregend, auch auf meinem Hintern, wie ein Mann in einem Porno. Wir gingen oft in Pornofilme, möglichst in die dunkelsten Kinos, um mich zu verstecken. Ich staunte über all die nichtaussätzige Haut.

Eine merkwürdige, wiederkehrende Phantasie: wenn wir die Nacht miteinander verbringen, verschmelzen ihre Haut und meine wie die Glasuren zweier Tongefäße, die zu nah aneinander im Ofen stehen.

13. Dez. Der Tag der heiligen Lucia. Die Heilige der Trübsichtigkeit, des Winterdunkels, erzählt mir Carlotta. Mir ist übel – vielleicht wegen der mystischen Pharaonenpillen, die meine Haut zwingen, das Licht auf sich wirken zu lassen. Kam den ganzen Tag nicht in Schwung. Mein Gehirn fühlt sich weich an.

16. Dez. Aus pfeift, als ich mich ausziehe. «Wirklich ein Fortschritt.» Trotzdem untersucht er mich nur knapp, lächelt abweisend, wenn ich versuche, ihm die widerspenstigen Flecke zu zeigen, die unebene Topographie der Heilung. «Sie haben den Zustand vergessen, in dem Sie sich befanden, mein Freund.» Das ist wahr. Mein Leben war bis jetzt unwirklich, ein Alp. Er will mir die «Schnappschüsse» zeigen, die er gemacht hat. Ich sage nein. Er macht neue Aufnahmen. Ich schildere meine Empfindung, daß der von meiner Haut verjagte Aussatz in tiefere Gewebe flieht und dort nur darauf wartet, in noch ekelhafterer und teuflischerer Form wiederaufzustehen. Er weist diese Bemerkung von sich. «Ihr Aussätzigen werdet alle unersättlich.» Ein klinisches Stadium, offensichtlich, wie Wut bei Sterbenden. Es geht mir *gut genug*, zeigt sein Benehmen. Er akzeptiert die Teetasse gleichgültig, mit einem Seitenblick. «Meine Frau wird sie außerordentlich mögen.» Mein Magen dreht sich. Ich hätte zwei retten sollen. Es war mir nie in den Sinn gekommen, daß er verheiratet ist. Hat er, frage ich mich, sie wegen ihrer Pelle ausgewählt? Eines unserer Weltwunder: das Liebesleben der Gynäkologen, etc.

17. Dez. Als ich Himmelfahrer frage, wie unserer Beacon-Hill-Kundin die Tassen gefallen, antwortet er, sie ist entzückt. Aber seine Art, dies mitzuteilen, ist nicht entzückt. Er scheint stumpf, ich fühle mich stumpf. Statt den Nachmittag durch-zuarbeiten, lasse ich ein paar wenige Stücke zum Trocknen an der Luft und spaziere durch die Stadt, mein passables Gesicht und meine reinen Hände zur Schau stellend. In diesen Tagen neige ich dazu, zu wenig anzuziehen. Ich habe mich erkältet. Ich bin sonst nie erkältet.

21. Dez. Der Nadir des Jahres. Die Gesichter vom Copley Square sind winterdünn und opaken. Ich vermisse das Sich-Scharen, den grellen Effekt der Krankenhausflure. Hier auf den Bürgersteigen treiben die Gesichter vorbei wie zwei Tage alte Zeitungen, gedruckt in einer Sprache, die zu lernen wir uns nie die Mühe machen werden. Die Totenmasken sitzen ihnen auf den Gesichtern, die Kurve, in Richtung Auflösung weisend, trotz der guten Paßform schon sichtbar. Ich liebte die Leute, sie schienen edel, weil sie mir gestatteten, unter ihnen zu weilen, ein Spion von der anstößigen Oberfläche eines anderen Planeten. Nun wird mir klar, daß ich nur den Hancock-Turm liebe, dessen fehlendes Fenster wieder einge-setzt worden ist und der wieder perfekt, unbewohnt und wech-selhaft blau ist; er nimmt die körperlosen Wolkenformen auf, ihre porzellanartige Gaze, ihren Traum von diamantener Härte. Ich reflektiere darüber, daß alle Kunst, alle Schönheit Reflexion ist. Die Gesichter in der Boylston Street scheinen mir durchweicht, schwammig, durchtränkt mit Zeit, in sich versunken. Die Kellnerin bei Ken, die ich einst für exquisit hielt, scheint mir nun mürrisch und teigig. Die Matzeklöß-chensuppe ist so lau, daß ich sie wegschiebe, gegen den Arm eines Mannes, der neben mir am Tresen steht. Ich warte, daß er sich entschuldigt, und er tut es. Hinterher gehe ich, das Pastrami zwischen meinen Zähnen herauspulend, über den Copley Square und betrachte mich in den Hancock-Scheiben. Da stehe ich, verzerrt, so daß Teile von mir einen Meter breit erscheinen und andere so schmal wie die Taille einer Sanduhr.

Ich sehe hoch, und in der Verkürzung steigt die Konstruktion mit ihrem spitzen Winkel auf wie der aus dem Wasser ragende Bug eines Schiffes. Ich warte, ob es kentert, aber es tut's nicht.

Carlotta sagt, ich sei weniger leidenschaftlich. Es ist Morgen. Sie ist gerade fort und hinterläßt einen moschusartigen Nachduft von Nichtbefriedigung.

25. Dez. Ich bin schön. Ich ziehe mich dauernd wieder aus, um sicher zu sein. Sogar auf den Schienbeinen ist der Aussatz verschwunden, ein feines Krakelee trockener Haut hinterlassend, wie bei Tang-Porzellan, das Badeöl bessern wird. Auf meinen Schenkeln ein schwacher rosa Schatten, etwa wie ein Hauch von Kupferoxyd, unter Sauerstoffentzug gebrannt, ihn hervorruft. Die Haut sieht babyhaft aus, erschrocken, entwaffnet: die bekannte Makellosigkeit der Gesundheit. Ich empfinde zwischen mir und meiner Epidermis eine Kluft, einen feinen Abstand, wo ein Keil von Bewußtseinsspaltung angesetzt werden könnte. Ich habe leichte Kopfschmerzen vom gestrigen Streit mit Carlotta, als ich betrunken war. Und ein Zahn, der sich von der Porzellanfüllung zurückzieht, scheint abzusterben; zumindest gibt es einen neuralgischen weichen Fleck unter meinem Wangenknochen. Vielleicht schmerzt es mich auch, allein zu sein. Die Lichtbox ist in den Ferien geschlossen. Carlotta verbringt Weihnachten in religiöser Zurückgezogenheit mit einem Nonnen-Orden der Episkopalkirche am Louisburg Square.

Notiz für eine neue Sorte Steingut: größer, rauher, roher, mit Körnungen und löwenhaften Flecken Eisenoxyd.

29. Dez. Beim Streicheln von Carlotta entdeckten meine Fingerspitzen in ihrem Genick einen Pickel. Ich zog sie zum Fenster und sah, daß die Haut, die straff über den oberen Brustbereich bis zu den Schlüsselbeinen gespannt ist, von Hunderten

Unvollkommenheiten beschädigt ist – Sommersprossen, entzündete Talgdrüsen, ein Muttermal mit einem Haar wie ein Erdklumpen, der den Stiel einer einzigen toten Blume trägt, der rote Abdruck ihrer Kruzifixkette, das weißliche Rückbleibsel einer alten Wunde oder Beule, unbeschreiblich feine Gerinnsel und Gesprenksel. Im Gegensatz dazu wies meine Hand nichts dergleichen auf. Sogar der schemenhafte Schatten meiner australisch geformten Verletzung war hinweggeglättet. Wir entdeckten, Carlotta und ich, daß, während ich ihre Schultern begutachtete, ich meine Liebeskraft eingebüßt hatte. Nichts, was wir unternahmen, konnte sie wieder aufrichten. Ich war erschlafft wie ein Konus Nr. 5. Ein nie dagewesener Vorfall in unserer Beziehung. Sie ergriff die Gelegenheit, ihre weibliche Fähigkeit der Vergebung unter Beweis zu stellen, aber ich war nicht zu übertölpeln, ich wußte, wer im Grunde schuld hatte. Ihre Flecken tanzten auf den Innenseiten meiner Lider.

6. Jan. Dr. Aus hat mich für «rein» erklärt. Er fährt übrigens für einen Monat nach Hause. Während dieser Zeit nimmt man, wie bei einem neuen Auto, «Inspektionen» an mir vor. Er fügt meine Fotos seiner Sammlung bei und freut sich darauf, weg zu sein. In Australien, auf der anderen Seite des Globus, wird Hochsommer herrschen. «Wir leben am Strand.» Ich stelle ihn mir verkehrt rum aufgehängt vor, in einem Parallelepiped aus intensiver weißer Sonne, und fühle mich verlassen.

11. Jan. Carlotta sagt, wir sollten es gelassen sehen. Sie hat sich mit einem anderen Mann getroffen, einem Laienpriester. Ich bin zweimal bei ihr impotent gewesen, nach dem ersten Fiasko, aber sie sagt, das sei es nicht. Sie wird mich immer lieben, es ist nur, daß eine Frau das Gefühl braucht, gebraucht zu werden, falls ich das verstehe. Ich gebe vor, zu verstehen.

Ein schlimmerer Schlag trifft mich, als Himmelfahrer zu Besuch kommt. Er begutachtet meine neue Arbeit, ganze Pyramiden davon, einige noch warm vom Ofen, den ich vergrößert habe. Er scheint untröstlich. Er nimmt mir nur die Hälfte ab, und die in Kommission. Er sagt, es sei eine schwerfällige Saison. Er berührt einen Krug in Form eines Wasserspeiers (die Tülle eine Schnauze, der Henkel ein Schwanz) und bemerkt, es gäbe da eine Veränderung. Ich sage, das Design sei ein Witz, eine Schrulle. Er sagt, er spreche nicht von Intuition, sondern von Intensität. Er sagt, es sei gutes Steingut, aber nicht fanatisch gemachtes, und daß man in der hoch entwikkelten Wettbewerbswelt von heute fanatisch sein müsse, um auch nur gut zu sein. Er ist ein schwerer, grauer Mann, dessen Bewegungen von vielen bleiernen Seufzern begleitet werden. Ich spüre einen plötzlichen Stich von Schuld, weiß ich doch, daß ich weniger Stunden als früher in meinem Atelier verbringe, da ich es vorziehe, in der Stadt herumzulaufen, so leicht bekleidet, wie es die Kälte nur zuläßt, und in die Menschheit einzutauchen und in den Schnee, der reichlich gefallen ist. Es gibt eine Seuche von Seligkeit in einer solchen Stadt, in ihrem Miasma verdauter Katastrophen – die Sirenen, die von den Dächern heulen, die unerklärten Rauchschwaden am anderen Ende des Blocks, den Betrunkenen mit dem pusteligen Gesicht, der Phantome anschreit und in der Urne am Kriegerdenkmal herumkramt.

Himmelfahrer entschuldigt sich für seine Enttäuschung und läßt sich erweichen. Er bietet mir an, den neuen Schub zu den vorherigen Bedingungen zu nehmen, wenn ich zu meinem gewohnten kleinen Maßstab, den gedämpften Tönen, dem exquisiten Mattglanz zurückkehre. Ich weise das natürlich von mir. Ich durchschaue die Verschwörung. Er und Carlotta versuchen, mich wieder zu ihrem Eigentum, zu ihrem Spielzeug im goldenen Käfig meiner Krankheit zu machen. Nie wieder. Ich bin frei, wie andere Menschen. Ich bin heil.

Die Zauber-Paten

O h, Pumpkin», pflegte Tod zu sagen, «niemand mag uns.»

«Das stimmt nicht ganz», antwortete sie dann und leckte ihre Lippen wie immer, wenn sie nachdachte.

Sie waren ineinander verliebt, deshalb nahm bereits die kleinste Geste von ihr seine volle Aufmerksamkeit in Anspruch und ließ sein Blut mühsam fließen. Er wußte genau, wen sie meinte. Er wandte ein: «Aber sie werden dafür bezahlt.»

«Ich glaube, sie täten es auch sonst», antwortete sie, nachdem sie weiter nachgedacht hatte. Sie fügte hinzu: «Oz *liebt* dich.»

«Er liebt mich keineswegs, er hält nur meinen Selbsthaß für leicht übertrieben.»

«Er liebt dich.»

Oz war sein Psychiater. Rhadamanthus ihrer. Tod hatte Rhadamanthus nur einmal auf dem düsteren, avocado-grün gestrichenen Flur vor seinem Büro gesehen. Pumpkin war, wie gewöhnlich, nervös und gequält, voller Selbstzweifel und Schuldgefühle hineingegangen und durchblutet, beruhigt und heiter wieder herausgekommen. Bei dieser einen Gelegenheit ragte hinter ihr ein Schatten empor, ein Schatten in-

249

des, den Tod genausowenig in Ruhe betrachten konnte, wie er direkt in die Sonne zu blinzeln vermochte. Er wußte, daß er vermittels ihrer Aussagen Sitzung für Sitzung in diesem Schatten weilte, und als er die lustlos dargebotene Hand des Mannes ergriff, hatte Tod das befremdliche Gefühl, in gewisser Weise sich selbst zu berühren.

Nach ihrer nächsten Sitzung sagte Pumpkin: «Er fragte sich, warum du ihm nicht in die Augen sehen konntest.»

«Ich konnte nicht. Er ist zu wunderbar.»

«Er hält *dich* für wunderbar.»

«Einen Dreck tut er.»

«Doch. Er liebt, was du für mich tust.»

«Ich ruiniere dein Leben.»

«Er glaubt, mein Leben verlief sehr neurotisch, und ich sei unglaublich dumm, so zu trauern, wie ich es tue.»

«Leben ist Trauer», sagte Tod, dieser Unterhaltung müde.

«Er glaubt, mein Leben verlief sehr neurotisch», sagte Pumpkin, «und ich sei unglaublich dumm, so zu trauern.»

«Sie wiederholt sich», sagte Tod zu Oz. Oz bewegte sich auf seinem Lehnstuhl und legte die Fingerspitzen der rechten Hand an die rechte Schläfe. Jede seiner noch so kleinen Gesten konnte Tods voller Aufmerksamkeit sicher sein. «Das kommt mir nicht so schlimm vor», sagte der Psychiater mit jener beiläufigen Mitteilungskraft, die nur auf dem höchsten, dünnsten Zenit der Weisheit zu erreichen ist. Es war wie Golf auf dem Mond, sogar ein kurzer Schlag segelte meilenweit. Oz' Lächeln war ein himmlisches Ereignis. «Sie selbst verwendet soviel Energie darauf» – er lächelte –, «Wiederholungen zu vermeiden.»

Tod fragte sich, warum Oz so beharrlich Pumpkin verteidigte. Durch das Wörterwirrwarr seines Patienten hindurch schien Oz eine ideale Pumpkin leuchten zu sehen. Sie sahen sich ziemlich ähnlich: breite, fahle Gesichter, silbernes Haar,

Augen in der Un-Farbe von Platin. Außerirdische Persönlichkeiten. Dagegen war Rhadamanthus, jedenfalls in Tods Vorstellung, essentiell unterirdisch: es lag etwas Trübes und Handgreifliches und Finsteres und Befehlendes um den Mann. Pumpkin kam gewöhnlich aus ihren Sitzungen wie aus einer Höhle, blinzelnd und wie neugeboren. Wogegen Tod nach einer Sitzung mit Oz schwindlig und durchlüftet herunterkam, das Blut voller Blasen, das Gehirn berauscht von aufgefrischter Phantasie und Hoffnung. Oz war, schmeichelte sich Tod, ein reinerer Freudianer als Rhadamanthus.

«Oz sagt», pflegte er dann zu sagen, «ich sollte nicht so darauf achten, daß du dich wiederholst.»

«Rhadamanthus sagt», war ihre Antwort, «ich wiederhole mich nicht. Wenigstens sei es ihm nie aufgefallen.»

«Du vertraust darauf, daß er dich gleich beim erstenmal versteht», theoretisierte Tod. «Er ist für dich realer, als ich es bin. Mir gegenüber wiederholst du dich, weil du bezweifelst, daß ich hier bin.»

«Wo?»

«In der Welt in deinem Kopf. Sei nicht traurig. Freud sagt, ich bin für niemanden wirklich wirklich.» Tod verlor selten aus dem Gedächtnis, was sein Name auf deutsch bedeutete. Er war vierzig geworden, ehe er dies wirklich begriffen hatte.

In jenen Tagen waren ihre Lebensumstände nicht die besten. Er wohnte in einer Stadt zur Untermiete, und sie besuchte ihn. Vom Treppenabsatz der vierten Etage blickte er hinunter, nachdem er den Summer betätigt hatte, und sah plötzlich ihre Hand wie einen Schmetterling in der Tiefe des Waldes weit unten auf dem Treppengeländer landen. Während sie emporstieg, lag etwas Unheilvolles, Unerbittliches in der Art, wie ihre Hand das Geländer in gleichmäßigen Aufwärtssprüngen ergriff. Nach dem Absatz im zweiten Stock wurde ihr ganzer Arm sichtbar – in Pelz oder Tweed, in Baumwollärmeln oder nackt – und in der Biege zum dritten Stock sah sie hoch und lächelte, ihr Gesicht breit, leuchtend und mondhaft. Für gewöhnlich kam sie von einer Sitzung bei Rhadamanthus, und wenn Tod sie auf dem Absatz der vierten Etage umarmte, konnte er in der Glätte ihrer Wangen, in der Stärke ihrer Arme und im feuchten Hunger ihrer Lippen die noch frische Infusion der Segnungen ihres Hexenmeisters spüren. Sie trat in sein dürftiges Zimmer, stieß die Schuhe von sich und erzählte ihm von der Sitzung.

«Er war gut», sagte sie abwägend, als würde sie jede Woche einen anderen Wein probieren.

«Hat er gesagt, du solltest zu Roger zurückkehren?»

«Natürlich nicht. Das hielte er für schrecklich neurotisch. Warum fragst du überhaupt? Du projizierst. *Du* willst, daß ich zurückgehe. Will Oz, daß ich zurückgehe, damit du zurückgehen kannst? Er haßt mich.»

«Er liebt dich. Er sagt, du hättest in bezug auf meine Männlichkeit Wunder gewirkt.»

«Das täte auch Gewichtheben.»

Er mußte lachen, dann, nach einer Pause, fuhr er fort, sich nach seinem Schatten vorzutasten, der in der magischen Höhle ihrer Sitzungen mit Rhadamanthus lebte. Er huschte darin herum, spürte er, ein halb-erhabenes Wesen feiner noch als irgendeine der Billigungen, von denen Pumpkin berichtete. «Er glaubt», sagte sie träge, «eins meiner Probleme ist, daß ich von einem Extrem ins andere gefallen bin. Du klingst ganz entschieden nett für ihn, die Art, wie du mich behandelst, deine Kinder, Lulu...»

Die Erwähnung Lulus hatte schlimme Wirkungen auf ihn. «Ich bin *nicht* entschieden nett», protestierte er. «Ich kann ziemlich grausam sein. Hier, ich werd's dir zeigen.» Und er packte Pumpkins nackten Fuß, der vor ihm ausgestreckt lag, und drehte ihn, bis sie einen Schrei ausstieß und mit einem dumpfen Aufprall zu Boden fiel.

«Ich glaube, daß ich deshalb ihren Fuß nahm», sagte Tod am folgenden Dienstag zu Oz, «statt, sagen wir mal, ihr den Arm umzudrehen oder sie an den Haaren zu ziehen, weil ihre Füße für mich besonderes erotisches Gewicht haben. Das erste Mal, als mir lebhaft bewußt wurde, daß ich sie *haben* wollte, verstehen Sie, war, als ich eines Samstagnachmittags kurz zu ihnen rüber ging, um einen Satz Steckschlüssel zurückzubringen, den ich mir von Roger geliehen hatte, und während ich dort im Flur stand, kam sie barfuß aus dem Keller. Ich dachte bei mir, geht barfuß in den Keller – großartig. Die einzige andere Frau aus meiner Bekanntschaft, die überall barfuß lief, war meine Frau. Lulu spielt sogar Tennis barfuß und hinterläßt auf der Tonerde überall kleine Zehenmarken. Dann trug sie, also Pumpkin, bei den Zusammenkünften des Blockflötenchors diese dummerhaften Holzsandalen, die angeblich gut gegen Senkfüße sind, und während des ganzen restlichen Tenorparts konnte ich unter dem Notenpapier ihre kleinen rosa Zehen sehen, wie sie den Takt für den Sopran schlugen, sehr schnell und aufgeregt – Achtelnoten. Sopranparts neigen zu Achtelnoten. Und dann, das erste Mal, daß wir die ganze Nacht zusammen verbrachten, kam ich aus dem Bad, sie schlief noch, mit einem merkwürdigen Gefühl – ich, meine ich, hatte das Gefühl –, da lag sie dort mit diesem wunderbaren einzelnen Fuß, der unter der Decke hervorlugte. Sie mag es, wenn man ihre Zehen lutscht.»

Es schien Tod, daß Oz unbehaglich auf seinem Stuhl hin- und herrutschte, ein Knarren, das entweder vom Leder kam oder ein verstohlenes Verdauungsgeräusch war. Tods wöchentliche Verabredung lag nach der Mittagszeit, und er hatte manchmal ein Gefühl, von dem Psychiater verschlungen zu werden, ein Gefühl der Auflösung nach einem Angriff durch die Enzyme der Analyse. Tod beharrte auf seinem Fußthema. «Vorletzten Winter, fällt mir gerade ein, nahm Lulu die falschen Schaftstiefel vom Weihnachtssingen mit, und es stellte sich heraus, es waren *ihre* Schuhe, und sie waren Lulu zu groß. Was überrascht, denn Lulu ist größer. *Ihre* Füße, ich sollte sagen, die von Lulu, haben eine ziemlich hohe Wölbung, fast wie Hufe, deshalb hinterlassen sie auf dem Tennisplatz auch solche Abdrücke. Als ich sie am College kennenlernte, waren ihre Sohlen so hart, daß sie barfuß Zigaretten austreten konnte, so als Trick. Der dritte und vierte Zeh sind nicht bis unten runter getrennt. Sie haßte es, wenn ich das erwähnte. Oder überhaupt irgend etwas über ihre Füße sagte. Trotzdem trug sie, sooft es sich machen ließ, keine Schuhe, und wenn wir am Strand entlanggingen, bewunderte sie jedesmal ihren Fußabdruck im Sand. Wegen der Lücke, wo die Wölbung war.» Plötzlich schien das Thema erschöpft. «Was halten Sie davon?» fragte Tod schwach.

Oz seufzte. In seinen Platinaugen schien sich Wasser zu sammeln. Tod spürte, daß Oz, indem er ihn anblickte, eine tiefe, wenn auch ergründbare Quelle des Leids sah, Leid und narzißtischen Wirrwarr. «Es ist ein Paradoxon», sagte der Psychiater betrübt.

Sicher meinte er Lulus Verhältnis zu ihren Füßen. Tod sprach weiter: «Nachdem sie die Schuhe zurückgetauscht hatten, erzählte mir Pumpkin auf einer Party, daß die von Lulu sie gedrückt hätten, und ich verspürte diesen seltsamen Wunsch, Lulu zu verteidigen, als wäre sie beleidigt worden. Sogar jetzt noch möchte ich Lulu verteidigen. Gegen Sie, zum Beispiel. Ich spüre, Sie haben sie hintergangen, indem Sie stillschweigend gebilligt haben, daß ich sie verließ. Alle anderen sind entsetzt. Alle mögen Lulu. Ich auch. Sie ist sehr liebenswert.»

Oz seufzte in der besonderen Art, die das Ende der Sitzung signalisierte. «Wie heißt doch der alte Spruch?» fragte er beiläufig. «Wem der Schuh paßt...»

«Was hat er gesagt?» fragte Pumpkin begierig am Telefon. Sie hatte einen schlechten Tag mit weinenden Kindern und unbezahlbaren Rechnungen gehabt. Roger bombardierte sie mit eidesstattlichen Erklärungen und Zeugenaussagen.

«Oz hat Lulu angegriffen», erzählte ihr Tod. «Er unterstellte stillschweigend, daß sie ein Schuh ist, den ich aufhören soll zu tragen.»

«Das ist kein Angriff, sondern eine Möglichkeit», sagte Pumpkin. «Ich bin mir nicht sicher, ob du in bezug auf Lulu richtig tickst.»

«Ich ticke so wie du in bezug auf Roger.»

«Ich ticke durchaus richtig in bezug auf Roger. Rhadamanthus sagt, das war schon immer so, ich hätte nur meine eigenen Wahrnehmungen angezweifelt.»

«Ich habe Roger immer gemocht, er war immer sehr freundlich zu mir.»

«Das ist eine seiner Selbstdarstellungen.»

«Er hat mir seine Steckschlüssel geliehen.»

«Du solltest ihn jetzt mal über die Steckschlüssel herziehen hören. Er nennt sie ‹diese stinkgemeinen Steckschlüssel›.»

«Wem vertraust du mehr in bezug auf Roger – mir, der ich ihn kennengelernt habe, oder Rhadamanthus, der ihn nicht kennt? Ich sage dir, er ist *freundlich*.» Woher diese Reizbarkeit und Unvernunft? Tod verstand sich nicht. Als Pumpkin einmal schwankend geworden war und sie fast zu ihrem Ehemann zurückgekehrt wäre, hatte er Todesqualen ausgestanden. Sein Herz hatte sich in Eifersucht verzehrt wie ein Stück Fleisch in einem Eintopf.

«Rhadamanthus», antwortete Pumpkin auf die Frage, die er gestellt, aber vergessen hatte.

«Er hält dich für seine Prinzessin», schnappte Tod. «Er glaubt zweifellos, ich beflecke dich.»

«Er hält dich für *schön*», sagte sie aufreizend.

«Welches *Recht* haben eigentlich diese Männer», gab Tod

zurück, «unser Leben zu bestimmen? Was weißt du über sie? Sind *ihre* Ehen so fabelhaft, daß sie unsere schlechtmachen können? Nach der Art und Weise zu urteilen, wie Oz' Magen grummelt, hat er ein Magengeschwür. Und was deinen Typ angeht, mir gefiel ganz und gar nicht die verschlagene Art, wie er damals aus der Tür geschlurft kam. Er konnte mir nicht mal in die Augen sehen. Was *macht* ihr beide da überhaupt immer?»

Pumpkin heulte. «Geh zurück», sagte sie. «Das ist es, was du mir zu verstehen gibst. Du willst zurück zu Lulu in die zu engen Schuhe.» Sie legte auf.

Aber als er sie das nächste Mal nach ihrer Donnerstagssitzung mit Rhadamanthus traf, hatte ihr der Psychiater gesagt, daß Tod das keineswegs so gemeint hatte, vielmehr liebte er sie in Wahrheit sehr, und daß sie ihn liebte. Sie fühlte sich ganz glatt und prall an, auf dem Absatz der vierten Etage, und im Zimmer kickte sie die Schuhe weg und erzählte alles, was sich in der Höhle des Wissens geoffenbart hatte.

Wie sie so durch die Stadt gingen und ihre Liebesbeziehung darstellten, schienen sie manchmal Handpuppen an Riesenhänden zu sein, Verkörperung der Hoffnung anderer. Sie hatten keine Freunde. Sie hatten Kinder, aber diese hatten sie verletzt. Tränen funkelten um sie wie die Lichter der City, die man in dem viereckigen Bassin neben dem weißen runden Tisch eines Gartenrestaurants reflektiert sieht. In den Museen ragten Edelstahlkonstruktionen ohne erkennbaren Zweck in den Raum, und breitstreifige Leinwände belohnten ihre respektvollen Blicke mit greller Leere. Im Kino kitzelte ihr Haar sein Ohr, während sich rosa Gliedmaßen ineinander verschlangen oder Sherlock Holmes durch den künstlichen Nebel einer Hollywood-Heide schlich. Sie mochten Retrospektiven: Esther Williams lächelte triumphierend unter Wasser, und Judy Garland, wieder jung, traf die hohen Töne.

Draußen, unter dem Geglitzer der Eingangsmarkise, funkelte Eis auf dem Backsteinpflaster, und Kerzenleuchter wärmten die Erkerfenster von Wohnungen, deren Fußböden und Möbel sie niemals zu Gesicht bekämen. Sie waren glücklich in ihrer Vergessenheit. Nachts sangen Sirenen klagende Wiegenlieder von Katastrophen, die in der Ferne blieben. Verkehr leckte die Straßen. Flugzeuge zogen die Himmelsdecke gemütlich dicht. Sie erwachten und stellten fest, es hatte ihre ganzen Träume hindurch geschneit, und die Straße war so gedämpft wie ein Druck von Currier & Ives – dieselbe Straße, wo im Frühjahr die Magnolien zuerst auf der Sonnenseite erblühten und dann, Wochen später, auf der Seite ständigen Schattens. Sie gingen verzaubert spazieren, ängstlich, allen unbekannt außer den unsichtbaren Ratgebern, deren Segnungen die Nacht nährten wie das Atmen der Sterne. Dann drehte sich die Welt weiter; die Kinder hörten auf zu weinen, das Tempo der juristischen Schritte verlangsamte sich, die Stadtlichter verblaßten hinter ihnen. Sie kauften ein Haus. Er baute Bücherregale, sie züchtete Blumen. Aus ökonomischen Gründen gingen sie nicht mehr zu ihren Psychiatern. Wenn sie jetzt zu ihm sagte: «Du bist schön», kam es einzig von ihr, und wenn er antwortete: «Du auch», geschah es, um den Schrecken, der sie heimsuchte, zu unterdrücken, grell wie Tageslicht, pünktlich wie der Postbote. Denn Tod war tot, und Pumpkin war hohl, und die Zauber-Paten waren verschwunden und hatten das bessere Selbst der Liebenden mit sich genommen.

Die Ohnmacht

Freddy Python war ein bekannter Immobilienmakler im Raum Boston und befaßte sich unablässig mit der Zusammenstellung von Entwicklungsprogrammen, die ihm, obwohl selten etwas daraus wurde, irgendwie ermöglichten, sich Sportwagen, maßgeschneiderte Anzüge und attraktive Frauen zu leisten. Er lebte mit einem Filipino-Diener und seiner Mutter in einer exquisiten Eigentumswohnung auf der Sonnenseite von Beacon Hill. Seine erste und einzige Ehe war nur von kurzer Dauer gewesen und ohne Kinder. In dem seither verstrichenen Jahrzehnt hatte er seine Frau fast vergessen; sie war die am weitesten entfernte Gestalt in einer langen Reihe von Frauen, die er, eine nach der andern, begleitet und verführt, mit denen er sich im Urlaub amüsiert und gestritten, von der Sonne hatte bräunen und vom Frost hatte beißen lassen, die er geliebt und vergessen hatte. In seiner Erinnerung war es eine schrille und zeternde Reihe, wie die Schlange vor dem Reklamationsschalter eines Warenhauses, mit ein paar wenigen auffällig stillen, mürrischen Dulderinnen, die es auf die Art zu schaffen hofften. Freddy hatte sie selber alle geschafft: die Weinende, die Schreiende, die langweilig Logische, die erregt gebändigte Schweigerin. Am Ende einer Verabredung segelte er dann, wie immer auch geladen, mit seinem weißen Porsche geschickt durch den grellen Morast des Park Square und die exzentrischen Stromschnellen des Charles Street-Verkehrs, lavierte bergan in seine schmale Zufahrt und brachte den kostbaren Wagen vorsichtig in die Sicherheit seines Standplatzes unter dem Fenster seiner Mutter. Er ließ sich leise ins Haus und stieg die teppichbelegte Treppe zu seinem Schlafzimmer empor, einem riesigen Herrenschlafzimmer, das – ein einziges Pfühl aus Steppdecken, Kissen und abgestimmtem Satin – wie ein liebliches Luftschiff über der Seuche der Stadt und ihren Träumen schwebte. Der Filipino hatte ihm die Bettdecke aufgeschlagen und seine Mutter ihm einen Zettel hingelegt, auf dem stand, daß ein «Anruf vom Bürgermeister» gewesen sei oder daß er «Nicht das Lecithin vergessen» solle. Freddy kleidete sich aus und prüfte dabei seinen gymnastikgestählten Körper im mannshohen Spiegel auf Verschleißerscheinungen, bevor er seinen Pyjama entfaltete. Dann streckte er seinen pyjamaumhüllten Leib zum Schlaf, schloß die Augen und ließ seine Gedanken um die am Abend eroberten Freuden kreisen. Seine Trophäen waren um ihn, von dem gerahmten Diplom des Maklerverbandes Charlestown bis zu der versilberten Statuette, dem zweiten Preis bei den Jugendmeisterschaften im Tennis, Malden 1959. Seine Pläne für morgen waren gefaßt. Der Berg war still, bis auf gelegentlich jähes Auspuffgeknatter oder die hastenden Schritte eines kleinen Straßenräubers. Corinna (oder wer anders) lag allein in ihrem (zerwühlten) Bett. Freddy lag allein in seinem. Was für ein Leben!

Corinna. Vielleicht hatten sie ihre Partie schon ausgespielt. Er wurde nicht ganz schlau aus ihr, und sie wurde aus gar nichts schlau. Eine ziemlich große, starr blickende Blondine von mindestens fünfundzwanzig, mit einem Hintern wie zwei Monde, nahm sie sich in der Öffentlichkeit nicht schlecht aus neben Freddy; doch sie mied die Öffentlichkeit. Sie sagte, Menschenansammlungen seien ihr verhaßt. Wenn er, in piekfeinen Nadelstreifen und gewienerten Guccis, in ihrem Apartment erschien, fand er sie gewöhnlich in der Badewanne, halb betäubt vom Dampf. So um Mitternacht hatte er sie dann so weit, daß sie wenigstens mit zur Boylston Street rüberging, auf ein Cheeseburger. Oder es endete damit, daß sie sich vor dem Kamin eine Fernsehpackung Hähnchen süß-sauer teilten – Holz hatte sie nie, und so konnten sie sich nur aus zusammengerollten, mit Gummibändern kompakt gehaltenen Zeitungen ein unlustig kokelndes Feuer machen –, während aus dem Radio im Bücherregal alte Jazz-Singles hervorpurzelten. Sie nahm den ganzen Tag Diktat auf und brauchte nach der Arbeit offenbar diesen Ausdruck ihrer selbst: das schlaffe Sich-treiben-Lassen durch ihre Anderthalb-Zimmer-Wohnung, das Kleiderverstreuen und Aschbecherleeren; es war wie ein Monolog in Zeitlupe, mit dem sie sich ganz allmählich wieder ihren eigenen Raum erschloß. Freddy warf die Theaterkarten, von denen sie keinen Gebrauch gemacht hatten, in die qualmig blauen Flammen und verkündete: «Wieder zweiundzwanzig Eier durch den Schornstein.»

«Wolltest du denn wirklich hin? War es so nicht viel schöner? Wir beiden ganz unter uns?»

«Unter uns können wir immer sein. Aber *Belle of Amherst* läuft nur diese Woche.»

«Freddy, du wolltest ja wirklich! Das tut mir leid – ich war bloß so müde, ich hab mich immer noch nicht wieder von *As You Like It* nur mit Schauspielern erholt.»

«Aber *Equus* fandst du doch schön.»

«Schön nicht – bloß daß es nur zwei Akte waren.»

«Du hast aber gesagt, die Pferdeköpfe hätten dir gefallen.»

Wie zum Trost beugte sich Corinna, nur mit einem Schürzchen bekleidet, tief über ihn, und ihre Brüste leuchteten matt in demselben Feuerschein, der in den leeren Fächern der Silberfolienpackung ihrer Fernsehmahlzeit flackerte. «Die haben mir wirklich gefallen, Freddy, die Pferdeköpfe. Und wie sie andauernd die Bühne gedreht haben, um die Neurose zu zeigen. Ich geh ja auch mit. Laß uns doch morgen abend. Kannst du denn noch mal Karten kriegen?»

Eigentlich hatte Freddy nicht die Absicht gehabt, sich auch morgen abend mit ihr zu treffen. Der ganze Umstand jedesmal, mit frischem Hemd und gebügeltem Anzug, ging ihm langsam auf die Nerven. Es gab da ein japanisches Mädchen, Assistentin eines Landschaftsarchitekten, mit dem er morgen wieder eine Sitzung hatte; sie hatte ihm bei der letzten Besprechung deutliche Augenzeichen gegeben, obwohl man das so ganz genau auch wieder nicht sagen konnte bei diesen wimpernlosen Augen, diesen unergründlichen kleinen Teichen voller Rassenambition, unverbindlich und neutral wie eine Kameraöffnung. Trotzdem hatte er die Dinge in seiner Planung noch offengelassen. Doch wenn er nein sagte, glaubte Corinna womöglich, er hätte nicht genug Beziehungen, um noch einmal an Karten zu kommen. «Okay», sagte Freddy. «Aber sag mir auch echt, ob du willst. Sonst komm ich gleich mit Jeans und Rollkragen.»

Wenigstens war sie schon aus der Wanne, als er eintraf. Aber sie wußte nicht, was sie anziehen sollte. Es war ein warmer Frühlingsabend, windig, ideal für einen kleinen Spaziergang zu einem Cheeseburgerstand, aber es hing auch etwas Veränderliches in der Luft. Sie tappte ratlos zwischen Wohn- und Schlafzimmer hin und her und sagte dabei unablässig: «Ich hasse meine Sachen.» Sie zeigte ihm ein Wollkleid, das zu winterlich war, und ein zu sommerliches aus Baumwolle. So ging das immerfort: nichts war ihr recht, war ihr je recht gewesen; sie haßte das Einkaufen; wenn sie etwas gekauft hatte, haßte sie es, und wenn nicht, haßte sie sich selbst. Als kleines Mädchen war sie von ihrer Mutter immer in diese engen Partykleider mit Krausen gesteckt worden; da hatte sie dann den Kragen mit beiden Händen gepackt und das Ganze bis zur Taille auseinandergerissen, *brrripp!* Ihre Zunge schoß hin und her wie ein Kaninchen, das ins Scheinwerferlicht eines Wagens geraten ist; ihre Beine wirbelten wie Windmühlenflügel. Freddy hatte als Junge eine Modelleisenbahn von Lionel gehabt, die er sehr liebte. Die Lokomotive entgleiste manchmal, und wenn er sie aufnahm, war sie überraschend schwer, und ein erregtes Hitzekribbeln drang ihm in die Hand; setzte er sie dann wieder auf die Schienen, so wirbelten die Räder los, und der Magnet ihres Herzens schwirrte, nachdem so die elektrische Verbindung mit magischer Plötzlichkeit hergestellt worden war. Ganz ähnlich konnte es auch bei Corinna sein.

Aus den unermeßlichen Weiten ihrer Kleiderkammer brachte sie nun ein silberblaues, abstrakt weißgemustertes Gewand mit hohem, in chinesischem Stil geschnittenem Kragen ans Licht. Der Hauch des Orientalischen harmonisierte mit dem japanischen Mädchen in Freddys Gedanken. Mehr als einmal hatte sie, bei der Besprechung heute, mit einem unergründlichen Blick zu Freddy hinüber ihren Gatten erwähnt, der offenbar Architekt war. Keine Courtage für ihn, wenn das ihr Gedanke war. Auf allen Seiten wurde Freddy von verborgener Redlichkeit verraten. Zuerst die irischen Politiker, jetzt die japanischen Profis. Corinna hielt sich das Kleid an. Der hautenge Schnitt ließ sie überraschend groß erscheinen. So entschlossen und bestimmt, wie er vor Jahren die aufgeregte kleine Lionel auf die Schienen gesetzt hatte, wies Freddy sie an, dieses Kleid zu tragen. Er war es satt, ihren Launen nachzugeben. Es war jetzt genug.

Er schimpfte mit ihr. «Für ein Taxi hast du's zu spät werden lassen», sagte er zu ihr, «wir werden zu Fuß gehen müssen.» Forsythiensprengsel glühten in den Nobelfriedhöfen der Back Bay und gelbe Narzissenfleckchen hinter dem Zaun des öffentlichen Parks. Der enge Saum des Kleides zerhackte ihren sonst langen Schritt in ein gehetztes Trappeln. Düfte schwebten im warmen Wind des Park Square, aus Blütenkelchen,

Automotoren, geleerten Weinflaschen. Die Vorstellung war im Colonial Theatre – das Foyer lag schon verlassen. Sie nahmen im Dunkeln ihre Sitze ein, störten die Reihe auf. Im Bühnenlicht gewahrte Freddy ein Glitzern von Schweiß auf Corinnas Oberlippe; er berührte den seidenen Ärmel ihres Kleids, und sie entzog ihm ihren Arm. Langsam nahm das Stück seine Aufmerksamkeit gefangen. Das tapfere kleine Weibchen, allein auf einer Bühne, die das Haus einer alten Jungfer in Amherst darstellte, umschwatzt von unsichtbaren Gestalten, deklamierte Emily Dickinsons Gedichte und sprach durch ein Phantom-Fenster ins Publikum. Mit ihrem dunklen Haar und ihrer gekünstelt klagenden Stimme erinnerte sie Freddy an jemanden – an jemanden, der ihm sehr fern war, doch auch sehr vertraut. Es kam ihm: seine Frau. Auch Loretta hatte diesen strengen Mittelscheitel getragen, hatte sich so die Hüften gestrichen, wenn sie eine Erregung wegglätten wollte, hatte beim Sprechen diese verhaltene, gebrochene Melodik in der Stimme gehabt, auch dies Lachen, dessen Klang immer darauf hinweisen sollte, wie tief verletzt sie innerlich sei; sie war auf eine scheue Art theatralisch gewesen, hatte ein spitzes Kinn gehabt, ja hatte sogar Gedichte geschrieben, fiel ihm jetzt ein. Ein leeres Haus bewohnte sie freilich nur in Freddys Schädel, denn sie hatte rasch wiedergeheiratet und zwei Kinder geboren; aber so sah er sie eben – umgeben von einer Aura der Verlassenheit, fahrig klimpernd auf den strähnigen Saiten eines unwiderruflichen Verlusts. Als der Fortgang des Stücks langsam zu erkennen gab, daß Emily Dickinson mit ihrer widernatürlich selbstgewählten Einsamkeit einen Triumph errungen hatte, dämmerte ihm voller Unbehagen die parallele Möglichkeit, daß er, Freddy, gar nicht so sehr Loretta verlassen, wie vielmehr sie ihn zurückgewiesen hatte. *Ihn*.

Der Vorhang fiel; die Lichter gingen an. Corinnas Gesicht sah rund aus wie ein Mond, obschon rosig, und zeigte ein breites Lächeln. «Hat es wirklich nur zwei Akte?» fragte sie. «Was meinst du, ist es nicht sehr stickig hier drin?»

«Hab ich noch nicht bemerkt.»

«Du bist ja ganz in Gedanken. Siehst so traurig aus. An wen denkst du?»

Die Bläue ihres Kleides, wie sie ihre Kehle umschloß, brachte das Blau ihrer Augen bestürzend zur Geltung; wie eine Messerschneide fühlte er auf einmal an der eigenen Kehle die Gewißheit, daß er sie abschieben mußte. Nichts mehr durch die Wahrheit zu verlieren also. «An meine erste Frau», antwortete er.

«Deine einzige, soviel ich weiß», sagte Corinna. «Laß uns mal etwas rausgehn.»

Er brachte sie ins Foyer und holte ihr einen Becher Orangeade. Selbst hier im Gedränge, bildete er sich ein, fand sie allenthalben Bewunderung – ihr rosig gerötetes Gesicht, das kühl starre Blau ihres Blicks, während sie an dem Strohhalm saugte. Ihre Wangen dellten sich ein, sogen den letzten Rest. Das Klingelzeichen ertönte. Während sie sich mühsam wieder zu ihrer Reihe durchkämpften, legte sie ihm schwer die Hand auf den Unterarm. «Freddy, ich werde ohnmächtig.»

«Ohnmächtig?» Es war für ihn ein Begriff, so irr aus aller Mode wie uneheliche Geburt oder Familiengebete. «Wie kommst du denn auf so was?»

«Ich fühle, daß ich brechen muß», sagte sie und starrte ins Leere. Ihr rosiges Gesicht war wächsern geworden. Das Gewicht ihrer Hand auf seinem Arm verstärkte sich rutschend, und er legte den Arm um ihre Taille, um sie aufrechtzuhalten. Ihre Beine schienen langsam die Verantwortung für ihren Körper aufzugeben.

«Du willst wirklich?» fragte er, und aus der Stille ihrer Antwort kam auf einmal die Katastrophenruhe über ihn. Sie durfte ihm hier nicht umfallen, wo italienisches Leder auf ihr herumtrampeln würde. In der Ecke des Foyers, hinter einigen

Stützpfeilern, erspähte er ein Schild mit der Aufschrift DAMEN und der entsprechenden Silhouette im Kolonialstil. «Reiß dich zusammen», murmelte er. Corinna war noch bei Bewußtsein, lehnte sich aber gegen ihn wie ein Strebebogen. Er zog sie auf den Durchgang zu; es gab keine Tür, durch die er sie hätte schieben müssen; nur ein paar erstaunte Gesichter waren beiseite zu wischen. Eine Toilettenfrau, nach Größe und Alter Freddys Mutter ähnlich und von demselben Humpelgang, trat entrüstet auf ihn zu. «Sie wird ohnmächtig», rief Freddy ihr entgegen, und die Entrüstung auf dem Gesicht der alten Frau löste sich zögernd auf. Freddy hatte jetzt Corinnas gesamtes Gewicht zu halten, eine seidene Tonne Blut.

«Armes Ding», sagte die Toilettenfrau und bückte sich, um Freddys Verantwortung zu teilen.

In weniger als einer Sekunde hatte er seine Umgebung abgeschätzt. Die rosa Tür dort mußte zu den Toiletten führen. Installationen waren nicht zu sehen, nur Spiegel und Unmassen von Vergoldung, die wirkten, als seien sie aus einer riesigen Tube aufgetragen worden. Überall gab es Sitzgelegenheiten für Damen, die in Ohnmacht fallen wollten, Sofas und Stühle. Der Raum hatte sich langsam geleert, als das zweite Klingeln ertönte, aber ein paar Frauen waren noch da, vielleicht ein Dutzend; sie formierten sich zum Publikum, als Freddy und seine mütterliche Gehilfin Corinnas vollkommen schlaffen und schweren Körper auf die nächste Liegestatt streckten, eine Chaiselongue mit blaugestreiftem Bezug, der die Himmelsblässe ihres Chinesenkleides ergänzte.

Sie war jetzt ganz weg und sah entzückend aus. So hingebreitet auf der eleganten Liege, die langen Beine zu Boden hängend, wirkte sie wie riesig gewachsen in ihrer Bewußtlosigkeit. Freddy beugte sich über sie, und es war ihm, als müßte er fast ersticken vor Stolz. Sie war sein, sein – die breiten Hüften, die das Kleid in horizontale Fältchen zogen, die mit der Fläche nach oben hingeschlagenen Hände, an Armen, die länger waren als ein Schwanenhals, und das nichts wahrnehmende Gesicht, das teilnahmslos und offen dalag wie das eines Maya-Götzenbilds. Nur er, als einziger von allen, die sich um ihren Körper gesammelt hatten, kannte ihren Namen; dieser Name war, zusammen mit all den trivialen kleinen Fakten, mit denen sie sich vielleicht beschrieben hätte, versunken in den Tiefen ihres jähen, majestätischen Verzichts. Er selber war eins dieser Details, und auch er war, mitsamt seinem Geld und seiner Mutter, seiner Intelligenz und seinem aufreizenden Heiratswiderstand, mit ihnen versunken, ohne jede Spur; er hatte aufgehört, ihr Kummer zu machen, er war in ihr verlorengegangen wie in den Weiten des Kosmos. Wie groß sie war, sein Püppchen! Wie schön und geheimnisvoll! Die Brust fühlte sich ihm gespannt, gebläht, wie zum Zerspringen. Voller Panik wollte er sie zurückrufen ins Sein, hervor hinter ihrem Gesicht, dieser unberührbaren Maske, an deren einer Wange eine verirrte Haarsträhne klebte, nur damit sie den Frieden nicht gar zu selig fand und zu verwesen begann. Er war in ihrem Innern, irgendwie, jede Einzelheit an ihm, bis hinunter zu seinem mittelmäßigen Abschluß an der Colgate und zu seines Vaters demütigendem Schuhladen. Er wollte ihre Lippen sich wieder bewegen sehen, ihre Lider flattern. Er wollte die Erlaubnis, ihrer beider Leben zurück auf die Schienen zu setzen.

Die Toilettenfrau hielt Corinna Riechsalz unter die Nase. Das entrückte Gesicht verzog sich zu einer Grimasse, und wie ein Wunder bildeten sich Schweißperlen darauf. Die spähenden Frauen begrüßten dieses Wunder mit Gemurmel, und Freddy, gewissermaßen der Vater des Vorgangs, nahm ihren Beifall als Kompliment für sich entgegen. In Wahrnehmung seiner Privilegien beugte er sich eine Spur tiefer über Corinna, und ihre Nasenflügel verengten sich merklich. Das Ammoniaksalz wurde erneut appliziert, und diesmal fand ihre Seele durch das Labyrinth ihrer Physiologie nach außen und schlug ihr die Augen auf. «Ah!» war ihr einziges Wort. Ihre Augen forschten voll Furcht in all den Gesichtern, bis sie das seine fanden und sich wieder schlossen. Ihre Hand jedoch zögerte noch, die Haarsträhne beiseite zu wischen, die ihr jetzt die Wange kitzelte. Erst zehn Minuten später war sie so weit, daß sie an die frische Luft gehen konnten.

Der zweite Akt, vermutete er, wäre wohl kaum viel anders als der erste gewesen.

Sie sagte, es sei das Kleid gewesen; dieses Kleid, der Schnitt sowohl wie auch der Stoff, gebe ihr ein Gefühl des Einge-sperrtseins, weshalb sie es auch, obwohl sie wußte, daß es ihr blendend stand, ganz hinten in den Schrank gehängt habe.

Sie heirateten unter freiem Himmel, auf einem Gelände, auf dem, im Zuge eines der Freddyschen Entwicklungspro-gramme, zuvor ein paar Slums beseitigt worden waren.

Das Eierlaufen

Oder nannte man es das Löffellaufen? Die Kinder stellten sich in einer Reihe auf, und jedes hielt auf einem Löffel ein Ei vor der Brust. Die Eier wackelten prekär unter ihrem eigenen halb flüssigen, halb lebendigen Gewicht. Auf die Plätze, fertig, los. Wer sein Ei fallen ließ, war natürlich raus. Vor vierzig Jahren gab es in jener ländlichen grünen Welt, die den Wert ihrer Produkte noch nicht kannte, keine Aufregung über ein bißchen Pampe, und die fallengelassenen Eier wurden beiläufig von der Erde des Spielplatzes aufgesogen, wo das Rennen jeden Sommer einmal stattfand, bei irgendeinem Fest, an dem die Götter des Kalenders und der Nation sich tief zu den Kindern herabneigten, strahlend, und ihnen so schlichte Preise verliehen wie einen Schokoladenriegel oder einen gefalteten Papierdrachen. Ferguson hatte lange nicht mehr daran gedacht, doch in letzter Zeit wurde er von Erinnerungen und Vorahnungen heimgesucht, als hätten seine mittleren Jahre ihn dafür empfänglich gemacht.

Im Traum erschien ihm sein Vater, lebendig wie aus Fleisch und Blut. Was hatte das zu bedeuten? Der Mann war vor fünf Jahren gestorben, während er selbst zu einer Grabung im Jrak weilte. Ferguson war Archäologe, er suchte nach untergegangenen Städten. Noch im Sterben, dachte er damals, nahm sein Vater Rücksicht, ersparte ihm die Entscheidungen am Krankenbett, die Nachtwachen im Hospital, die Peinlichkeiten des Abschieds. Der Kreislauf des alten Mannes war seit mehreren Jahren nicht in Ordnung gewesen. Bei der Beerdigung hatten erstaunlich viele ehemalige Schüler und Kollegen des Toten geweint und zitternde Ergriffenheit gezeigt. Er war Lehrer an der High School gewesen; sein Leben war im Treibsand der immer wieder nachwachsenden, undankbaren Jugend von Hayesville versickert. Doch nun, bei der Beerdigung, kam dieses verschüttete Leben wie ein mächtiger Strom wieder ans Licht, in den Tränen der Freunde, und beschämte den Sohn, dessen Augen trocken blieben, weil er sich vor allem erleichtert fühlte. Die Beerdigung ging vorüber; Fergusons Karriere führte ihn von neuem in die Wüste und wieder zurück. Er verließ seine Frau wegen einer anderen. Er hatte diesen Schritt lange erwogen, hätte ihn aber niemals gewagt, solange sein Vater noch lebte. Warum eigentlich? In all den Jahren seines Heranwachsens hatte Ferguson nie einen väterlichen Tadel gehört. Sein Vater hatte ermutigt und verziehen, nichts sonst. Es hatte ein großes, nie erwähntes Leid gegeben, vor dem ihn sein Vater beschützte bis zum Ende.

In seinem Traum reisten sie zusammen, wie sie es so oft getan hatten, in einer konfusen, aber irgendwie erheiternden Manier. Autos gingen zu Bruch, Brieftaschen leerten sich, Schaffner wurden grob, und doch kamen Vater und Sohn weit herum, und was ihn aus dem Traum anwehte – mit solch bestürzender Frische, daß Ferguson erwachte –, war der *Atem* der Reise, worin sich Geschwindigkeit mit dem schüchternen Lächeln seines Vaters mischten, der so väterlich darauf bedacht war, dem Sohn zu gefallen. Der Vater lächelte in dem verschwommenen, niedrigen Gefährt zu ihm herüber, in dem er reiste, und das Lächeln besagte, sein Sohn sei *bei* ihm und würde ihm Gesellschaft leisten. Ferguson erwachte bestürzt; im Licht der Dämmerung löste sich das seltsame Glück dieser verlorenen Begleitung in nichts auf, während seine zweite Frau reglos neben ihm schlief.

Jenes Glücksgefühl, mit dem Vater eine unter Unsternen stehende, aber fröhliche und aufschlußreiche Reise zu unternehmen, hatte auch er seinen Kindern zu vermitteln versucht, doch ihre gemeinsamen Abenteuer wirkten wie Eingrenzungen, denen nicht nur das authentische spätchristliche Flair des toten Wanderers fehlte (stoisch und doch liebenswert töricht, verzweifelnd und doch beschützend), sondern auch das richtige kärgliche Drumherum. Die Wirtschaftskrise war vorbei, keine Straßenbahnen schaukelten mehr durch die Innenstädte, die Leute bestiegen nicht mehr im Sonntagsstaat die Eisenbahnen, auf dem Bahngelände voller Unkraut blitzte keine Steinkohle mehr auf, und der nächste Ort war kein fremder Planet mehr. Wie selbstverständlich tauschten Fergusons Kinder ihre Zehngangräder gegen Führerscheine ein, und am Ende brauchten sie nicht einmal mehr seine Hilfe, um irgendwo hinzufahren. Er hatte sie zu einem Zeitpunkt verlassen, meinte er, der nur um ein geringes dem Augenblick zuvorkam, da sie selbst ihn verlassen hätten.

Nach der Scheidung hatte es noch ein paar Reisen mit den Kindern gegeben. Ein Sohn, gerade siebzehn geworden, gestattete Ferguson, ihn auf einem Rundtrip zu den kleinen Universitäten im Mittelwesten zu begleiten. Eine Woche lang wechselten sie von einem Motel zum nächsten, mit Ausblick auf Seen und Maisfelder, schwebten in Flughäfen ein, die leicht konkav in die allgemeine Flachheit eingebettet waren, oder hoben von ihnen ab, spazierten über Universitätsgelände, Neugotik, Neoklassik oder Neu-Bauhaus, bewunderten Kapellen, Bibliotheken und audiovisuelle Labors und kehrten am Abend zum Motel des Tages zurück, um an der Bar Bier zu trinken. Zu Fergusons Überraschung wurde dem Jungen nie die Bedienung verweigert. Eines Abends in Iowa beschlossen sie nach zwei Bieren, im Motel-Pool zu schwimmen. Der Pool lag grün und still und einladend unter der Sternenkuppel, mitten im fremden Mais. Sie waren die einzigen Schwimmer. Während Ferguson brav von einem Beckenrand zum andern kraulte, machte der Junge Salti rückwärts vom Brett. Er war groß geworden, mit welpenhaftem Speck an Armen und Beinen, und bei jedem Sprung spritzte es tumultuös. Als er aus dem Wasser stieg, bibberte er fröhlich und erzählte seinem Vater: «Ich hab einen ganzen Sommer gebraucht, um mich das zu trauen.» Die Bemerkung drängte Epochen zusammen: das Kind, dessen Schultern in ein Motelhandtuch eingepackt waren, schien genau zwischen Jungsein und Mannsein zu schweben, zwischen dem werdenden Collegestudenten und dem Wickelkind, das in der Verkürzung zusammenaddierter Sommer sich ans Ende des Sprungbretts wagte, um sich rücklings ins wäßrige Element zu werfen. Das ermutigende, kameradschaftliche Lächeln des Jungen ähnelte, bis hin zu dem verschwommenen Schleier von Furcht, dem des verstorbenen Großvaters. Es war ein Moment der Ernte für Ferguson, der fühlte, daß ihm für den Augenblick verziehen war.

Sein Beruf brachte ihn zum Smithsonian-Institut, wo er durch eine Ausstellung lief, die zeigte, wie die Amerikaner einst gelebt hatten. Blockhütten, Eckkneipen, Einwanderer-Wohnungen – alles liebevoll rekonstruiert und hinter Glas gepinnt wie riesige Schmetterlinge. Überrascht blieb er vor einem alten Klassenzimmer stehen. Reihen von schrägen Pulten mit Tintenfässern waren am Boden festgeschraubt, auf einer Tafel standen in Kreide großflächige Beispiele von Palmers Schönschrift-Methode; über der Tafel hing George Washington in Stuarts unvollendeter Version und auf der Seite der Fenster, die wahrscheinlich auf einen Asphalt-Spielplatz hinunterblickten, eine bräunliche Landkarte der Gewürzstraßen. Verwirrt stand Ferguson davor. Was war historisch an diesem

Ausstellungsstück? In so einem Klassenzimmer hatte er gelernt. Wenn nicht das Glas wäre, könnte er eintreten – ein
schäbiger kleiner Streber, der oft als erster kam – und seinen
Platz einnehmen.

Immer öfter besuchte er Krankenhäuser. Die gepolsterten
Eingangshallen, die glänzenden Korridore, das allgegenwär-
tige Geklapper und die geheimnisvolle Geschäftigkeit: sie,
und Flughäfen, sind unsere Kathedralen. Ein Kollege von
Ferguson lag mit Lungenkrebs im Sterben. Furchtsam betrat
Ferguson das Zimmer, denn er hatte Angst vor dem Tod,
stellte jedoch erleichtert fest, daß er nichts Abstraktes vorfand
– vielmehr die höchst spezifische Gestalt seines alten Partners,
des Vorsitzenden seiner Fachschaft, dessen zweibändiges
Werk über Toltekische Tempelhügel den heißbegehrten
Schliemann-Preis gewonnen hatte. Er war sieben Jahre älter
als Ferguson und weitaus gescheiter, und er war ihm zu einer
Art Vaterfigur geworden. Nun hatte sich sein langer Denker-
Kopf über dem nackten Hals eines Krankenhaus-Nacht-
hemds durch die bläßliche Ermattung in den einer alten Frau
verwandelt, eines Hausdrachens. «Ich fand, Ihrem letzten
Aufsatz», sagte er mit schleppender, von Medikamenten be-
hinderter Zunge, «mangelte es eine Spur an Präzision. Auf
Grund einer einzigen Scherbe nehmen Sie die Existenz einer
neuen Schicht an. Was ist dann mit den Gräbern von Ebene
XII? Sie haben eine komplette Population um drei bis vier
Jahrhunderte verrückt.» Ferguson stellte sich vor, wie ganze
Schichten von Toten ihre Tongefäße, Lapislazuli-Perlen und
Sandsteintotems zusammenklaubten und weiterrückten, einzig und allein seinetwegen. «Wissen Sie», fuhr sein Kritiker
müde fort, «so ein Bruchstück könnte ein bloßer Ulk sein, die
versprengte Kopie eines kretischen Vorbilds oder etwas, das
aus Anatolien mitgebracht worden ist. Die Toten waren weit-
gereiste Leute – vergessen Sie das nie.» Irgendwie liebte Ferguson diesen Mann, weil er wußte, was er selbst wußte, und

mehr. Beide waren sie gespaltene Charaktere, die in schattigen Universitäten die hellen, krustigen Früchte ihrer Raubzüge abluden, welche sie in Ländern aus Sand und Sonne unternommen hatten, umgeben von analphabetischen Tagelöhnern, bedroht von Banditen. Woher dann aber dieses triumphierende Beben in Fergusons Brust? Seine Stimme klang gnadenlos frisch und klar im Kontrast zu den sedierten Vorhaltungen des anderen.

«Nur Khirbet Kerak hat diese Rillen», sagte Ferguson. «Im nächsten Sommer bringe ich Ihnen mehr davon mit. Tonnen von Scherben. Ich bin sicher, sie liegen dort.»

Im nächsten Sommer. Der Sterbende starrte auf eine leere Wand, eierschalenweiß, und atmete aus.

Ferguson wechselte das Thema. Er bewundere das Zimmer, sagte er aufmunternd – seine Größe, den Ausblick auf die sanften Hügel der südlichen Vorstädte von Boston.

Sein Kollege seufzte versöhnlich. «Menschen in unserem Alter sollten eingesperrt werden. Wir lassen uns zu sehr gehen. Sie haben sich scheiden lassen, und ich stehle aus meinem Nachlaß jeden Tag zwei Riesen für dieses Zimmer mit Ausblick.»

Ferguson blickte auf, eine Erwiderung auf der Zunge, und sah das Gesicht seines Gegenübers plötzlich schon unter der Erde. Eine Welle von Mitleid dämpfte das triumphierende Jagen seines Herzens. Er wünschte den Kollegen vor der erdrükkenden Masse zukünftiger Zeit zu retten, die er nicht mehr erleben würde – er wollte ihn aus dem Bett heben, so wie er die Scherben einer zerdrückten Amphore aus den Ablagerungen von Jahrhunderten heraushob. Vergib mir, sagte Ferguson zu sich selbst, in diesem Zimmer, das schon verlassen schien.

Draußen überragten die grauen Mauern des Krankenhauses die sonnige Wohngegend wie eine anonyme Fabrik, die ein obskures, aber weithin benötigtes Produkt herstellt. Ferguson lief durch die Straßen und sah, wie sehr Shakespeare recht hatte: Leben war eine Sache von Stufen. Da war das Klein-kind in seinem Wagen, vom Schaukeln besänftigt, und da war der Schuljunge, der barfuß und mit einem Baseballschläger eine Seitenstraße entlangtrottete zu einem Sportplatz, zu einem letzten Spiel zwischen den langen Schatten. Auch Fer-guson war dort gewesen; er hatte noch den Geschmack jener staubigen, endlosen Nachmittage im Mund. Da war der junge Ehemann, mager in seinen Hemdsärmeln, der sich herab-beugte, um den quengelnden Dreikäsehoch bei der Hand zu nehmen, während die Frau an seiner Seite in ihrem Bauch selbstzufrieden eine weitere Verpflichtung ausbrütete. Die Handgriffe beim Windelwechseln waren in Fergusons Hän-den noch so lebendig wie das granulierte Grapschen, mit dem ein kleines Kind während des Gutenachtlieds nach einem ein-zelnen Finger griff. Und da ging der in Scheidung Lebende, hager, aber erleichtert, und trug eine Flasche Gin und tiefge-kühltes chinesisches Essen in sein Apartment, das er genauso eingerichtet hat wie die letzte Behausung, die er allein be-wohnt hatte, seine Studentenbude: verschwenderisch mit Po-stern und sparsam mit Lampen. All diese Rollen müssen nicht wiederholt werden, hat man sie nur einmal gründlich durch-gespielt. Es war paradox: Obwohl Ferguson in der Theorie den Tod fürchtete, war er in der Praxis erleichtert darüber, daß nie wieder jemand von ihm verlangen würde, jung zu sein.

Für die mittleren Jahre gibt es spezifische Kennzeichen, Anhaltspunkte, unterscheidende Gefühls-Artifakte: zum Bei-spiel jene Glasur von Unwirklichkeit, die selbst in Momen-ten früheren Hingerissenseins dazwischentritt. Die mittlere Distanz verschwimmt, und der Fußboden scheint sich schräg zu legen, wie bei einem unsicheren Flugzeugstart zu einem hoffnungslos entfernten Ziel. Eine neue Brille kann da helfen. Die Achse des Astigmatismus rotiert, die Welt dreht sich, die Seele sieht sich in einem Haus mit schmutzigen Fenstern gefangen. Andererseits läßt sich die Post, einst so voller Geheimnisse und Anregungen, nun lesen, ohne daß man die Umschläge öffnet: Fotos von Krüppeln und Hungernden, zornige Eingaben für mehr Gerechtigkeit, kameradschaftliche Appelle an die Ehemaligen, Berichte gelehrter Gesellschaften, Reklamen für unerwünschte Schätze, Sonderdrucke von Privatgelehrten, Fotokopien von Fotokopien. Ungeöffnet kann dies alles in den Papierkorb wandern, sauber ins Nichts gesendet. Eines Tages rettete Ferguson einen Umschlag aus dem Abfall, als er merkte, daß seine Anschrift mit der Maschine geschrieben war, nicht auf Matrize. «Lieber Fergy», begann der Brief in einer klaren, platten Palmer-Schönschrift aus vergangener Zeit und fuhr mit einer Reihe von hektografierten Ausrufesätzen fort: «Komm zu *Deinem* fünfundzwanzigsten! Der Abschlußjahrgang 52 der Hayesville High-School braucht DICH!!» Das unterstrichene, in übergroßen Lettern geschriebene «DICH» verlieh ihm dieselbe spirituelle Bedeutung, federleicht und komisch, mit der er aus dem Traum von seinem Vater erwacht war. Er würde hinfahren. Das Sendschreiben war von Linda Weed Gottfinger unterzeichnet, der ehemaligen Klassensprecherin. Ferguson war zusammen mit ihr in den Kindergarten gegangen. Linda Weed stahl ihm auf dem Weg von der Schule nach Hause immer die Schultasche und behielt sie so lange, bis er weinte. Sie war quicklebendig gewesen, mit einer Stupsnase und Zöpfen, und auch, als ihre Figur reifte – ihre Brüste waren über Nacht zu erstaunlichen, weichen Vorsprüngen geworden –, waren ihr Bauch flach und ihre Beine schlank und fest geblieben. «Lieber Fergy» – das war ihre Handschrift.

Während die Band all die alten Nummern von *Near You* bis *Tangerine* spielte, erkannte Ferguson nach Mitternacht durch einen Schleier von Bourbon, daß er zusammen mit diesen altgewordenen Kindern und Sprachfehlern und Melodien das

Paradies kennengelernt hatte. Trotzdem wünschte er sich nach Hause. Er war allein gekommen. Seine alte Rolle – die des einsamen Strebers – wartete auf ihn wie ein schäbiger Anzug: Sie saß tadellos. Die Band spielte *Rag Mop*, und Linda Weed strebte zielbewußt auf ihn zu. Während die anderen tanzten, alten Liebeskummer noch einmal durchlebten oder einander in den Toiletten des Motels beim Erbrechen halfen, führte sie eine Umfrage für die Festschrift zum Fünfundzwanzigjährigen durch, die vervielfältigt und herumgeschickt werden sollte. Sie fragte ihn: «Ledig, verheiratet, getrennt lebend oder geschieden?» Ihr Stift lauerte, schlank und wachsam. Mit ihren dreiundvierzig hatte Linda noch ihre alte Figur. Ein paar Schönheiten aus ihrer Klasse waren vom eigenen Fett völlig verschluckt worden, so daß Ferguson bei ihrem Anblick meinte, einem Akt von Kannibalismus beizuwohnen oder auf einen Pharao zu blicken, der dick bandagiert in einem sperrigen Sarkophag lag. Auf der Suche nach der richtigen Antwort sah er zur Decke. Das Motel hatte den Ballsaal mit rotem und weißem Kreppapier geschmückt, obwohl die Farben ihres Jahrgangs in Wirklichkeit beige und braun gewesen waren. «Beige und braun, beige und braun», hatte ihr Lied begonnen, und dann folgte eine nebelhafte Zeile, die mit «Traum» endete.

Ferguson antwortete mit Bedacht: «Alles vier. Aber nicht alles auf einmal.»

«Ich meine, was du jetzt bist?»

«Krank vor Heimweh.»

«Also, ich schreibe ‹verheiratet› hin.» Schon im Kindergarten hatte man es mit diesem Mädchen kaum aufnehmen können. Kühle, grüne Augen und ein falscher Zahn, wenn sie lachte. Sie war gestürzt, als sie auf dem Klettergerüst des Spielplatzes eine Hängebrücke versuchte. Die Band wechselte über zu *Across the Alley from the Alamo*.

«Beruf?» fragte sie.

«Ausgräber», sagte er, und das schien ihm zutiefst wahr zu sein. Er versuchte, ihr klarzumachen, wie wahr: «Ich versuche, wieder ans Licht zu bringen, was verborgen war. Im letzten Winter habe ich eine einzige Scherbe gefunden, die Tausende von Skeletten dazu gebracht hat, beiseite zu rücken.»

«Fergy, du bist betrunken», erklärte sie.

Es war in der siebten Klasse gewesen, daß ihre Brüste so erstaunlich geworden waren, unter dem flauschigen Angorapullover jener Zeit. Nun, als wolle sie jedermann wissen lassen, daß diese Brüste zwei Kriege in Asien, sechs Präsidenten, fünf Rezessionen und vier Kinder überlebt hatten, trug die Klassensprecherin wie in den Fünfzigern ein trägerloses, tief dekolletiertes Korselett aus zitronenfarbenem Chiffon. War das ihr Kleid vom Abschlußball, durch ein Wunder erhalten geblieben? Ein Hauch von Eisenhower und Orchideen-Körbchen stieg aus ihrem Ausschnitt empor. Niemals, nicht in alle Ewigkeit, würde er ihre Brüste sehen, dachte Ferguson verdrossen. Linda hatte ihren Freund aus der zehnten Klasse geheiratet und Hayesville niemals verlassen; sie war nie ins Land der Schuld gereist.

Ringsum kramte man in Erinnerungen, tanzte oder fiel hin. Ein Durcheinander wie von Scherben, losen Perlen und geretteten Statuetten erfüllte den Ballsaal und Fergusons Schädel. Unverhofft kam ans Licht, was verborgen gewesen war. Nasty Kegerise, der Widerling der Klasse, kam zu ihnen herangewalzt. Er besaß eine millionenschwere Elektronikfirma namens Xister Inc. Nasty war schwammig und grau geworden und trug eine Zweistärkenbrille, aber er war immer noch, mit andauernder Immunität, der Klassenwiderling. Er blinzelte Linda schelmisch an und schnippte lässig einen Chiffonflügel ihrer Korsage beiseite samt dem eingebauten BH. So lag für eine Sekunde ihre weiche, konische Brust auf dem polierten Tablett von Fergusons Blickfeld. Ihm stockte der Atem. Ihre Brust war vollkommen, weißer und üppiger, als er es sich hätte träumen lassen, schwer und doch fest in ihrem schattigen Körbchen, so vollkommen wie ein Ei.

Linda gab Nasty einen Klaps auf die Hand und zupfte die Corsage kaltblütig wieder zurecht. Ihre Gelassenheit bekam erst einen Sprung, als ihre katzengrünen Augen unerwartet Fergusons Blick auffingen und darin eine Seligkeit entdeckten, die sie – vielleicht – so nicht erwartet hatten, Seligkeit wie eine Blüte, aus einem schlanken Zweig der Sehnsucht vor dreißig Jahren gesprossen. Sie setzte wieder den Stift an: «Wo wohnst du im Augenblick?»

«Vergesse ich dauernd.»

Vor den Fenstern des kleinen, mit Zeder-Schindeln gedeckten Hauses in Maine kündeten Kiefernzweige von urtümlicher Stille, von Indianern, von fast sibirischem Fels und Moos, ehe die Beringstraße den Kontinent samt seinem grausamen Traum von Freiheit abschnitt. In der Nähe war ein altes Flußbett, aus dessen Schlick er und seine zweite Frau und ihr einziges Kind, ein Junge, Speerspitzen klaubten.

Lindas Stift blieb gezückt. «Hat Amerika», setzte sie ihre Umfrage fort, «seine Versprechungen dir gegenüber gehalten?»

«Es geht», sagte Ferguson.

Sie schlug ihr Notizbuch zu. Die Band setzte mit *So Tired* wieder ein, mit diesen Klagelauten der gestopften Trompeten, die einem das Herz gefrieren lassen.

Der Klassenriese trat hinzu, früher ein Footballstürmer und Kugelstoßer. Inzwischen war er kahl geworden. «Du bist nicht vom gleichen Holz wie dein Vater», sagte er zu Ferguson.

«Ich weiß. Tut mir leid.»

«Dein Vater konnte einem Mut machen, verdammt. Ich weiß noch ganz genau, wie er immer zu mir sagte: ‹Jetzt bist du auf dem Gipfel deiner Blödheit, aber du kommst schon wieder runter. Was aufsteigt, muß auch wieder fallen.› Hat er gesagt. Und einen Tafelschwamm in die Luft geworfen. ‹Die letzte Meile ist die schwerste›, hat er auch oft gesagt, und ich hab nie gewußt, was er meinte. Nun weiß ich's. Nun weiß ich's.» Der Riese starrte auf Ferguson herab, der in einem Graben aus Trauer und Liebe versunken war, und nirgends ein Abfluß. Wenn er jetzt weinte, würde er dann seine Schultasche zurückbekommen?

Goodnight, Irene spielte die Band zum Abschluß, *Goodnight, Irene*.

Der nächste Tag war ein Samstag. Verkatert strich Ferguson durch die Stadt, durch sein vergangenes Hayesville. Außer an den Rändern, wo in seiner Kindheit die Felder noch Mais getragen hatten und Bäche unter Brunnenkresse, die alte Frauen geerntet hatten, erstickt waren, hatte sich Hayesville wenig verändert. In den Nebenstraßen standen kuriose Artefakte, Käfige aus Draht und Holz, und mit einigen Schwierigkeiten gelang es Ferguson, sie als Straßen-Hockey-Tore zu identifizieren. In seiner Jungenzeit hatten sie nur solche Spiele gespielt, wo ein Ball durch die Luft sauste. Der Baseball war ein schwarzer Fleck im herumwirbelnden Himmel, der dicke Basketball schrammte an der Tribüne vorbei, das Football-Ei fand die Fingerspitzen des herangaloppierenden Verteidigers. Die alte Grundschule, eine gotische Festung auf einem See aus Asphalt, war mit Brettern vernagelt, deren verwitternde Flächen aufgesprühte revolutionäre und rassistische Parolen trugen. Sie hatten die Schulzimmer an das Smithsonian-Museum verkauft. Es hatte bei der Schule einen kleinen Laden für Süßigkeiten gegeben, Bonnies Bonbons, zu dem die Kinder während der Pausen hinschlichen, und zu Fergusons Überraschung war er noch da. Er betrat die Krypta und kaufte für zehn Cent von den alten Süßigkeiten – Geleehütchen, Lakritzpfeifen, Nougat in Wachspapier und Kokosnußstreifen, die wie Frühstücksspeck aussahen. Der gichtige, hutzlige alte Mann hinter der blind gewordenen gläsernen Theke füllte Stück für Stück geduldig in ein Papiertütchen. Er drückte Ferguson das Wechselgeld so in die Hand, daß sich seine Finger wie bei einem Kind fest um die Münzen schlossen. «Schön festhalten, Fergy», sagte er mit Singsang-Stimme, «nichts fallen lassen.» Bonnies Bonbons, ein lebendes Fossil. Ferguson war bekannt, wohin er auch ging. Die schiefen Holzveranden kannten ihn und die wehenden Gardinen. Auch die Roßkastanien hätten ihn erkannt, wären sie nicht gefällt worden. Die Nebenstraßen kamen ihm lichter, der Himmel leerer vor als zu der Zeit, da er hintenherum von der Schule nach Hause geschlichen war, um Raufbolden zu entgehen. Nun traten ihm keine Schläger in den Weg, nur alte Leute, die sagten: «Wetten, daß Sie mich nicht mehr kennen?» Es stimmte, er kannte sie nicht, aber er erinnerte sich an ihre Kleidung – die gestreiften Hemden und Hosenträger, die sackartigen, baumwollenen Kittelschürzen, und an die talgige Haut, die faltigen Ellbogen und ihre warmen Stimmen, in denen dennoch eine Spur Zynismus mitschwang.

Wie die Salzmaschine am Meeresgrund ständig Salz produziert, hatte auch Hayesville immer neue Hayesviller hervorgebracht. Er war einer von ihnen. Mehr als einmal wurde er mit seinem Vater verwechselt. Die Stadt, die Häuser schrumpften. Aus dem Sportfeld hinter der High-School, wo die Kräuterweiber von Hayesville einst im Kreise gegangen waren, um gebückt Löwenzahn zu pflücken, war ein kleines Stadion geworden. Ferguson warf einen Blick durch die versperrten Portale und sah einen Hektar Kunstrasen vor sich.

Der alte Spielplatz lag noch immer auf dem Erdwall hinter dem Baseballfeld wie ein Dorf der Hopi-Indianer auf einem Tafelberg – eine Gerüste-Siedlung aus Schaukeln und Urwald-Kletterseilen. Schnaufend und schwitzend erklomm Ferguson in seinem grauen Anzug den Wall und wünschte sich zum Schutz für seinen gemarterten Kopf einen Tropen-

helm. Und merkte plötzlich, daß er zwischen den Hockey-
toren aus vermoderten Kisten und den rostenden Kinderrut-
schen den Rasen absuchte, als gäbe es noch Spuren – Reste
von Schalen, eingetrocknete Dotterflecken – des Eierlaufens.

Er hatte nie gewonnen. Zweifellos hatte er sich immer viel
zu sehr bemüht, sein Ei heil durchs Ziel zu bringen, um wirklich schnell zu sein. Rascher als ein Geher kam man aber nicht
voran, und es war eine Offenbarung, wie heftig diese simple
Fortbewegungsart den Körper schüttelte und wie bedrohlich
das Ei auf seinem Löffel hüpfte und schlingerte. Diese Emp-
findungen kehrten jedesmal verfremdet wieder, wenn Ferguson eine tückische Landstraße entlangfuhr oder über den Tep-
pichboden der Eingangshalle eines Krankenhauses ging, um
einen Bekannten zu besuchen, oder ein Flugzeug bestieg. Reisen vollzogen sich nur in seinen Träumen, wenn sein Vater
ihm zuwinkte, glatt und komplikationslos. Das Eierlaufen
hatte fröhlich sein sollen, aber für ihn war es tragisch gewesen,
eins von den abstoßenden Dingen, wie das Köpfen von Hühnern und das Zerdrücken von Fliegen und die Überarbeitung
der Erwachsenen, die um ihn und über ihm in der Erwachse-
nenwelt passierte. Und während ihm das Flugticket in der
Tasche brannte, die Banditen im Irak ihre Gewehre reinigten
und seine erste Frau allein schlief, fragte er sich, ob diese Vorahnung des Tragischen ihn nicht von Anfang an eingesperrt
hatte, so daß er sich bis zum heutigen Tag in seinem Leben
zusammenkauerte wie in einer zerbrechlichen Schale.

Zu Hause las Ferguson in der Zeitung, daß sein Kollege gestorben war. Am Frühstückstisch kämpfte er den Jubel nieder,
der in seiner Brust aufstieg, ein triumphierendes Beben, das
seine Hand erzittern ließ, als er ein Stück Ei mit der Gabel
zum Mund führte. Der Junge, mit dem er zusammen lebte,
rief gebieterisch aus dem ersten Stock. Er war mit Halsweh
aufgewacht und nicht zur Schule gegangen. Ferguson hörte

beim Umblättern die Mutter mit einem Frühstückstablett zu dem Kind hinaufsteigen und erinnerte sich an jene verlorenen Vormittage, an denen auch er zu Hause geblieben war: an den frischen Orangensaft mit den Kernen vom Auspressen, an die in Streifen geschnittenen Toastscheiben, noch warm vom Toaster, an die Reiskrispies, das blaue Sahnekännchen, den Zucker, an das japanische Tablett, auf dem seine Mutter diese Köstlichkeiten wie die Klötzchen eines Intelligenztests angeordnet hatte, an die fiebergeschwollenen Berge und Täler seiner Zudecke, in denen immerfort Bücher, Buntstifte und stumpfnasige Scheren verlorengingen, während draußen vor den Fenstern der Tag seinen unwiderstehlichen Bogen schlug vom Morgen zum Abend, während die Menschen zur Arbeit fuhren und wieder zurück, morgens zur Straßenbahn hastend und abends müde heimkehrend, an seinen Vater dachte er, der da draußen zusammen mit ihnen litt, ohne daß dem Kinde eine andere Pflicht auferlegt ward, als zu leben, in Sicherheit zu bleiben und gesund zu werden, beschäftigt einzig mit jenem großen Etwas, das Nichts hieß. Das ganze große Haus nahm sich seiner liebevoll an, ließ sich um ihn nieder, gluckend in der Stille, kunstvoll gearbeitete Fassung für das Juwel seiner Gesundheit; alles schmiegte sich wie ein Löffel unter sein Leben, sein einziges, sein unglaublich eigenes Leben, das er nicht fallenlassen durfte.

Schuld-Gemmen

Ferris, ein geschiedener Mann in mittleren Jahren, entdeckte auf dem verschwommenen Grund seines mitternächtlichen Verstands gewisse klar umrissene Augenblicke, die ihn unweigerlich dazu brachten, daß er sich sauschlecht fühlte. Schuldig. Dieser Schatz war von unschätzbarem Wert.

Eine Gemme zeigte seinen jüngeren Sohn, damals etwa vierzehn, wie er verzweifelt und unter Tränen zwei Katzen die Kellertreppe hinunterwarf. Die zugehörige Situation war folgende: Ferris' Arzt hatte ihn ernstlich ermahnt, wegen seines Asthmas die Katzen wegzugeben. «Aber sie sind die Lieblinge der Kinder», hatte Ferry gesagt. «Wir können sie nicht einfach so weggeben.»

«Geben Sie sie weg», hatte sein Arzt gesagt. «Sonst ersticken Sie noch an diesen Katzen.»

«Aber die Katzen», hatte Ferris betont, «können doch nichts dafür, daß ich gegen ihre Haare allergisch bin.»

«Na gut, dann soll Eileen sie weggeben. Sagen Sie Eileen, entweder Sie oder die Katzen.»

«Ich hab's ihr ja gesagt. Aber sie sagt, die Kinder lieben die Katzen. Sie hat recht. Sie hat immer recht. Was können wir tun?»

Daraufhin hatte der Arzt ihn durch die obere Hälfte seiner

Zweistärkenbrille angesehen. Indem er die Augen wieder auf die Karteikarte senkte, auf der er die Ergebnisse des Besuchs festhielt, murmelte er: «Es würde vielleicht schon helfen, sie im Keller zu lassen.»

Doch die Katzen waren gewohnt, durch das ganze Haus zu tollen, und sie fanden immer Wege, ihrem Gefängnis zu entfliehen. Sie zwängten sich durch ein nicht ganz geschlossenes Kellerfenster und kamen mit dem Milchmann durch die Küchentür oder auch mit einem Kind, das zu Besuch war, oder mit Eileen, wenn sie die Hände voll hatte. Ferris' Asthma wurde nicht besser. Er verstopfte sich die Lunge mit Inhalier-Spray. Seine Hände zitterten. Nur sein jüngerer Sohn erkannte die Dringlichkeit: entweder der Vater oder die Katzen. Da die Katzen weder umgebracht noch kontrolliert werden konnten, würde wohl Ferris gehen müssen. Er hatte die Entscheidung schon getroffen, als er eines schönen Tages, den er sonst vergessen hätte, mit ansah, wie der Junge so verzweifelt versuchte, die Tiere im Keller und den Vater im Haus zu halten.

Hatte Ferry sich die Tränen seines Sohnes, aus verzweifelter Wut, nur eingebildet? Er glaubte es nicht; es muß schon etwas Extremes aufscheinen, um eine Schuld-Gemme entstehen zu lassen.

Monate später war er ausgezogen. Eine der Pflichten, die ihm bei der Trennung zugefallen waren, bestand darin, seinen älteren Sohn zurück ins Internat zu fahren, ins südliche New Hampshire. Gewöhnlich war dies ein Sonntagabend, und der Abend, an den er sich erinnerte, muß im Winter gewesen sein, denn alles schien voller Eis. Im Auto hatten sie miteinander zu reden versucht. Ferris hatte versucht, dem Jungen dafür zu danken, daß er weiterhin zur Schule ging, weiter seine Prüfungen bestand, in der Hockeymannschaft spielte, aufwuchs. Denn Ferris' Pflichtvergessenheit kam ihm selbst so enorm vor, daß er sie als pauschale Erlaubnis für alle Pflichtvergessenheiten der Welt ansah. Schweigend hatte der Junge zugehört, das Schweigen war feucht und warm und schweratmend geworden, und als Ferris – wie er meinte, empfindsam – die Gründe berührte, die ihn dazu geführt hatten, die Mutter des Kindes zu verlassen, sagte der Junge, mit der Schnelligkeit eines Luftholens, «Ja doch». Er wußte genug und wollte nicht mehr wissen: es war die Art Signal, die ein Mann dem andern gibt.

Jedoch am Ziel, in der dunklen Kälte des Campus, gab ihm sein Sohn, nachdem sie aus dem Auto ein paar sperrige Ausrüstungsstücke ausgeladen hatten – Skistiefel oder eine Gitarre, unerläßlich für jeden jungen Amerikaner –, einen Abschiedskuß. Ringsum glühten die erleuchteten Fenster der Schlafsäle. Der Kuß war wie ein kleiner aufgetauter Fleck auf einer vereisten Scheibe. Durch ihn konnte Ferris erkennen, wie sein Sohn das Zimmer sah – als Zufluchtsort. Als einen Schutz mitten zwischen den Escher-Drucken und Motorradpostern, den Hi-Fi-Anlagen und graffitinarbigen Wänden, vor dem Schrecken, Eltern zu haben, eine Familie.

Ebenfalls zu dieser Zeit verkündete seine jüngere Tochter, sein Liebling, übers Tennisnetz hinweg, während sie eine ungeschickte Vorhand schlug: «Ich finde, du bist sehr *selbst*süchtig.» Das «selbst» blieb sirrend in seinem Gedächtnis, der süße Fleck des Satzes. Der Ball ging ins Aus. Er erklärte ihn für gültig. Es war diese falsche Bewertung, die sich merkwürdigerweise kristallisiert hatte. Ihre Anschuldigung hatte den Makel, daß er sich schuldig fühlen *sollte*, und ein solcher Augenblick verhält sich zur tatsächlichen Wahrheit wie eine Zuchtperle zu einer echten.

Seine ältere Tochter hatte bald nach seiner Scheidung geheiratet, als sollte wenigstens eine Ehe in der Familie bleiben. Länger als die anderen war sie sein Kind gewesen, hatte die volle Wucht seiner elterlichen Unfähigkeit abbekommen. Einmal hatte er sie derart wild an den Händen herumgewirbelt, daß ihre kleinen Handgelenke hörbar schnappten, wenn auch hinterher Röntgenaufnahmen im Krankenhaus keinerlei Bruch zeigten. Bei einem anderen Akt alberner Akrobatik hatte sie ihm ins Bein gebissen, damit er aufhörte, sie mit dem Kopf nach unten zu halten. Schlimmer indes als diese blamablen Zwischenfälle erschien ihm ein kindisches Softballspiel, in dem er den Werfer für zwei Kindermannschaften gespielt hatte, für seine eigenen und die der Nachbarn. Aus irgendeinem Grund ergötzten sich die Nachbarkinder an seinen heimtückischen Angeboten und schlugen Treffer für Treffer in das hohe Gras des Außenfelds. Seine eigenen Kinder jagten den Ball, bis sie rot im Gesicht waren, während jene ekelhaften kleinen Gegner hohnlachend die Male umrundeten.

Als schließlich die Ferris-Kinder mit Schlagen an der Reihe waren, muß der sehr intensive Wunsch ihres Vaters, ihnen dicke Würfe zu servieren, den Ball irgendwie gehemmt haben. Ohne jeden Grund schlugen sie Kerzen und Abtropfer. Ein Ball kam genau auf die Abwurfstelle, und Ferris hatte gar keine andere Wahl, als ihn zurückzuwerfen und seine ältere Tochter abzufangen, während sie vom ersten zum zweiten Mal rannte. Das Kind hatte keine Chance, seine Beine waren länger. Ihm fiel nichts ein, um das Spiel zu verlieren. In der Sekunde vor dem Abschlagen sah sie ihn mit einem Lächeln an, einem Lächeln, das von einer kindlich-wilden Klage auf ihrem Gesicht wie in Bernstein eingeschlossen war. Sie war aus.

Und nun, obwohl doch alle anderen Spieler jenes Tages viel größer geworden waren und obwohl *sein* Gesichtsausdruck damals für immer aus dem Gedächtnis der Tochter gelöscht war, hatte ihr strahlend hilfloses Gesicht, über ihrem gehetzten Körper schwebend, für Ferris nichts von seinem Glanz, nichts von seiner Schärfe eingebüßt und erfüllte ihn unvermindert mit Scham, mit dem dringenden, unnützen Bedürfnis, es *rückgängig* zu machen, wann immer er jenen Augenblick gegen das diffuse Mitternachtslicht hielt.

Schuldgefühle müssen sich für jene, die dazu neigen, nicht unbedingt an Verhaltensweisen festmachen, die allgemein als tadelnswert betrachtet werden. Hätte Ferris absichtlich den Ball fallen lassen, hätte er *nicht* seine Tochter abgeschlagen, dann wäre das tadelnswert gewesen. Vergleichbar jenem weißen Rauschen im Radio, das dem Universum unterliegt und anscheinend immer noch den Ur-Knall seiner Entstehung übermittelt, spürte Ferris eine durchdringende, unaufhörliche Schuld in bezug auf seine Kinder in sich auf, nämlich daß er sie überhaupt ins Leben gerufen hatte. Nur mitanzusehen, wie eins von ihnen über eine Schulbühne ging, um ein Diplom entgegenzunehmen, oder den Mittelgang einer Kirche entlangschritt, um zu heiraten, oder an einem bewölkten Novembertag im Knäuel eines College-Footballspiels verschwand, überzog sein Inneres mit Schrecken.

Im Gegensatz dazu floß vom Bild seiner Frau, von der allgemein angenommen wurde, er habe sie schlecht behandelt, seine Schuld ab wie Wassertropfen vom Fell eines Seehunds. Durch seine Träume trieb sie geschmeidig und klaglos und ungefähr zehn Jahre jünger dahin, als sie wirklich war. Er erinnerte sich so: An irgendeinem Punkt ihrer Trennung, in ihrer alten Küche, hatte Eileen die Arme um ihn geschlungen, überwältigt vom Anblick seines neuerlichen Fortgehens, und hatte geschluchzt, und durch sympathetisches Pumpen des Zwerchfells schlug ihr Bauch gegen seinen wie ein Herz. Wie ein Herz: mehr ein Hintergrundgeräusch, weißes Rauschen, momentweise verstärkt durch einen Defekt seines automatischen Dämpfers.

Seine Mutter, jetzt alt, und er, jetzt allein, hatten zusammen eine Flugreise nach England unternommen; sie hatte immer die Abtei von Tintern sehen wollen. Aber sie lebte im südlichen New Jersey, und er hatte sich in Boston verkrochen, so daß sie vom Kennedy-Flughafen allein nach Hause fahren mußte, während er einen Anschlußflug in die entgegengesetzte Richtung nahm. Schlimmer noch, er chauffierte sich selbst in ihrem Wagen zum Inlandsflughafen La Guardia und überließ ihr dann das Steuer mit dem gesamten Queens und dem halben Brooklyn zwischen sich und der Fernstraße nach Hause. Konnte sie das überhaupt schaffen, im Sonntagsverkehr der Megalopole, müde, wie sie von der Reise war? Aber als hätte er gerade den Softball zurückgeworfen, während seine Tochter vergebens vom ersten zum zweiten Mal rannte, fiel ihm nichts anderes zu tun ein. Als sie abzuschlagen. Als sie zu verlassen.

Es war ein dunkler Frühlingsabend im Osten der Vereinigten Staaten. Regentropfen schimmerten wie Edelsteine auf der Windschutzscheibe, und es war gerade noch hell genug, um die Verrazzano-Brücke zu erreichen. Ferris studierte die Karte. «Die 278, Mutter», sagte er. «Bleib einfach auf der 278 nach Süden, egal, was kommt.»

«278, nach Süden», sagte sie schwach, aus großer Entfernung, hinter dem Steuer. Nach einer Woche Gemeinsamkeit war die Entfernung zwischen ihnen plötzlich die zwischen einem, der fliegen muß, und einem, der fahren muß, geworden. Zwischen einem, der sich unterwirft, und einem, der steuert. Sie war zweiundsiebzig. Ein Meer von dampfendem Metall umgab sie. Die Sonne hatte geschienen – jener goldene, fast prägbare Sonnenschein aus Gedichten –, als sie die Abtei von Tintern besuchten.

«Du mußt nur in deiner Spur bleiben», sagte er zu ihr. «Falls jemand hupt, ignorier ihn.»

«Sie könnten mir etwas mitteilen wollen.»

«Sie haben dir nichts mitzuteilen», sagte er. «Wechsle nie die Spur, ohne zu gucken, das ist alles.»

«Wenn ich erst mal auf der Schnellstraße bin, finde ich mich schon zurecht», beharrte sie.

«Die 278, Richtung Süden, bringt dich sicher hin», sagte er. «Mutter, vielleicht solltest du in einem Motel übernachten. Vielleicht sollte ich mit dir fahren und von Philly aus fliegen.»

«Red keinen Unsinn», sagte sie. «Das Licht wird schwächer. Ich schaff das schon. Meine Güte. Ich bleib einfach auf der 278.»

«Nach Süden», sagte er.

Zitternd saß sie hinter dem Steuer, mehr als zitternd, sie füllte das Wageninnere mit der antizipatorischen Erregtheit eines Mädchens vor einem Tanz – einem Abschlußball, dem Tanz eines Lebens. Er stellte sich eine Korsage um ihre Brust vor. Als er sich hinüberbeugte, um sie zu küssen, war ihre Wange vor Furcht glatt, und er konnte den Duft riechen, jenen Duft, den unsere Nerven abgeben, wenn ein gewisser Grad an Spannung überschritten ist. Er nahm seinen Koffer aus dem Auto und schlug die Tür zu. Als sie zögernd auf die Straße hinausrollte, ins Dämmrige, in den Regen, hupte erst ein Auto und dann noch eins.

Wie jung ihr Gesicht geworden war zum Schluß! Glatt und oval, mit einem halben Lächeln auf den Lippen. Dasselbe halbe Lächeln war in ihrer Stimme, als sie drei Stunden später in Boston anrief. «Keine Panne», erzählte sie. «Nur ein Gewitter über Newark. Es wurde so dunkel, daß ich dachte, meine Augen machen nicht mehr mit. Ich habe mein Alter gespürt.»

«Und? Wie gefällt's dir?» hatte Ferris gefragt, das Spüren des Alters betreffend. Er war wirklich neugierig. Er sah sie jetzt wie einen vorauseilenden Kundschafter im Dschungel der Zeit.

Mit einem gänzlich unerwarteten Träller tauchte sie in irgendeinen Frühling mädchenhafter Begeisterung, der vor seiner Geburt lag, und antwortete: «Ich *hasse* es!», lachend.

Ihr Gesicht, der Abschiedskuß, sein Einatmen jenes Dufts blieben bei ihm, zu seiner Qual. Seine immerwährende Schuld, hier war sie komprimiert. Ihr Gesicht im Moment des Verlassenwerdens war eine Kristallisation der Schande des Verführers, die er bei anderen, angemesseneren Gelegenheiten zu fühlen versäumt hatte.

Ein Schuld-Juwel ist ein Stück der Welt, das sich freiwillig zur Verdichtung dargeboten hat. Jene Seelen um uns herum, die unser Leben mit uns leben, sind gasförmige Wolken des Seins, die auf Kondensation und Bewahrung warten – Gesichter, Lichter, die ausglimmen, ohne festgehalten zu sein, außer in dieser Geste der Reue. Indem Ferris sie durch seinen Verstand siebte, stumpfte er allmählich gegenüber ihrem Glitzern ab, wurde er dem Leben gegenüber gleichgültig und fähig zu schlafen. Seit seinem ersten Schrei nach Milch war er ein Tyrann gewesen, und ein Tyrann war er geblieben. Er hatte einem kleinen Spielkameraden ein Bein gestellt, so daß der Junge mit dem Kopf gegen die Heizung schlug und wie wild blutete. Er hatte in der Sonntagsschule über einen erfundenen Lieblingshund Lügengeschichten erzählt. Er hatte seinen Vater gefoppt, einmal, indem er so tat, als startete er den Wagen, während der alte Mann einen Reifen in den Kofferraum wuchtete – nur, damit die Scharen von Kindern, die vor dem Imbiß auf den Stufen hockten, etwas zu lachen hatten. Gott, welch ein Schatz! Gewaltiger als Fafners, ein Erzgang, der tiefer und tiefer führt. Des weiteren tröstete sich Ferris mit folgender Entdeckung: indem er diese Schuld-Gemmen anhäufte, indem er den Ur-Schrekken und die ernsten Verdrängungen seiner Existenz auf einige wenige Klunker reduzierte, die er einfach in die Tasche stecken und mit denen er klimpern konnte, war er zwiefach schuldig.

Atlantisse

Als Mr. Farnham beim Frühstück auf der ersten Seite der örtlichen Tageszeitung das Foto eines freundlichen Massenmörders erblickte, sagte er zu Mrs. Farnham: «Sieht er nicht aus wie Mr. Ciemiewicz?» Dann fiel ihm ein – und seine Stimmung sank –, daß nicht sie, sondern die *erste* Mrs. Farnham es gewesen war, mit der zusammen er auf dem versunkenen Kontinent Atlantis Ciemiewicz gekannt hatte, Hauswart des Gebäudes mit der ersten Wohnung, die er und seine Ex-Frau vor über zwanzig Jahren bewohnt hatten. Es war eine Souterrainwohnung gewesen. Nachts waren Katzen durchs Fenster geschlüpft. Mehr als einmal war er mit einer schnurrenden Katze auf der Brust aufgewacht. Vergeblich hatten er und seine Frau Ciemiewicz um Fliegengitter gebeten. Wenn sie auf die Straße blickten, waren die jungen Augen der Farnhams auf gleichem Niveau mit einem Maiglöckchenbeet gewesen, deren kleine weiße wächserne Glocken wie altmodische Miniatur-Lampenschirme herabhingen. Ciemiewicz hatte den Abfall des ganzen Hauses in der Verbrennungsanlage direkt vor der Tür der Farnhams (B-1) verbrannt, laut vor sich hin fluchend über Unbrennbares, das den Weg in seine Sammlung gefunden hatte. Sein Gesicht hatte nicht gerade freundlich ausgesehen, aber weich, mit geschwungenem

Mund und milden großen polnischen Augen, hinter denen – wer weiß? – womöglich mörderische Träume hingen. Farnham hatte seit Jahren nicht mehr an diesen Mann gedacht. Sein Gedanke an ihn währte jetzt weniger als eine Sekunde.

Seine Frau sah von der Rubrik «Haus und Heim» hoch auf das Foto, das er ihr vorhielt, vielleicht hatte sie seinen Ausrutscher in unangebrachte Nostalgie nicht mitbekommen. «Unglaublich», war ihre schlichte Antwort, so, wie sie auf vieles reagierte. Ihre schönen Augen kehrten wieder zu «Haus und Heim» zurück.

Die Farnhams lebten landeinwärts, in einem Staat, den die Leute mit Ohio verwechselten. Die fruchtbare Ebene, der hohe Himmel, die Art, wie die Lastwagen Tag und Nacht dahinrollten, machte sie glücklich, weil diese Dinge einzig ihnen gehörten. Sie waren beide Oststaatler gewesen. Er hatte sein ganzes Leben lang (es schien unfaßbar jetzt) wenige Meilen vom Meer gewohnt, in irgendeiner Stadt oder Vorstadt oder dergleichen. Er war grad noch rechtzeitig herausgekommen. Atlantis war ins Meer versunken. Es war sandig, sumpfig und von funkelndem Wasser durchzogen gewesen, wie etwas sehr Verrottetes, Verdammtes. Merkwürdige Augenblicke aus seinem Leben dort, so detailliert und schwer zu erklären wie religiöse Visionen oder archäologische Funde, kamen ihm wieder in den Sinn: er sah sich selbst, *war* er selbst, wie er mit einem lahmen und geschwollenen Fuß im Sand hinunter zum Salzwasser ging, Arm in Arm mit einer Frau, mit der er nie etwas gehabt hatte. Ihre einzige Intimität war jener Kontakt gewesen. Er war auf einen Nagel in seinem Keller getreten, der war mit brutaler, buttriger Leichtigkeit durch die Sohle seiner Stoffschuhe und zwei Zentimeter in seinen Fuß gedrungen. Unglaublich! Wäre er im Dunkeln ein wenig mehr hier- oder dorthin getreten, hätte sein Sohn, oder wer immer schuld hatte, nicht das Brett liegen lassen, oder hätte schließlich irgendein unbekannter Tischler – erhabene Außerkraftsetzung des Zufalls – den Nagel gar nicht erst in das Brett geschlagen, wäre sein Fuß nicht durchlöchert worden. Aber durchlöchert war er, und das hatte Farnham gezwungen, wahrzunehmen, was für ein zweitklassiger Club die Wirklichkeit ist. Die Mitgliedschaft ist dir sicher kraft einer Mischung aus mittelmäßigen Empfehlungen und zufälligen Qualifikationen, während draußen eine Unzahl besserer Möglichkeiten vergebens nach Einlaß schreit. Der Nagel in seinem Fuß, einmal in die Wirklichkeit zugelassen, brachte mit sich eine Tetanusspritze, die Absage eines Golfspiels, einen Zank mit seinem Sohn: somit bereicherte dieses Ereignis, das so leicht hätte unterbleiben können, auf zweifelhafte Weise seine Wirklichkeit. Von all diesen Konsequenzen lebte keine in ihm fort, bis auf das irgendwie unausrottbare Bild, auf dem bei Sonnenuntergang, anläßlich einer jener typischen Atlantischen Strandparties mit ihren scharfen Schnittstellen von Kindheit und Erwachsensein, von Ehe und Untreue, diese Frau, der er keineswegs sonderlich zugetan war, ihn wegen seines komisch zur Schau gestellten Schmerzes bemitleidete und ihn ans Wasser führte, der Theorie folgend, daß das kalte Salzwasser die Schwellung lindern würde. Während er an ihrem Arm einherhinkte, schienen sie beide in einer Weißweinblase mit ihrem illusorischen Schimmer des Wohlbefindens eingeschlossen. Je näher sie dem Wasser kamen, desto weicher und kühler wurde der Sand. Ihre Freunde, die an dem großen Treibholzfeuer hockten, riefen ihnen Witze nach von der Art, die in der Fernsehwerbung für Bier und Coke sich so platt anhören, die jedoch in Wirklichkeit leben, widerhallen, den einen an den andern binden. Die Taille der Frau an seinem Arm fühlte sich fest an. Sein Fuß schmerzte. Der Rauchgeruch des brennenden Holzes wurde vom großen kalten Salzatem des Meeres überdeckt. Die Witze verloren sich, und es herrschte Stille, außer dem zeitlosen Plätschern der kleinen Dünung und seinem Seufzer vorweggenommener Erleichterung, als der bittere Sommer-

Atlantik seine Wunde umfing. Das war alles. Die Erinnerung, inzwischen so tief im allgemeinen Strom der Zeit versunken, hatte sich selbst mit einer idyllischen Erhabenheit ausgestattet, vergrößert wie ein Mörtelschloß in einem Aquarium, und vielleicht auch ein bißchen Ewigkeit ausgeborgt von der freiwilligen Freundlichkeit der Frau. Auf Atlantis war jede Frau eine Priesterin.

Auf Atlantis, erinnerte sich Farnham nun verwundert, wurde auch nie jemand der Parties überdrüssig. Es gab Strandparties, Rasenparties, Hauseinweihungsparties, Büroparties, Geburtstagsparties, Nach-Party-Parties, alle mit «etwas Barbarischem», wie Platon berichtet, obwohl die Tempel mit ihren Mauern und Säulen, «mannigfaltig mit Gold und Silber und Bergerz überzogen», selten von Farnham, seiner Frau und ihren Freunden aufgesucht wurden. In ihrer Vorstadt, das traf zu, «benutzen sie zu den Bauten teils Steine derselben Farbe, teils fügten sie zum Ergötzen, um ein von Natur damit verbundenes Wohlgefallen zu erzeugen, ein Mauerwerk aus Verschiedenartigem zusammen». Blühende Sträucher wurden gepflanzt, Swimmingpools ausgebaggert, und jene Technik, die vonnöten war, um das Spiel des Lebens mit Treibstoff zu versorgen, wurde hinter hohen Zäunen versteckt. Das Gebiet brachte Scharen von Kindern hervor, unschuldige Zuschauer, die sich zwar bei den dauernden Festlichkeiten langweilten, jedoch durch Abhängigkeit daran klebten, die am Rande des Volleyballfeldes von Mücken zerstochen wurden und zusammengekrümmt auf dem Sofa einschliefen, wenn die Cocktailstunden sich auf improvisierte Abendessen und noch weiter ausdehnten. «Wurde es nun finster und war das Opferfeuer niedergebrannt, dann legten alle ein schönes, dunkles Gewand an und ließen sich für die ganze Nacht an der Brandstätte des beim Eidschwur dargebrachten Opfers nieder.» Die Kinder wurden mit dem Wechsel der Jahreszeiten allmählich größer, durchlöcherten den Volleyball, tranken das Bier aus dem Kühlschrank leer, wetteiferten um die Familienkarosse und züchteten ein illegales Gras in den Ecken der Grundstücke ihrer Eltern. Unbemerkt von fast allen leckten die Fluten immer höher, was an den Ringen der Entenmuscheln auf altem Pfahlwerk abzulesen war, und die Miesmuschelbänke glühten blau unter dem Vollmond. Ziemlich plötzlich, so schien es, war alles im Wasser versunken; Tempel, Gärten – alles verloren, wenn auch gelegentlich eine Weihnachtskarte an die Oberfläche trieb und der Blick eines verschwundenen Kindes, das nach Hause gebracht werden wollte, aus dem Funkeln eines nassen Bürgersteigs emporstieg und Farnhams ausgebürgertes Herz brach.

Mrs. Farnham sagte: «Mach nicht mich verantwortlich», und legte «Haus und Heim» zur Seite.

«Wofür?»

«Daß ich nicht weiß, wer Ciemiewicz war. Oder mich nicht erinnere, wie ihr alle nachts aufgeblieben seid und am Strand Muscheln gegessen und anschließend bei irgend jemandem zu Hause Rühreier gemacht habt.»

«Das haben wir gemacht?»

«Rodney und ich haben das auch gemacht. Wir blieben bis vier Uhr morgens auf und spielten Botticelli und mußten um acht wieder aufstehen wegen der Kirche.»

«Unglaublich», sagte Farnham.

«Oh, was den Kirchgang betraf, war er fanatisch. Trotzdem habe ich ihn nie dazu bringen können, mir zu erklären, was es ihm bedeutete.»

«Wir gingen immer zur Kirchweih», sagte Farnham. «Dann hat man ein Gemeindehaus aus Fachwerk gebaut, und es gab keine Kirchwiese mehr.»

«Nach der Kirche», sagte sie, «spielten alle Ehemänner Prellball, während wir auf dem kalten Rasen saßen und die verdammte Sonntagszeitung lasen. Oder Softball, das hing

von der Jahreszeit ab. Einmal hatten wir sogar eine Leichtath-
letikveranstaltung.»

«Mein Gott, diese Energie», gab Farnham zu. «Gott, was
müssen wir jung gewesen sein.»

Manchmal vergaß er, daß auch sie aus Atlantis war. Auch sie
hatte die mit Metall übergossenen Mauern und den großen
Wassergraben gesehen, von dem Platon einräumte: «Es
scheint unglaublich, daß er so breit war, wie der Bericht ver-
meldet.» Gelangweilt von der Erinnerung, wandte sie nun die
blauen Augen zum Fenster, wo sie Mais zu sehen bekamen. Die
Farnhams schwammen hier in Mais wie Engel in einer Wolke –
Maispflanzen, Maissprießen, Maisgrünen, Maisreife, Mais so
hoch wie ein Elefantenauge, Maisernte, Maisstoppeln.

«Jetzt sind wir nicht jung», sagte sie zu ihm. «Deine kleine
Tochter lebt mit einem Freund in Bridgeport. Dein kleiner
Junge verdient dreihundert die Woche bei der Datenkontrolle
in Worcester.»

Farnham unterdrückte sein «Unglaublich», obwohl er es so
empfand. Die Art, wie das Gesicht seiner Frau das Licht aus
dem Fenster auffing, erinnerte ihn an eine andere, die er eine
Zeitlang in ihrem Haus an einem Priel besucht hatte und die
beim Nachlassen ihrer Leidenschaft einen raschen Blick auf
ein vorübergleitendes Ruderboot warf, dessen Ruder planschten,
oder irgendwelche unvermittelt vorbeisegelnden Möwen-
schreie verfolgte. Oder sie horchte, durch das Zittern von
Ulmenblättern vor ihrem Fenster hindurch, auf die Wiederholung eines Geräuschs unten im Haus, das sie fürchten ließ,
ihr Mann oder ihre Kinder wären vorzeitig zurückgekommen.
In solchen Augenblicken schien selbst die Atmosphäre von
Atlantis ein schimmerndes Gewebe, das zerreißen könnte.
Auf den schrägen Böschungen, wo sich dunkler Schlamm mit
Granit und Venusmuscheln mischte, band ein alter Mann ein
Dinghi fest oder ein paar Kinder ließen zur Freude eines klei-
nen Hundes Steine hüpfen. Die Unschuld der Szene flutete bis

an ihr Fensterbrett herauf und zitterte hinein, so schien es in der Erinnerung, während ihr Atem stockte und ihre Herzen hämmerten.

«Du denkst an deine alten Freundinnen», klagte Mrs. Farnham.

«Woran willst du das erkennen?»

«Am Licht deiner Augen. Sie werden grün.»

Dasselbe Licht, Licht des Meeres, hatte auf der Haut der Priesterinnen gezittert, sie gesättigt, wenn sie, auf einen Ellbogen gestützt, den verbotenen Enthüllungen lauschten. Die heiligen Gesetze von Atlantis waren auf goldenen Tafeln geschrieben. Draußen die Welt der Gezeiten knarrte mit der Vielfalt von Schiffswinden – Möwen, Ruderschläge, Kinderstimmen. Und der freundliche Mais vor seinem Fenster wurde immer schwächer, trockener, unbedeutender, wurde durchlässig für Erinnerungen an Atlantis, die Biegungen seiner Wasserläufe, seine ragenden Städte, seine endlosen Parties. Ein Anflug von Salzwasser holte ihn in die Gegenwart zurück; er blickte über den Frühstückstisch und sagte: «Weine nicht.»

Das Mädchen, das bei einem Mann in Bridgeport gelebt hatte, heiratete völlig unerwartet einen anderen. Die Hochzeit sollte in Westerly stattfinden. Mr. und Mrs. Farnham flogen gen Osten, in die Vergangenheit, gegen den Lauf der Sonne, und mieteten ein Auto. Der Industriedunst, die Menschenmassen, der Mangel an Mais erregten ihn schon auf dem Parkplatz beim Flughafen. Sie fuhren die Küste entlang Richtung Osten. Mit den Worten Platons: «Zu jener Zeit war es den Reisenden möglich, von dort zu den anderen Inseln zu kreuzen und von den Inseln zu dem Kontinent gegenüber, der diesen Ozean umschließt.» Norwalk, Fairfield, Milford. Auf einer hohen Brücke glitten sie über einen Fluß und eine Hubschrauberfabrik hinweg. Sie verließen den Merritt und fuhren weiter gen Osten, die Küste entlang. New Haven, New

London. Zu ihrer Linken zeichneten sich undeutlich graue Strukturen von amphibischer Kompliziertheit ab. Mrs. Farnham fühlte sich an etwas erinnert.

«Siehst du den hohen Turm da hinten? Er ist voll Wasser und wurde dazu benutzt, das Aussteigen aus U-Booten zu trainieren, damit die Männer nicht in Panik ausbrachen. Einer, den ich mal kannte, zwischen Rodney und dir, war Taucher. Sein Job war, im Innern des Turms an einem Draht zu hängen und die Jungs beim Vorbeikommen zu beobachten und sicherzustellen, daß sie genügend Blasen ausstießen.»

«Beim Vorbeikommen?»

«Beim *Hoch*kommen vom Boden, wo sie dich reingelassen hatten. Du mußtest dauernd Luft aus deiner Lunge blasen. Sonst hättest du eine Embolie erlitten und wärst gestorben. Einige starben tatsächlich. Der Auftrag meines Freundes war, dich zu packen und festzuhalten, wenn du nicht genügend Blasen ausgestoßen hattest.»

«Zu packen und festzuhalten?» Farnham wurde von einem Wegweiser nach Mystic abgelenkt. Wollte er nach Mystic? Wollte er wirklich nach dem guten alten Mystic?

«Ja, und dich in eine Art Kammer zu ziehen, bis du wieder zu dir gekommen warst und wieder Blasen geblubbert hast.»

«Soviel Luft ist in der Lunge?»

«Wenn du auf dem Meeresboden beginnst.»

«Ich glaube, ich würde in Panik geraten. Dieser Junge, dein Typ damals, muß schon was an sich gehabt haben.»

«Er hatte seine Qualitäten.»

«Welche?»

«Doch wir haben nicht zusammengepaßt.»

«Hast du – wie gut hast du ihn gekannt?»

«Ziemlich.»

Er sah zu ihr hinüber; ihre Augen waren grün.

Farnham, entlang einer labyrinthischen Küste unterwegs zur Hochzeit seiner Tochter, betete: Steig empor, o Taucher, sanft und ohne Hektik, steig aus der Tiefe herauf, zieh die Bahn deiner Blasen, bring uns Botschaft vom versunkenen Atlantis, von den Fabeln unserer Vergangenheiten. Halte Verbindung mit uns.

Quellennachweis

Aus *Museums and Women*:

Solitaire · Museums and Women · I Will Not Let Thee Go, Except Thou Bless Me · The Orphaned Swimming Pool · The Deacon · The Day of the Dying Rabbit · When Everyone Was Pregnant

Aus *Problems*:

Commercial · Believers · The Gun Shop · How to Love America and Leave It at the Same Time · Nevada · Son · Daughter, Last Glimpses of · Ethiopia · Transaction · The Man Who Loved Extinct Mammals · Problems · Domestic Life in America · From the Journal of a Leper · The Fairy Godfathers · The Faint · The Egg Race · Guilt-Gems · Atlantises

John Updike

Das Fest am Abend
Roman
Deutsch von Maria Carlsson.
230 Seiten. Gebunden und als
rororo 1625

Hasenherz
Roman. rororo 5398

Der Zentaur
Roman
Deutsch von Maria Carlsson.
324 Seiten. Gebunden

Auf der Farm
Roman
Deutsch von Fritz L. Lorch.
204 Seiten. Gebunden

Ehepaare
Roman
Deutsch von Maria Carlsson.
490 Seiten. Gebunden und als
rororo 1488

Henry Bech
Erzählungen. rororo 5448

Unter dem Astronautenmond
Roman
Deutsch von Kai Molvig.
400 Seiten. Gebunden und als
rororo 4151

rororo

C 740/13